I0642528

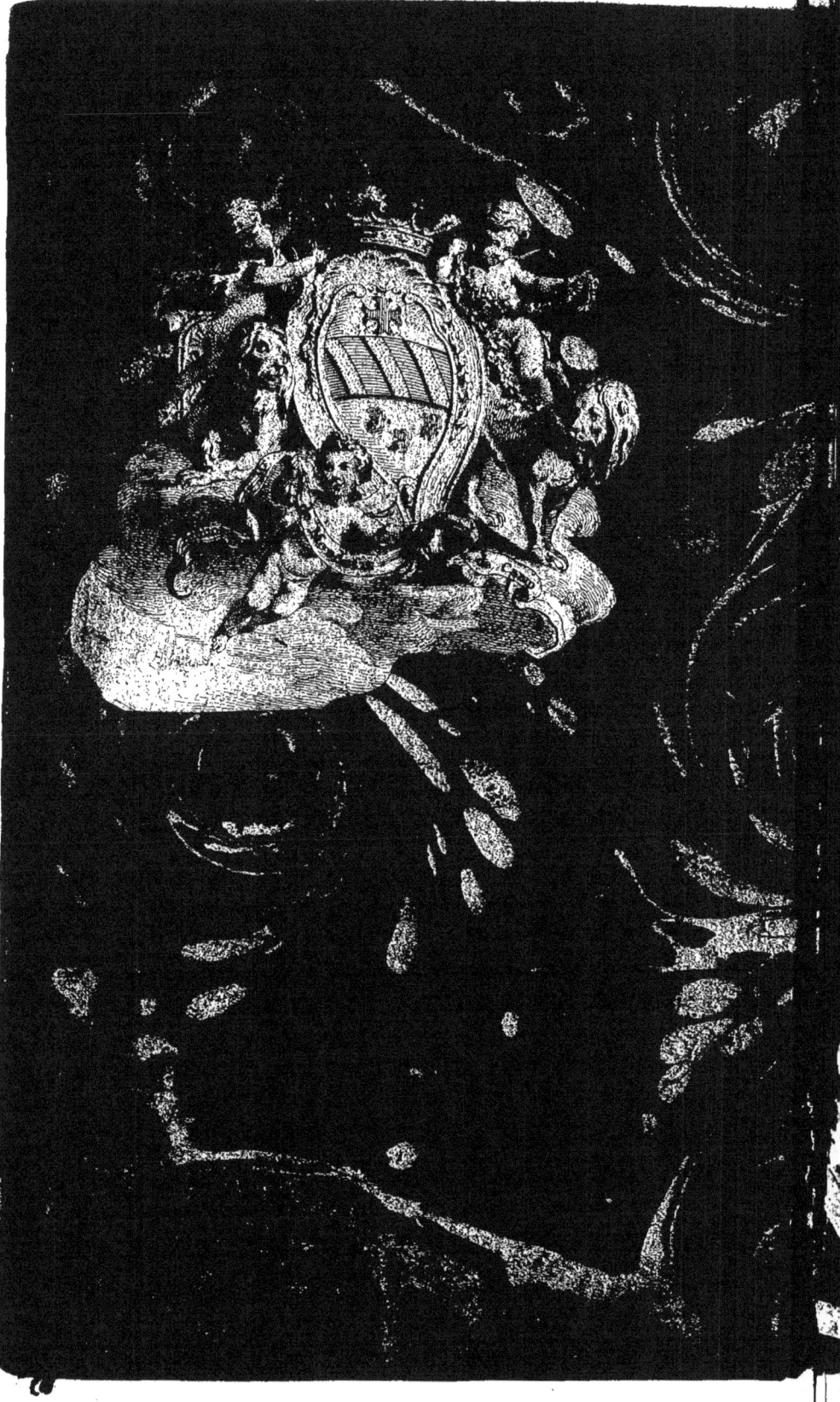

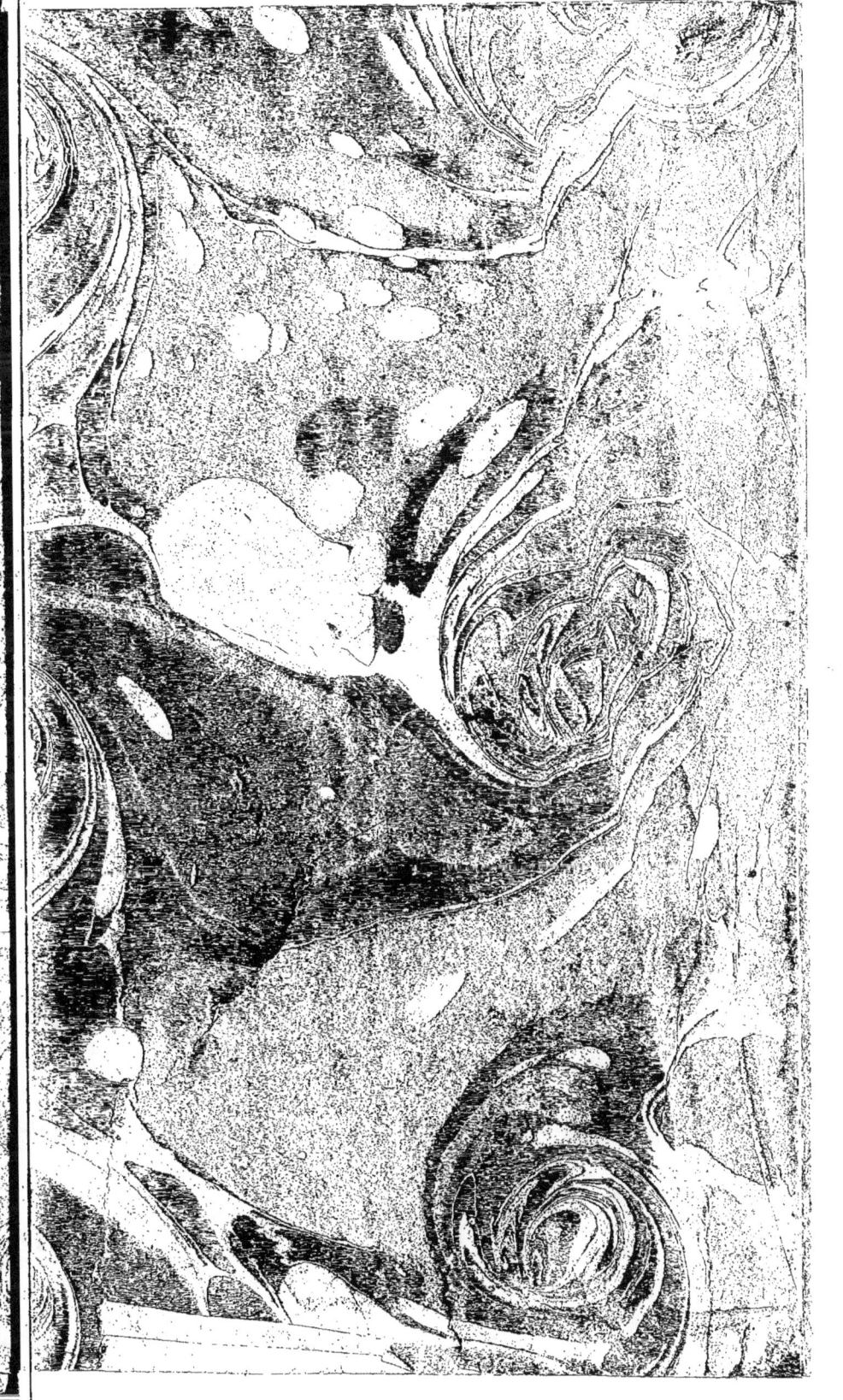

Z   2692

ŒUVRES

DE

Mr. DE VOLTAIRE.

TOME TREIZIÈME.

MÉLANGES

DE

POÉSIES,

&c.

TOME SECOND.

M. DCC. LXXV.

POÉSIES.

CONTES

DE

GUILLAUME VADÉ.

PRÉFACE DE CATHERINE VADÉ.

JE pleure encore la mort de mon cousin Guillaume
Vadé, qui décéda, comme le fait *tout l'univers*, il y a
quelques années. Il était attaqué da la petite vérole : je
le gardais & je lui difais en pleurant, Ah ! mon coufin,
voilà ce que c'eft que de ne vous être pas fait inoculer !
il en a couté la vie à votre frère Antoine, qui était
comme vous une des lumières du fiècle. Que voulez-
vous que je vous dife ? me répondit Guillaume ; j'attendais la permiffion de la forbonne, & je vois bien qu'il
faut que je meure pour avoir été trop fcrupuleux.

L'état va faire une furieufe perte, lui répondis-je. Ah !
s'écria Guillaume, Alexandre & frère Bertier font morts.
Sémiramis & la Fillon, Sophocle & Danchet font en
pouffière.-- Oui, mon cher coufin, mais leurs grands
noms demeurent à jamais ; ne voulez-vous pas revivre
dans la plus noble partie de vous-même ? ne m'accordez-
vous pas l apermiffion de donner au public pour le con-

foler, les contes à dormir de bout dont vous nous régalâtes l'année paffée ? ils faifaient les délices de notre famille; & Jerôme Carré votre coufin iffu de germain, faifait prefque autant de cas de vos ouvrages que des fiens : ils plairont fans doute *à tout l'univers*, c'eft-à-dire, à une trentaine de lecteurs qui n'auront rien à faire.

Guillaume n'avait pas de fi hautes prétentions; il me dit avec une humilité convenable à un auteur, mais bien rare, Ah ! ma coufine, penfez-vous que dans les quatrevingt-dix mille brochures imprimées à Paris depuis dix ans, mes opufcules puiffent trouver place, & que je puiffe furnager fur le fleuve de l'oubli qui engloutit tout les jours tant de belles chofes ?

Quand vous ne vivriez que quinze jours après votre mort, lui dis-je, ce ferait toujours beaucoup; il y a trèspéu de perfonnes qui jouiffent de cet avantage. Le deftin de la plupart des hommes eft de vivre ignorés, & ceux qui ont fait le plus de bruit font quelquefois oubliés le lende nain de leur mort; vous ferez diftingué de la foule, & peut - être même le nom de Guillaume Vadé ayant l'honneur d'être imprimé dans un ou deux journaux, pourra paffer à la dernière poftérité. Sous quel titre voulez-vous que j'imprime vos *opufcules* ? Ma coufine, me dit-il, je crois que le nom de *fadaifes* eft le plus convenable; la plupart des chofes qu'on fait, qu'on dit, & qu'on imprime, méritent affez ce titre.

J'admirai la modeftie de mon coufin, & j'en fus extrêmement attendrie. Jérôme Carré arriva dans la chambre. Guillaume fit fon teftament, par lequel il me laiffait maîtreffe abfolue de fes manufcrits. Jérôme & moi lui demandâmes où il voulait être enterré ; & voici la réponfe de Guillaume, qui ne fortira jamais de ma mémoire.

« Je fens bien que n'ayant été élevé dans ce monde à
» aucune des dignités qui nourriffent les grands fentimens,
» & qui élèvent l'homme au-deffus de lui-même, n'ayant

» été ni confeiller du roi , ni échevin , ni marguillier , on
» me traitera après ma mort avec très-peu de cérémonie.
» On me jettera dans les charniers St. Innocent, & on
» ne mettra fur ma foffe qu'une croix de bois qui aura
» déjà fervi à d'autres ; mais j'ai toujours aimé fi tendre-
» ment ma patrie, que j'ai beaucoup de répugnance à
» être enterré dans un cimetière. Il eft, certain qu'étant
» mort de la maladie qui m'attaque, je puerai horrible-
» ment. Cette corruption de tant de corps qu'on enfeve-
» lit à Paris dans les églifes, ou auprès des églifes , infecte
» néceffairement l'air; & comme dit très-à propos le jeune
» Ptolomée , en délibérant s'il recevra Pompée chez lui. »

> .... Ces troncs pourris exhalent dans les vents
> De quoi faire la guerre au refte des vivans.

« Cette ridicule & odieufe coutume de paver les églifes
» de morts, caufe dans Paris tous les ans des maladies
» épidémiques, & il n'y a point de défunt qui ne contri-
» bue plus ou moins à empefter fa patrie. Les Grecs &
» les Romains étaient bien plus fages que nous : leur
» fépulture était hors des villes ; & il y a même aujour-
» d'hui plufieurs pays en Europe où cette falutaire cou-
» tume eft établie. Quel plaifir ne ferait-ce pas pour un
» bon citoyen d'aller engraiffer, par exemple, la ftérile
» plaine des Sablons, & de contribuer à faire naître des
» moiffons abondantes ! Les générations deviendraient
» utiles les unes aux autres par ce prudent établiffe-
» ment, les villes feraient plus faines, les terres plus
» fécondes. En vérité, je ne puis m'empêcher de dire qu'on
» manque de police pour les vivans & pour les morts. »

Guillaume parla long-tems fur ce ton. Il avait de grandes vues pour le bien public, & il mourut en parlant,
ce qui eft une preuve évidente de génie.

Dès qu'il fut paffé, je réfolus de lui faire des obsèques
magnifiques, dignes du grand nom qu'il avait acquis dans
le monde. Je courus chez les plus fameux libraires de

Paris, je leur propofai d'acheter les œuvres pofthumes de mon coufin Guillaume; j'y joignis même quelques belles differtations de fon frère Antoine, & quelques morceaux de fon coufin iffu de germain Jérôme Carré. J'obtins trois louis d'or comptant, fomme que jamais Guillaume n'avait poffédée dans aucun tems de fa vie. Je fis imprimer des billets d'enterrement, je priai tous les beaux efprits de Paris d'honorer de leur préfence le fervice que je commandais pour le repos de l'ame de Guillaume; aucun ne vint. Je ne pus affifter au convoi, & Guillaume fut inhumé fans que perfonne en fût rien. C'eft ainfi qu'il avait vécu; car encore qu'il eût enrichi la foire de plufieurs opéra comiques qui firent l'admiration de tout Paris, on jouiffait des fruits de fon génie, & on négligeait l'auteur; c'eft ainfi (comme dit le divin Platon) qu'on fuce l'orange, & qu'on jette l'écorce, qu'on cueille les fruits de l'arbre & qu'on l'abat enfuite. J'ai toujours été frappée de cette ingratitude.

Quelque tems après le décès de Guillaume Vadé, nous perdîmes notre bon parent & ami Jérôme Carré, fi connu en fon tems par la comédie de l'Ecoffaife qu'il difait avoir traduite pour l'avancement de la littérature honnête; je crois qu'il eft de mon devoir d'inftruire le public de la détreffe où fe trouvait Jérôme dans les derniers jours de fa vie; voici comme il s'en ouvrit en ma préfence à frère Giroflée fon confeffeur.

Vous favez, dit-il, qu'à mon baptême on me donna pour patrons St. Jérôme, & St. Thomas, & St. Raimond de Pennafort, & que quand j'eus le bonheur de recevoir la confirmation, on ajouta à mes trois patrons St. Ignace de Loyola, St. François Xavier, St. François de Borgia, & St. Régis, tous jéfuites, de forte que je m'appelle Jérôme-Thomas-Raimond-Ignace-Xavier-François-Régis Carré. J'ai cru long-tems qu'avec tant de noms je ne pouvais manquer de rien fur terre. Ah frère Giroflée, que je me fuis trompé! Il faut qu'il en foit des patrons comme des valets, plus on en a , plus on est mal servi. Mais voyez, s'il vous plaît qu'elle est ma *déconvenue*, (car ce mot est très-bon , quoiqu'en dise un polisson ;) Montagne , Marot, & plusieurs auteurs très-facétieux en font souvent usage, il est même dans le dictionnaire de l'académie.) Voici donc mon aventure.

On chasse les révérends pères jésuistes, ou jésuites, pource que leur institut est pernicieux , contraire à tous les droits des rois & de la société humaine &c. &c. Or Ignace de Loyola ayant créé cet institut appellé Régime, après s'être fait fesser au collège de Ste. Barbe ; Xavier, François Borgia , Régis, ayant vécu dans ce régime, il est clair qu'ils font tous également répréhensibles ; & que voilà quatre saints qu'il faut nécessairement que je donne à tous les diables.

Cela m'a fait naître quelques scrupules sur St. Thomas , & St. Raimond de Pennafort. J'ai lu leurs ouvrages, & j'ai été confondu, quand j'ai vu dans Thomas & dans Raimond à-peu-près les mêmes paroles que dans Busembaum. Je me suis défait aussi-tôt de ces deux patrons, & j'ai brûlé leurs livres.

Je me suis vu ainsi réduit au seul nom de Jérôme ; mais ce Jérôme , le seul patron qui me restait, ne m'a pas été plus utile que les autres ; est-ce que Jérôme n'aurait pas de crédit en paradis ? J'ai consulté sur cette affaire un très-savant homme; il m'a dit que Jérôme était le plus colère de tous les hommes , qu'il avait dit de grosses injures au St. évêque de Jérusalem Jean , & au St. prêtre Rufin , que même il appella celui-ci *hydre & scorpion*, & qu'il l'insulta après sa mort : il m'a montré les passages. Je me vois obligé de renoncer enfin à Jérôme, & de m'appeller Carré tout court, ce qui est bien désagréable.

C'est ainsi que Carré déposait sa douleur dans le sein de frère Giroflée, lequel lui répondit : Vous ne manquerez pas de saints , mon cher enfant, prenez St. François d'Assise. Non, fit Carré, sa femme de neige me donnerait quelquefois des envies de rire, & ceci eſt une affaire ſérieuſe. Et bien, prenez St. Dominique. Non, il eſt l'auteur de l'inquiſition. -- Voulez-vous de St. Bernard ? -- Il a trop perſécuté ce pauvre Abélard qui avait plus d'eſprit que lui, & il ſe mêlait de trop d'affaires ; donnez - moi un patron qui ait été ſi humble que perſonne n'en ait jamais entendu parler, voilà mon ſaint.

Frère Giroflée lui remontra l'impoſſibilité d'être cano-niſé & ignoré ; il lui donna la liſte de pluſieurs autres patrons que notre ami ne connaiſſait pas ; ce qui reve-nait au même ; mais à chaque ſaint qu'il propoſait, il demandait quelque choſe pour ſon couvent ; car il ſavait que Carré avait de l'argent. Jérôme Carré lui fit alors ce conte qui m'a paru curieux.

Il y avait autrefois un roi d'Eſpagne qui avait promis de diſtribuer des aumônes conſidérables à tous les ha-bitans d'auprès de Burgos qui avaient été ruinés par la guerre. Ils vinrent aux portes du palais ; mais les huiſ-ſiers ne voulurent les laiſſer entrer qu'à condition qu'ils partageraient avec eux. Le bon homme Cardéro ſe pré-ſenta le premier au monarque, ſe jeta à ſes pieds, & lui dit : Grand roi, je ſupplie votre alteſſe royale de faire donner à chacun de nous cent coups d'étrivières. Voilà une plaiſante demande, dit le roi ; pourquoi me faites-vous cette prière ? C'eſt, dit Cardéro que vos gens veulent abſolument avoir la moitié de ce que vous nous donnerez. Le roi rit beaucoup, & fit un préſent conſi-dérable à Cardéro. Delà vint le proverbe, *qu'il vaut mieux avoir à faire à Dieu qu'à ſes ſaints.*

C'eſt avec ces ſentimens que paſſa de cette vie à l'autre mon cher Jérôme Carré, dont je joins ici quelques opuſcules à ceux de Guillaume ; & je me flatte que meſ-ſieurs les Pariſiens pour qui Vadé & Carré ont toujours travaillé, me pardonneront ma préface.

Catherine Vadé.

CE QUI PLAIT AUX DAMES.

OR maintenant que le beau Dieu du jour
Des Africains va brûlant la contrée,
Qu'un cercle étroit chez nous borne son tour,
Et que l'hiver alonge la soirée,
Après souper pour vous désennuyer,
Mes chers amis écoutez une histoire,
Touchant un pauvre & noble chevalier,
Dont l'aventure est digne de mémoire.
Son nom était messire JEAN ROBERT,
Lequel vivait sous le roi Dagobert.

  Il voyagea devers Rome la sainte,
Qui surpassait la Rome des Césars ;
Il rapportait de son auguste enceinte,
Non des lauriers cueillis aux champs de Mars,
Mais des agnus avec des indulgences,
Et des pardons , & de belles dispenses :
Mon chevalier en était tout chargé,
D'argent fort peu ; car dans ces tems de crise
Tout paladin fut très-mal partagé ;
L'argent n'allait qu'aux mains des gens d'église.

  Sire ROBERT possédait pour tout bien
Sa vieille armure, un cheval & son chien ;
Mais il avait reçu pour appanage
Les dons brillans de la fleur du bel âge ;
Force d'Hercule, & grace d'Adonis ;
Dons fortunés qu'on prise en tout pays.

Comme il était affez près de Lutèce ;
Au coin d'un bois qui borde Charenton,
Il apperçut la fringante Marton ,
Dont un ruban nouait la blonde treffe :
Sa taille eft lefte , & fon petit jupon
Laiffe entrevoir fa jambe blanche & fine.
ROBERT avance , il lui trouve une mine ,
Qui tenterait les faints du paradis.
Un beau bouquet de rofes & de lis
Eft au milieu de deux pommes d'albâtre ,
Qu'on ne voit point fans en être idolâtre :
Et de fon teint la fleur & l'incarnat ,
De fon bouquet aurait terni l'éclat.
Pour dire tout , cette jeune merveille ,
A fon giron portait une corbeille,
Et s'en allait avec tous fes attraits
Vendre au marché du beurre & des œufs frais.
Sire ROBERT , ému de convoitife ,
Defcend d'un faut , l'accolle avec franchife ;
J'ai vingt écus , dit-il dans ma valife ;
C'eft tout mon bien , prenez encore mon cœur ,
Tout eft à vous. C'eft pour moi trop d'honneur ,
Lui dit Marton. ROBERT preffe la belle ,
La fait tomber , & tombe auffi-tôt qu'elle ,
Et la renverfe , & caffe tous fes œufs.
Comme il caffait , fon cheval ombrageux ,
Epouvanté de fa fière bataille ,
Au loin s'écarte , & fuit dans la brouffaille.
De Saint Denis un moine furvenant ,
Monte deffus & trotte à fon couvent.

Enfin Marton rajuſtant ſa coëffure ,
Dit à ROBERT : Où ſont mes vingt écus ?
Le chevalier tout pantois & confus ,
Cherchant en vain ſa bourſe & ſa monture,
Veut s'excuſer ; nulle excuſe ne ſert ;
Marton ne peut digérer ſon injure ,
Et va porter ſa plainte à Dagobert :
Un chevalier , dit-elle , m'a pillée ,
Et violée , & ſurtout point payée.
Le ſage prince à Marton répondit ;
C'eſt de viol que je vois qu'il s'agit :
Allez plaider devant ma femme Berthe ,
En tel procès la reine eſt très-experte ;
Bénignement elle vous recevra ,
Et ſans délai juſtice ſe fera.

Marton s'incline , & va droit à la reine.
Berthe était douce, affable, accorte, humaine,
Mais elle avait de la ſévérité
Sur le grand point de la pudicité :
Elle aſſembla ſon conſeil de dévotes ;
Le chevalier ſans éperons , ſans bottes,
La tête nue & le regard baiſſé ,
Leur avoua ce qui s'était paſſé ,
Que vers Charonne il fut tenté du diable,
Qu'il ſuccomba , qu'il ſe ſentait coupable,
Qu'il en avait un très-pieux remord ;
Puis il reçut ſa ſentence de mort.

ROBERT était ſi beau , ſi plein de charmes,
Si bien tourné, ſi frais & ſi vermeil ,
Qu'en le jugeant la reine & ſon conſeil

Lorgnaient ROBERT & répandaient des larmes.
Marton de loin dans un coin soupira :
Dans tous les cœurs la pitié trouva place.
Berthe au conseil alors remémora ;
Qu'au chevalier on pouvait faire grace,
Et qu'il vivrait pour peu qu'il eût d'esprit :
Car vous savez que notre loi prescrit
De pardonner à qui pourra nous dire
Ce que la femme en tous les tems desire ;
Bien entendu qu'il explique le cas
Très - nettement, & ne nous fâche pas.

    La chose étant au conseil exposée,
Fut à ROBERT aussi-tôt proposée.
La bonne Berthe, afin de le sauver,
Lui concéda huit jours pour y rêver ;
Il fit serment aux genoux de la reine,
De comparaître au bout de la huitaine,
Remercia du décret lénitif,
Prit congé d'elle, & partit tout pensif.

    Comment nommer, disait-il en lui-même,
Très-nettement ce que toute femme aime,
Sans la fâcher ? la reine & son sénat
Ont aggravé mon trop piteux état.
J'aimerais mieux, puisqu'il faut que je meure,
Que sans délai l'on m'eût pendu sur l'heure.

    Dans son chemin, dès que ROBERT trouvait
Ou femme, ou fille, il priait la passante,
De lui conter ce que plus elle aimait ;
Toutes faisaient réponse différente,
Toutes mentaient ; nulle n'allait au fait.

Sire ROBERT au diable ſe donnait.

Déjà ſept fois l'aſtre qui nous éclaire,
Avait doré les bords de l'hémiſphère,
Quand ſur un pré, ſous des ombrages frais,
Il vit de loin vingt beautés raviſſantes,
Danſant en rond leurs robes voltigeantes
Etaient à peine un voile à leurs attraits.
Le doux zéphire en ſe jouant auprès,
Laiſſait flotter leurs treſſes ondoyantes;
Sur l'herbe tendre elles formaient leurs pas,
Raſant la terre & ne la touchant pas.
ROBERT approche, & du moins il eſpère
Les conſulter ſur la maudite affaire.
En un moment tout diſparaît, tout fuit.

Le jour baiſſait, à peine il était nuit;
Il ne vit plus qu'une vieille édentée,
Au teint de ſuie, à la taille écourtée,
Pliée en deux, s'appuyant d'un bâton;
Son nez pointu touche à ſon court menton;
D'un rouge brun ſa paupière eſt bordée;
Quelques crins blancs couvrent ſon noir chignon;
Un vieux tapis qui lui ſert de jupon,
Tombe à moitié ſur ſa cuiſſe ridée;
Elle fit peur au brave chevalier.

Elle l'acoſte, & d'un ton familier,
Lui dit, mon fils, je vois à votre mine,
Que vous avez un chagrin qui vous mine:
Apprenez moi vos tribulations;
Nous ſouffrons tous; mais parler nous ſoulage;
Il eſt encore des conſolations.

J'ai baeucoup vu : le sens vient avec l'âge.
Aux malheureux quelquefois mes avis,
Ont fait du bien quand on les a suivis.

Le chevalier lui dit, Hélas! ma bonne,
Je vais cherchant des conseils, mais en vain :
Mon heure arrive, & je dois en personne,
Sans plus attendre, être pendu demain,
Si je ne dis à la reine, à ses femmes,
Sans les fâcehr, ce qui plaît tant aux dames.

La vieille alors lui dit, ne craignez rien,
Puisque vers moi le bon Dieu vous envoie,
Croyez mon fils, que c'est pour votre bien :
Devers la cour cheminez avec joie ;
Allons ensemble, & je vous apprendrai
Ce grand secret de vous tant desiré.
Mais jurez moi qu'en me devant la vie,
Vous serez juste, & que de vous j'aurai
Ce qui me plaît & qui fait mon envie :
L'ingratitude est un crime odieux.
Faites serment, jurez par mes beaux yeux,
Que vous ferez tout ce que je desire.
Le bon ROBERT le jura non sans rire.
Ne riez point, rien n'est plus sérieux,
Reprit la vieille ; & les voilà tous deux,
Qui côte à côte arrivent en présence
De reine Berthe, & de la cour de France.

Incontinent le conseil assemblé,
La reine assise, & ROBERT appellé,
Je sais, dit-il, votre secret, mes dames.
Ce qui vous plaît en tous lieux, en tous tems,

N'eſt pas toujours d'avoir beaucoup d'amans ;
Mais fille ou femme , ou veuve, ou laide , ou belle ,
Ou pauvre, ou riche , ou galante , ou cruelle ,
La nuit, le jour , veut être à mon avis,
Tant qu'elle peut la maîtreſſe au logis.
Il faut toujours que la femme commande ;
C'eſt-là ſon goût , ſi j'ai tort qu'on me pende.

   Comme il parlait , tout le conſeil conclut
Qu'il parlait juſte & qu'il touchait au but.
ROBERT abſous baiſait la main de Berthe ,
Quand de haillons & de fange couverte ,
Au pied du trône on vit notre ſans-dent
Criant juſtice , & la preſſe fendant ;
On lui fait place , & voici ſa harangue.

   O reine Berthe ! ô beauté dont la langue
Ne prononça jamais que vérité ,
Vous dont l'eſprit connaît toute équité ,
Vous dont le cœur s'ouvre à la bienfaiſance ,
Ce paladin ne doit qu'à ma ſcience
Votre ſecret , il ne vit que par moi.
Il a juré mes beaux yeux & ſa foi
Que j'obtiendrais de lui ce que j'eſpère ;
Vous êtes juſte , & j'attends mon ſalaire.
Il eſt très-vrai , dit ROBERT , & jamais
On ne me vit oublier les bienfaits ;
Mais vingt écus , mon cheval , mon bagage,
Et mon armure , étaient tout mon partage ;
Un moine noir a , par dévotion,
Saiſi le tout quand j'aſſaillis Marton :
Je n'ai plus rien , & malgré ma juſtice ,

Je ne saurais payer ma bienfaictrice.
　　La reine dit, tout vous sera rendu,
On punira votre voleur tondu.
Votre fortune en trois parts divisée,
Fera trois lots justement compensés ;
Les vingt écus à Marton la lézée
Sont dûs de droit, & pour ses œufs cassés.
La bonne vieille aura votre monture ;
Et vous, ROBERT, vous aurez votre armure.
　　La vieille dit, rien n'est plus généreux,
Mais ce n'est pas son cheval que je veux ;
Rien de ROBERT ne me plaît que lui-même ;
C'est sa valeur & ses graces que j'aime :
Je veux régner sur son cœur amoureux,
De ce trésor ma tendresse est jalouse :
Entre mes bras ROBERT doit vivre heureux ;
Dès cette nuit je prétends qu'il m'épouse.
　　A ce discours que l'on n'attendait pas,
ROBERT glacé laisse tomber ses bras.
Puis fixement contemplant la figure
Et les haillons de notre créature,
Dans son horreur il recula trois pas,
Signa son front ; & d'un ton lamentable,
Il s'écriait, ai-je donc mérité
Ce ridicule & cette indignité ?
J'aimerais mieux que votre majesté
Me fiançât à la mère du diable ;
La vieille est folle, elle a perdu l'esprit.
　　Lors tendrement notre sans-dent reprit,
Vous le voyez, ô reine ! il me méprise ;

Il eſt ingrat, les hommes le ſont tous ;
Mais je vaincrai ſes injuſtes dégoûts ;
De ſa beauté j'ai l'ame trop épriſe,
Je l'aime trop pour qu'il ne m'aime pas.
Le cœur fait tout : j'avoue avec franchiſe
Que je commence à perdre mes appas ;
Mais j'en ſerai plus tendre & plus fidelle :
On en vaut mieux, oñ orne ſon eſprit,
On fait penſer : & Salomon a dit,
Que femme ſage eſt plus que femme belle.
Je ſuis bien pauvre, eſt-ce un ſi grand malheur ?
La pauvreté n'eſt point un déshonneur.
N'eſt-on content que ſur un lit d'ivoire ?
Et vous, madame, en ce palais de gloire,
Quand vous couchez côte-à-côte du roi,
Dormez vous mieux, aimez-vous mieux que moi ?
De Philémon vous connaiſſez l'hiſtoire :
Amant aimé dans le coin d'un taudis,
Juſqu'à cent ans il careſſa Baucis.
Les noirs chagrins, enfans de la vieilleſſe,
N'habitent point ſous nos ruſtiques toits ;
Le vice fuit où n'eſt point la molleſſe.
Nous ſervons Dieu, nous égalons les rois ;
Nous ſoutenons l'honneur de vos provinces ;
Nous vous faiſons de vigoureux ſoldats.
Et croyez moi, pour peupler vos états,
Les pauvres gens valent mieux que vos princes.
Que ſi le ciel à mes chaſtes deſirs
N'accorde pas le bonheur d'être mère,
Les fleurs du moins ſans les fruits peuvent plaire.

On me verra jusqu'à mon dernier jour ,
Cueillir les fleurs de l'arbre de l'amour.

La décrépite en parlant de la forte,
Charma le cœur des dames du palais.
On adjugea ROBERT à fes attraits ;
De fon ferment la fainteté l'emporte
Sur fon dégoût ; la dame encore voulut
Etre à cheval , entre fes bras menée ,
A fa chaumière , où ce noble hyménée
Doit s'achever dans la même journée ,
Et tout fut fait comme à la vieille il plut.

Le chevalier fur fon cheval remonte ,
Prend triftement fa femme entre fes bras,
Saifi d'horreur & rougiffant de honte ,
Tenté cent fois de la jeter à bas,
De la noyer; mais il ne le fit pas ;
Tant des devoirs de la chevalerie
La loi facrée était alors chérie.

Sa tendre époufe en trottant avec lui,
Lui rappellait les exploits de fa race ,
Lui racontait comment le grand Clovis
Affaffina trois rois de fes amis ,
Comment du ciel il mérita la grace.
Elle avait vu le beau pigeon béni ,
Du haut des cieux apportant à Remi
L'ampoule fainte & le célefte chrême ,
Dont ce grand roi fut oint dans fon baptême.
Elle mêlait à fes narrations,
Des fentimens & des réflexions ,
Des traits d'efprit & de morale pure.

Qui, fans couper le fil de l'aventure,
Faifaient penfer l'auditeur attentif,
Et l'inftruifaient, mais fans l'air inftructif.
Le bon ROBERT à toutes ces merveilles,
Le cœur ému, prêtait fes deux oreilles,
Tout délecté quand fa femme parlait,
Prêt à mourir quand il la regardait.

    L'étrange couple arrive à la chaumière,
Que poffédait l'affreufe aventurière.
Elle fe trouffe, & de fa fale main,
De fon époux arrange le feftin ;
Frugal repas fait par ce premier âge,
Plus célébré qu'imité par le fage.
Deux ais pourris fur trois pieds inégaux,
Formaient la table où les époux foupèrent,
A peine affis fur deux minces trétaux :
Du trifte époux les regards fe baiffèrent.
La décrépite égaya le repas,
Par des propos plaifans & délicats,
Par des bons mots, qui piquent & qu'on aime,
Si naturels que l'on croirait foi-même
Les avoir dit. ROBERT fut fi content,
Qu'il en fourit, & qu'il crut un moment
Qu'elle pouvait lui paraître moins laide.
Elle voulut, quand le fouper finit,
Que fon époux vînt avec elle au lit.
Le défefpoir, la fureur le poffède
A cette srife : il fouhaite la mort ;
Mais il fe couche, il fe fait cet effort ;
Il l'a promis, le mal eft fans remède.

Ce n'était point deux fales demi-draps,
Percés de trous & rongés par les rats,
Mal étendus fur des vieilles javelles,
Mal recoufus encore par des ficelles,
Qui révoltaient le guerrier malheureux ;
Du faint hymen les devoirs rigoureux,
S'offraient à lui fous un afpect horrible ;
Le ciel, dit-il, voudrait-il l'impoffible ?
A Rome, on dit que la grace d'en-haut,
Donne à la fois le vouloir & le faire ;
La grace & moi nous fommes en défaut.
Par fon efprit ma femme a de quoi plaire,
Son cœur eft bon ; mais dans le grand conflit
Peut-on jouir du cœur ou de l'efprit ?
Ainfi parlant le bon ROBERT fe jette,
Froid comme glace au bord de fa couchette :
Et pour cacher fon cruel déplaifir,
Il feint qu'il dort, mais il ne peut dormir.

    La vieille alors lui dit d'une voix tendre,
En le pinçant, Ah ? ROBERT dormez-vous ?
Charmant ingrat, cher & cruel époux,
Je fuis rendue, hâtez-vous de vous rendre ;
De ma pudeur les timides accens,
Sont fubjugués par la voix de mes fens.
Régnez fur eux ainfi que fur mon ame ;
Je meurs, je meurs ! ciel ! à quoi réduis-tu
Mon naturel qui combat ma vertu ?
Je me diffous, je brûle, je me pâme,
Ah ! le plaifir m'enivre malgré moi ;
Je n'en peux plus, faut-il mourir fans toi !

Va , je le mets deſſus ta conſcience.

    ROBERT avait un fond de complaiſance ,
Et de candeur & de religion ;
De ſon épouſe il eut compaſſion.
Helas ! dit-il , j'aurais voulu , madame ,
Par mon ardeur égaler votre flamme ;
Mais que pourrai-je ? Allez , vous pourrez tout ,
Reprit la vieille ; il n'eſt rien à votre âge ,
Dont un grand cœur enfin ne vienne à bout ,
Avec des ſoins , de l'art & du courage :
Songez combien les dames de la cour
Célébreront ce prodige d'amour.
Je vous parais peut-être dégoûtante ,
Un peu ridée & même un peu puante ;
Cela n'eſt rien pour des héros bien nés ;
Fermez les yeux & bouchez-vous le nez.

    Le chevalier amoureux de la gloire ,
Voulut enfin tenter cette victoire ;
Il obéit , & ſe piquant d'honneur ,
N'écoutant plus que ſa rare valeur ,
Aidé du ciel , trouvant dans ſa jeuneſſe ,
Ce qui tient lieu de beauté , de tendreſſe ,
Fermant les yeux , ſe mit à ſon devoir.

    C'en eſt aſſez , lui dit ſa tendre épouſe ,
J'ai vu de vous ce que j'ai voulu voir ;
Sur votre cœur j'ai connu mon pouvoir ;
De ce pouvoir ma gloire était jalouſe ;
J'avais raiſon , convenez-en , mon fils ,
Femme toujours eſt maîtreſſe au logis.
Ce qu'à jamais , ROBERT ; je vous demande.

                         B ij

C'eſt qu'à mes ſoins vous vous laiſſiez guider :
Obéiſſez , mon amour vous commande
D'ouvrir les yeux & de me regarder.

   ROBERT regarde ; il voit à la lumière
De cents flambeaux , ſur vingt luſtres placés ,
Dans un palais qui fut cette chaumière ,
Sous des rideaux des perles rehauſſés ,
Une beauté , dont le pinceau d'Apelle ,
Ou de Vanlo , ni le ciſeau fidèle
Du bon Pigal , le Moine , ou Phidias ,
N'auraient jamais imité les appas.
C'était Vénus , mais Vénus amoureuſe ,
Telle qu'elle eſt , quand les cheveux épars ,
Les yeux noyez dans ſa langueur heureuſe ,
Entre ſes bras elle attend le dieu Mars.

   Tout eſt à vous , ce palais & moi-même ;
Jouiſſez-en , dit-elle à ſon vainqueur :
Vous n'avez point dédaigné la laideur ,
Vous méritez que la beaaté vous aime.

   Or , maintenant j'entends mes auditeurs
Me demander qu'elle était cette belle ,
De qui ROBERT eut les tendres faveurs.
Mes chers amis , c'était la fée URGELLE ,
Qui dans ſon tems protégea nos guerriers ,
Et fit du bien aux pauvres chevaliers.

   O l'heureux tems que celui de ces fables ,
Des bons démons , des eſprits familiers ,
Des farfadets , aux mortels ſecourables !
On écoutait tous ces faits admirables
Dans ſon château , près d'un large foyer :

Le père & l'oncle , & la mère & la fille ,
Et les voifins & toute la famille ,
Ouvraient l'oreille à monfieur l'aumônier ,
Qui leur faifait des contes de forcier.

On a banni les démons & les fées ;
Sous la raifon les graces étouffées ,
Livrent nos cœurs à l'infipidité ;
Le raifonner triftement s'accrédite ;
On court , helas ! après la vérité ;
Ah ! croyez-moi , l'erreur a fon mérite.

L'ÉDUCATION D'UN PRINCE.

PUISQUE le dieu du jour en ses douze voyages
Habite tristement sa maison du Verseau,
Que les monts sont encore assiégés des orages,
Et que nos prés rians sont engloutis sous l'eau,
Je veux au coin du feu vous faire un nouveau conte.
Nos loisirs sont plus doux par nos amusemens.
Je suis vieux, je l'avoue, & je n'ai point de honte
De goûter avec vous le plaisir des enfans.

Dans Bénévent jadis régnait un jeune prince,
Plongé dans la mollesse, ivre de son pouvoir,
Elevé comme un sot, & sans en rien savoir,
Méprisé des voisins, haï dans sa province.
Deux fripons gouvernaient cet état assez mince;
Ils avaient abruti l'esprit de monseigneur,
Aidés dans ce projet par son vieux confesseur;
Tous trois se relayaient. On lui faisait accroire
Qu'il avait des talens, des vertus, de la gloire;
Qu'un duc de Bénévent, dès qu'il était majeur,
Etait du monde entier l'amour & la terreur :
Qu'il pouvait conquérir l'Italie & la France,
Que son trésor ducal regorgeait de finance,
Qu'il avait plus d'argent que n'en eut Salomon,
Sur son terrain pierreux du torrent de Cédron.
Alamon (c'est le nom de ce prince imbécille)
Avalait cet encens, & lourdement tranquille,
Entouré des bouffons, & d'insipides yeux,

Quand il avait dîné, croyait son peuple heureux.
  Il restait à la cour un brave militaire,
Emon, vieux serviteur du feu prince son père,
Qui n'étant point payé lui parlait librement,
Et prédisait malheur à son gouvernement.
Les ministres jaloux, qui bientôt le craignirent,
De ce pauvre honnête homme aisément se défirent;
Emon fut exilé : le maître n'en sut rien.
Le vieillard confiné dans une métairie,
Cultivait sagement ses amis & son bien,
Et pleurait à la fois son maître & sa patrie.
Alamon loin de lui laissait couler sa vie
Dans l'insipidité de ses molles langueurs.
Des sots Bénéventins quelquefois les clameurs
Frappaient pour un moment son ame appesantie.
Ce bruit sourd & lointain, qu'avec peine il entend,
S'affaiblit dans sa course, & meurt en arrivant.
Le poids de la misère accablait la province;
Elle était dans les pleurs, Alamon dans l'ennui;
Les tyrans triomphaient. Dieu prit pitié de lui,
Il voulut qu'il aimât pour en faire un bon prince.
  Il vit la jeune Amide, il la vit, l'entendit :
Il commença de vivre, & son cœur se sentit.
Il était beau, bien fait, & dans l'âge de plaire.
Son confesseur madré découvrit le mystère;
Il en fit un scrupule à son sot pénitent,
D'autant plus timoré qu'il était ignorant :
Et les deux scélérats qui tremblaient que leur maître
Ne se connût un jour, & vînt à les connaître,
Envoyèrent Amide avec le pauvre Emon.

Elle fit son paquet, & le trempa de larmes.
On n'osait résister. Le timide Alamon
Vainement attendri, s'arrachait à ses charmes;
Car son esprit flottant d'un vain remords touché,
Commençant à s'ouvrir n'était point débouché.

    Comme elle allait partir, on entend, bas les armes,
A la fuite, à la mort, combattons, tout périt,
Alla, San Germano, Mahomet, Jesus-Christ.
On voit un peuple entier fuyant de place en place;
Un guerrier au turban, plein de force & d'audace,
Suivi de Musulmans, le cimeterre en main,
Sur des morts entassés se frayant un chemin,
Portant dans le palais le fer avec les flammes,
Egorgeait les maris, mettait à part les femmes.
Cet homme avait marché de Cume à Bénévent,
Sans que le ministère en eût le moindre vent;
La mort le devançait, & dans Rome la sainte
Saint Pierre avec saint Paul était transi de crainte.
C'était, mes chers amis, le superbe Abdala,
Pour corriger l'église envoyé par Alla.

    Dès qu'il fut au palais, tout fut mis dans les chaînes,
Princes, moines, valets, ministres, capitaines,
Tels que les fils d'Io, l'un à l'autre attachés,
Sont portés dans un char aux plus voisins marchés.
Tels étaient monseigneur & ses référendaires,
Enchaînés par les pieds avec le confesseur,
Qui toujours se signant, & disant ses rosaires,
Leur prêchait la constance, & se mourait de peur.

    Quand tout fut garrotté, les vainqueurs partagèrent
Le butin qu'en trois lots les émirs arrangèrent;

Les hommes, les chevaux, & les châsses des saints.
D'abord on dépouilla les bons Bénéventins.
Les tailleurs ont toujours déguisé la nature,
Ils font trop charlatans, l'homme n'est point connu.
L'habit change les mœurs, ainsi que la figure,
Pour juger d'un mortel, il faut le voir tout nu.

    Du chef des musulmans le duc fut le partage;
Il était, comme on fait, dans la fleur de son âge;
Il paraissait robuste, on le fit muletier.
Il profita beaucoup dans ce nouveau métier:
Ses muscles énervés par l'infame mollesse,
Prirent dans le travail une heureuse vigueur;
Le malheur l'instruisit, il dompta la paresse,
Son avilissement fit naître sa valeur.
La valeur sans pouvoir est assez inutile;
C'est un tourment de plus. Déjà paisiblement
Abdala s'établit dans son appartement,
Boit le vin des vaincus malgré son évangile.
Les dames de la cour, les filles de la ville,
Conduites chaque nuit par son eunuque noir,
A son petit coucher arrivent à la file,
Attendent ses regards & briguent son mouchoir.
Les plaisirs partageaient les momens de sa vie.

    Monseigneur cependant, au fond de l'écurie,
Avec ses compagnons ci-devant ses sujets,
Une étrille à la main prenait soin des mulets.
Pour comble de malheur il vit la belle Amide,
Que le noir circoncis, ministre de l'amour,
Au superbe Abdala conduisait à son tour.
Prêt à s'évanouir, il s'écria, perfide!

Ce malheur me manquait, voici mon dernier jour.
L'eunuque à fon difcours ne pouvait rien comprendre ;
Dans un autre langage Amide répondit,
D'un coup d'œil douloureux, d'un regard noble & tendre,
Qui pénétrait à l'ame : & ce regard lui dit,
Confolez-vous, vivez, fongez à me défendre,
Vengez-moi, vengez-vous ; votre nouvel emploi
Ne vous rend à mes yeux que plus digne de moi.
Alamon l'entendit, & reprit l'efpérance.
    Amide comparut devant fon excellence ;
Le corfaire jura que jufques à ce jour
Il avait en effet connu la jouiffance,
Mais qu'en voyant Amide il connaiffait l'amour.
Pour lui plaire encor plus elle fit réfiftance ;
Et ces refus adroits annonçant les plaifirs,
En les faifant attendre, irritaient fes defirs.
Les femmes ont toujours des prétextes honnêtes :
Je fuis, lui dit Amide, au rang de vos conquêtes ;
Vous êtes invincible en amour, aux combats,
Et tout eft à vos pieds, ou veut être en vos bras ;
Mais fouffrez que trois jours mon bonheur fe diffère ;
Et pour me confoler de ces triftes délais,
A mon timide amour, accordez deux bienfaits.
Qu'ordonnez-vous ? parlez, répondit le corfaire,
Il n'eft rien que mon cœur refufe à vos attraits.
Des faveurs que j'attends, dit-elle, la première
Eft de faire donner deux cents coups d'étrivière
A trois Bénéventins que j'ai mandés exprès.
La feconde, feigneur, eft d'avoir deux mulets,
Pour m'aller quelquefois promener en litière,

Avec un muletier qui soit selon mon choix.
Abdala repliqua : vos desirs sont mes loix.
Ainsi dit, ainsi fait ; le très-indigne prêtre,
Et les deux conseillers corrupteurs de leur maître,
Eurent chacun leur dose, au grand contentement
De tous les prisonniers, & de tout Bénévent.
Et le jeune Alamon goûta le bien suprême
D'être le muletier de la beauté qu'il aime.

Ce n'est pas tout, dit-elle, il faut vaincre & régner.
La couronne ou la mort à présent vous appelle,
Vous avez du courage, Emon vous est fidèle,
Je veux aussi vous l'être, & ne rien épargner
Pour vous rendre honnête homme, & servir ma patrie.
Au fond de son exil allez trouver Emon,
Puis que vous avez tort, demandez-lui pardon ;
Il donnera pour vous les restes de sa vie,
Tout sera préparé, revenez dans trois jours ;
Hâtez-vous ; vous savez que je suis destinée
Aux plaisirs d'Abdala la troisième journée.
Les momens sont bien chers à la guerre, en amours :
Alamon répondit, je vous aime, & j'y cours.
Il part. Le brave Emon qu'avait instruit Amide,
Aimait son prince ingrat devenu malheureux.
Il avait rassemblé des amis généreux,
Et de soldats choisis une troupe intrépide.
Il embrassa son prince, ils pleurèrent tous deux ;
Ils s'arment en secret, ils marchent en silence.
Amide parle aux siens, & réveille en leur cœur
Tout esclaves qu'ils sont des sentimens d'honneur,
Alamon réunit l'audace & la prudence ;

Il devint un héros , fi-tôt qu'il combattit.
Le Turc aux voluptés livré fans défiance,
Surpris par les vaincus à fon tour fe perdit.
Alamon triomphant au palais fe rendit ,
Au moment que le Turc ignorant fa difgrace ,
Avec la belle Amide allait fe mettre au lit.
Il rentra dans fes droits, & fe mit à fa place.

    Le confeffeur arrive avec mes deux fripons,
Tout fraîchement fortis de leurs fales prifons ;
Difent avoir tout fait , & n'ayant rien pu faire ,
Ils penfaient conferver leur empire ordonaire.
Les lâches font cruels : le moine confeilla
De faire au pied des murs empaler Abdala.
Miférable ! c'eft vous qui méritez de l'être,
Dit le prince éclairé , prenant un ton de maitre ;
Dans un lâche repos vous m'aviez corrompu ;
Je dois tout à ce Turc , & tout à ma maîtreffe ;
Vous m'aviez fait dévot , vous trompiez ma jeuneffe.
Le malheur & l'amour me rendent ma vertu.
Allez , brave Abdala , je dois vous rendre grace,
D'avoir développé mon efprit & mon cœur.
De leçons déformais il faut que jeme paffe :
Je vous fuis obligé, mais n'y revenez pas.
Soyez libre , partez ; & fi vos deftinées
Vous donnent trois fripons pour régir vos états,
Envoyez-moi chercher ; j'irai , n'en doutez pas,
Vous rendre les leçons que vous m'avez données.

GERTRUDE,

OU

L'ÉDUCATION D'UNE FILLE.

MEs amis , l'hiver dure , & ma plus douce étude
Eſt de vous raconter les faits des tems paſſés.
Parlons ce ſoir un peu de madame Gertrude.
    Je n'ai jamais connu de plus aimable prude :
Par trente-ſix printems ſur ſa tête amaſſés,
Ses modeſtes appas n'étaient point effacés.
Son maintien était ſage , & n'avait rien de rude ;
Ses yeux étaient charmans, mais ils étaient baiſſés.
Sur ſa gorge d'albâtre, une gaze étendue,
Avec un art diſcret en permettait la vue.
L'induſtrieux pinceau d'un carmin délicat,
D'un viſage arrondi relevant l'incarnat,
Embelliſſait ſes traits ſans outrer la nature :
Moins elle avait d'apprèt , plus elle avait d'éclat :
La ſimple propreté compoſait ſa parure.
    Toujours ſur ſa toilette eſt la ſainte écriture :
Auprès d'un pot de rouge on voit un Maſſillon,
Et le petit carême eſt ſurtout ſa lecture;
Mais ce qui nous charmait dans ſa dévotion,
C'eſt qu'elle était toujours aux femmes indulgente :
Gertrude était dévote , & non pas, médiſante.
    Elle avait une fille ; un dix avec un ſept
Compoſait l'âge heureux de ce divin objet ,

Qui depuis fon baptême eut le nom d'Ifabelle :
Plus fraîche que fa mère, elle était auffi belle.
A côté de Minerve on eût cru voir Vénus.
Gertrude à l'élever prit des foins affidus.
Elle avait dérobé cette rofe naiffante
Au fouffle empoifonné d'un monde dangereux:
Les converfations, les fpectacles, les jeux,
Ennemis féduifans de toute ame innocente,
Vrais piège du démon par les faints abhorrés,
Etaient dans la maifon des plaifirs ignorés.

   Gertrude en fon logis avait un oratoire,
Un boudoir de dévote, où , pour fe recueillir,
Elle allait faintement occuper fon loifir ,
Et faifait l'oraifon qu'on dit jaculatoire.
Des meubles recherchés, commodes, précieux,
Ornaient cette retraite au public inconnue :
Un efcalier fecret loin des profanes yeux
Conduifait au jardin , du jardin dans la rue.

   Vous favez qn'un été les ardeurs du foleil
Rendent fouvent les nuits aux beaux jours préférables ;
La lune fait aimer fes rayons favorables ;
Les filles en ce tems goûtent peu le fommeil.
Ifabelle inquiète, en fecret agitée ,
Et de fes dix-fept ans doucement tourmentée,
Refpirait dans la nuit fous un ombrage frais,
En ignorait l'ufage & s'étendait auprès ;
Sans favoir l'admirer regardait la nature ;
Puis fe levait , allait, marchait à l'aventure,
Sans deffein , fans objet qui pût l'intéreffer :
Ne penfant point encore & cherchant à penfer.

Elle entendit du bruit au boudoir de sa mère.
La curiosité l'aiguillonne à l'instant :
Elle ne soupçonnait nulle ombre de mystère ;
Cependant elle hésite, elle approche en tremblant,
Posant sur l'escalier une jambe en avant,
Etendant une main, portant l'autre en arrière,
Le cou tendu, l'œil fixe, & le cœur palpitant,
D'une oreille attentive avec peine écoutant.
D'abord elle entendit un tendre & doux murmure,
Des mots entrecoupés, des soupirs languissans.
Ma mère a du chagrin, dit-elle entre ses dents ;
Et je dois partager les peines qu'elle endure.
Elle approche : elle entend ces mots pleins de douceur ;
André, mon cher André, vous faites mon bonheur.
Isabelle à ces mots pleinement se rassure.
Ma tendresse, dit-elle, a pris trop de souci ;
Ma mère est fort contente, & je dois l'être aussi.
Isabelle à la fin, dans son lit se retire,
Ne peut fermer les yeux, se tourmente & soupire :
André fait des heureux ! & de quelle façon ?
Que ce talent est beau ! mais comment s'y prend-on ?
Elle revit le jour avec inquiétude.
Son trouble fut d'abord apperçu par Gertrude.
Isabelle était simple, & sa naïveté
Laissa parler enfin sa curiosité.
    Quel est donc cet André, lui dit-elle, madame,
Qui fait, à ce qu'on dit, le bonheur d'une femme ?
Gertrude fut confuse : elle s'apperçut bien
Qu'elle était découverte, & n'en témoigna rien :
Elle se composa : puis répondit, ma fille,

Il faut avoir un faint pour toute une famille ;
Et depuis quelque tems , j'ai choifi Saint André.
Je lui fuis très-dévote : il m'en fait fort bon gré :
Je l'invoque en fecret , j'implore fes lumières ;
Il m'apparaît fouvent la nuit dans mes prières ;
C'eft un des plus grands faints qui foient en paradis.
   A quelque tems de-là , certain monfieur Denis ;
Jeune homme bien tourné, fut épris d'Ifabelle.
Tout confpirait pour lui , Denis fut aimé d'elle,
Et plus d'un rendez-vous confirma leur amour.
Gertrude en fentinelle entendit à fon tour
Les belles oraifons , les antiennes charmantes ,
Qu'Ifabelle entonnait , quand fes mains carreffantes
Preffaient fon tendre amant de plaifir enivré.
   Gertrude les furprit & fe mit en colère.
La fille répondit : Pardonnez-moi , ma mère,
J'ai choifi Saint Denis, comme vous Saint André.
Gertrude dès ce jour , plus fage & plus heureufe,
Confervant fon amant, & renonçant aux faints ,
Quitta le vain projet de tromper les humains :
On ne les trompe point. La malice envieufe
Porte fur votre mafque un coup d'œil pénétrant ;
On vous devine mieux que vous ne favez feindre :
Et le ftérile honneur de toujours vous contraindre
Ne vaut pas le plaifir de vivre librement.
   La charmante Ifabelle au monde préfentée
Se forma , s'embellit , fut en tous lieux goûtée.
Gertrude en fa maifon rappella pour toujours
Les doux amufemens , compagnons des amours:
Les plus honnêtes gens y pafsèrent leur vie.
Il n'eft jamais de mal en bonne compagnie.

LES

LES TROIS MANIÈRES.

QUE les Athéniens étaient un peuple aimable !
Que leur esprit m'enchante, & que leurs fictions
Me font aimer le vrai sous les traits de la fable !
La plus belle à mon gré de leurs inventions,
Fut celle du théatre, où l'on faisait revivre
Les héros du vieux tems, leurs mœurs, leurs passions.
Vous voyez aujourd'hui toutes les nations
Consacrer cet exemple & chercher à le suivre.
Le théatre instruit mieux que ne fait un gros livre.
Malheur aux esprits faux dont la sotte rigueur
Condamne parmi nous les jeux de Melpomène !
Quand le ciel eut formé cette engeance inhumaine,
La nature oublia de lui donner un cœur.
    Un des plus grands plaisirs du théatre d'Athène,
Etait de couronner, dans des jeux solemnels,
Les meilleurs citoyens, les plus grands des mortels :
En présence du peuple on leur rendait justice.
Ainsi j'ai vu Villars, ainsi j'ai vu Maurice,
Qu'un maudit courtisan quelquefois censura,
Du champ de la victoire allant à l'opéra ;
Recevoir des lauriers de la main d'une actrice.
Ainsi quand Richelieu revenait de Mahon,
(Qu'il avait pris pourtant en dépit de l'envie)
Partout sur son passage il eut la comédie ;
On lui battit des mains encor plus qu'à Clairon.
    Au théatre d'Eschyle, avant que Melpomène

Sur fon cothurne altier, vint parcourir la fcène,
On décernait les prix accordés aux amans.
Celui qui dans l'année avait pour fa maîtreffe
Fait les plus beaux exploits, montré plus de tendreffe,
Mieux prouvé par les faits fes nobles fentimens,
Se voyait couronné devant toute la Grèce.
Chaque belle plaidait la caufe de fon cœur,
De fon amant aimé racontait les mérites,
Après un beau ferment dans les formes prefcrites,
De ne pas dire un mot qui fentît l'orateur,
De n'exagérer rien, chofe affez difficile
Aux femmes, aux amans, & même aux avocats.
On nous a confervé l'un de ces beaux débats.
Doux enfans du loifir de la Grèce tranquile.
C'était, il m'en fouvient, fous l'arconte Eudamas.
    Devant les Grecs charmés trois belles comparurent,
La jeune Eglé, Théone, & la trifte Apamis.
Les beaux efprits de Grèce au fpectacle accoururent;
Ils étaient grands parleurs, & pourtant ils fe turent;
Ecoutant gravement en demi-cercle affis.
Dans un nuage d'or Vénus avec fon fils,
Prêtait à leur difpute une oreille attentive.
La jeune Eglé commence, Eglé fimple & naïve,
De qui la voix touchante & la douce candeur
Charmaient l'oreille & l'œil, & pénétraient au cœur.

E G L É.

Hermotime mon père a confacré fa vie
Aux mufes, aux talens, à ces dons du génie,
Qui des humains jadis ont adouci les mœurs.
Tout entier aux beaux-arts, il a fui les honneurs;

Et fans ambition caché dans fa famille,
Il n'a voulu donner pour époux à fa fille,
Qu'un mortel comme lui favorifé des dieux,
Elevé dans fon art, & qui faurait le mieux
Animer fur la toile & chanter fur la lyre
Ce peu de vains attraits que m'ont donné les cieux.
Ligdamon m'adorait; fon efprit fans culture,
Devait, je l'avouerai, beaucoup à la nature;
Ingénieux, difcret, poli fans compliment;
Parlant avec juftelle, & jamais favamment;
Sans talens, il eft vrai, mais fachant s'y connaître.
L'amour forma fon cœur, les graces fon efprit.
Il ne favait qu'aimer, mais qu'il était grand maître
Dans ce premier des arts que lui feul il m'apprit!

Quand mon père eut formé le deffein tyrannique
De m'arracher l'objet de mon cœur amoureux,
Et de me réferver pour quelque peintre heureux,
Qui ferait de bons vers, & faurait la mufique,
Que de larmes alors coulèrent de mes yeux!
Nos parens ont fur nous un pouvoir defpotique;
Puifqu'ils nous ont fait naître, ils font pour nous des dieux.
Je mourais, il eft vrai, mais je mourais foumife.

Ligdamon s'écarta, confus, défefpéré,
Cherchant loin de mes yeux un afyle ignoré.
Six mois furent le terme où ma main fut promife:
Ce délai fut fixé pour tous les prétendans,
Ils n'avaient tous, hélas! dans leurs triftes talens,
A peindre que l'ennui, la douleur & les larmes.
Le tems qui s'avançait redoublait mes alarmes.
Ligdamon aimé me fuyait pour toujours;

C ij

J'attendais mon arrêt ; & j'étais au concours.

   Enfin de vingt rivaux les ouvrages parurent ;
Sur leurs perfections mille débats s'émurent :
Je ne pus décider, je ne le voyais pas.
Mon père se hâta d'accorder son suffrage
Aux talens trop vantés du fier & dur Harpage ;
On lui promit ma foi, j'allais être en ses bras.

   Un esclave empressé frappe, arrive à grands pas ;
Apportant un tableau d'une main inconnue :
Sur la toile aussi-tôt chacun porta la vue :
C'était moi. Je semblais respirer & parler ;
Mon cœur en longs soupirs paraissait s'exhaler ;
Et mon air, & mes yeux, tout annonce que j'aime.
L'art ne se montrait pas, c'est la nature même,
La nature embellie ; & par de doux accords,
L'ame était sur la toile aussi-bien que le corps.
Une tendre clarté s'y joint à l'ombre obscure,
Comme on voit au matin le soleil de ses traits
Percer la profondeur de nos vastes forêts,
Et dorer les moissons, les fruits & la verdure
Harpage en fut surpris ; il voulut censurer ;
Tout le reste se tut, & ne put qu'admirer.
Quel mortel, ou quel Dieu, s'écrait Hermotime,
Du talent d'imiter fait un art si sublime,
A qui ma fille enfin devra-t-elle sa foi ?
Ligdamon se montrant, lui dit, elle est à moi !
L'amour seul est son peintre, & voilà son ouvrage.
C'est lui qui dans mon cœur imprima cette image,
C'est lui qui sur la toile a dirigé ma main :
Quel art n'est pas soumis à son pouvoir divin ?

Il les anime tous. Alors d'une voix tendre,
Sur son luth accordé Ligdamon fit entendre
Un mélange inoui de sons harmonieux ;
On croyait être admis dans le concert des dieux.
Il peignit comme Appelle, il chanta comme Orphée.
   Harpage en frémiffait ; fa fureur étouffée
S'exhalait fur fon front, & brûlait dans fes yeux.
Il prend un javelot de fes mains forcenées,
Il court ; il va frapper ; je vis l'affreux moment,
Où le traître à fa rage immolait mon amant,
Où la mort d'un feul coup tranchait deux deftinées.
Ligdamon l'apperçoit, il n'en eft point furpris ;
Et de la même main fous qui fon luth réfonne,
Et qui fut enchanter nos cœurs & nos efprits,
Il combat fon rival, l'abat, & lui pardonne.
Jugez, fi de l'amour il mérite le prix,
Et permettez du moins que mon cœur le lui donne.
   Ainfi parlait Eglé. L'amour applaudiffait,
Les Grecs battaient des mains, la belle rougiffait ;
Elle en aimait encore fon amant davantage.

   Téone fe leva : Son air & fon langage
Ne connurent jamais les foins étudiés ;
Les Grecs en la voyant fe fentait égayés.
Téone fouriant conta fon aventure,
En vers moins alongés, & d'une autre mefure,
Qui courent avec grace, & vont à quatre pieds,
Comme en fit Hamilton, comme en fait la nature.

TÉONE.

Vous connaiffez tous Agaton ,
Il eft plus charmant que Nirée.
A peine d'un naiffant coton
Sa ronde joue était parée ;
Sa voix eft tendre , il a le ton
Comme les yeux de Cythérée.
Vous favez de quel vermillon
Sa blancheur vive eft colorée ;
La chevelure d'Apollon
N'eft pas fi longue & fi dorée.
Je le pris pour mon compagnon,
Auffi-tôt que je fus nubile.
Ce n'eft pas fa beauté fragile ,
Dont mon cœur fut le plus épris
S'il a les graces de Pàris ,
Mon amant a le bras d'Achile.

Un foir dans un petit bateau,
Tout auprès d'une ifle Cyclade ,
Ma tante & moi goûtions fur l'eau
Le plaifir de la promenade;
Quand de Lydie un gros vaiffeau
Vient nous aborder à la rade.
Le vieux capitaine écumeur
Venait fouvent dans cette plage
Chercher des filles de mon âge
Pour les plaifirs du gouverneur.
En moi je ne fais quoi le frappe ;
Il me trouve un air affez beau ;
Il laiffe ma tante , il me happe ,

Il m'enlève comme un moineau ,
Et va me vendre à son satrape.
 Ma bonne tante en glapiſſant ,
Et la poitrine déchirée ,
S'en retourne au port du Pirée
Raconter au premier paſſant
Que ſa Téone eſt égarée ,
Que de Lydie un armateur ,
Un vieux pirate , un revendeur
De la féminine denrée ,
S'en eſt allé livrer ma fleur
Au commandant de la contrée.
 Penſez-vous alors qu'Agaton
S'amuſât à verſer des larmes ,
A me peindre avec un crayon ,
A chanter ſa perte & mes charmes ,
Sur un petit pſaltérion ?
Pour me ravoir il prit les armes :
Mais n'ayant pas de quoi payer
Seulement le moindre eſtafier ,
Et ſe fiant ſur ſa figure ,
D'une fille il prit la coëffure ,
Le tour de gorge & le panier.
Il cacha ſous ſon tablier
Un long poignard & ſon armure ,
Et courut tenter l'aventure
Dans la barque d'un nautonier.
 Il arrive au bord du Méandre ,
Avec ſon petit attirail.
A ſes attraits , à ſon air tendre

On ne manqua pas de le prendre
Pour une ouaille du bercail,
Où l'on m'avait déjà fait vendre ;
Et dès qu'à terre il put descendre,
On l'enferma dans mon serrail.
Je ne crois pas que de sa vie
Une fille ait jamais goûté
Le quart de la félicité
Qui combla mon ame ravie,
Quand dans un serrail de Lydie
Je vis mon Grec à mon côté,
Et que je pus en liberté
Récompenser la nouveauté
D'une entreprise si hardie.
Pour époux il fut accepté.
Les dieux seuls daignèrent paraître
A cet hymen précipité ;
Car il n'était point là de prêtre ;
Et, comme vous pouvez penser,
Des valets on peut se passer
Quand on est sous les yeux du maître.
   Le soir le satrape amoureux,
Dans mon lit sans cérémonie,
Vint m'expliquer ses tendres vœux.
Il crut pour appaiser ses feux
N'avoir qu'une fille jolie,
Il fut surpris d'en trouver deux.
Tant mieux, dit-il, car votre amie,
Comme vous est fort à mon gré ;
J'aime beaucoup la compagnie ;

Toutes deux je contenterai,
N'ayez aucune jaloufie.
Après fa petite leçon,
Qu'il accompagnait de careffes,
Il voulait agir tout de bon.
Il exécutait fes promeffes,
Et je tremblais pour Agaton.
Mais mon Grec d'une main guerrière
Le faififfant par la crinière,
Et tirant fon eftramaçon,
Lui fit voir qu'il était garçon,
Et parla de cette manière.

Sortons tous trois de la maifon,
Et qu'on me faffe ouvrir la porte;
Faites bien figne à votre efcorte
De ne fuivre en nulle façon:
Marchons tous les trois au rivage;
Embarquons-nous fur un efquif,
J'aurai fur vous l'œil attentif.

Point de gefte, point de langage;
Au premier figne un peu douteux,
Au clignement d'une paupière,
A l'inftant je vous coupe en deux,
Et vous jette dans la rivière.

Le fatrape était un feigneur
Affez fujet à la frayeur;
Il eut beaucoup d'obéiffance.
Lorfqu'on a peur, on eft fort doux.
Sur la nacelle en diligence
Nous l'embarquâmes avec nous.

Si-tôt que nous fûmes en Grèce,
Son vainqueur le mit à rançon ;
Elle fut en sonnante espèce :
Elle était forte , il m'en fit don :
Ce fut ma dot & mon douaire.
    Avouez qu'il a su plus faire
Que le bel esprit Ligdamon ;
Et que j'aurais fort à me plaindre ,
S'il n'avait songé qu'à me peindre ,
Et qu'à me faire une chanson

Les Grecs furent charmés de la voix douce & vive ,
Du naturel aisé , de la gaieté naïve ,
Dont la jeune Téone anima son récit.
La grace en s'exprimant vaut mieux que ce qu'on dit.
    On applaudit , on rit ; les Grecs aimaient à rire.
Pourvu qu'on soit content qu'importe qu'on admire ?
    Apamis s'avança les larmes dans les yeux ;
Ses pleurs étaient un charme , & la rendaient plus belle.
Les Grecs prirent alors un air plus sérieux ,
Et dès qu'elle parla , les cœurs furent pour elle.
Apamis raconta ses malheureux amours
En mètres qui n'étaient ni trop longs ni trop courts;
Dix syllabes par vers mollement arrangées
Se suivaient avec art , & semblaient négligées;
Le rithme en est facile , il est mélodieux ,
L'hexamètre est plus beau , mais par fois ennuyeux.

APAMIS.
L'astre cruel sous qui j'ai vu le jour ,

M'a fait pourtant naître dans Amathonte ,
Lieux fortunés , où la Grèce raconte
Que le berceau de la mère d'amour ,
Par les plaisirs fut apporté sur l'onde;
Elle y naquit pour le bonheur du monde ,
A ce qu'on dit , mais non pas pour le mien.
Son culte aimable , & sa loi douce & pure ,
A ses sujets n'avaient fait que du bien ,
Tant que sa loi fut celle de nature.
Le rigorisme a fouillé ses autels ;
Les dieux font bons , les prêtres sont cruels.
Les novateurs ont voulu qu'une belle ,
Qui par malheur deviendrait infidelle ,
Irait finir ses jours au fond de l'eau ,
Où la déesse avait eu son berceau ,
Si quelque amant ne se noyait pour elle.
Pouvait-on faire une loi si cruelle ?
Hélas ! faut-il le frein du châtiment
Aux cœurs bien nés , pour aimer constamment ?
Et si jamais à la faiblesse en proie
Quelque beauté vient à changer d'amant ;
C'est un grand mal ; mais faut-il qu'on la noie ?
  Tendre Vénus , vous qui fîtes ma joie,
Et mon malheur , vous qu'avec tant de soin
J'avais servie avec le beau Batile ,
D'un cœur si droit , d'un esprit si docile ,
Vous le savez , je vous prends à témoin ,
Comme j'aimais , & si j'avais besoin
Que mon amour fût nourri par la crainte.
Des plus beaux nœuds la pure & douce étreinte

Faifait un cœur de nos cœurs amoureux.

Batile & moi nous refpirions ces feux
Dont autrefois a brûlé la déeffe.
L'aftre des cieux en commençant fon cours ,
En l'achevant contemplait nos amours ;
La nuit favait quelle était ma tendreffe.

Arénorax , homme indigne d'aimer ,
Au regard fombre , au front trifte , au cœur traître ,
D'amour pour moi parut s'envenimer ,
Non s'attendrir ; il le fit bien connaître.
Né pour haïr , il ne fut que jaloux.
Il diftilla les poifons de l'envie ;
Il fit parler la noire calomnie.
O délateurs ! monftres de ma patrie ,
Nés de l'enfer , hélas ! rentrez-y tous.
L'art contre moi mit tant de vraifemblance ,
Que mon amant put même s'y tromper ,
Et l'impofture accabla l'innocence.

Difpenfez-moi de vous développer
Le noir tiffu de fa trame fecrète ;
Mon tendre cœur ne peut s'en occuper ;
Il eft trop plein de l'amant qu'il regrette.
A la déeffe en vain j'eus mon recours ,
Tout me trahit , je me vis condamnée
A terminer mes maux & mes beaux jours
Dans cette mer où Vénus était née.

On me menait au lieu de mon trépas ,
Un peuple entier mouillait de pleurs mes pas ,
Et me plaignait d'une plainte inutile ,
Quand je reçus un billet de Batile ,

Fatal écrit qui changeait tout mon fort !
Trop cher écrit plus cruel que la mort !
Je crus tomber dans la nuit éternelle
Quand je l'ouvris, quand j'apperçus ces mots :
Je meurs pour vous, fuffiez-vous infidelle.
C'en était fait ; mon amant dans les flots
S'était jeté pour me fauver la vie.
On l'admirait, en pouffant des fanglots.
Je t'implorais, ô mort ! ma feule envie,
Mon feul devoir ! on eut la cruauté
De m'arrêter lorfque j'allais le fuivre.
On m'obferva, j'eus le malheur de vivre.
De l'impofteur la fombre iniquité
Fut mife au jour, & trop tard découverte.
Du talion il a fubi la loi ;
Son châtiment répare-t-il ma perte ?
Le beau Batile eft mort, & c'eft pour moi !

    Je viens à vous, ô juges favorables !
Que mes foupirs, que mes funèbres foins
Touchent vos cœurs, que j'obtienne du moins
Un appareil à des maux incurables.
A mon amant dans la nuit du trépas
Donnez le prix que ce trépas mérite ;
Qu'il fe confole aux rives du Cocite,
Quand fa moitié ne fe confole pas.
Que cette main qui tremble & qui fuccombe,
Par vos bontés encor fe ranimant,
Puiffe à vos yeux écrire fur fa tombe,
« Athène & moi couronnons mon amant. »
Difant ces mots, fes fanglots l'arrêtèrent ;

Elle se tut, mais ses larmes parlèrent.

❀ ❀

Chaque juge fut attendri.
Pour Eglé d'abord ils penchè rent ;
Avec Téone ils avaient ri ,
Avec Apamis ils pleurèrent.
J'ignore , & j'en suis bien marri ,
Quel est le vainqueur qu'ils nommèrent.
 Au coin du feu , mes chers amis ,
C'est pour vous seuls que je transcris
Ces contes tirés d'un vieux sage.
Je m'en tiens à votre suffrage ;
C'est à vous de donner le prix ;
Vous êtes mon aréopage.

THÉLÈME ET MACARE.

THÉLÈME eſt vive, elle eſt brillante,
Mais elle eſt bien impatiente;
Son œil eſt toujours ébloui,
Et ſon cœur toujours la tourmente,
Elle aimait un gros réjoui
D'une humeur toute différente.
Sur ſon viſage épanoui
Eſt la ſérénité touchante;
Il écarte à la fois l'ennui,
Et la vivacité bruyante.
Rien n'eſt plus doux que ſon ſommeil,
Rien n'eſt plus doux que ſon réveil;
Le long du jour il vous enchante.
Macare eſt le nom qu'il portait.
Sa maîtreſſe inconſidérée
Par trop de ſoins le tourmentait:
Elle voulait être adorée.
En reproches elle éclata:
Macare en riant la quitta,
Et la laiſſa déſeſpérée.
Elle courut étourdiment
Chercher de contrée en contrée
Son infidèle & cher amant,
N'en pouvant vivre ſéparée.
  Elle va d'abord à la cour.

Auriez-vous vu mon cher amour ?
N'avez-vous point chez vous Macare ?
Tous les railleurs de ce féjour
Sourirent à ce nom bizarre.
Comment ce Macare eft-il fait ?
Où l'avez-vous perdu, ma bonne ?
Faites-nous un peu fon portrait.
Ce Macare qui m'abandonne,
Dit-elle, eft un homme parfait,
Qui n'a jamais haï perfonne,
Qui de perfonne n'eft haï,
Qui de bon fens toujours raifonne,
Et qui n'eut jamais de fouci.
A tout le monde il a fu plaire.

    On lui dit, Ce n'eft pas ici
Que vous trouverez votre affaire,
Et les gens de ce caractère,
Ne vont pas dans ce pays-ci.

    Thélème marcha vers la ville.
D'abord elle trouve un couvent,
Et penfe dans ce lieu tranquille
Rencontrer fon tranquille amant.
Le fous-prieur lui dit, madame,
Nous avons long-tems attendu
Ce bel objet de votre flamme,
Et nous ne l'avons jamais vu.
Mais nous avons en récompenfe
Des vigiles, du tems perdu,
Et la difcorde, & l'abftinence.
Lors un petit moine tondu

Dit à la dame vagabonde ;
Cessez de courir à la ronde
Après votre amant échappé ;
Car si l'on ne m'a pas trompé,
Ce bon homme est dans l'autre monde.

    A ce discours impertinent
Thélème se mit en colère :
Apprenez, dit-elle , mon frère,
Que celui qui fait mon tourment
Est né pour moi, quoi qu'on en dise :
Il habite certainement
Le monde où le destin m'a mise,
Et je suis son seul élément :
Si l'on vous fait dire autrement,
On vous fait dire une sottise.

    La belle courut de ce pas
Chercher au milieu du fracas
Celui qu'elle croyait volage.
Il sera peut-être à Paris ,
  Dit-elle , avec les beaux esprits,
Qui l'ont peint si doux & si sage.
L'un d'eux lui dit , sur mon avis
Vous pourriez vous tromper peut-être ;
Macare n'est qu'en nos écrits ;
Nous l'avons peint sans le connaître.

    Elle aborda près du palais ,
Ferma les yeux, & passa vîte :
Mon amant ne sera jamais
Dans cet abominable gîte :
  Au moins la cour a des attraits,

Macare aurait pu s'y méprendre ;
Mais les noirs fuivans de Thémis
Sont les éternels ennemis
De l'objet qui me rend fi tendre.

Thélème au temple de Rameau ,
Chez Melpomène , chez Thalie,
Au premier fpeftacle nouveau
Croit trouver l'amant qui l'oublie.
Elle eft priée à ce repas ,
Où préfident les délicats
Nommés la bonne compagnie.
Des gens d'un agréable accueil
Y femblent au premier coup d'œil
De Macare être la copie :
Mais plus ils étaient occupés
Du foin flatteur de le paraître,
Et plus à fes yeux détrompés
Ils étaient éloignés de l'être.

Enfin Thélème au défefpoir,
Laffe de chercher fans rien voir,
Dans fa retraite alla fe rendre.
Le premier objet qu'elle y vit,
Fut Macare auprès de fon lit ,
Qui l'attendait pour la furprendre.
Vivez avec moi déformais ,
Dit-il, dans une douce paix ,
Sans trop chercher , fans trop prétendre.
Et fi vous voulez poffêder
Ma tendreffe avec ma perfonne,
Gardez de jamais demander

Au-delà de ce que je donne.

Les gens de Grec enfarinés
Connaîtront Macare & Thélème,
Et vous diront, sous cet emblême,
A quoi nous sommes destinés.
Macare (a), c'est toi qu'on desire,
On t'aime, on te perd ; & je crois
Que je t'ai rencontré chez moi,
Mais je me garde de le dire.
Quand on se vante de t'avoir,
On en est privé par l'envie ;
Pour te garder il faut savoir
Te cacher, & cacher sa vie.

(a) On fait aux lecteurs la jus-tice de croire qu'ils savent que Macare est le bonheur, & Thélème le desir ou la volonté.

AZOLAN, ou LE BÉNÉFICIER.

A Son aise dans son village
Vivait un jeune musulman,
Bien fait de corps, beau de visage,
Et son nom était Azolan;
Il avait transcrit l'alcoran,
Et par cœur il allait l'apprendre.
Il fut dès l'âge le plus tendre
Dévot à l'ange Gabriel.
Ce ministre emplumé du ciel,
Un jour chez lui daigna descendre.
J'ai connu, dit-il, mon enfant,
Ta dévotion non commune,
Gabriel est reconnaissant,
Et je viens faire ta fortune;
Tu deviendras dans peu de tems
Iman de la Mecque & Médine;
C'est après la place divine
Du grand commandeur des croyans
Le plus opulent bénéfice
Que Mahomet puisse donner.
Les honneurs vont t'environner,
Quand tu seras en exercice.
Mais il faut me faire serment.
De ne toucher femme ni fille,
De n'en voir jamais qu'à la grille,
Et de vivre très-chastement.

Le beau jeune homme étourdiment ,
Pour avoir des biens de l'églife ,
Conclut cet accord imprudent ,
Sans penfer faire une fottife.
Monfieur l'Iman fut enchanté
De l'éclat de fa dignité :
Et même encor de la finance
Dont il fe vit d'abord payé ,
Par un receveur d'importance ,
Qui la partageait par moitié.

  Tant d'honneur & tant d'opulence ,
N'étaient rien fans un peu d'amour.
Tous les matins au point du jour ,
Le jeune Azolan tout en flamme ,
Et par fon ferment empêché ,
Se dit dans le fond de fon ame ,
Qu'il a fait un mauvais marché.
Il rencontre la belle Amine ,
Aux yeux charmans , au teint fleuri ;
Il l'adore , il en eft chéri.
Adieu la Mecque , adieu Médine ,
Adieu l'éclat d'un vain honneur ,
Et tout ce pompeux efclavage ;
La feule Amine aura mon cœur ,
Soyons heureux dans mon village.

  L'archange auffi-tôt defcendit ,
Pour lui reprocher fa faibleffe :
Le tendre amant lui répondit ;
Voyez feulement ma maîtreffe ;
Vous vous êtes moqué de moi ,

Notre marché fait mon supplice ;
Je ne veux qu'Amine & sa foi,
Reprenez votre bénéfice.
Du bon prophête Mahomet
J'adore à jamais la prudence ;
Aux élus l'amour il permet ;
Il fait bien plus, il leur promet
Des Amines pour récompense.
Allez , mon très-cher Gabriel ,
J'aurai toujours pour vous du zèle ;
Vous pouvez retourner au ciel ;
Je n'y veux pas aller sans elle.

L'ORIGINE DES MÉTIERS.

QUAND Promethée eut formé son image,
D'un marbre blanc façonné par ses mains ,
Il épousa , comme on sait , son ouvrage ;
Pandore fut la mère des humains.

Dès qu'elle put se voir & se connaître ,
Elle essaya son sourire enchanteur ,
Son doux parler , son maintien séducteur ,
Parut aimer , & captiva son maître ;
Et Promethée à lui plaire occupé ,
Premier époux , fut le premier trompé.

Mars visita cette beauté nouvelle ;
L'éclat du dieu , son air mâle & guerrier,
Son casque d'or , son large bouclier ,
Tout le servit , & Mars triompha d'elle.

Le dieu des mers en son humide cour ,
Ayant appris cette bonne fortune,
Chercha la belle , & lui parla d'amour ,
Qui cède à Mars peut se rendre à Neptune.

Le blond Phébus de son brillant séjour
Vit leurs plaisirs , eut la même espérance ;
Elle ne put faire de résistance
Au dieu des vers , des beaux-arts & du jour,

Mercure était le dieu de l'éloquence,
Il sut parler , il eut aussi son tour.

Vulcain sortant de sa forge embrasée ,
Déplut d'abord , & fut très-maltraité ;

Mais il obtint par importunité
Cette conquête aux autres dieux aifée.
    Ainfi Pandore occupa fes beaux ans,
Puis s'ennuya fans en favoir la caufe.
Quand une femme aima dans fon printems,
Elle ne peut jamais faire autre chofe.
Mais pour les dieux, ils n'aiment pas long-tems.
Elle avait eu pour eux des complaifances ;
Ils la quittaient ; elle vit dans les champs
Un gros fatyre, & lui fit les avances.
    Nous fommes nés de tous ces paffe-tems,
C'eft des humains l'origine première ;
Voila pourquoi nos efprits, nos talens,
Nos paffions, nos emplois, tout diffère.
L'un eut Vulcain, l'autre Mars pour fon père,
L'autre un fatyre ; & bien peu d'entre nous,
Sont defcendus du dieu de la lumière.
De nos parens nous tenons tous nos goûts :
Mais le métier de la belle Pandore,
Quoique peu rare, eft encore le plus doux ;
Et c'eft celui que tout Paris honore.

        Fin des contes de Vadé.

LE

MARSEILLOIS

ET

LE LION.

Dans les sacrés cayers méconnus de profanes,
Nous avons vu parler les serpens & les ânes.
Un serpent fit l'amour à la femme d'Adam ; (*a*)
Un âne avec esprit gourmanda Balaam. (*b*)
Le grand parleur Homère, en vérités fertile,
Fit parler & pleurer les deux chevaux d'Achile. (*c*)
Les habitans des airs, des forêts & des champs,
Aux humains chez Esope, enseignent le bon sens.
Descartes n'en eut point quand il les crut machines. (*d*)
Il raisonna beaucoup sur les œuvres divines ;
Il en jugea fort mal & noya sa raison
Dans ses trois élémens au coin d'un tourbillon.
Le pauvre homme ignora dans sa physique obscure
Et l'homme, & l'animal, & toute la nature.
Ce romancier hardi dupa long-tems les sots.
Laissons-là sa folie, & suivons nos propos.

    Un jour un Marseillois, trafiquant en Afrique,
Aborda le rivage où fut jadis Utique.
Comme il se promenait dans le fond d'un vallon,
Il trouva nez à nez un énorme lion
A la longue crinière, à la gueule enflammée,

Terrible ; & tout femblable au lion de Némée.
Le plus horrible effroi faifit le voyageur.
Il n'était pas Hercule : & tout tranfi de peur
Il fe mit à genoux , & demanda la vie.

Le monarque des bois, d'une voix radoucie,
Mais qui faifait encor trembler le Provençal ,
Lui dit en bon français ; ridicule animal ,
Tu veux donc qu'aujourd'hui de fouper je me paffe ?
Ecoute, j'ai dîné : je veux te faire grace ,
Si tu peux me prouver qu'il eft contre les loix
Que le foir un lion foupe d'un Marfeillois.

Le marchand à ces mots conçut quelque efpérance.
Il avait eu jadis un grand fonds de fcience ;
Et pour devenir prêtre il apprit du latin ;
(e) Il favait Rabelais & fon Saint Auguftin.

D'abord il établit , felon l'ufage antique ,
Quel eft le droit divin du pouvoir monarchique,
Q'au plus haut des degrès des êtres inégaux
L'homme eft mis pour régner fur tous les animaux ; (f)
Que la terre eft fon trône ; & que dans l'étendue
Les aftres font formés pour réjouir fa vue.
Il conclut qu'étant prince, un fujet Africain
Ne pouvait fans péché manger fon fouverain.
Le lion qui rit peu fe mit pourtant à rire :
Et voulant par plaifir connaître cet empire,
En deux grands coups de griffe il dépouilla tout nu
De l'univers entier le monarque abfolu.

Il vit que ce grand roi lui cachait fous le linge
Un corps faible , monté fur deux feffes de finge ,
A deux minces talons deux gros pieds attachés

Par cinq doigts superflus dans leur marche empêchés ,
Deux mammelles sans lait , sans grace , sans usage ,
Un crâne étroit & creux couvrant un plat visage ,
Tristement dégarni du tissu de cheveux
Dont la main d'un barbier coëffa son front crasseux.
Tel était en effet ce roi sans diadême ,
Privé de sa parure & réduit à lui-même.
Il sentit qu'en effet il devait sa grandeur
Au fil d'un perruquier , aux ciseaux d'un tailleur.
   Ah ! dit-il au lion : je vois que la nature
Me fait faire en ce monde une triste figure :
Je pensais être roi : J'avais certes grand tort.
Vous êtes le vrai maître en étant le plus fort.
Mais songez qu'un héros doit dompter sa colère ,
Un roi n'est point aimé s'il n'est pas débonnaire.
Dieu comme vous savez , est au-dessus des rois.
Jadis en Arménie il vous donna des loix ,
Lorsque dans un grand coffre à la merci des ondes ,
Tous les animaux purs , ainsi que les immondes ,
Par Noé mon aïeul enfermés si long-tems , (g)
Respirèrent enfin l'air natal de leurs champs :
Dieu fit avec eux tous une étroite alliance ,
Un pacte solemnel.... Oh ! la plate impudence !
As-tu perdu l'esprit par excès de frayeur ?
Dieu , dis-tu , fit un pacte avec nous ? ... Oui , Seigneur ,
Il vous recommanda d'être clément & sage ,
De ne toucher jamais à l'homme son image : (h)
Et si vous me mangez , l'Eternel irrité
Fera payer mon sang à votre majesté.....
   Toi, l'image de Dieu ! toi , magot de Provence !

Conçois-tu bien l'excès de ton impertinence ?
Montre l'original de mon pacte avec Dieu.
Par qui fut-il écrit ! en quel tems ? dans quel lieu ? (*i*)
Je vais, t'en montrer un, plus sûr, plus véritable.
De mes quarante dents vois la fille effroyable, (*k*)
Ces ongles dont un seul pourrait te déchirer,
Ce gosier écumant prêt à te dévorer,
Cette gueule, ces yeux dont jaillissent des flammes ;
Je tiens ces heureux dons du Dieu que tu réclames.
Il ne fait rien en vain : te manger est ma loi ;
C'est-là le seul traité qu'il ait fait avec moi.
Ce Dieu, dont mieux que toi je connais la prudence,
Ne donne pas la faim pour qu'on fasse abstinence.
Toi-même as fait passer sous tes chétives dents
D'imbécilles dindons, des moutons innocens,
Qui n'étaient pas formés pour être ta pâture.
Ton débile estomac, honte de la nature,
Ne pourrait seulement, sans l'art d'un cuisinier,
Digérer un poulet qu'il faut encor payer.
Si tu n'as point d'argent, tu jeûnes en hermite.
Et moi que l'appétit en tout tems sollicite,
Conduit par la nature, attentif à mon bien,
Je puis t'avaler crud sans qu'il m'en coûte rien.
Je te digérerai sans faute en moins d'une heure.
Le pacte universel est qu'on naisse & qu'on meure.
Apprends qu'il vaut autant, raisonneur de travers,
Etre avalé par moi que rongé par les vers .....
   Sire, les Marseillois ont une ame immortelle.
Ayez dans vos repas quelque respect pour elle.
   La mienne apparemment est immortelle aussi.

Va , de ton esprit gauche elle a peu de souci.
Je ne veux point manger ton ame raisonneuse.
Je cherche une pâture & moins fade & moins creuse :
C'est ton corps qu'il me faut ; je le voudrais plus gras ;
Mais ton ame, crois-moi, ne me tentera pas .....
 Vous avez sur ce corps une entière puissance.
Mais quand on a dîné n'a-t-on point de clémence ?
Pour gagner quelque argent j'ai quitté mon pays,
Je laisse dans Marseille une femme & deux fils ;
Mes malheureux enfans , réduits à la misère,
Iront à l'hôpital si vous mangez leur père.....
 Et moi , n'ai-je donc pas une femme à nourrir ?
Mon petit lionceau ne peut encor courir,
Ni saisir de ses dents ton espèce craintive.
Je lui dois la parure ; il faut que chacun vive.
Eh ! pourquoi sortais-tu d'un terrain fortuné ,
D'olives, de citrons , de pampres couronné ?
Pourquoi quitter ta femme & ce pays si rare
Où tu fêtais en paix Magdelaine & Lazare ? (*l*)
Dominé par le gain tu viens dans mon canton
Vendre, acheter, troquer , être dupe & fripon ;
Et tu veux qu'en jeûnant ma famille pâtisse
De ta sotte imprudence & de mon avarice ?
Réponds-moi donc , maraud ..... Sire je suis battu.
Vos griffes & vos dents m'ont assez confondu.
Ma tremblante raison cède en tout à la vôtre.
Oui, la moitié du monde a toujours mangé l'autre.
Ainsi Dieu le voulut ; & c'est pour notre bien.
Mais, sire, on voit souvent un malheureux chrétien
Pour de l'argent comptant qu'aux hommes on préfère,

Se racheter d'un Turc, & payer un corfaire,
Je comptais à Tunis paffer deux mois au plus;
A vous y bien fervir mes vœux font réfolus;
Je vous ferai garnir votre charnier augufte
De deux bons moutons gras, valant vingt francs au jufte.
Pendant deux mois entiers ils vous feront portés,
Par vos correfpondans chaque jour préfentés;
Et mon valet chez vous, reftera pour ôtage.....
    Ce pacte, dit le roi, me plaît bien davantage
Que celui dont tantôt tu m'avais étourdi.
Viens figner le traité; fuis-moi chez le cadi;
Donne des cautions : fois-sûr, fi tu m'abufes,
Que je n'admettrai point tes mauvaifes excufes;
Et que fans raifonner tu feras étranglé,
Selon le droit divin dont tu m'as tant parlé.
    Le marché fut figné; tous les deux l'obfervèrent,
D'autant qu'en le gardant tous les deux y gagnèrent.
Ainfi dans tous les tems nos feigneurs les lions
Ont conclu leurs traités aux dépens des moutons.

N O T E S.

(a) UN serpent. Il est constant que le serpent parlait. La genèse dit expressément, qu'il était le plus rusé de tous les animaux. La genèse ne dit point que Dieu lui donnât alors la parole par un acte extraordinaire de sa toute-puissance pour séduire Eve. Elle rapporte la conversation du serpent & de la femme comme on rapporte un entretien entre deux personnes qui se connaissent & qui parlent la même langue. Cela même est si évident que le Seigneur punit le serpent d'avoir abusé de son esprit & de son éloquence ; il le condamne à se traîner sur le ventre, au-lieu qu'auparavant il marchait sur ses pieds. Flavien Joseph dans ses antiquités, Philon, St. Basile, St. Ephrem n'en doutent pas. Le révérend père Dom Calmet dont le profond jugement est reconnu de tout le monde, s'exprime ainsi. Toute l'antiquité a reconnu les ruses du serpent, & on a cru qu'avant la malédiction de Dieu, cet animal était encore plus subtil qu'il ne l'est à présent. L'écriture parle de ses finesses en plusieurs endroits ; elle dit qu'il bouche ses oreilles pour ne pas entendre la voix de l'enchanteur. Jésus-Christ dans l'évangile nous conseille d'avoir la prudence du serpent.

(b) Un âne avec esprit. Il n'en était pas ainsi de l'âne, ou de l'ânesse qui parla à Balaam. Il est vraisemblable que les ânes n'avaient point le don de la parole ; car il est dit expressément que le Seigneur ouvrit la bouche de l'ânesse. Et même St. Pierre dans sa seconde épître, dit, que cet animal muet parla d'une voix humaine. Mais remarquons que St. Augustin dans sa quarante-huitième question dit, que Balaam ne fut point étonné d'entendre parler son ânesse. Il en conclut que Balaam était accoutumé à entendre parler les autres animaux. Le révérend père dom Calmet avoue que la chose est très-ordinaire. L'âne de Bacchus, dit-il, le bélier de Phryxus, le cheval d'Hercule, l'agneau de Bochoris, les bœufs de Sicile, les arbres même de Dodone, & l'ormeau d'Apollonius de Thyane ont parlé distinctement. Voilà de grandes autorités qui servent merveilleusement à justifier Mr. de St. Didier.

(c) Fit parler & pleurer les deux chevaux d'Achille. La remarque de madame Dacier sur cet endroit d'Homère, est également importante & judicieuse. Elle appuie beaucoup sur la sage conduite d'Homère ; elle fait voir que les chevaux d'Achille, Xanthe & Balie , fils de Podarge font d'une race immortelle ; & qu'ayant déjà pleuré la mort de Patrocle , il n'eſt point du tout étonnant qu'ils tiennent un long diſcours à Achille. Enfin , elle cite l'exemple de l'âneſſe de Balaam , auquel il n'y a rien à répliquer.

(d) *Deſcartes n'en eut point quand il les crut machines.* Deſcartes était certainement un bon géomètre & un homme de beaucoup d'eſprit ; mais toutes les nations ſavantes avouent qu'il abandonna la géométrie qui devait être ſon guide , & qu'il abuſa de ſon eſprit pour ne faire que des romans. L'idée que les animaux ont tous les organes du ſentiment pour ne point ſentir , eſt une contradiction ridicule. Ses tourbillons , ſes trois élémens , ſon ſyſtême ſur la lumière , ſon explication des reſſorts du corps humain, ſes idées innées , ſont regardés par tous les philoſophes comme des chimères abſurdes. On convient que dans toute ſa phyſique il n'y a pas une vérité phyſique. Ce grand exemple apprend aux hommes qu'on ne trouve ces vérités que dans les mathématiques & dans l'expérience.

(e) *Il ſavait Rabelais & St. Auguſtin.* Il eſt rapporté dans l'hiſtoire de l'académie que La Fontaine demanda à un docteur , s'il croyait que St. Auguſtin eût autant d'eſprit que Rabelais , & que le docteur répondit à la Fontaine , *prenez garde , monſieur , vous avez mis un de vos bas à l'envers ;* ce qui était vrai.

Ce docteur était un ſot. Il devait convenir que St. Auguſtin & Rabelais avaient tous deux beaucoup d'eſprit ; & que le curé de Meudon avait fait un mauvais uſage du ſien. Rabelais était profondément ſavant & tournait la ſcience en ridicule ; St. Auguſtin n'était pas ſi ſavant , il ne ſavait ni le grec, ni l'hébreu ; mais il employa ſes talens & ſon éloquence à ſon reſpectable miniſtère. Rabelais prodigua indignement les ordures les plus baſſes. St. Auguſtin s'égara dans des explications myſtérieuſes que lui-même ne pouvait entendre. On eſt étonné qu'un orateur tel que lui ait dit dans ſon ſermon ſur le pſeaume VI.

« Il eſt clair & indubitable
» que le nombre de quatre a
» rapport au corps humain à
» cauſe des quatre élémens &
» des quatre qualités dont il
» eſt compoſé ; ſavoir le chaud
» & le froid , le ſec & l'humi-
» de. C'eſt pourquoi auſſi Dieu
» a voulu qu'il fût ſoumis à
» quatre différentes ſaiſons ,
» ſavoir l'été , le printems ,
» l'automne & l'hiver. —
» Comme le nombre de quatre
» a rapport au corps, le nom-
» bre de trois a rapport à l'a-
» me , parce que Dieu nous
» ordonne de l'aimer d'un tri-
» ple amour , ſavoir de tout
» notre cœur, de toute notre
» ame , & de tout notre eſprit.

» Lors donc que les deux
» nombres de quatre & de
» trois , dont le premier a
» rapport au corps , c'eſt-à-
» dire au vieil homme & au
                  vieux

» vieux teſtament; & le ſecond » a rapport à l'ame, c'eſt-à-dire au nouvel homme & au » nouveau teſtament, ſeront » paſſés & écoulés, comme » le nombre de ſept jours paſſe » & s'écoule, parce qu'il n'y » a rien qui ne ſe faſſe dans » le tems, & par la diſtribu-» tion du nombre quatre au » corps, & du nombre de « trois à l'ame; lors, dis-je, » que ce nombre de ſept ſera » paſſé, on verra arriver le » huitième qui ſera celui du » jugement. »

Pluſieurs ſavans ont trouvé mauvais qu'en voulant conci-lier les deux généalogies dif-férentes données à St. Joſeph, l'une par St. Matthieu, & l'autre par St. Luc, il diſe dans ſon ſermon 51, *qu'un fils peut avoir deux pères, puiſqu'un père peut avoir deux enfans.*

On lui a encore reproché d'avoir dit dans ſon livre con-tre les manichéens, que les puiſſances céleſtes ſe dégui-ſaient ainſi que les puiſſances infernales en beaux garçons & en belles filles pour s'accou-pler enſemble, & d'avoir im-puté aux manichéens cette théurgie impure, dont ils ne furent jamais coupables.

On a relevé pluſieurs de ſes contradictions. Ce grand ſaint était homme, il a ſes faibleſſes, ſes erreurs, ſes défauts comme les autres ſaints. Il n'en eſt pas moins vénérable, & Rabelais n'eſt pas moins un bouffon groſſier, un impertinent dans les trois quarts de ſon livre, quoiqu'il ait été l'homme le

plus ſavant de ſon tems, élo-quent, plaiſant, & doué d'un vrai génie. Il n'y a pas ſans doute de comparaiſon à faire entre un père de l'égliſe très-vénérable & Rabelais; mais on peut très-bien demander lequel avait plus d'eſprit. Et un bas à l'envers n'eſt pas une réponſe.

(*f*) *L'homme eſt mis pour régner.* Dans le *Spectacle de la nature*, monſieur le prieur de Jonval, qui d'ailleurs eſt un homme fort eſtimable, prétend que toutes les bêtes ont un profond reſpect pour l'homme. Il eſt pourtant fort vraiſem-blable que les premiers ours & les premiers tigres qui ren-contrèrent les premiers hom-mes, leur témoignèrent peu de vénération, ſurtout s'ils avaient faim.

Pluſieurs peuples ont cru ſérieuſement que les étoiles n'étaient faites que pour éclairer les hommes pendant la nuit. Il a fallu bien du tems pour détrom-per notre orgueil & notre igno-rance. Mais auſſi pluſieurs phi-loſophes, & Platon entr'au-tres, ont enſeigné que les aſtres étaient des dieux. St. Clément d'Alexandrie & Origène ne dou-tent pas qu'ils n'aient des ames capables de bien & de mal; ce ſont des choſes très-curieuſes & très-inſtructives.

(*g*) *Par Noé mon aïeul.* Il faut pardonner au lion s'il ne connaiſſait pas Noé. Les Juifs ſont les ſeuls qui l'aient jamais connu. On ne trouve ce nom chez aucun autre peuple de la terre. Sanchoniaton n'en a point parlé. S'il en avait dit

un mot , Eusèbe fon abré-
viateur en aurait pris un
grand avantage. Ce nom ne fe
trouve point dans le zenda-
vefta de Zoroaftre. Le fadder
qui en eft l'abrégé ne dit pas
un feul mot de Noé. Si quelque auteur Egyptien en avait
parlé , Flavien Jofeph qui rechercha fi exactement tous les
paffages des livres égyptiens qui
pouvaient dépofer en faveur des
antiquités de fa nation , fe ferait
prévalu du témoignage de ces
auteurs. Noé fut entiérement
inconnu aux Grecs ; il le fut
également aux Indiens & aux
Chinois. Il n'en eft parlé ni dans
le védam , ni dans le fhafta , ni
dans les cinq kings ; & il eft
très-remarquable que lui & fes
ancêtres aient été également
ignorés du refte de la terre.

(h) *De ne toucher jamais à*
l'homme fon image. Au chap.
IX de la genèfe , verfet 10 &
fuivans , le feigneur fait un pacte
avec les animaux , tant domeftiques que de la campagne. Il
défend aux animaux de tuer
les hommes; il dit qu'il en tirera
vengeance , parce que l'homme
eft fon image. Il défend de
même à la race de Noé de
manger du fang des animaux
mêlé avec de la chair. Les animaux font prefque toujours
traités dans la loi juive à-peu-
près comme les hommes. Les
uns & les autres doivent être
également en repos le jour du
fabbat. (Exod. chap. XXIII.)
un taureau qui a frappé un
homme de fa corne eft puni
de mort. (Exod. chap. XXI.)
une bête qui a fervi de fuc-
cube ou d'incube à une perfonne
eft auffi mife à mort. (Levit.
chap. XX.) Il eft dit que l'hom-

me n'a rien de plus que la bête.
(Ecclésiafte chap. III & XIX.)
dans les plaies d'Egypte les
premiers nés des hommes &
des animaux font également
frappés. (Exod. chap. XII &
XIII.) Quand Jonas prêche la
pénitence à Ninive , il fait
jeûner les hommes & les animaux. Quand Jofué prend Jé-
rico il extermine également les
bêtes & les hommes. Tout
cela prouve évidemment que
les hommes & les bêtes étaient
regardés comme deux efpèces
du même genre. Les Arabes
ont encore le même fentiment.
Leur tendreffe exceffive pour
leurs chevaux & pour leurs ga-
zelles en eft un témoignage affez
connu.

(i) *Par qui fut-il écrit ?* Le
grand Newton , Samuel Clarke ,
prétendent que le pentateuque
fut écrit du tems de Saül. D'autres favans hommes penfent que
ce fut fous Ozias; mais il eft
décidé que Moïfe en eft l'auteur malgré toutes les vaines
objections fondées fur les vrai-
femblances , & fur la raifon
qui trompe fi fouvent les hommes.

(k) *De mes quarante dents.*
Ceux qui ont écrit l'Hiftoire
naturelle auraient bien dû
compter les dents des lions ,
mais ils ont oublié cette par-
ticularité auffi-bien qu'Ariftote.
Quand on parle d'un guerrier ,
il ne faut pas omettre fes armes.
Mr. de St. Didier qui avait vu
difféquer à Marfeille un lion
nouvellement venu d'Afrique ,
s'affura qu'il avait quarante
dents.

(l) *Où tu fêtais en paix Mag-*

delaine & Lazare? Ce lion paraît fort inftruit, & c'eft encore une preuve de l'intelligence des bêtes. La Sainte-Beaume où fe retira Sainte Marie - Magdelaine eft fort connue; mais peu de gens favent à fond cette hiftoire. La *Fleur des faints* peut en donner quelques notions ; il faut lire fon article Tome II de la Fleur des faints, depuis la page 59. Ce fut Marie Magdelaine à qui deux anges parlèrent fur le calvaire, & à qui notre Seigneur parut en jardinier. Ribadeneira le favant auteur de la Fleur des faints, dit expreffément, que fi cela n'eft pas dans l'évangile , la chofe n'eft pas moins indubitable. Elle demeura, dit-il , dans Jérufalem auprès de la Vierge Marie avec fon frère Lazare que Jefus avait reffufcité, & Marthe fa fœur qui avait préparé le repas lorfque Jefus avait foupé dans leur maifon.

L'aveugle-né nommé Celedone à qui Jefus donna la vue en frottant fes yeux avec un peu de boue, & Jofeph d'Arimathie, étaient de la fociété intime de Magdelaine. Mais le plus confidérable de fes amis fut le docteur St. Maximin, l'un

des foixante & dix difciples.

Dans la première perfécution qui fit lapider St. Etienne , les Juifs fe faifirent de Marie-Magdelaine , de Marthe , de leur fervante Marcelle , de Maximin leur directeur, de l'aveugle-né , & de Jofeph d'Arimathie. On les embarqua dans un vaiffeau fans voiles, fans rames & fans mariniers. Le vaiffeau aborda à Marfeille comme l'attefte Baronius. Dès que Magdelaine fut à terre elle convertit toute la Provence. Le Lazare fut évêque de Marfeille ; Maximin eut l'évêché d'Aix. Jofeph d'Arimathie alla prêcher l'évangile en Angleterre. Marthe fonda un grand couvent ; Magdelaine fe retira dans la Sainte-Beaume où elle brouta l'herbe toute fa vie. Ce fut-là que n'ayant plus d'habits , elle pria toujours toute nue ; mais fes cheveux crurent jufqu'à fes talons, & les anges venaient la peigner & l'enlever au ciel fept fois par jour, en lui donnant de la mufique. On a gardé long-tems une fiole remplie de fon fang & fes cheveux, & tous les ans , le jour du vendredi-faint , cette fiole a bouilli à vue d'œil. La lifte de fes miracles avérés eft innombrable.

LES
TROIS EMPEREURS EN SORBONNE.

Par Mr. l'abbé Caille.

L'Héritier de Brunfwich & le roi des Danois,
Vous le favez, amis, ne font pas les feuls princes
Qu'un defir curieux mena dans nos provinces,
Et qui des bons efprits ont réuni les voix.
Nous avons vu Trajan, Titus & Marc-Aurèle
Quitter le beau féjour de la gloire immortelle
Pour venir en fecret s'amufer dans Paris.
Quelque bien qu'on puiffe être on veut changer de place.
C'eft pourquoi les Anglais fortent de leur pays.
L'efprit eft inquiet, & de tout il fe laffe,
Souvent un bienheureux s'ennuie en paradis.

Le trio d'empereurs arrivés dans la ville,
Loin du monde & du bruit choifit fon domicile
Sous un toit écarté, dans le fond d'un fauxbourg,
Ils évitaient l'éclat ; les vrais grands le dédaignent.
Les galans de la cour & les beautés qui règnent,
Tous les gens du bel air ignoraient leur féjour.
A de femblables faints il ne faut que des fages ;
Il n'en eft pas en foule. On en trouva pourtant,
Gens inftruits & profonds qui n'ont rien de pédant,
Qui ne prétendent point être des perfonnages,

Qui des fots préjugés paifiblement vainqueurs,
D'un regard indulgent contemplent nos erreurs;
Qui fans craindre la mort favent goûter la vie;
Qui ne s'appellent point, *la bonne compagnie*,
Qui la font en effet. Leur efprit & leurs mœurs
Réuffirent beaucoup chez les trois empereurs.
A leur petit couvert chaque jour ils foupèrent,
Moins ils cherchaient l'efprit & plus ils en montrèrent;
Tous charmés l'un de l'autre ils étaient bien furpris
D'être fur tous les points toujours du même avis.
Ils ne perdirent point leurs momens en vifites;
Mais on les rencontrait aux arfenaux de Mars,
Chez Clio, chez Minerve, aux atteliers des arts.
Ils les encourageaient en pefant leurs mérites.

On conduifit bientôt nos nouveaux curieux
Aux chefs-d'œuvre brillans d'Andromaque & d'Armide,
Qu'ils préféraient aux jeux du Cirque & de l'Elide.
Le plaifir de l'efprit paffe celui des yeux.

D'un plaifir différent nos trois Céfars jouirent,
Lorfqu'à l'obfervatoire un verre induftrieux
Leur fit envifager la ftructure des cieux,
Des cieux qu'ils habitaient, & dont ils defcendirent.

De là, près d'un beau pont que bâtit autrefois
Le plus grand des Henris, & peut-être des rois,
Marc-Aurèle apperçut ce bronze qu'on révère,
Ce prince, ce héros célébré tant de fois,
Des Français inconftans le vainqueur & le père;
Le voilà, difaient-ils, nous le connaiffons tous;
Il boit au haut des cieux le nectar avec nous.
Un des fages leur dit: Vous favez fon hiftoire,

E iij

On adore aujourd'hui fa valeur, fa bonté ;
Quand il était au monde il fut perfécuté.
Buri même à préfent lui contefte fa gloire. (a)
Pour dompter la critique on dit qu'il faut mourir ;
On fe trompe ; & fa dent qui ne peut s'affouvir
Jufques dans le tombeau ronge notre mémoire.

　　Après ces monumens fi grands , fi précieux,
A leurs regards divins fi dignes de paraître ,
Sur de moindres objets ils baiffèrent les yeux.

　　Ils voulurent enfin tout voir & tout connaître :
Les boulevards, la foire & l'opéra bouffon ,
L'école où Loyola corrompit la raifon ,
Les quatre facultés & jufqu'à la forbonne.

　　Ils entrent dans l'étable où les docteurs fourrés
Ruminaient Saint Thomas & prenaient leurs degrès.
Au féjour de l'*Ergo* , Ribaudier en perfonne
Eftropiait alors un difcours en latin.
Quel latin, jufte ciel ! les héros de l'empire
Se mordaient les cinq doigts pour s'empêcher de rire.
Mais ils ne rirent plus quand un gros auguftin
Du concile gaulois lut tout haut les cenfures.
Il difait anathême aux nations impures
Qui n'avaient jamais fu dans leurs impiétés
Qu'auprès de l'eftrapade il fût des facultés.

　　O morts ! s'écriait-il , vivez dans les fupplices , (b)
Princes , fages , héros , exemples des vieux tems,
Vos fublimes vertus n'ont été que des vices ,
Vos belles actions des péchés éclatans.
Dieu livre, felon nous, à la gêne éternelle
Epictète , Caton , Scipion l'Africain ,

Ce coquin de Titus l'amour du genre humain ,
(c) Marc-Aurèle, Trajan, le grand Henri lui-même ,
Tous créés pour l'enfer & morts sans sacremens.
Mais parmi ses élus nous plaçons les Clémens (c)
Dont nous avons ici solemnisé la fête ;
De beaux rayons dorés nous ceignîmes sa tête :
Ravaillac & Damiens, s'ils sont de vrais croyans , (e)
S'ils sont bien confessés sont ses heureux enfans.

　Un Fréron bien huilé verra Dieu face à face ; (f)
Et Turenne amoureux, mourant pour son pays ,
Brûle éternéllement chez les anges maudits.
Telle est notre plaisir. Telle est la loi de grace.

　Les divins voyageurs étaient bien étonnés
De se voir en sorbonne & de s'y voir damnés.
Les vrais amis de Dieu répriment leur colère.
Marc-Aurèle lui dit d'un ton très-débonnaire : (g)
Vous ne connaissez pas les gens dont vous parlez ;
Les facultés par fois sont assez mal instruites
Des secrets du Très-Haut quoiqu'ils soient révélés.
Dieu n'est ni si méchant ni si sot que vous dites.

　Ribaudier à ces mots roulant un œil hagard
Dans des convulsions dignes de Saint Médard ,
Nomma le demi-dieu déiste, athée, impie ,
Hérétique, ennemi du trône & de l'autel ,
Et lui fit intenter un procès criminel.

　Les Romains cependant sortent de l'écurie.
Mon dieu, disait Titus, ce monsieur Ribaudier
Pour un docteur Français me semble bien grossier.
Nos sages rougissaient pour l'honneur de la France ;
Pardonnez, dit l'un d'eux, à tant d'extravagance.

E iv

Nous n'affiftions jamais à ces belles leçons.
Nous nous fommes mépris ; Ribaudier nous étonne,
Nous penfions en effet vous mener en forbonne ;
Et l'on vous a conduits aux petites-maifons.

NOTES.

(a) *BURI même à préfent lui conteste fa gloire.* On dit qu'un écrivain, nommé Mr. de Buri, a fait une hiftoire de Henri IV, dans laquelle ce héros eft un homme très-médiocre. On ajoute qu'il y a dans Paris une petite fecte qui s'élève fourdement contre la gloire de ce grand homme. Ces meffieurs font bien cruels envers la patrie ; qu'ils fongent combien il eft important qu'on regarde comme un être approchant de la divinité, un prince qui expofa toujours fa vie pour fa nation, & qui voulut toujours la foulager. Mais il avait des faibleffes. Oui, fans doute ; il était homme : mais béni foit celui qui a dit que fes défauts étaient ceux d'un homme aimable, & fes vertus telles d'un grand homme. Plus il fut la victime du fanatifme, plus il doit être prefque adoré par quiconque n'eft pas convulfionnaire.

Chaque nation, chaque cour, chaque prince a befoin de fe choifir un patron pour l'admirer & pour l'imiter. Eh! quel autre choifira-t-on que celui qui dégageait fes amis aux dépens de fon fang dans le combat de Fontaine-Françaife, qui criait dans la victoire d'Ivry, *épargnez les compatriotes,* & qui au faîte de la puiffance & de la gloire, difait à fon miniftre, *Je veux que le payfan ait une poule au pot tous les dimanches.*

(b) *O morts! s'écriait-il, vivez dans les fupplices.* Il eft néceffaire de dire au public qui l'a oublié, qu'un nommé Ribaudier principal du college Mazarin, & un régent nommé Cogé, s'étant avifés d'être jaloux de l'excellent livre moral de *Bélifaire,* cabalèrent pendant un an pour le faire cenfurer par ceux qu'on appelle *docteurs de forbonne.* Au bout d'un an ils firent imprimer cette cenfure en latin & en français. Elle n'eft cependant ni françaife ni latine ; le titre même eft un folécifme, *Cenfure de la faculté de théologie contre le livre, &c.* On ne dit point, *cenfure contre,* mais, *cenfure de.* Le public pardonne à la faculté de ne pas favoir le français, on lui pardonne moins de ne pas favoir le latin. *Determinatio facræ facultatis in libellum,* eft une expreffion ridicule. *Determinatio* ne fe trouve ni dans Ciceron , ni dans aucun bon auteur ; *determinatio in* , eſt un barbariſme inſupportable ; & ce qui eſt encore plus barbare, c'eſt d'appeller *Béliſaire* un libelle en faiſant un mauvais libelle contre lui.

Ce qui eſt encore plus barbare , c'eſt de déclarer damnés tous les grands hommes de l'antiquité qui ont enſeigné & pratiqué la juſtice. Cette abſurdité eſt heureuſement démentie par St. Paul, qui dit expreſſément dans ſon épître aux Juifs tolérés à Rome : *Lorſque les Gentils qui n'ont point la loi font naturellement ce que la loi commande n'ayant point notre loi , ils ſont loi à eux-mêmes.* Tous les honnêtes gens de l'Europe & du monde entier ont de l'horreur & du mépris pour cette déteſtable ineptie qui va damnant toute l'antiquité. Il n'y a que des cuiſtres ſans raiſon & ſans humanité qui puiſſent ſoutenir une opinion ſi abominable & ſi folle, déſavouée même dans le fond de leur cœur. Nous ne prétendons pas dire que les docteurs de forbonne ſont des cuiſtres, nous avons pour eux une conſidération plus diſtinguée ; & nous les plaignons ſeulement d'avoir ſigné un ouvrage qu'ils ſont incapables d'avoir fait , ſoit en français, ſoit en latin.

Remarquons pour leur juſtification qu'ils ſe ſont intitulés dans le titre *ſacrée faculté*, en langue latine , & qu'ils ont eu la diſcrétion de ſupprimer en français ce mot *ſacré*.

(c) *Marc-Aurèle, Trajan ; le grand Henri lui-même.* En effet

le Sr. Ribalier , qu'on nomme ici Ribaudier , venait de faire condamner en ſorbonne Mr. Marmontel pour avoir dit que Dieu pourrait bien avoir fait miſéricorde à Titus, à Trajan, à Marc-Aurèle. Ce Ribalier eſt un peu dur.

(d) *Mais parmi ſes élus nous plaçons les Clémens.* On ne peut trop répéter que la ſorbonne fit le panégyrique du jacobin Jacques Clément aſſaſſin de Henri III, étudiant en ſorbonne , & que d'une voix unanime elle déclara Henri III déchu de tous ſes droits à la royauté, & Henri IV incapable de régner.

Il eſt clair que ſelon les principes cent fois étalés alors par cette faculté, l'aſſaſſin parricide Jacques Clément qu'on invoquait publiquement alors dans les égliſes , était dans le ciel au nombre des ſaints, & que Henri III prince voluptueux , mort ſans confeſſion, était damné. On nous dira peut-être que Jacques Clément mourut auſſi ſans confeſſion. Mais il s'était confeſſé, & même avait communié l'avant-veille , de la main de ſon prieur Bourgoin ſon complice , qu'on dit avoir été docteur de ſorbonne , & qui fut écartelé. Ainſi Clément muni des ſacremens fut non-ſeulement ſaint , mais martyr. Il avait imité St. Judas , non pas Judas Iſcariote , mais Judas Maccabée ; Ste. Judith qui coupait ſi bien les têtes des amans avec leſquels elle couchait ; St. Salomon qui aſſaſſina ſon frère Adonias ; St. David qui aſſaſſina Urie , & qui en mourant ordonna qu'on aſſaſſinât Joab ; Ste. Jahel qui aſſaſſina le capitaine Sizara ; St. Aod qui aſſaſſina ſon roi Eglon,

& tant d'autres saints de cette espèce. Jacques Clément était dans les mêmes principes, il avait la foi. On ne peut lui contester l'espérance d'aller au paradis, au jardin. De la charité, il en était dévoré, puisqu'il s'immolait volontairement pour les rebelles. Il est donc aussi sûr que Jacques Clément est sauvé, qu'il est sûr que Marc-Aurèle est damné.

(e) *Ravaillac &c.*. Selon les mêmes principes Ravaillac doit être dans le paradis ; dans le jardin ; & Henri IV dans l'enfer qui est sous terre ; car Henri IV mourut sans confession, & il était amoureux de la princesse de Condé. Ravaillac au contraire n'était point amoureux, & il se confessa à deux docteurs de sorbonne. Voyez quelles douces consolations nous fournit une théologie qui damne à jamais Henri IV, & qui fait un élu de Ravaillac & de ses semblables. Avouons les obligations que nous avons à Ribaudier de nous avoir développée cette doctrine.

(f) *Un Fréron bien huilé.* Mr. l'abbé Caille a sans doute accollé ces deux noms pour produire le contraste le plus ridicule. On appelle communément à Paris un *Fréron*, tout gredin insolent, tout polisson qui se mêle de faire de mauvais libelles pour de l'argent. Et Mr. l'abbé Caille oppose un de ces faquins de la lie du peuple qui reçoit l'extrême-onction sur son grabat, au grand Turenne qui fut tué d'un coup de canon sans le secours des saintes-huiles, dans les tems qu'il était amoureux de

Madame de Coëtquen. Cette note rentre dans la précédente, & sert à confirmer l'opinion théologique qui accorde la possession du jardin au dernier malotru couvert d'infamie, & qui la refuse aux plus grands-hommes, & aux plus vertueux de la terre.

(g) *Marc-Aurèle lui dit.* On invite les lecteurs attentifs à relire quelques maximes de l'empereur Antonin, & à jeter les yeux, s'ils le peuvent, sur la censure *contre Bélisaire.* Ils trouveront dans cette censure des distinctions sur la foi & sur la loi, sur la grace prévenante, sur la prédestination absolue, & dans Marc-Antonin ce que la vertu a de plus sublime & de plus tendre. On sera peut-être un peu surpris que de petits Welches inconnus aux honnêtes gens, aient condamné dans la rue des Maçons ce que l'ancienne Rome adora, & ce qui doit servir d'exemple au monde entier. Dans quel abyme sommes-nous descendus ! la nouvelle Rome vient de canoniser un capucin nommé Cucufin, dont tout le mérite, à ce que rapporte le procès de la canonisation, est d'avoir eu des coups de pied dans le cu, & d'avoir laissé répandre un œuf frais sur sa barbe. L'ordre des capucins a dépensé quatre cent mille écus aux dépens des peuples pour célébrer dans l'Europe l'apothéose de Cucufin sous le nom de Saint Séraphin : & Ribaudier damne Marc-Aurèle ! O Ribaudiers, la voix de l'Europe commence à tonner contre tant de sottises !

Lecteur éclairé & judicieux, car je ne parle pas aux bégueules imbécilles qui n'ont lu que l'*Année sainte* de Le Tourneux, ou le *Pédagogue chrétien*; de grace apprenez à vos amis quelle est l'énorme distance des offices de Ciceron, du manuel d'Epictète, des maximes de l'empereur Antonin à tous les plats ouvrages de morale écrits dans nos jargons modernes, bâtards de la langue latine, & dans les effroyables jargons du Nord. Avons-nous seulement dans tous les livres faits depuis six cents ans rien de comparable à une page de Sénèque? Non, nous n'avons rien qui en approche, & nous osons nous élever contre nos maîtres!

RÉPONSE

A MONSIEUR DE VILL...

Vous savez penser comme écrire :
Les graces avec la raison
Vous ont confié leur empire ;
L'infame superstition,
Sous vos traits délicats expire :
Ainsi l'immortel Apollon
Charme l'olympe de sa lyre ,
Tandis que les flèches qu'il tire ,
Ecrasent le serpent Python :
Il est Dieu , quand par son courage
Ce monstre affreux est terrassé ;
Il l'est , quand son brillant visage
Rallume le jour éclipsé ;
Mais entre les genoux d'Issé ,
Je le crois Dieu bien davantage.

AU MÊME.

Ferney ce 11 Décembre 1765.

J'ouvre une caisse, monsieur; j'y vois, quoi ? moi-
même en personne , désiné d'une belle main.
Je me souviens très-bien que ,

Ce Danfel, beau comme le jour ,

Soutien de l'amoureux empire,
A dans mon champêtre féjour
Deffiné le maigre contour
D'un vieux vifage à faire rire.
En vérité c'était l'amour,
S'amufant à peindre un fatyre
Avec les crayons de la Tour.

Il eft vrai que dans l'eftampe on me fait terriblement montrer les dents : cela fera foupçonner que j'en ai encore. Je dois au moins en avoir une contre vous, de ce que vous avez paffé tant de tems fans m'écrire.

Bérénice difait à Titus :

Voyez-moi plus fouvent, & ne me donnez rien.

Je pourrais vous dire :

Ecrivez-moi fouvent, & ne me peignez point.

Mais fi je fuis flatté de votre galanterie, je ne peux me plaindre du burin. Je remercie le peintre, & je pardonne au graveur.

On prétend que vous avez des affaires & des procès. Qui terre n'a pas, fouvent a guerre ; à plus forte raifon qui terre a.

Dii tibi formam,
Dii tibi divitias dederunt, artemque fruendi.

Ajoutez-y furtout la fanté, & ayez la bonté de m'en dire des nouvelles quand vous n'aurez rien à faire. L'abfence ne m'empêchera jamais de m'intéreffer à votre bien-être & à vos plaifirs. Si vous êtes dans le tourbillon, vous me négligerez ; fi vous en êtes dehors, vous vous fouviendrez, monfieur, d'un des plus vrais amis que vous ayez. Vous l'avez dit dans vos vers, & je ne vous démentirai jamais.

MADRIGAL A MADAME DE***.

SUR UN PASSAGE DE POPE.

POPE l'Anglais, ce sage si vanté,
Dans sa morale au parnasse embellie,
Dit que les biens, les seuls biens de la vie,
Sont le repos, l'aisance & la santé.
Il s'est trompé. Quoi! dans l'heureux partage
Des dons du ciel faits à l'humain séjour,
Ce triste Anglais n'a pas compté l'amour?
Qu'il est à plaindre! il n'est heureux, ni sage.

A LA MÊME.

En lui envoyant les œuvres mystiques de Fénélon.

QUAND de la Guyon le charmant directeur
Disait au monde, Aimez DIEU pour lui-même,
Oubliez-vous dans votre heureuse ardeur,
On ne crut point à cet amour extrême :
On le traita de chimère & d'erreur.
On se trompait ; je connais bien mon cœur,
Et c'est ainsi, belle Eglé, qu'il vous aime.

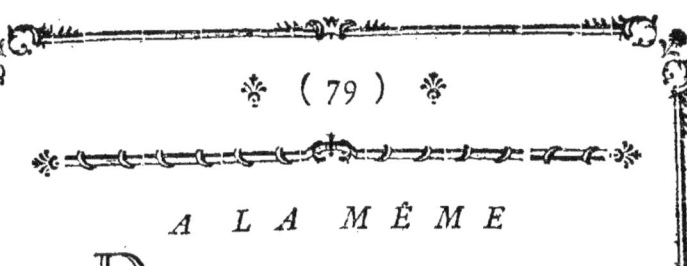

A LA MÊME

DE votre esprit la force est si puissante,
Que vous pourriez vous passer de beauté ;
De vos attraits la trace est si piquante,
Que sans esprit vous m'auriez enchanté.
Si votre cœur ne sait pas comme on aime,
Ces dons charmans sont des dons superflus ;
Un sentiment est cent fois au-dessus
Et de l'esprit , & de la beauté même.

A MADAME DE.✻✻✻
LES DEUX AMOURS.

CERTAIN enfant qu'avec crainte on careffe,
Et qu'on connaît à fon malin fouris,
Court en tous lieux précédé par les ris,
Mais trop fouvent fuivi de la trifteffe.
Dans les cœurs des humains il entre avec foupleffe,
Habite avec fierté, s'envole avec mépris.
Il eft un autre amour, fils craintif de l'eftime,
Soumis dans fes chagrins, conftant dans fes defirs,
Que la vertu foutient, que la candeur anime,
Qui réfifte aux rigueurs & croît par les plaifirs.
De cet amour le flambeau peut paraître
Moins éclatant; mais fes feux font plus doux.
Voilà le dieu que mon cœur veut pour maître,
Et je ne veux le fervir que pour vous.

A LA MEME.

TOUT eft égal, & la nature fage
Veut au niveau ranger tous les humains:
Efprit, raifon, beaux yeux, charmant vifage,
Fleur de fanté, doux loifir, jours fereins;
Vous avez tout, c'eft-là votre partage.
Moi, je parais un être infortuné,
De la nature enfant abandonné,
Et n'avoir rien femble mon appanage;
Mais vous m'aimez, les dieux m'ont tout donné.

LE

LE CŒUR, PAR MR. LE CH. DE B.

LE Cœur eſt tout, diſent les femmes :
Sans le cœur point d'amour, ſans lui point de bonheur :
Le cœur ſeul eſt vaincu, le Cœur ſeul eſt vainqueur.
  Mais qu'eſt-ce qu'entendent ces dames
  En nous parlant toujours du Cœur ?
En y penſant beaucoup je me ſuis mis en tête
Que du ſens littéral elles font peu de cas,
Et qu'on eſt convaincu de prendre un mot honnête
  Au-lieu d'un mot qui ne l'eſt pas.
Sur le lien des Cœurs en vain Platon raiſonne ;
Platon ſe perd tout ſeul & n'égare perſonne :
Raiſonner ſur l'amour c'eſt perdre la raiſon,
Et dans cet art charmant la meilleure leçon,
  C'eſt la nature qui la donne ;
  A bon droit nous la béniſſons
Pour nous avoir formé des Cœurs de deux façons.
  Car que deviendraient les familles
  Si les cœurs des jeunes garçons
  Etaient faits comme ceux des filles ?
  Avec variété nature les moula,
Afin que tout le monde en trouvât à ſa guiſe ;
Prince, manant, abbé, nonne, reine, marquiſe,
Celui qui dit *ſanctus*, celui qui crie *allah*,
Le bonze, le rabin, le carme, la ſœur griſe,
Tous reçurent un Cœur, aucun ne s'en tient là.
  C'eſt peu d'avoir chacun le nôtre,
  Nous en cherchons partout un autre.

Nature en fait de Cœur fe prête à tous les goûts ,
      J'en ai vus de toutes les formes ,
Grands , petits, minces, gros, médiocres , énormes ,
Mefdames & meffieurs comment le voulez-vous ?
On fait partout d'un Cœur tout ce qu'on veut en faire ;
On le prend , on le donne , on l'achète , on le vend ;
Il s'élève , il s'abaiffe , il s'ouvre , il fe referre ,
      C'eft un merveilleux inftrument :
      J'en jouais bien dans ma jeuneffe ,
      Moins bien pourtant que ma maîtreffe.
      O vous qui cherchez le bonheur ,
      Sachez tirer parti d'un Cœur !
Un Cœur eft bon à tout, partout on s'en amufe ;
      Mais à ce joli petit jeu ,
      Au bout de quelque tems il s'ufe ,
Et chacune & chacun finiffent en tout lieu
      Par en avoir trop ou trop peu.
      Ainfi comme un franc hérétique ,
Je médifais du Dieu de la terre & du ciel,
      En amour j'étais tout phyfique ,
      C'eft bien un point effentiel ;
      Mais ce n'eft pas le point unique ,
      Il eft mille façons d'aimer ;
      Et ce qui prouve mon fyftême ,
      C'eft que la bergère que j'aime
      En a mille de me charmer.
      Si de ces mille , ma bergère ,
      Par un mouvement généreux ,
      Fn cédait une pour lui plaire ,
      Nous y gagnerions tous les deux.

RÉPONSE

A LA PIÈCE INTITULÉE LE CŒUR.

CERTAINE dame honnête, & savante, & profonde,
    Ayant lu le traité du Cœur,
Disait en se pamant, que j'aime cet auteur !
Ah ! je vois bien qu'il a le plus grand Cœur du monde.
De mon heureux printems j'ai vu passer la fleur,
    Le Cœur pourtant me parle encore.
Du nom du petit cœur quand mon amant m'honore
    Je sens qu'il me fait trop d'honneur.
Helas ! faibles humains, quels destins font les nôtres !
    Qu'on a mal placé la grandeur !
    Qu'on serait heureux si les Cœurs
    Etaient fait les uns pour les autres !
Illustre chevalier, vous chantez vos combats,
    Vos victoires, & votre empire ;
Et dans vos vers heureux comme vous pleins d'appas,
    C'est votre Cœur qui vous inspire.
Quand lisette vous dit, Rodrigue, as-tu du cœur ?
Sur l'heure elle l'éprouve, & dit avec franchise,
    Il eut encor plus de valeur
    Quand il était homme d'église.

F ij

RÉPONSE

A MR. LE CH. DE B.

C ROYEZ qu'un vieillard cacochime,
Agé de soixante & douze ans,
Doit mettre, s'il a quelque sens,
Son ame & son corps au régime.

DIEU fit la douce illusion
Pour les heureux fous du bel âge,
Pour les vieux fous l'ambition,
Et la retraite pour le sage.

Vous me direz qu'Anacréon,
Que Chaulieu même & St. Aulaire,
Tiraient encor quelque chanson
De leur cervelle octogénaire.

Mais ces exemples sont trompeurs :
Et quand les derniers jours d'automne
Laissent éclore quelques fleurs ,
On ne leur voit point les couleurs
Et l'éclat que le printems donne.
Les bergères & les pasteurs
N'en forment point une couronne.
La parque, de ses vilains doigts,
Marquait d'un sept avec un trois
La tête froide & peu pensante

Du Fleuri qui donna des loix
A notre France languiſſante.
Il porta le ſceptre des rois,
Et le garda juſqu'à nonante.

Régner eſt un amuſement
Pour un vieillard triſte & peſant,
De toute autre choſe incapable ;
Mais vieux bel eſprit, vieux amant,
Vieux chanteur eſt inſupportable.

C'eſt à vous, ô jeune Boufflers,
A vous dont notre Suiſſe admire
Le crayon, la proſe & les vers,
Et les petits contes pour rire ;
C'eſt à vous à chanter Thémire,
Et de briller dans un feſtin,
Animé du triple délire
Des vers, de l'amour, & du vin.

AU MÊME.

CE beau lac de Genève où vous êtes venu,
Du Cocyte bientôt m'offre les rives ſombres.
Vous êtes uu Orphée en ces lieux deſcendu
Pour venir enchanter les ombres.

AU MÊME.

SI vous brillez dans votre aurore
Quand je m'éteins à mon couchant,
Si dans votre fertile champ
Tant de fleurs s'empreffent d'éclore,
Lorfque mon terrain languiffant
Eft dégarni des dons de Flore :
Si votre voix jeune & fonore
Prélude d'un ton fi touchant,
Quand je frédonne à peine encore
Les reftes d'un lugubre chant :
Si des graces qu'en vain j'implore,
Vous devenez l'heureux amant,
Et fi ma vieilleffe déplore
La perte de cet art charmant
Dont le dieu des vers vous honore ;
Tout cela peut m'humilier ;
Mais je n'y vois point de remède,
Il faut bien que l'on me fuccède,
Et j'aime en vous mon héritier.

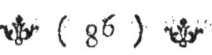

RÉPONSE

A une jolie petite piéce intitulée LES TORTS *, dans la-*
quelle on difait que fi Jean Calvin avait eu tort de
faire brûler Michel Servet, on avait tort de le dire
dans un territoire calvinifte.

NON, je n'ai point tort d'ofer dire
Ce que penfent les gens de bien ;
Et le fage qui ne craint rien ,
A le beau droit de tout écrire.

J'ai quarante ans bravé l'empire
Des lâches tyrans des efprits ;
Et dans votre petit pays,
J'aurais grand tort de me dédire.

Je fais que fouvent le malin
A caché fa queue & fa griffe ,
Sous la tiare d'un pontife,
Et fous le manteau de Calvin.

Je n'ai point tort quand je détefte
Ces affaffins religieux ,

F iv

Employant le fer & les feux
Pour servir le père célefte.

Oui , jufqu'au dernier de mes jours
Mon ame fera fière & tendre :
J'oferai gémir fur la cendre
Et des Servets & des Dubourgs.

De cette horrible frénéfie
A la fin le tems eft paffé ;
Le fanatifme eft éclipfé ,
Mais il refte l'hypocrifie.

Farceurs à manteaux étriqués ,
Petits ficophantes d'églife ,
Prédicans à fermons croqués ,
Ai-je tort quand je vous méprife ?

LETTRE

DE MONSIEUR F.

TOUT le monde eſt inſtruit à Paris, à Londres, en Italie , en Allemagne , de ma querelle avec l'illuſtre Mr. B.....; on ne s'entretient dans toute l'Europe que de cette diſpute. Je croirais manquer au public, à la vérité, à ma profeſſion , & à moi-même (comme on dit) ſi je reſtais muet *vis-à-vis* de Mr. B.... J'ai pris des engagemens vis-à-vis du public, il faut les remplir. L'univers a lu mes *Penſées raiſonnables* , que je donnai en 1759, au mois de Juin. Je ne ſais ſi je dois les pre-férer à la lettre que je lâchai ſous le nom de Mr. Ger-vaiſe Holmes en 1750. Tout Paris vis-à-vis des *Penſées raiſonnables* eſt pour la lettre de Mr. Gervaiſe Holmes, & tout Londres eſt pour les *Penſées*. Je peux dire vis-à-vis de Londres , & de Paris , qu'il y a quelque choſe de plus profond dans les *Penſées* , & je ne ſais quoi de plus brillant dans la lettre.

Le Journal de Trévoux du mois de Juin 1751 , & l'*Avent-coureur* du 5 Juillet, ſont de mon avis. Il eſt vrai que le *Journal chrétien* ſe déclare abſolument con-tre les *Penſées raiſonnables*. Je vais reprendre cette matière , puiſque je l'ai diſcutée au long dans le mercure de Février 1753, pag. 55 & ſuivantes, comme *tout le monde le ſait*.

Quelques perſonnes de conſidération, pour qui j'au-rai toute ma vie une déférence entière, m'ont conſeillé de ne point répondre à Mr. B... directement, attendu qu'il eſt mort il y a deux ans ; mais avec tout le reſpect que je dois à ces meſſieurs, je leur dirai que je ne puis être de leur avis , par des raiſons tirées du

fond des choses, que j'ai expliquées ailleurs. Et pour
le prouver je rappellerai en peu de mots ce que j'ai
dit dans le 295ᵉ. tome de ma bibliothèque impériale,
pag. 75 , rapporté très-infidélement dans le Journal
littéraire, année 1759. Il s'agit, comme on fait , des
compoſſibles , & des idées contraires , qui ne répu-
gnent point l'une à l'autre. J'avoue que le révérend
père Hayet a traité cette matière dans ſon dix-ſeptième
tome , avec ſa ſagacité ordinaire ; mais tous ceux qui
ont lu les 101 , 102 & 103ᵉ. tomes de ma bibliothèque
germanique , ont de quoi confondre le père Hayet :
ils verront aiſément la différence entre les compoſſibles , les poſſibles ſimples , les non-poſſibles & les im-
poſſibles ; il ſerait aiſé de s'y méprendre , ſi on n'avait
pas étudié à fond cette matière dans les articles 7 , 9
& 11 de ma diſſertation de 1760 , qui a eu un ſi prodigieux ſuccès.

Feu Mr. de Cahuſac me manda quelque tems avant
qu'il fût attaqué dans la pie-mère, qu'il avait entendu
dire à Mr. l'abbé Trublet , que lui abbé tenait de Mr. de
la Motte , que non-ſeulement madame de Lambert
avait un mardi , mais qu'elle avait auſſi un mercredi ,
& que c'était dans une des aſſemblées du mercredi
qu'on avait agité la queſtion ſi Mr. Needham fait des
anguilles avec de la farine , comme l'aſſure poſitivement
Mr. de Maupertuis. Ce fait eſt lié néceſſairement au
ſyſtême des compoſſibles.

Je ne répondrai pas ici aux injures groſſières qu'on
a vomies publiquement contre moi à Paris , dans la dernière aſſemblée du clergé. Le député de la province
de Champagne dit à l'oreille du député de la province
du Languedoc , que l'ennui & mes ouvrages étaient au
rang des compoſſibles. Cette horreur a été répétée dans
vingt-ſept journaux. J'ai déjà répondu à cette calomnie
abominable , dans ma bibliothéque germanique , d'une
manière victorieuſe.

Je diftingue trois fortes d'ennuis 1º. L'ennui qui eft fondé dans le caractère du lecteur, qu'on ne peut ni amufer, ni perfuader. 2º. L'ennui qui vient du caractère de l'auteur, & cela fe fubdivife en quarante-huit fortes. 3º. L'ennui provenant de l'ouvrage; cet ennui vient de la matière ou de la forme; c'eft pourquoi je reviens à Mr. B...., mon adverfaire, que j'eftimai toujours pour la conformité qu'il avait avec moi. Il fit en 1730 fon Ame des bêtes. Un mauvais plaifant dit à ce fujet, que Mr. B... était un excellent citoyen; mais qu'il n'était pas affez inftruit de l'hiftoire de fon pays; cette plaifanterie eft déplacée, comme il eft prouvé dans le journal helvétique, Octobre 1739. Enfuite il donna fes admirables penfées, fur les penfées qu'un homme avait données à propos des penfées d'un autre.

On fait quel bruit cet ouvrage fit dans le monde. Ce fut à cette occafion que je conçus le premier deffein de mes penfées raifonnables. J'apprends qu'un favant de Vittemberg a écrit contre mon titre, & qu'il y trouve une double erreur. J'en ai écrit à Mr. Pitt en Angleterre, & à mylord Holderneffe; je fuis étonné qu'ils ne m'aient point fait de réponfe. Je perfifte dans le deffein de faire l'Encyclopédie tout feul; fi Mr. Cahufac n'était pas mort, nous aurions été deux.

J'oubliais un article affez important, c'eft la fameufe réponfe de Mr. Pfaf, recteur de l'univerfité de Vittemberg, au révérend père Crouft, recteur des révérends pères jéfuites de Colmar. On en fait coup fur coup trois éditions, & tous les favans ont été partagés. J'ai pleinement éclairci cette matière, & j'ai même quatre volumes fous preffe, dans lefquels j'examine ce qui m'avait échappé. Ils couteront trois livres le tome, c'eft marché donné.

Il y a long-tems que je n'ai eu de nouvelles du célèbre profeffeur Vernet, connu dans tout l'univers par fon zèle pour les manufcrits : fon Catéchifme chrétien,

ainsi que mon philosophe chrétien , & 'le journal chrétien , sont les trois meilleurs ouvrages dont l'Europe
puisse se vanter , depuis les bigarrures du Sr. Des-
Accords

Mais jusqu'à présent personne n'a assez approfondi le
sens du fameux passage qu'on trouve dans la vie de
Pythagore , par le père Gretzer , dans son vingt-unième
volume in-folio. Il s'est totalement trompé sur ce chapitre , comme je le prouve.

Je reçois en ce moment par le chariot de poste les dix-
huit tomes de la théologie de mon illustre ami Mr.
Onekre. J'en rendrai compte dans mon prochain journal. Il y a des souscipteurs qui me doivent plus de six
mois , je les prie de me lire & de me payer.

RÉPONSE

Au Sr. BERGIER qui avait fait imprimer quelques
lettres inutiles de l'auteur

J'AI été touché , monfieur, de votre lettre du 12 Février. On m'a dit que vous êtes dévot , cependant
je vous vois de la fenfibilité & de l'honnêteté. Vous
m'apprenez que vous avez été taillé de pierre il y
a douze ans ; je vous félicite de vivre fi vous trouvez
la vie plaifante : j'ai toujours été affligé que dans le
meilleur des mondes poffibles il y eût des cailloux dans
les veffies , attendu que les veffles ne font pas plus
faites pour être des carrières que des lanternes ; mais je
me fuis toujours foumis à la providence ; je n'ai point
été taillé ; j'ai eu & j'ai ma bonne dofe de mal en autre
monnoie ; chacun a la fienne ; il faut favoir fouffrir &
mourir de toutes les façons.

Vous me mandez qu'on a imprimé je ne fais quelles
lettres que je vous écrivis il y a plus de trente années ;
vous m'apprenez qu'elles étaient tombées entre les
mains d'un nommé Vaugé , qui n'en peut répondre,
attendu qu'il eft mort. Si ces lettres ont été fon feul
héritage , je confeille aux hoirs de renoncer à la fuc-
ceffion. J'ai lu ce recueil, je m'y fuis ennuyé, mais j'ai
affez de mémoire dans ma foixante & douzième année
pour affurer qu'il n'y a pas une de ces lettres qui ne
foit falfifiée ; je défie tous les Vaugé morts ou vivans ;
& tous les éditeurs de rapfodies , de montrer une feule
page de ma main qui foit conforme à ce qu'on a eu la
fottife d'imprimer.

Il y a environ cinquante ans qu'on eft en poffeffion
de fe fervir de mon nom ; je fuis bien aife qu'il ait fait

gagner quelque chofe à de pauvres diables ; il faut que le pauvre diable vive ; mais il faudrait au moins qu'il me confultât , pour gagner fon argent plus honnêtement.

Vous m'apprenez , monfieur, que l'auteur de l'année littéraire a fait ufage de ces lettres , vous ne me dites pas quel ufage , & fi c'eft celui qu'on fait ordinairement de fes feuilles ; tout ce que je peux répondre, c'eft que je n'ai jamais lu l'année littéraire , & que je fuis trop propre pour en faire ufage.

Vous craignez que l'impreffion de ces chiffons ne me faffe mourir de chagrin, raffurez-vous , je ne fuis point abandonné dans ma vieilleffe décrépite , j'ai dans ma maifon un jéfuite qui m'a donné des leçons de patience ; car fi j'ai haï les jéfuites quand ils étaient puiffans & un peu infolens, je les aime quand ils font humiliés : je ne vois d'ailleurs que des gens heureux , & cela regaillardit ; mes payfans font tous à leur aife ; ils ne voient jamais d'huiffiers avec des contraintes. J'ai bâti comme Mr. de Pompignan, une jolie églife , où je prie DIEU pour fa converfion , & pour celle de Catherine Fréron ; je le prie auffi qu'il vous infpire la difcrétion de ne plus laiffer prendre des copies infidelles des lettres qu'on vous écrit. Portez-vous bien, je fuis vieux, vous n'êtes pas jeune, je vous pardonne de tout mon cœur votre faibleffe, j'ai pardonné dans d'autres jufqu'à l'ingratitude ; il n'y a que la méchanceté orgueilleufe & hypocrite qui m'a quelquefois ému la bile ; quant-à-préfent , rien ne me fait de la peine que les mauvais vers qu'on m'envoie quelquefois de Paris.

A . . . . .

DEPUIS le prince de la mirandole, monfieur, on n'a jamais foutenu de thèfes fi univerfelles. Je vous fuis auffi obligé de la bonté de m'en faire part , que je fuis étonné de votre immenfe favoir. Vous qui enfeignez tout , & votre jeune homme, qui apprend tout , vous êtes des prodiges; de tels progrès font non-feulement le fruit du génie, mais celui des méthodes, qui fe font multipliées dans ces derniers tems. Plus il y a de car-rières à parcourir , & plus on a eu de fecours. On n'en avait aucun du tems de Pic de la Mirandole. Auffi fes thèfes ne contenaient aucune verité; l'immenfité de fon favoir confiftait dans des mots, au-lieu que le vôtre eft dans les chofes.

Ce qui me furprend autant que votre entreprife , c'eft que vous m'apprenez qu'il y a encore des péripatéticiens, & qu'il fubfifte des reftes de barbarie dans la feconde ville de France. Je croyais qu'à peine il reftait des cartéfiens. Quiconque eft d'une fecte , femble afficher l'erreur. On dit, un platonicien , un épicurien , un péripatéticien, un cartéfien pour caractérifer des aveugles qui marchent fous la bannière d'un borgne. On ne dit pas un euclidien, un archimédien; parce que la vérité n'eft pas une fecte. Auffi en Angleterre, & parmi les philofophes comme vous, on n'appelle point newtonien un homme qui fe fert du calcul intégral, ou qui répète les expériences fur la lumière.

Ainfi , je fuis perfuadé que quand vous parlez page 11 de l'explication des phénomènes de l'arc-en-ciel & de l'aimant, vous ne prétendez pas fans doute mettre de niveau les démonftrations de Newton fur les réfractions & la réfrangibilité des rayons dans les gouttes d'eau , avec les fyftêmes hafardés fur l'aimant. Et fûrement , quand vous vous propofez de défendre en détail le traité d'optique de Newton, vous ne vous propofez que d'expliquer les vérités fenfibles qu'il a démontrées aux yeux.

Votre dernière queftion eft certainement auffi embarraffante que curieufe. Nous ne pouvons avoir autant de connaiffances fur l'acouftique que fur l'optique. Les fons ne donnent pas autant de prife à la géométrie qu'en donne la lumière. Cependant il me paraît qu'il y a fur la lumière la même difficulté que vous faites fur le fon. Vous demandez comment notre oreille entend à la fois diftinctement quatre parties, & moi je demande comment notre œil voit à la fois les points dont les rayons fe croifent néceffairement avant de frapper la rétine ? je ne fais pas comment les rayons fonores portent à cent mille oreilles la baffe & le deffus en même-tems ; je ne fais pas davantage comment les rayons vifuels font voir à cent mille yeux un point rouge & un point bleu qui doivent s'intercepter avant d'arriver à chaque prunelle.

Dès qu'il s'agit d'expliquer nos fenfations, les mathématiques deviennent impuiffantes ; & c'eft-là que nous demeurons dans notre première ignorance après avoir mefuré les cieux, & découvert la gravitation de tous des globes.

Si quelqu'un, monfieur, peut fervir à nous éclairer dans cette nuit profonde, c'eft vous. J'ai l'honneur d'être avec les fentimens que je vous dois.

A MONSIEUR MARIN,

SECRETAIRE GÉNÉRAL DE LA LIBRAIRIE,

A Ferney, ce 5 Juillet 1769.

VOUS favez, monfieur, que vers la fin de l'année paffée, il parut une brochure intitulée *Examen de la nouvelle hiftoire de Henri IV*, par Mr. le marquis de B * * *.

On eft inondé de brochures en tout genre; mais celle-ci fe diftinguait par un ftyle brillant, quoi qu'un peu inégal. Le titre porte qu'elle avait été lue dans une féance d'académie, & cela était vrai. De plus, tout ce qui regarde l'hiftoire de France intéreffe tous ceux qui veulent s'inftruire, & ce qui concerne Henri IV eft très-précieux. On traite dans cet écrit plufieurs points d'hiftoire qui avaient été jufqu'ici affez inconnus.

1°. On y affurait que le pape Grégoire XIII n'avait pas reconnu la légitimité du mariage de Jeanne d'Albret, & d'Antoine de Bourbon père de Henri IV.

2°. Que cette même Jeanne d'Albret avait pris la qualité de *majefté fidéliffime*.

3°. On affirmait que Marguerite de Valois eut en dot les fénéchauffées de Quercy & de l'Agénois, avec le pouvoir de nommer aux évêchés & aux abbayes de ces provinces,

Il y avait beaucoup d'anecdotes très-curieufes; mais dont la plupart fe font trouvées fauffes par l'examen que Mr. l'abbé Boudot en a bien voulu faire.

Ce qui me choqua le plus dans cette critique, fut l'extrême injuftice avec laquelle on y cenfure l'ouvrage

très-utile & très-estimable de Mr. le président Hénaut.
Ce fut pour moi, vous le savez, monsieur, une affliction
bien sensible quand vous m'apprîtes que plusieurs personnes me faisaient une injustice encore plus absurde en
m'attribuant cette même critique dans laquelle il y a des
traits contre moi-même. Je demandai la permission à Mr.
le président Hénaut de réfuter cet ouvrage, & je priai
Mr. l'abbé Boudot, par votre entremise, de consulter
les manuscrits de la bibliothèque du roi sur plusieurs
articles. Il eut la complaisance de me faire parvenir quelques instructions ; mais le nombre des choses qu'il fallait
éclaircir était si considérable, & cette critique fut bientôt
tellement confondue dans la foule des ouvrages de peu
d'étendue qui n'ont qu'un tems ; enfin, je tombai si malade que cette affaire s'évanouit dans les délais.

Elle me semble aujourd'hui se renouveller par une
nouvelle hist. du P. qu'on m'attribue. Je n'en connais
d'autre que celle de Mr. Le Page, avocat à Paris, divisée
en plusieurs lettres, & imprimée sous le nom d'Ams-
terdam, en 1754.

Pour composer un livre utile sur cet objet, il faut
avoir fouillé pendant une année entière au moins dans les
registres ; & quand on aura percé dans cet abyme il sera
bien difficile de se faire lire. Un tel ouvrage est plutôt un
long procès verbal qu'une histoire.

Si quelque libraire veut faire passer cet ouvrage sous
mon nom, je lui déclare qu'il n'y gagnera rien ; & que
loin que mon nom lui fasse vendre un exemplaire de
plus, il ne servirait qu'à décréditer son livre. Il y aurait
de la folie à prétendre que j'ai pu m'instruire des formes
judiciaires de France, & rassembler un fatras énorme de
dates, moi qui suis absent de France depuis plus de vingt
années, & qui ai presque vécu avant ce tems loin de Paris
à la campagne, uniquement occupé d'autres objets.

Au reste, monsieur, si on voulait recueillir tous les
ouvrages qu'on m'impute, & les mettre avec ceux que

l'on a écrits contre moi, cela formerait cinq à six cents volumes dont aucun ne pourrait être lu, Dieu merci.

Il est très-utile encore de se plaindre de cet abus ; car les plaintes tombent dans le gouffre éternel de l'oubli, avec les livres dont on se plaint. La multitude des ouvrages inutiles est si immense, que la vie d'un homme ne pourrait suffire à en faire le catalogue.

Je vous prie, monsieur, de vouloir bien permettre que ma lettre soit publique pour le moment présent ; car le moment d'après, on ne s'en souviendra plus ; & il en est ainsi de presque toutes les choses de ce monde.

J'ai l'honneur d'être , &c.

LETTRE

A L'AUTEUR DU MERCURE. 1661.

Sic vos , non vobis. Dans le nombre immenſe de tragédies , comédies , opéra comiques , diſcours moraux &
facéties au nombre d'environ cinq cent mille qui font
l'honneur éternel de la France, on vient d'imprimer une
tragédie ſous mon nom , intitulée Zulime ; la ſcène eſt en
Afrique ; il eſt bien vrai qu'autrefois ayant été avec
Alzire en Amérique, je fis un petit tour en Afrique avec
Zulime , avant d'aller voir Idamé à la Chine : mais mon
voyage d'Afrique ne me réuſſit point. Preſque perſonne
dans le parterre ne connaiſſait la ville d'Arſénie, qui était
le lieu de la ſcène ; c'eſt pourtant une colonie romaine
nommée Arſinaria , & c'eſt encore par cette raiſon-là
qu'on ne la connaiſſait pas.

Trémizène eſt un nom bien ſonore , c'eſt un joli petit
royaume ; mais on n'en avait aucune idée : la piéce ne
donna nulle envie de s'informer du giffement de ces
côtes. Je retirai prudemment ma flotte , & *quæ deſperat
tractata niteſcere poſſe relinquit.* Des corſaires ſe ſont
enfin ſaiſis de la piéce , & l'ont fait imprimer ; mais par
droit de conquête ils ont ſupprimé deux ou trois cents
vers de ma façon & en ont mis autant de la leur : je crois
qu'ils ont très-bien fait, je ne veux point leur voler
leur gloire, comme ils m'ont volé mon ouvrage. J'avoue
que le dénouement leur appartient, & qu'il eſt auſſi
mauvais que l'était le mien : les rieurs auront beau jeu ,
au-lieu d'avoir une piéce à ſiffler, ils en auront deux.

Il eſt vrai que les rieurs ſeront en petit nombre, car
peu de gens pourraient lire les deux piéces ; je ſuis de ce
nombre ; & de tous ceux qui priſent ces bagatelles ce

qu'elles valent , je suis peut-être celui qui y met le plus bas prix. Enchanté des chefs-d'œuvre du siècle passé autant que dégoûté du fatras prodigieux de nos médiocrités , je vais expier les miennes en me faisant le commentateur de Pierre Corneille. L'académie a agréé ce travail ; je me flatte que le public le secondera , en faveur des héritiers de ce grand nom.

Il vaut mieux commenter Héraclius que de faire Tancrède , on risque bien moins. Le premier jour que l'on joua ce Tancrède , beaucoup de spectateurs étaient venus armés d'un manuscrit qui courait le monde, & qu'on assurait être mon ouvrage : il ressemblait à cette Zulime.

C'est ainsi qu'un honnête libraire , nommé G.... s'avisa d'imprimer une *histoire générale* , qu'il assurait être de moi , & il me le soutenait à moi-même ; il n'y a pas grand mal à tout cela, quand on vexe un pauvre auteur les dix-neuf vingtièmes du monde l'ignorent, le reste en rit , & moi aussi. Il y a trente à quarante ans que je prenais sérieusement la chose. J'étais bien sot ! Adieu , je vous embrasse.

EXTRAIT DE LA GAZETTE DE LONDRES.

Du 20 Février 1762.

Nous apprenons que nos voisins les Français sont animés autant que nous, au moins, de l'esprit patriotique. Plusieurs corps de ce royaume signalent leur zèle pour le roi, & pour la patrie. Ils donnent leur nécessaire pour fournir des vaisseaux, & on nous apprend que les moines, qui doivent aussi aimer le roi & la patrie, donneront de leur superflu.

On assure que les bénédictins qui possèdent environ neuf millions de livres tournois de rente dans le royaume de France, fourniront au moins neuf vaisseaux de haut bord.

Que l'abbé de Citeaux, homme très-important dans l'état, puisqu'il possède sans contredit les meilleures vignes de Bourgogne, & la plus grosse tonne, augmentera la marine d'une partie de ses fûtailles. Il fait bâtir actuellement un palais dont le devis est d'un million sept cent mille livres tournois, & il a déjà dépensé quatre cent mille francs à cette maison pour la gloire de DIEU. Il va faire construire des vaisseaux pour la gloire du roi.

On assure que Clervaux suivra cet exemple, quoique les vignes de Clervaux soient très-peu de chose; mais possédant quarante mille arpens de bois, il est très en état de faire construire de bons navires.

Il sera imité par les chartreux; qui voulaient même le prévenir, attendu qu'ils mangent la meilleure marée, & qu'il est de leur intérêt que la mer soit libre. Ils ont trois millions de rente en France, pour faire venir des turbots, & des soles. On dit qu'ils donneront trois beaux vaisseaux de ligne.

Les prémontrés & les carmes qui font auffi néceffaires dans un état que les chartreux, & qui font auffi
riches qu'eux, fe propofent de fournir le même contin-
gent. Les autres moines donneront à proportion. On
eft fi affuré de cette oblation volontaire de tous les
moines, qu'il eft évident qu'il faudrait les regarder comme ennemis de la patrie, s'il ne s'acquittaient pas de ce
devoir.

Les Juifs de Bourdeaux fe font cottifés. Des moines
qui valent bien des Juifs, feront jaloux, fans doute,
de maintenir la fupériorité de la nouvelle loi fur l'ancienne.

Pour les frères jéfuites, on n'eftime pas qu'ils doivent fe faigner en cette occafion, attendu que la France
va être inceffamment purgée des dits frères.

P. S Comme la France manque un peu de gens de
mer, le prieur des céleftins a propofé aux abbés ré-
guliers, prieurs, fous-prieurs, recteurs, fupérieurs qui
fourniront les vaiffeaux, d'envoyer leurs novices fervir
de mouffes, & leurs profès fervir de matelots. Le dit
céleftin a démontré dans un beau difcours, combien il
eft contraire à l'efprit de charité de ne fonger qu'à faire
fon falut, quand on doit s'occuper de celui de l'état : ce
difcours a fait un grand effet, & tous les chapitres dé-
délibéraient encore au départ de la pofte.

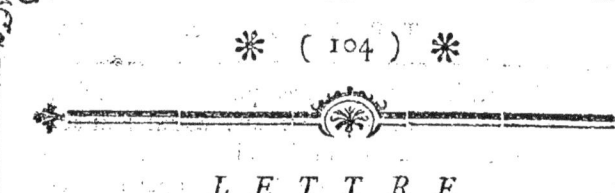
LETTRE

AUX

AUTEURS DE LA GAZETTE LITTÉRAIRE.

VOUS avez dit, messieurs, en rendant compte de l'ouvrage de Mr. Hooke, que l'histoire romaine est encore à faire parmi nous , & rien n'est plus vrai. Il était pardonnable aux historiens Romains d'illustrer les premiers tems de la république par des fables qu'il n'est plus permis de transcrire que pour les réfuter. Tout ce qui est contre la vraisemblance doit au moins inspirer des doutes ; mais l'impossible ne doit jamais être écrit.

On commence par nous dire que Romulus ayant rassemblé trois mille trois cents bandits , bâtit le bourg de Rome de mille pas en quarré. Or mille pas en quarré suffiraient à peine pour deux métairies ; comment trois mille trois cents hommes auraient-ils pu habiter ce bourg ?

Quels étaient les prétendus rois de ce ramas de quelques brigands ? n'étaient-ils pas visiblement des chefs de voleurs , qui partageaient un gouvernement tumultueux avec une petite horde féroce & indisciplinée ?

Ne doit-on pas , quand on compile l'histoire ancienne faire sentir l'énorme différence de ces capitaines de bandits avec de véritables rois d'une nation puissante ?

Il est avéré par l'aveu des écrivains romains, que pendant près de quatre cents ans l'état romain n'eut pas plus de dix lieues en longueur, & autant en largeur. L'état de Gènes est beaucoup plus considérable aujourd'hui que la république romaine ne l'était alors.

Ce ne fut que l'an 360 que Veïes fut prife après une
efpèce de fiége, ou de blocus qui avait duré dix années.
Veïes était auprès de l'endroit où eft aujourd'hui Ci-
vita-Vecchia , à cinq ou fix lieues de Rome ; & le terrain
autour de Rome , capitale de l'Europe , a toujours été fi
ftérile que le peuple voulut quitter fa patrie pour aller
s'établir à Veïes.

Aucunes de fes guerres , jufqu'à celle de Pyrrhus , ne
mériteraient de place dans l'hiftoire , fi elles n'avaient été
le prélude de fes grandes conquêtes. Tous ces événemens
jufqu'au tems de Pyrrhus , font pour la plupart fi petits
& fi obfcurs , qu'il fallut le relever par des prodiges
incroyables , ou par des faits deftitués de vraifemblance ,
depuis l'aventure de la louve qui nourrit Romulus &
Rémus , & depuis celle de Lucrèce , de Clélie , de Curtius ,
jufqu'à la prétendue lettre du médecin de Pyrrhus , qui
propofa , dit-on , aux Romains d'empoifonner fon maître ,
moyennant une récompenfe proportionnée à ce fervice.
Quelle récompenfe pouvaient lui donner les Romains ,
qui n'avaient alors ni or , ni argent ? & comment foup-
conne-t-on un médecin Grec d'être affez imbécille pour
écrire une telle lettre ?

Tous nos compilateurs recueillent ces contes fans le
moindre examen ; tous font copiftes , aucun n'eft philofophe : on les voit tous honorer du nom de vertueux
des hommes qui au fond n'ont été que des brigands courageux ; ils nous répétent que la vertu romaine fut enfin
corrompue par les richeffes & par le luxe ; comme s'il
y avait de la vertu à piller les nations , & comme s'il
n'y avait de vice qu'à jouir de ce qu'on a volé. Si on
a voulu faire un traité de morale au-lieu d'une hiftoire ,
on a dû infpirer encore plus d'horreur pour les dépré-
dations des Romains que pour l'ufage qu'ils firent des
tréfors ravis à tant de nations qu'ils dépouillèrent l'une
après l'autre.

Nos hiftoriens modernes de ce tems reculés auraient

dû difcerner au moins les tems dont ils parlent ; il ne faut pas traiter le combat peu vraifemblable des Horaces & des Curiaces, l'aventure romanefque de Lucrèce , celle de Clélie, celle de Curtius, comme les batailles de Pharfale & d'Actium. Il eft effentiel de diftinguer le fiècle de Ciceron de ceux ou les Romains ne favaient ni lire, ni écrire, & ne comptaient les années .que par des clous fichés dans le capitole. En un mot, toutes les hiftoires romaines que nous avons dans des langues modernes n'ont point encore fatisfait les lecteurs.

Perfonne n'a encore recherché avec fuccès ce qu'était un peuple attaché fcrupuleufement aux fuperftitions , & qui ne fut jamais régler le tems de fes fêtes, qui ne fut même pendant près de cinq cents ans ce que c'était qu'un cadran à foleil : un peuple dont le fénat fe piqua quelquefois d'humanité, & dont ce même fénat immola aux dieux deux Grecs & deux Gauloifes, pour expier la galanterie d'une de fes veftales ; un peuple toujours expofé aux bleffures, & qui n'eut qu'au bout de cinq fiècles un feul médecin , qui était à la fois chirurgien & apoticaire.

Le feul art de ce peuple fut la guerre pendant fix cents années ; & comme il était toujours armé, il vainquit tour-à-tour les nations qui n'étaient pas continuellement fous les armes.

L'auteur du petit volume *fur la grandeur & fur la décadence des Romains*, nous en apprend plus que les énormes livres des hiftoriens modernes. Il eût feul été digne de faire cette hiftoire, s'il eût pu réfifter furtout à l'efprit de fyftême , & au plaifir des donner fouvent des penfées ingénieufes pour des raifons.

Un des défauts qui rendent la lecture des nouvelles hiftoires romaines peu fupportables, c'eft que les auteurs veulent entrer dans des détails comme Tite-Live. Ils ne fongent pas que Tite-Live écrivait pour fa nation, à qui ces détails étaient précieux. C'eft bien mal connaître les hommes

d'imaginer que des Français s'intéresseront aux marches
& aux contre-marches d'un conful qui fait la guerre aux
Samnites & aux Volfques, comme nous nous intéreffons
à la bataille d'Ivry, & au paffage du Rhin à la nage.

Toute hiftoire ancienne doit être écrite différemment
de la nôtre, & c'eft à ces convenances que les auteurs
des hiftoires anciennes ont manqué. Ils répètent & ils
alongent des harangues qui ne furent jamais prononcées ;
plus foigneux de faire parade d'une éloquence déplacée
que de difcuter des vérités utiles. Les exagérations fouvent puériles, les fauffes évaluations des monnoies de
l'antiquité & de la richeffe des états, induifent en erreur
les ignorans, & font peine aux hommes inftruits. On imprime de nos jours qu'Archimède lançait des traits à quelque diftance que ce fût, qu'il élevait une galère du milieu
de l'eau, & la tranfportait fur le rivage en remuant le bout
du doigt, qu'il en coûtait fix cent mille écus pour net-
toyer les égoûts de Rome, &c.

Les hiftoires plus anciennes font encore écrites avec
moins d'attention. La faine critique y eft plus négligée :
le merveilleux, l'incroyable y domine : il femble qu'on
ait écrit pour des enfans plus que pour des hommes ;
le fiècle éclairé où nous vivons exige dans les auteurs une
raifon plus cultivée.

AUX MÊMES,

Décembre 1764.

JE vois, messieurs, par une de vos dernières gazettes, que le gouvernement de la Suède a depuis plus de vingt ans persévéré dans l'entreprise utile de connaître à fond les forces du pays, & de commencer par un dénombrement exact. Il est dit qu'on a trouvé dans toute l'étendue de la Suède, sans compter la Poméranie, deux millions trois cent quatre-vingt-trois mille habitans. Ce calcul étonna. La Suède avec la Finlande est deux fois aussi étendue que la France, qui passe pour contenir environ vingt millions de personnes ; il est même constant par le relevé de tous les intendans du royaume en 1698, qu'on trouva à-peu-près ce nombre, & la Lorraine n'était point encore ajoutée à la France. Comment un pays qui n'est que la moitié d'un autre peut-il avoir environ dix fois plus de citoyens.

A territoire égal il faudrait que la France fût dix fois meilleure que la Suède ; & le territoire n'étant que la moitié, il faut que la France soit vingt fois meilleure.

Considérons d'abord qu'on doit retrancher de la carte de la Suède la mer Baltique, le golfe de Finlande, & le golfe de Bothonie, qui remplissent près de la moitié de ce qui constitue la Suède. Otons-en le Lapmarck & la Lapponie ; que l'on doit compter pour rien ; retranchons encore des lacs immenses, & il se trouvera que le territoire habitable de la France sera plus grand d'un tiers que le terrain habitable de la Suède.

Or ce terrain habitable étant au moins dix fois plus fertile, il n'est pas étonnant qu'il y ait dix fois plus de citoyens.

Ce qui me paraît mériter beaucoup d'attention ; c'eft que dans la Gothie, province la plus méridionale & la plus fertile de la Suède, il y a mille deux cent quarante-huit habitans par chaque lieue quarrée de Suède. Or la lieue quarrée de Suède, de dix & demi au degré, eft à la lieue quarrée de France, de vingt-cinq au degré, comme quatre & deux tiers environ eft à un.

Il réfulte du dénombrement de la France fait par les intendans du royaume en 1698, que la France a fix cent trente-fix perfonnes par lieue quarrée.

Or fi la lieue quarrée de France, qui eft à la lieue quarrée de Suède comme un eft à quatre & deux tiers environ, a fix cent trente-fix habitans, & la lieue quarrée fuédoife en a douze cent quarante-huit, il eft clair que la lieue quarrée de Gothie qui devrait avoir quatre fois & deux tiers autant de colons, en nourrit à peine le double ; donc la même étendue de terrain en France a plus de la moitié de colons, ou d'habitans que la même étendue n'en a dans la Gothie.

Cette prodigieufe fupériorité d'un pays fur un autre, peut-elle avec le tems être réduite à l'égalité ? Oui, fi les habitans du climat difgracié peuvent trouver le fecret de changer la nature de leur fol & de fe rapprocher du tropique.

Le pays pourrait-il être peuplé du double, du triple ? Oui, fi l'on faifait deux fois, trois fois plus d'enfans : mais qui les nourrirait, fi la terre ne rend pas deux ou trois fois davantage ?

Au défaut d'une récolte triple pour nourrir ce triple d'habitans, il faudrait donc avoir un commerce, par le bénéfice duquel on pût acquérir deux, & trois fois plus de denrées qu'on n'en confomme aujourd'hui. Mais comment faire ce commerce avantageux, fi la nature refufe de quoi exporter à l'étranger ?

La commiffion établie pour rendre compte aux états affemblés, de la dépopulation de la Suède, affirme dans fon mémoire, fur des preuves hiftoriques, que le pays était, il y a trois cents ans, prefque trois fois plus peuplé qu'aujourd'hui. Il eft de l'intérêt de tous les hommes de connaître les preuves de cette étrange affertion ; fe pourrait-il que la Suède fans commerce, fans induftrie, & plus mal cultivée qu'à préfent, eût pu nourrir trois fois plus d'habitans ?

Il paraît que les pays du Nord n'ont jamais été plus peuplés qu'ils ne le font, parce que la nature a toujours été la même.

Céfar, dans fes commentaires, dit, que les Helvétiens défertant leur pays pour s'aller établir vers la Saintonge, partirent tous au nombre de trois cent foixante-huit mille perfonnes. Je ne crois pas que l'Helvétie en ait aujourd'hui davantage. Et fi elle rappellait tous fes citoyens répandus dans les pays étrangers, je doute qu'elle eût de quoi leur fournir des alimens.

On parle beaucoup de population depuis quelques années. J'ofe hafarder une réflexion. Notre grand intérêt eft que les hommes qui exiftent foient heureux autant que la nature humaine & l'extrême difproportion entre les différens états de la vie le comportent ; mais fi nous n'avons pu encore procurer ce bonheur aux hommes, pourquoi tant fouhaiter d'en augmenter le nombre ? Eft-ce pour faire de nouveaux malheureux ? La plupart des pères de famille craignent d'avoir trop d'enfans, & les gouvernemens defirent l'accroiffement des peuples. Mais fi chaque royaume acquiert proportionnellement de nouveaux fujets, nul n'acquérera de fupériorité.

Quand un pays a un fuperflu d'habitans, ce fuperflu eft employé utilement aux colonies de l'Amérique. Malheur aux nations qui font obligées d'y envoyer les citoyens néceffaires à l'état ! c'eft dégarnir la maifon paternelle pour meubler une maifon étrangère. Les Efpagnols ont commencé ; ils ont rendu ce malheur indifpenfable aux autres nations.

L'Allemagne eſt une pépinière d'hommes, & n'a point de colonies, que doit-il en réſulter ? Que les Allemands qui ſont de trop chez eux peupleront les pays voiſins. C'eſt ainſi que la Pruſſe & la Poméranie ont réparé la diſette des hommes.

Très-peu de pays ſont dans le cas de l'Allemagne : l'Eſpagne & le Portugal, par exemple, ne ſeront jamais fort peuplés ; les femmes y ſont peu fécondes, les hommes peu laborieux, & le tiers de la contrée eſt aride.

L'Afrique fournit tous les ans environ quarante mille nègres à l'Amérique, & ne paraît pas épuiſée. Il ſemble que la nature ait favoriſé les noirs d'une fécondité qu'elle a refuſée à tant d'autres nations. Le pays le plus peuplé de la terre eſt la Chine, ſans qu'on ait jamais fait ni de livres, ni de réglemens pour favoriſer la population dont nous parlons ſans ceſſe. La nature fait tout ſans ſe ſoucier de nos raiſonnemens.

A MONSIEUR PAULET,

AU SUJET DE L'HISTOIRE DE LA PETITE VÉROLE.

Ferney, 22 Avril 1768.

JE crois, monsieur, que Dom-Quichotte n'avait pas lu plus de livres de chevalerie que j'en ai lu de médecine ; je suis né faible & malade, & je ressemble aux gens qui ayant d'anciens procès de famille , passent leur vie à feuilleter les jurisconsultes sans pouvoir finir leurs procès.

Il y a environ soixante & quatorze ans que je soutiens comme je peux mon procès contre la nature , j'ai gagné un grand incident, puisque je suis encore en vie ; mais j'ai perdu tous les autres , ayant toujours vécu dans les souffrances.

De tous les livres que j'ai lus , il n'y en a point qui m'ait plus intéressé que le vôtre. Je vous suis très-obligé de m'avoir fait faire connaissance avec le Rhasez. Nous étions de grands ignorans , & de misérables barbares quand ces Arabes se décrassaient. Nous nous sommes formés bien tard en tout genre ; mais nous avons regagné le tems perdu. Votre livre , surtout, en est un bon témoignage. Il m'a beaucoup instruit ; mais j'ai encore quelques petits scrupules sur la patrie de la petite vérole. J'avais toujours pensé qu'elle était native de l'Arabie déserte , & cousine germaine de la lèpre , qui appartenait de droit au peuple Juif, peuple le plus infecté qui ait jamais été dans notre malheureux globe.

Si la petite vérole était native d'Egypte , je ne vois pas comment les troupes de Marc-Antoine , d'Auguste &

de

de fes fucceffeurs ne l'auraient pas apportée à Rome. Prefque tous les Romains eurent des domeftiques Egyptiens *Verna canopi.* Ils n'en eurent jamais d'Arabes. Les Arabes reftèrent prefque toujours dans leur grande prefqu'ifle jufqu'au tems de Mahomet. Ce fut dans ce tems que la petite vérole commença à être connue. Voilà mes raifons, mais je me défie d'elles, puifque vous penfez différemment.

Vous m'avez convaincu, monfieur, que l'extirpation ferait très-préférable à l'inoculation. La difficulté eft de pouvoir mettre une fonnette au cou du chat. Je ne crois pas les princes d'Europe portés à faire une ligue offenfive & défenfive contre ce fléau du genre humain. Mais fi vous obtenez quelques arrêts contre la petite vérole, je vous prierai auffi, fans aucun intérêt, de préfenter requête contre fa groffe fœur.

Je ne fais laquelle de ces deux demoifelles a fait de plus de mal au genre humain, mais la groffe fœur me paraît cent fois plus abfurde que l'autre. C'eft un fi énorme ridicule dans la nature d'empoifonner les fources de la génération, que je ne fais plus où j'en fuis quand je fais l'éloge de cette bonne mère. La nature eft très-aimable & très-refpectable, fans doute ; mais elle a des enfans bien infames.

Je conçois bien que fi tous les gouvernemens de l'Europe s'entendaient enfemble, ils pourraient à toute force diminuer un peu l'empire des deux fœurs. Nous avons actuellement plus de douze cent mille hommes qui montent la garde en pleine paix ; fi on les employait à extirper les deux virus qui défolent le genre humain, ils feraient du moins bons à quelque chofe. On pourrait même leur donner encore à combattre le fcorbut, les fièvres pourprées & les autres faveurs de ce genre, que la nature nous a faites.

Vous avez dans Paris un Hôtel-Dieu où règne une contagion éternelle, où les malades, entaffés les uns fur les autres, se donnent réciproquement la peste & la mort. Vous avez des boucheries dans de petites rues sans issue, qui répandent en été une odeur cadavereuse, capable d'empoisonner tout un quartier. Les exhalaisons des morts tuent les vivans dans vos églises, & les charniers des Innocens ou de St. Innocent font encore un témoignage de barbarie, qui nous met fort au-dessous des Hottentots & des Nègres.

Nous ferons long-tems fous & insensibles au bien public. On fait de tems en tems quelques efforts & on s'en lasse le lendemain. La constance, le nombre d'hommes nécessaire, & l'argent manquent pour tous les grands établissemens. Chacun vit pour soi. *Sauve qui peut* est la devise de chaque particulier. Plus les hommes font inattentifs à leur plus grand intérêt, plus vos idées patriotiques m'ont inspiré d'estime.

J'ai l'honneur d'être, &c.

LETTRE

DE MADAME LA MARQUISE

D'ANTREMONT, A L'AUTEUR.

EN LUI ENVOYANT QUELQUES OUVRAGES EN VERS.

A Aubenaz, le 4 Février 1768.

MONSIEUR,

UNE femme qui n'eſt pas madame Desforges Maillard, une femme vraiment femme, & femme dans toute la force du terme, vous prie de lire les piéces renfermées ſous cette enveloppe ; elle fait des vers parce qu'il faut faire quelque choſe ; parce qu'il eſt auſſi amuſant d'aſſembler des mots que des nœuds, & qu'il en coûte moins de ſymétriſer des penſées que des pompons : vous ne vous appercevrez que trop, monſieur, que ces vers ont peu coûté, & vous lui direz que

Des vers faits aiſément ſont rarement aiſés.

Elle ſe rappelle vos préceptes ſur ce ſujet & ceux de Boileau, qui partage avec vous l'art de graver ſes écrits dans la mémoire de ſes lecteurs, & d'inſtruire l'eſprit ſans lui demander des efforts. Vos principes & les ſiens ſont admirables ; mais ils ne s'accordent pas avec la légéreté d'une perſonne de vingt-un ans, qui a beaucoup d'antipatie pour tout ce qui eſt pénible. Heureuſement je rime ſans prétention, & mes ouvrages reſtent dans mon porte-feuille. S'ils en ſortent aujourd'hui, c'eſt parce

H ij

qu'il y a long-tems que je defirais d'écrire à l'homme de France que je lis avec le plus de plaifir, & que je me fuis imaginée que quelques piéces de vers ferviraient de paffeport à ma lettre, je n'ai point eu d'autres motifs, monfieur;

> Il eft des femmes beaux efprits;
> A Pindare autrefois dans les jeux olympiques,
> Corinne, des fuccès lyriques,
> Très-fouvent difputa le prix:
> Pindare affurément ne valait pas Voltaire;
> Corinne valait mieux que moi:
> Qu'il faudrait être téméraire
> Pour entrer en lice avec toi!
> Mais je le fuis affez pour defirer de plaire
> A l'écrivain dont le goût eft ma loi.
> Si tu daignais fourire à mes ouvrages,
> Quel fort égalerait le mien!
> Tu réunis tous les fuffrages,
> Et moi je n'afpire qu'au tien.

Il ferait bien glorieux pour moi, monfieur, de l'obtenir; n'allez pourtant pas croire que j'ofe me flatter de le mériter, mais croyez que rien ne peut égaler les fentimens d'eftime & d'admiration avec lefquels j'ai l'honneur d'être.

RÉPONSE.

Vous n'êtes point la Desforge Maillard;
De l'hélicon ce trifte hermaphrodite

Paſſa pour femme , & ce fut ſon ſeul art ;
Dès qu'il fut homme il perdit ſon mérite ;
Vous n'êtes point , & je m'y connais bien ,
Cette Corinne & jalouſe & bizarre
Qui par ſes vers , où l'on n'entendait rien ,
En déraiſon l'emportait ſur Pindare.
  Sapho plus ſage , en vers doux & charmans
  Chanta l'amour , elle eſt votre modèle ,
Vous poſſédez ſon eſprit , ſes talens ;
Chantez , aimez ; Phaon ſera fidèle.

Voilà , madame , ce que je dirais ſi j'avais l'âge de vingt-un ans ; mais j'en ai ſoixante & quatorze paſſés ; vous avez des beaux yeux , ſans doute , cela ne peut être autrement , & j'ai preſque perdu la vue : vous avez le feu brillant de la jeuneſſe , & le mien n'eſt plus que la cendre froide : vous me reſſuſcitez ; mais ce n'eſt que pour un moment , & le fait eſt que je ſuis mort.

C'eſt du fond de mon tombeau que je vous ſouhaite des jours auſſi beaux que vos talens.

J'ai l'honneur d'être , &c.

RÉPONSE
AU Sr. FEZ , LIBRAIRE D'AVIGNON.

Du 17 Mai 1762, aux Délices.

VOus me propoſez par votre lettre datée d'Avignon , du 30 Avril , de me vendre pour mille écus l'édition entière d'un recueil de mes erreurs ſur *les faits hiſtoriques & dogmatiques* , que vous avez , dites vous , imprimé en terre papale. Je fuis obligé en confcience de vous avertir qu'en relifant en dernier lieu une nouvelle édition de mes ouvrages , j'ai découvert dans la précédente pour plus de deux mille écus d'erreurs. Et comme en qualité d'auteur je me fuis probablement trompé de moitié à mon avantage, en voilà au moins pour douze mille livres. Il eft donc clair que je vous ferais tort de neuf mille francs fi j'acceptais votre marché.

De plus voyez ce que vous gagnerez au débit du dog-matique, c'eft une chofe qui intéreffe particuliérement toutes les puiffances qui font en guerre, depuis la mer baltique jufqu'à Gibraltar. Ainfi je ne fuis pas étonné que vous me mandiez *que l'ouvrage eft defiré univerfellement.*

Mr. le général de Laudhon , & toute l'armée impé-riale ne manqueront pas d'en prendre au moins trente mille exemplaires que vous vendez , dites – vous , deux livres piéce , ci   .   .   .   . L. 60000.

Le roi de Pruffe qui aime paffionnément le dogmatique , & qui en eft occupé plus que jamais, en fera débiter à-peu-près la meme quantité , ci   60000

Vous devez auffi compter beaucoup fur Mgr. le prince Ferdinand ; car j'ai tou-jours remarqué quand j'avais l'honneur de lui faire ma cour , qu'il était enchanté qu'on relevât mes erreurs dogmatiques ; ainfi vous pouvez lui en envoyer vingt mille exemplaires , ci   .   .   .   40000.

A l'égard de l'armée française , où l'on parle encore plus français que dans les ar-mées Autrichiennes , & pruffiennes , vous y en enverrez au moins cent mille exem-plaires, qui a quarante fols piéce, font   .   200000.

L.   360000.

De l'autre part. . . L.	360000

Vous avez, sans doute, écrit à Mr. l'a-
miral Anson, qui vous procurera en Angleterre & dans les colonies, le débit de
cent mille de vos recueils, ci   .   .   20000.

Quant aux moines & aux théologiens
que le dogmatique regarde plus particuliérement, vous ne pouvez en débiter auprès deux moins de trois cent mille dans
toute l'Europe; ce qui forme tout d'un
coup un objet de   .   .   .   .   600000.

Joignez à cette liste environ cent mille
amateurs du dogmatique parmi les sécu-
liers, pose   .   .   .   .   .   200000.

                    Somme totale. L. 1360000.

sur quoi il y aura peut-être quelques frais, mais le produit ne sera au moins d'un million pour vous.

Je ne puis donc assez admirer votre désintéressement,
de me sacrifier de si grands intérêts pour la somme de
trois mille livres une fois payée.

Ce qui pourrait m'empêcher d'accepter votre proposition, ce serait la crainte de déplaire à Mr. l'Inquisi-
teur de la foi, ou pour la foi, qui a, sans doute, approuvé votre édition. Son approbation une fois donnée,
ne doit point être vaine; il faut que les fidèles en jouissent; & je craindrais d'être excommunié si je supprimais
une édition si utile, approuvée par un jacobin, & imprimée à Avignon.

A l'égard de votre auteur anonyme, qui a consacré ses
veilles à cet important ouvrage, j'admire sa modestie;
je vous prie de lui faire mes tendres complimens, aussi-
bien qu'à votre marchand d'encre.

FRAGMENT D'UNE FÊTE

donnée à Court-Dimanche près de Fontainebleau,
aux noces du marquis de Montconseil , & de Mlle.
de Curzai. Le Curé étant ivre, on lui persuada qu'il
allait mourir , on lui fit cette exhortation , après quoi
on lui chanta des couplets , & on dansa autour de
lui ; c'était en 1724.

CURÉ de Court-Dimanche & prêtre d'Apollon
Que je vois sur ce lit étendu tout du long,
Après avoir vingt ans dans une paix profonde
Enterré, confessé, baptisé votre monde ,
Après tant d'oremus chantés si plaïamment ,
Après cent réquiem entonnés si gaiement ;
Pour nous , je l'avouerai, c'est une peine extrême
Qu'il nous faille aujourd'hui prier DIEU pour vous-même.
Mais tout passe & tout meurt, tel est l'arrêt du fort,
L'instant où nous naissons est un pas vers la mort.
Le petit père André n'est plus qu'un peu de cendre,
Frère Frédon n'est plus, Diogène , Alexandre ,
César, le poëte Maï, La Fillon, Constantin ,
Abraham , Brioché, tous ont même destin ;
Ce cocher si fameux à la cour , à la ville,
Amour des beaux esprits , père du vaudeville ,
Dont vous aviez été le très-digne aumônier,
Près St. Eustache encor , est pleuré du quartier ;
Vous les suivrez bientôt ; c'est donc ici, mon frère ,
Qu'il faut que vous songiez à votre grande affaire :

Si vous aviez été toujours homme de bien,
Un bon prêtre, un nigaud, je ne vous dirais rien ;
Mais qui peut, entre nous, garder son innocence,
Quel curé n'a besoin d'un peu de pénitence ?
Combien en a-t-on vu jusqu'au pied des autels
Porter un cœur pêtri de penchans criminels ;
Et dans ce tribunal où par des loix sévères ,
Des fautes des mortels ils sont dépositaires ;
Convoiter les beautés qui vers eux s'accusaient ,
Et commettre la chose alors qu'ils l'écoutaient ?
Combien en a-t-on vu dans une sacristie
Conduire une dévote à peine repentie ,
Et sur un banc trop dur travailler en ce lieu
A faire à son prochain des serviteurs de DIEU !
Je veux que de la chair le démon redoutable
N'ait pu vous enchanter par son pouvoir aimable ,
Que digne imitateur des saints des premiers tems ,
Vous ayez pu dompter la révolte des sens.
Vous viviez en châtré , c'est un bonheur extrême ;
Mais ce n'est pas assez, curé, DIEU veut qu'on l'aime.
Avez-vous bien connu cette ardente ferveur ,
Ce goût , ce sentiment , cette ivresse du cœur,
La charité, mon fils ! le chrétien vit pour elle ,
Qui ne sait point aimer n'a qu'un cœur infidèle ;
La charité fait tout ; vous possédez en vain
Les mœurs de nos prélats, l'esprit d'un capucin,
D'un cordelier nerveu la timide innocence ,
La science d'un carme avec sa continence ,
Des fils de Loyola toute l'humilité ;
Vous ne serez chrétien que par la charité.

Commencez donc, curé, par un effort suprême ;
Pour mieux savoir aimer, haïssez-vous vous-même ;
Faites-nous humblement un exposé succint
De cent petits péchés dont vous fûtes atteint,
Vos jeux, vos passe-tems, vos plaisirs & vos peines,
Olivette, amoris, vos amours & vos haines,
Combien de muids de vin vous vuidiez dans un an,
Si Brunette avec vous a dormi bien souvent.
Après que vous aurez aux yeux de l'assemblée
Etalé les péchés dont votre ame est troublé ;
Avant que de partir il faudra prudemment
Dicter vos volontés, & faire un testament :
Bellébat perd en vous ses plaisirs & sa gloire ;
Il lui faut un pasteur & des chansons à boire ;
Il ne peut s'en passer : vous devez parmi nous
Choisir un successeur qui soit digne de vous ;
Il sera votre ouvrage & vous pouvez le faire
De votre esprit charmant unique légataire :
Tel Elie autrefois loin des profanes yeux,
Dans un char de lumière, emporté dans les cieux,
Avant que de partir pour ce rare voyage,
consolait Elisé, qui lui servait de page ;
Et dans un testament qu'on n'a point par écrit
Avec un vieux pourpoint lui laissa son esprit.

GALIMATIAS PINDARIQUE,

Sur un carrousel donné par l'impératrice de Russie. 1768.

SORS du tombeau, divin Pindare,
Toi qui célébras autrefois
Les chevaux de quelques bourgeois
Ou de Corinthe ou de Mégare ;
Toi qui possédas le talent
De parler beaucoup sans rien dire ;
Et qui modulas savamment
Des vers que personne n'entend
Et qu'il faut toujours qu'on admire.
Mais commence par oublier
Tes petits vainqueurs de l'Elide ;
Prends un sujet moins insipide,
Viens cueillir un plus beau laurier ;
Cesse de vanter la mémoire
Des héros dont le premier soin
Fut de se battre à coups de poing
Devant les juges de la gloire.
    La gloire habite de nos jours
Dans l'empire d'une amazone,
Elle la possède & la donne ;
Mars, Thémis, les jeux, les amours
Sont en foule autour de son trône.
    Viens chanter cette Thalestris (a)

(a) Thalestris, reine des | pour venir voir Alexandre le
Amazones, sortit de ses états | Grand, auquel elle avoua de

Qu'irait courtiſer Alexandre ;
Sur tes pas je voudrais m'y rendre,
Si je n'étais en cheveux gris.

    Sans doute , en dirigeant ta courſe
Vers les ſept étoiles de l'ourſe ,
Tu verras , dans ton vol divin,
Cette France ſi renommée
Brillante encor à ſon déclin ;
Car ta muſe eſt accoutumée
A ſe détourner en chemin ;
Tu verras ce peuple volage
Dont les modes & le langage ,
Règnent dans vingt climats divers ;
Ainſi que la brillante Grèce ,
Par ſes arts , par ſa politeſſe ,
Servit d'exemple à l'univers.

    Mais il eſt encor des barbares
Dans le ſein même de Paris ;
Des pédans jaloux & bizarres ,
Inſenſibles aux bons écrits ;
Des fripons aux regards auſtères ,
Perſécuteurs atrabilaires
Des grands talens & des vertus ;
Et ſi , dans ma patrie ingrate ,
Tu rencontres quelque Socrate ,
Tu trouveras vingt Anitus. (a)
    Je m'apperçois que je t'imite.

bonne foi qu'elle deſirait avoir des enfans de lui , ſe croyant digne de donner des héritiers à ſon empire. *Quinte-Curce.*

(a) Anitus fut le délateur , & l'accuſateur calomnieux de Socrate.

Je veux, aux campagnes dú Schyte,
Chanter les jeux, chanter les prix
Que la beauté donne au mérite ;
Je veux célébrer la grandeur,
Les généreuses entreprises,
Chanter les vertus, le bonheur,
Et j'ai parlé de nos sottises.

LETTRE

AU ROI STANISLAS.

Aux Délices, le 15 Août 1760.

S I R E,

JE n'ai jamais que des graces à rendre à V. M. Je ne
vous ai connu que par vos bienfaits, qui vous ont mérité
votre beau titre. Vous inftruifez le monde, vous l'em-
belliffez, vous le foulagez, vous donnez des préceptes
& des exemples. J'ai tâché de profiter de loin des uns &
des autres autant que j'ai pu. Il faut que chacun faffe à
proportion autant de bien que V. M. en a fait dans fes
états : elle a bâti de belles églifes royales ; j'édifie des
églifes de village. Diogène remuait fon tonneau, quand
les Athéniens conftruifaient des flottes. Si vous foulagez
mille malheureux, il faut que nous autres petits nous
en foulagions dix. Le devoir des princes, & des particuliers, eft de faire chacun dans fon état tout le bien
qu'il peut faire. Le dernier livre de V. M. que le cher
frère Ménou m'a envoyé de votre part, eft un nouveau
fervice que V. M. rend au genre humain : fi jamais il fe
trouve quelque athée dans le monde (ce que je ne crois
pas), votre livre confondra l'abfurdité de cet homme.
Les philofophes de ce fiècle ont heureufement prévenu
les foins de V. M. Elle bénit Dieu, fans doute, de ce
que depuis Defcartes & Newton il ne fe trouve plus
d'athée. V. M. réfute très-bien ceux qui croyaient autrefois que le hafard pouvait avoir contribué à la formation
de ce monde : elle voit fans doute avec un plaifir extrême
qu'il n'y a aucun phylofophe de nos jours, qui ne re-

garde le hafard comme un mot vuide de fens. Plus la phyfique a fait de progrès, plus nous avons trouvé partout
la main du Tout-puiffant.

Il n'y a point d'homme plus pénétré de refpect pour
la Divinité que les philofophes de nos jours. La philofophie ne s'en tient pas à une adoration ftérile, elle influe
fur les mœurs. Il n'y a point en France de meilleurs
citoyens que les philofophes; ils aiment l'état, & le
monarque; il font foumis aux loix; ils donnent l'exemple de l'attachement, & de l'obéiffance; ils condamnent,
ils couvrent d'opprobres ces factions pédantefques & fu-
rieufes également ennemies de l'autorité royale, & du
repos des fujets; il n'eft aucun d'eux qui ne contribuât
avec joie de la moitié de fon revenu au foutien du
royaume: c'eft à vous, fire, à les feconder de votre autorité, & de votre éloquence; continuez à faire voir
au monde que les hommes ne peuvent être heureux,
que quand les philofophes font rois, & quand ils ont
beaucoup de fujets philofophes, encouragés de votre voix
puiffante, la voix de ces citoyens qui n'enfeignent dans
leurs écrits & dans leurs difcours que l'amour de Dieu,
du monarque, & de l'état; confondez ces hommes in-
fenfés, livrés à la faction, ceux qui commencent à accufer d'athéifme quiconque n'eft pas de leur avis fur des
chofes indifférentes.

Le docteur Lange dit que les jéfuites font athées,
parce qu'ils ne trouvent point la cour de Pékin idolâtre.
Le frère Hardouin jéfuite dit, que les Pafcal, les Arnauld, les Nicole font athées, parce qu'ils n'étaient
pas moliniftes. Frère Berthier foupçonne d'athéifme
l'auteur de l'hiftoire générale, parce que l'auteur de
cette hiftoire ne convient pas que des neftoriens conduits par des nuées bleues foient venus du pays de
Jacin dans le 7me. fiècle, faire bâtir des églifes nefto-
riennes à la Chine: Frère Berthier devrait favoir que
des nuées bleues ne conduifent perfonne à Pékin, &

qu'il ne faut pas mêler des contes bleus à nos vérités facrées.

Un gentilhomme Breton ayant fait, il y a quelques années, des recherches fur la ville de Paris, les auteurs d'un journal qu'ils appellent chrétien, comme fi les autres journaux étaient faits par des Turcs, l'ont accufé d'irréligion au fujet de la rue Tireboudin, & de la rue Trouffevache; & le Breton a été obligé de faire affigner fon accufateur au châtelet.

Les rois méprifent toutes ces petites querelles; ils font le bien général, tandis que leurs fujets animés les uns contre les autres font les maux particuliers. Un prince roi, tel que vous, fire, n'eft ni janfénifte, ni molinifte, ni anti-encyclopédifte, il n'eft d'aucune faction : il ne prend parti ni pour ni contre un dictionnaire : il rend la raifon refpectable, & toutes les factions ridicules : il tâche de rendre les jéfuites utiles en Lorraine, quand ils font chaffés du Portugal : il donne douze mille livres de rente, une belle maifon, une bonne cave, à notre cher frère Ménou, afin qu'il faffe du bien : il fait que la vertu & la religion confiftent dans les bonnes mœurs, & non pas dans les difputes : il fe fait bénir, & les calomniateurs fe font détefter.

Je me fouviendrai toujours, fire, avec la plus tendre, & la plus refpectueufe reconnaiffance, des jours heureux que j'ai paffés dans vos palais; je me fouviendrai que vous daigniez faire le charme de la fociété, comme vous faifiez la félicité de vos peuples; & que fi c'était un bonheur de dépendre de vous, c'en était un plus grand de vous approcher.

Je fouhaite à V. M. que votre vie utile au monde s'étende au-delà des bornes ordinaires. Aureng-Zeb, & Muley-Ifmaël ont vécu l'un & l'autre au-delà de cent cinq ans : fi DIEU accorde de fi longs jours à des princes infidèles, que ne fera-t-il point pour Stanislas le bienfaifant ? Je fuis avec un profond refpect &c.

FRAGMENT

FRAGMENT

D'UNE LETTRE ÉCRITE A UN MEMBRE DE L'ACADÉMIE DE BERLIN.

A Poſtdam, 15 *Avril* 1752.

. . . .
. . . .

« JE réponds à toutes vos queſtions. La plupart des
» anecdotes ſur Mlle. Lenclos ſont vraies, mais pluſieurs
» ſont fauſſes. L'article de ſon teſtament dont vous me
» parlez n'eſt point un roman; elle me laiſſa deux mille
» francs; j'étais enfant; j'avais fait quelques mauvais
» vers qu'on diſait bons pour mon âge. L'abbé de Châ-
» teauneuf, frère de celui que vous avez vu ambaſſadeur,
» à la Haye, m'avait mené chez elle, & je lui avais plû
» je ne ſais comment ? C'eſt ce même abbé de Château-
» neuf qui avait fini ſon *hiſtoire amoureuſe*; c'eſt lui à
» qui cette célèbre vieille fit la plaiſanterie de donner ſes
» triſtes faveurs, à l'âge de ſoixante & dix ans. Vous
» devez être perſuadé que les lettres qui courent, ou plu-
» tôt qui ne courent plus ſous ſon nom, ſont au rang
» des *menſonges imprimés*. Il eſt vrai qu'elle m'exhorta
» à faire des vers; elle aurait dû plutôt m'exhorter à
» n'en pas faire. C'eſt un métier trop dangereux, &
» la miſérable fumée de la réputation fait trop d'ennemis
» & empoiſonne trop la vie. La carrière de Ninon qui
» ne fit point de vers, & qui eut & donna long-tems
» beaucoup de plaiſir, eſt aſſurément préférable à la
» mienne.

    » On pouvait ſe paſſer d'écrire en forme ſa vie, mais

» du moins on a obfervé la bienféance de ne l'écrire que
» long-tems après fa mort. Les biographes qui ont écrit
» ma prétendue hiftoire, dont vous me parlez, fe font
» un peu preffés & me font trop d'honneur. Il n'y a pas
» un mot de véritable dans tout ce que ces meffieurs
» ont écrit. Les uns ont dit d'après l'équitable & véridique
» abbé des Fontaines, que je reffemblais à Virgile par
» ma naiffance, & que je pouvais dire apparemment
» comme lui.

» *O fortunatos nimium fua fi boña norint*
» *Agricolas* !

» Je penfe fur cela comme Virgile, & tout me paraît
» fort égal. Mais le hafard à fait que je ne fuis pas né dans
» le pays des églogues & des bucoliques. Dans une autre
» vie qu'on s'eft avifé de faire encore de moi comme fi
» j'étais mort, on me dit fils d'un porte-clefs du parle-
» ment de Paris. Il n'y a point de tel emploi au parle-
» ment. Mais qu'importe ? On ajoute une belle aventure
» d'un carroffe avec l'époufe de Mr. le duc de Richelieu
» dans le tems qu'il était veuf. Tous les autres contes
» font dans ce goût, & j'aime autant les amours du révé-
» rend père de la Chaife avec Mlle. du Tron. On ne peut
» empêcher les barbouilleurs de papier d'écrire des fot-
» tifes, les libraires Hollandais de les vendre, & les
» laquais de les lire.
» L'article du *journal des favans* dont il eft queftion;
» n'eft point dans le *journal de Paris*; il eft dans celui
» qu'on falfifie à Amfterdam, & fe trouve fous l'année
» 1750. *Le parlement a condamné*, dit ce journal,
» *l'hiftoire de Louis XI de Mr. du Clos, fucceffeur*
» *de Mr. de Voltaire dans la place d'hiftoriographe de*
» *France, à caufe de ce paffage : La dévotion fut de tout*
» *tems l'afyle des reines fans pouvoir.* Ce font deux ca-
» lomnies. Le parlement ne s'eft point avifé de condam-

» ner ce livre, & le parlement ne se mêle point du tout
» d'examiner si une reine est dévote ou non. On ajoute
» une troisième calomnie, c'est *que je suis exilé de*
» *France, & refugié en Prusse.* Quand cela serait, il me
» semble que ce ne serait pas une de ces vérités instruc-
» tives qui sont du ressort du *journal des savans.* Le fait
» est que le roi de Prusse, qui m'honore de ses bontés
» depuis quinze ans, m'a fait venir auprès de lui, qu'il
» a fait demander au roi mon maître par son envoyé que
» je pusse rester à sa cour en qualité de son chambellan,
» que j'y resterais tant que je pourrai lui être de quelque
» utilité dans son goût pour les belles-lettres, & que ma
» mauvaise santé & mon âge me permettront de profiter
» de ses lumières & de ses bontés; que le roi mon maître
» en me cédant à lui, m'a daigné accorder une pension,
» & m'a conservé la charge de gentilhomme ordinaire de
» sa chambre. J'en demande pardon aux calomniateurs
» & à ceux qui se mêlent d'être jaloux; mais la chose
» est ainsi. Je n'y puis que faire, & j'ajoute qu'un
» homme de lettres serait bien indigne de l'être s'il était
» entêté de ces honneurs, & s'il n'était pas toujours
» aussi prêt à les quitter, que reconnaissant envers ceux
» qui l'en ont comblé. Je n'ai point sacrifié ma liberté
» au roi de Prusse, & je la préférerai toujours à tous
» les rois.

» Je vous envoie un exemplaire de l'édition que l'on a
» faite à Paris de mes œuvres bonnes ou mauvaises. C'est
» de toutes la plus passable; il y a pourtant bien des fautes.
» Une des plus grandes est d'y avoir inséré quatre cha-
» pitres du siècle de Louis XIV, qui est imprimé aujour-
» d'hui séparément. C'est un double emploi; & il est bien
» vrai, surtout en fait de livres, qu'il ne faut pas mul-
» tiplier les êtres sans nécessité. C'est par cette raison
» que je me donnerai bien de garde de vous envoyer les
» petites pièces fugitives que vous me demandez. Tous
» ces vers de société ne sont bons que pour les sociétés

» feules & pour les feuls momens où ils ont été faits.
» Il eft ridicule d'en faire confidence au public. De quoi
» s'eft avifé ce compilateur des lettres de la reine Chrif-
» tine , de groffir fon énorme recueil d'une lettre que
» j'écrivis il y a quelques années à la reine de Suède d'au-
» jourd'hui ? Comment a-t-il eu cette lettre ? comment
» a-t-il pu en eftropier les vers au point où il l'a fait ? Le
» public n'avait pas plus à faire de ces vers que de la plu-
» part des lettres inutiles de la chancellerie de la reine
» Chriftine. Il eft vrai qu'en écrivant à la reine Ulrique
» avec cette liberté que fes bontés & la poéfie per-
» mettent , je feignais que Chriftine m'avait apparu, &
» je difais :

> » A fa jupe courte & légère,
> » A fon pourpoint , à fon collet ,
> » Au chapeau garni d'un plumet ,
> » Au ruban ponceau qui pendait
> » Et par devant & par derrière ,
> » A fa mine galante & fière
> » D'Amazone & d'aventurière ,
> » A ce nez de conful Romain ,
> » A ce front altier d'héroïne ,
> » A ce grand œil tendre & hautain ,
> » Moins beau que le vôtre & moins fin ,
> » Soudain je reconnus Chriftine ,
> » Chriftine des arts le maintien ,
> » Chriftine qui céda pour rien
> » Et fon royaume & votre églife ,
> » Qui connut tout & ne crut rien,
> » Que le faint père canonife ,
> » Que damne le luthérien,
> » Et que la gloire immortalife.

» Voilà, monſieur, le morceau de cette lettre, que le
» compilateur a falſifié. Ne vous fiez point à ces mains
» lourdes qui fannent les fleurs qu'elles touchent : mais
» comptez que la plupart de toutes ces petites piéces ſont
» des fleurs éphémères qui ne durent pas plus que les
» nouveaux ſonnets d'Italie & nos bouquets pour Iris.
» On n'a que trop recueilli de ces bagatelles paſſagères
» dans toutes les miſérables éditions qu'on a données de
» moi, & auxquelles, DIEU merci, je n'ai aucune part.
» Soyez perſuadé que de même qu'on ne doit pas écrire
» tout ce que les rois ont fait, mais ſeulement ce qu'ils
» ont fait de digne de la poſtérité ; de même on ne doit
» imprimer d'un auteur que ce qu'il a écrit de digne d'être
» lu. Avec cette règle honnête il y aurait moins de livres
» & plus de goût dans le public. J'eſpère que la nouvelle
» édition qu'on a faite à Dreſde ſera meilleure que toutes
» les précédentes. Ce ſera pour moi une conſolation, dans
» le regret que j'ai d'avoir trop écrit.

» J'aurais voulu ſupprimer beaucoup de choſes qui
» échappent à l'eſprit dans la jeuneſſe, & que la raiſon
» condamne dans un âge avancé. Je voudrais même
» pouvoir ſupprimer les vers contre Rouſſeau, qui ſe
» trouvent dans l'épître *ſur la calomnie*, parce que je
» n'aime à faire des vers contre perſonne, que Rouſ-
» ſeau a été malheureux, & qu'en bien des choſes il
» a fait honneur à la littérature françaiſe. Mais il me
» réduiſit malgré moi à la néceſſité de répondre à ſes
» outrages par des vérités dures. Il attaqua preſque
» tous les gens de lettres de ſon tems qui avaient de
» la réputation ; ſes ſatyres n'étaient pas, comme cel-
» les de Boileau, des critiques de mauvais ouvrages,
» mais des injures perſonnelles & atroces. Les termes
» de *bélitre*, de *maroufle*, de *louve*, de *chien*, dés-
» honorent ſes épîtres, dans leſquelles il ne parle que
» de ſes querelles. Ces baſſes groſſiéretés révoltent
» tout lecteur honnête-homme, & font voir que la ja-

» loufie rongeait fon cœur du fiel le plus âcre & le
» plus noir. Voici les deux volumes intitulés *le porte-*
» *feuille*. Ce n'eft qu'un recueil de mauvaifes piéces
» dont la plupart ne font point de Roufleau. Il n'y a
» que la rage de gagner quelques florins qui ait pu
» faire publier cette rapfodie. La comédie de l'Hypo-
» condre eft de lui ; & c'eft apparemment pour décrier
» Roufleau qu'on a imprimé cette fottife. Il avait voulu
» à la vérité la faire jouer à Paris ; mais les comédiens
» n'ayant ofé s'en charger, il n'ofa jamais l'imprimer.
» On ne doit pas tirer de l'oubli de mauvais ouvrages
» que l'auteur y a condamnés.

» Vous ferez plus fâché de voir dans ce recueil une
» lettre fur la mort de la Motte, où l'on outrage la
» mémoire de cet académicien diftingué, l'accufant
» des manœuvres les plus lâches, & lui reprochant
» jufqu'à la petite fortune que fon mérite lui avait ac-
» quife. Cela indigne à la fois & contre l'auteur & contre
» l'éditeur.

» Ceux qui ont fait imprimer le recueil des lettres
» de Roufleau devaient pour fon honneur les fupprimer
» à jamais. Elles font dépourvues d'efprit & très-fouvent
» de vérité. Elles fe contredifent : il dit le pour & le
» contre : il loue & il déchire les mêmes perfonnes : il
» parle de DIEU à des gens qui lui donnent de l'ar-
» gent, & il envoie des fatyres à Broffette qui ne lui
» donne rien.

» La véritable caufe de fa dernière difgrace chez
» le prince Eugène, puifque vous la voulez favoir,
» vient d'une ode intitulée la Palidonie, qui n'eft pas
» affurément fon meilleur ouvrage. Cette petite ode
» était contre un maréchal de France miniftre d'état,
» (*a*) qui avait été autrefois fon protecteur. Ce minif-
» tre mariait alors une de fes filles au fils du maréchal

(*a*) Le maréchal de Noailles.

» de Villars. Celui-ci informé de l'infulte que faifait
» Roufleau au beau-père de fon fils ; ne dédaigna pas
» de l'en faire punir, toute méprifable qu'elle était. Il
» en écrivit au prince Eugène, & ce prince retrancha
» à Roufleau la penfion qu'il avait la générofité de
» lui faire encore, quoiqu'il crût avoir fujet d'être
» mécontent de lui, dans l'affaire qui fit paffer le
» comte de Bonneval en Turquie. Madame la maréchale
» de Villars, dont je ferais forcé d'attefter le témoi-
» gnage s'il en était befoin, peut dire fi je ne tâchai
» pas d'arrêter les plaintes de Mr. le Maréchal, &
» fi elle-même ne m'impofa pas filence en me difant
» que Roufleau ne méritait point de grace. Voilà des
» faits, monfieur, & des faits authentiques. Cependant
» Roufleau crut toujours que j'avais engagé Mr. le
» maréchal de Villars à écrire contre lui au prince
» Eugène.

   » Si je ne fus pas la caufe de fa difgrace auprès de
» ce prince, je vous avoue que je fus caufe malgré moi
» qu'il fut chaffé de la maifon de monfieur le duc d'A-
» remberg. Il prétendit dans fa mauvaife humeur que
» je l'avais accufé auprès de ce prince d'être en effet
» l'auteur des couplets pour lefquels il avait été banni
» de France. Il eut l'imprudence de faire imprimer
» dans un journal de du Sauzet cette impofture. Je me
» fentis obligé pour toute explication d'envoyer le journal
» à Mr. le duc d'Aremberg, qui chaffa Roufleau fur ce
» feul expofé. Voilà, pour le dire en paffant, ce qu'a
» produit la détestable & honteufe licence qu'on a prife
» trop long-tems en Hollande d'inférer des libelles dans
» des journaux, & de déshonorer par ces turpitudes
» un travail littéraire imaginé en France pour avancer
» les progrès de l'efprit humain. Ce fut ce libelle qui
» rendit les dernières années de Roufleau bien malheu-
» reufes. La preffe, il le faut avouer, eft devenue un
» des fléaux de la fociété, & un brigandage intolérable.

» Au reste, monsieur, je vous l'avouerai hardiment,
» quoique je ne me fusse jamais ouvert à Mr. le duc
» d'Aremberg sur ce que je pensais des couplets in-
» fames, & de la subornation de témoins, qui atti-
» rèrent à Rousseau l'arrêt dont il fut flétri en France,
» cependant j'ai toujours cru qu'il était coupable. Il
» savait que je pensais ainsi ; & c'était une des grandes
» sources de sa haine ; mais je ne pouvais avoir une
» autre opinion. J'étais instruit plus que personne ; la
» mère du petit malheureux qui fut séduit pour déposer
» contre Saurin servait chez mon père ; c'est ce que
» vous trouverez dans le factum fait en forme judiciaire
» par l'avocat du Cornet en faveur de Saurin. J'interro-
» geai cette femme, & même plusieurs années après le
» procès criminel. Elle me dit toujours *que* DIEU *avait*
» *puni son fils, pour avoir fait un faux serment & pour*
» *avoir accusé un homme innocent ;* & il faut remarquer
» que ce garçon ne fut condamné qu'au bannissement, en
» faveur de son âge & de la faiblesse de son esprit. Je
» n'entre point dans le détail des autres preuves ; vous
» devez présumer qu'il est bien difficile que deux tribu-
» naux aient unanimement condamné un homme dont le
» crime n'eût pas paru avéré. Si vous voulez après cette
» réflexion songer quelle bile noire dominait Rousseau,
» si vous voulez vous souvenir qu'il avait fait contre le
» directeur de l'opéra, contre Bérin, contre Pécour &
» d'autres, des couplets entièrement semblables à ceux
» pour lesquels il fut condamné ; si vous observez que
» tous ceux qui étaient attaqués dans ces couplets abo-
» minables, étaient ses ennemis & les amis de Saurin ;
» votre conviction sera aussi entière que celle des juges.
» Enfin quand il s'agit de flétrir ou le parlement ou
» Rousseau, il est clair qu'après tout ce que je viens de
» vous dire il n'y a pas à balancer.
    » C'est à cet horrible précipice que le conduisirent
» l'envie & la haine dont il était dévoré. Songez-y

» bien, monfieur ; la jaloufie, quand elle eft furieufe,
» produit plus de crimes que l'intérêt & l'ambition.

 » Ce qui vous a fait fufpendre votre jugement, c'eft
» la dévotion dont Roufïeau voulut couvrir fur la fin
» de fa vie de fi grands égaremens & de fi grands mal-
» heurs. Mais lorfqu'il fit un voyage clandeftin à Paris
» dans fes derniers jours, & lorfqu'il follicitait fa grace,
» il ne put s'empêcher de faire des vers fatyriques, bien
» moins bons à la vérité que fes premiers ouvrages, mais
» non moins diftillans l'amertume & l'injure. Que vou-
» lez-vous que je vous dife ? La Brinvilliers était dévote,
» & allait à confeffe après avoir empoifonné fon père,
» & elle empoifonnait fon frère après la confeffion. Tout
» cela eft horrible. Mais après les excès où j'ai vu l'envie
» s'emporter, après les impoftures atroces que je l'ai vu
» répandre, après les manœuvres que je lui ai vu faire,
» je ne fuis plus furpris de rien à mon âge. Adieu,
» monfieur. Vous trouverez dans ce paquet des lettres
» de Mr. de la Rivière. Je l'ai connu autrefois : il avait
» un efprit aimable ; mais il n'a bien écrit que contre
» fon beau-père. C'eft encore là une affaire bien odieufe
» du côté de Buffi-Rabutin. Le factum de la Rivière
» vaut mieux que les fept tomes de Buffi ; mais il ne
» fallait pas imprimer fes lettres &c.

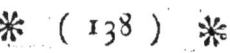

LETTRE

A MONSIEUR THOMAS.

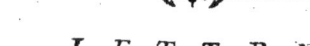

Septembre 1765.

JE n'ai reçu qu'aujourd'hui, monfieur, le préfent dont vous m'avez honoré, & la lettre charmante dont vous l'accompagnez. La mort de notre réfident, chez qui le paquet eft refté long-tems, a retardé mon plaifir, & je me hâte de vous témoigner ma reconnaiffance. Vous ne favez pas combien je vous fuis redevable. Ce n'eft point là un difcours académique ; c'eft un excellent ouvrage d'éloquence & de philofophie. Autrefois nous donnions pour fujet du prix des textes faits pour le féminaire de St. Sulpice ; aujourd'hui les fujets font dignes de vous. Il eft plaifant qu'à la fuite d'un écrit fi fublime, il fe trouve une approbation de deux docteurs : elle ne peut nuire pourtant à votre ouvrage, il eft admirable malgré leur fuffrage.

On ne lit plus Defcartes ; mais on lira fon éloge, qui eft en même tems le vôtre. Ah, monfieur, que vous y montrez une belle ame, & un efprit éclairé ! Quel morceau que *l'hiftoire de la perfécution* du nommé Voët contre Defcartes ! Vous avez employé & fortifié les crayons de Démofthène pour peindre un coquin abfurde qui ofe pourfuivre un grand-homme. Vous m'avez fait un vrai plaifir de ne pas oublier le petit confeiller de province qui méprifait le philofophe fon frère. Tout votre ouvrage m'enchante d'un bout à l'autre, & je vais le relire dès que j'aurai dicté ma lettre ; car l'état où je fuis me permet rarement d'écrire. Vous avez parfaitement féparé le génie de Defcartes de fes chimères,

& vous avez habilement montré combien l'auteur même des *tourbillons* était un homme supérieur.

On m'a dit que vous faites un poëme épique sur le czar Pierre. Vous êtes fait pour célébrer les grands-hommes ; c'est à vous à peindre vos confrères. Je m'imagine qu'il y aura une philosophie sublime dans votre poëme. Le siècle est monté à ce ton là, & vous n'y avez pas peu contribué.

Vous faites dans votre éloge de Descartes un éloge de la solitude qui m'a bien touché. Plût-à-DIEU que vous vouluffiez partager la mienne, & y vivre avec moi comme un frère que l'éloquence, la poésie, & la philosophie m'ont donné! J'ai dans ma mazure un ami, qui est, comme moi, votre admirateur, & avec qui je voudrais passer le reste de ma vie ; c'est Mr. Damilaville, qu'un malheureux emploi de finance rappelle à Paris. Il vous dira quelle obligation je vous aurais si vous daigniez venir tenir sa place. Il est vrai que dans l'été nous avons un peu de monde & même des spectacles; mais je n'en suis pas moins solitaire : vous travailleriez avec le plus grand loisir : vous feriez renaître ce tems que nos petits maîtres regardent comme des fables, où les talens & la philosophie réunissaient des amis sous le même toit. J'ai bien peur que ma proposition ne soit aussi qu'une fable ; mais enfin il ne tient qu'à vous d'en faire la vérité la plus consolante pour votre serviteur, pour votre admirateur, & permettez-moi de le dire, pour votre ami.

V . . . . . .

LETTRE

À MR. L'ABBÉ D'OLIVET,

CHANCELIER DE L'ACADÉMIE FRANÇAISE.

Au château de Ferney, ce 20 Août 1761.

VOUS m'aviez donné, mon cher chancelier, le conseil de ne commenter que les piéces de Corneille qui sont restées au théatre. Vous voulez me soulager ainsi d'une partie de mon fardeau, & j'y avais consenti, moins par paresse, que par le desir de satisfaire plutôt le public ; mais j'ai vu que dans la retraite j'avais plus de tems qu'on ne pense ; & ayant déjà commenté toutes les piéces de Corneille qu'on représente, je me vois en état de faire quelques notes utiles sur les autres.

Il y a plusieurs anecdotes curieuses, qu'il est agréable de savoir. Il y a plus d'une remarque à faire sur la langue. Je trouve, par exemple, plusieurs mots qui ont vieilli parmi nous, qui sont même entiérement oubliés, & dont nos voisins les Anglais se servent heureusement. Ils ont un terme pour signifier cette plaisanterie, ce vrai comique, cette gaïeté, cette urbanité, ces saillies qui échappent à un homme sans qu'il s'en doute ; & ils rendent cette idée par le mot humeur, *humous*, qu'ils prononcent *yumor* ; & ils croient qu'ils ont seuls cette humeur, que les autres nations n'ont point de terme pour exprimer ce caractère d'esprit. Cependant c'est un ancien mot de notre langue, employé en ce sens dans plusieurs comédies de Corneille. Au reste, quand je dis que cette humeur est une espèce d'urbanité, je parle à un homme instruit, qui fait que nous avons appliqué mal - à - propos le mot d'urbanité à la politeffe, & qu'*urbanitas* fignifiait à Rome précifément ce qu'*humour* fignifie chez les Anglais. C'eft en ce fens qu'Horace dit, *Frontis ad urbanæ defcendi præmia*, & jamais ce mot n'eft employé autrement dans cette fatyre que nous avons fous le nom de Pétrone, & que tant d'hommes fans goût ont prife pour l'ouvrage d'un conful Pétronius.

Le mot partie fe trouve encore dans les comédies de Corneille pour efprit. Cet homme a des parties. C'eft ce que les Anglais appellent parts. Ce terme était excellent; car c'eft le propre de l'homme de n'avoir que des parties ; on a une forte d'efprit, une forte de talent ; mais on ne les a pas tous. Le mot efprit eft trop vague : & quand on vous dit, cet homme a de l'efprit, vous avez raifon de demander duquel.

Que d'expreffions nous manquent aujourd'hui, qui étaient énergiques du tems de Corneille, & que de pertes nous avons faites, foit par pure négligençe, foit par trop de délicateffe! On affignait, on apointait un tems, un rendez-vous; celui qui, dans le moment marqué, arrivait au lieu convenu, & qui n'y trouvait pas fon prometteur, était défapointé. Nous n'avons aucun mot pour exprimer aujourd'hui cette fituation d'un homme qui tient fa parole, & à qui on en manque.

Qu'on arrive aux portes d'une ville fermée, on eft, quoi? nous n'avons plus de mot pour exprimer cette fituation : nous difions autrefois forclos ; ce mot très - expreffif n'eft demeuré qu'au barreau. Les affres de la mort, les angoiffes d'un cœur navré n'ont point été remplacés.

Nous avons renoncé à des expreffions abfolument néceffaires, dont les Anglais fe font heureufement enrichis. Une rue, un chemin fans iffue, s'exprimait fi bien par *non-paffe*, *impaffe*, que les Anglais ont imité ; & nous fommes réduit au mot bas & impertinent de cu-de-fac, qui revient fi fouvent, & qui déshonore la langue françaife.

Je ne finirais point sur cet article , si je voulais surtout
entrer ici dans le détail des phrases heureuses que nous
avions prises des Italiens , & que nous avons abandon-
nées. Ce n'est pas d'ailleurs que notre langue ne soit abon-
dante & énergique ; mais elle pourrait l'être bien davantage. Ce qui nous a ôté une partie de nos richesses ,
c'est cette multitude de livres frivoles , dans lesquels on
ne trouve que le style de la conversation , & un vain
ramas de phrases usées & d'expressions impropres. C'est
cette malheureuse abondance qui nous appauvrit.

Je passe à un article plus important , qui me déter-
mine à commenter jusqu'à Pertharite. C'est que dans ces
ruines on trouve des trésors cachés. Qui croirait , par
exemple , que le germe de Pyrrhus & d'Andromaque est
dans Pertharite ? Qui croirait que Racine en ait pris les
sentimens , les vers même ? Rien n'est pourtant plus
vrai ; rien n'est plus palpable. Un Grimoald dans Corneille menace une Rodelinde de faire périr son fils au
berceau , si elle ne l'épouse.

> Son sort est en vos mains, aimer ou dédaigner
> Le va faire périr , ou le faire régner.

Pyrrhus dit précisément dans la même situation ,

> Je vous le dis , il faut , ou périr ou régner,

Grimoald dans Corneille veut punir

> Sur ce fils innocent ,
> La dureté d'un cœur si peu reconnaissant.

Pyrrhus dans Racine :

> Le fils me répondra des mépris de la mère.

Rodelinde dit à Grimoald :

Comte, penfes-y bien, & pour m'avoir aimée
N'imprime point de tache à tant de renommée ;
Ne crois que ta vertu, laiffe-la feule agir,
De peur qu'un tel effort ne te donne à rougir.
On publierait de toi que le cœur d'une femme,
Plus que ta propre gloire, aurait touché ton ame.
On dirait qu'un héros fi grand, fi renommé ;
Ne ferait qu'un tyran, s'il n'avait point aimé.

Andromaque dit à Pyrrhus :

Seigneur, que faites-vous, & que dira la Grèce ?
Faut-il qu'un fi grand cœur montre tant de faibleffe ?
Et qu'un deffein fi beau, fi grand, fi généreux,
Paffe pour le tranfport d'un efprit amoureux ?
Non, non, d'un ennemi refpecter la misère,
Sauver des malheureux, rendre un fils à fa mère,
De cent peuples pour lui combattre la rigueur,
Sans lui faire payer fon falut de mon cœur,
Malgré moi, s'il le faut, lui donner une afyle,
Seigneur, voilà des foins dignes du fils d'Achile.

L'imitation eft vifible, la reffemblance eft entière. Il
y a bien plus ; & je vais vous étonner. Tout le fonds des
fcènes d'Orefte & d'Hermione eft pris d'un Garibald &
d'une Edvige, perfonnages inconnus de cette malheureufe
piéce inconnue. Quand il n'y aurait que ces noms barbares, ils euffent fuffi pour faire tomber Pertharite ; & c'eft
à quoi Boileau fait allufion quand il dit,

Qui de tant de héros va choifir Childebrand.

Mais Garibald, tout Garibald qu'il eft, ne laiffe pas de

jouer avec ſon Edvige abſolument le même rôle qu'Oreſte avec Hermione. Edvige aime encore Grimoald, comme Hermione aime Pyrrhus : elle veut que Garibald la venge d'un traître qui la quitte pour Rodelinde. Hermione veut qu'Oreſte la venge de Pyrrhus, qui la quitte pour Andromaque.

E D V I G E.

Pour gagner mon amour il faut ſervir ma haine

H E R M I O N E.

Vengez-moi, je crois tous.

G A R I B A L D E.

Le pourrez-vous, madame, & ſavez-vous vos forces ?
Savez-vous de l'amour quelles ſont les amorces?
Savez-vous ce qu'il peut, & qu'un viſage aimé
Eſt toujours trop aimable à ce qu'il a charmé ?
Non, vous vous abuſez, votre cœur vous abuſe, &c.

O R E S T E.

Et vous le haïſſez ? Avouez le, madame,
L'amour n'eſt pas un feu qu'on renferme en une ame.
Tout nous trahit, la voix, le ſilence, les yeux :
Et les feux mal couverts n'en éclatent que mieux.

Ces idées que le génie de Corneille avait jetées au haſard, ſans en profiter, le goût de Racine les a recueillies, & les a miſes en œuvre; il a tiré de l'or en cette occaſion *de ſtercore Ennii*

Corneille ne conſultait perſonne, & Racine conſultait Boileau; ainſi l'un tomba toujours depuis Héraclius, & l'autre s'éleva continuellement.

On croit aſſez communément que Racine amollit & avilit même le théatre par ces déclarations d'amour,

qui

qui ne font que trop en poffeffion de notre fcène. Mais la vérité me force d'avouer que Corneille en ufait ainfi avant lui, & que Rotrou n'y manquait pas avant Corneille.

Il n'y a aucune de leurs piéces qui ne foit fondée en partie fur cette paffion : la feule différence eft que Corneille ne l'a jamais bien traitée. L'amour chez lui ne fait verfer des larmes que dans les fcènes du Cid , traduites de Guillain de Caftro. Corneille a mis de l'amour jufques dans le fujet terrible d'Œdipe.

Vous favez que j'ofai traiter ce fujet , il y a quarante-fept ans. J'ai encore la lettre de Mr. Dacier, à qui je montrai le quatrième acte imité de Sophocle. Il m'ex-horte dans cette lettre de 1714 à introduire les chœurs, & à ne point parler d'amour dans un fujet où cette paffion eft fi impertinente. Je fuivis fon confeil, je lus l'efquiffe de la piéce aux comédiens. Ils me forcèrent à retrancher une partie des chœurs, & à mettre au moins quelque fouvenir d'amour dans Philoctète, afin , difaient-ils , qu'on pardonnât l'infipidité de Jocafte & d'Œdipe en faveur des fentimens de Philoctète,

Le peu de chœurs même que je laiffai ne furent point exécutés. Tel était le déteftable goût de ce tems-là. On repréfenta , quelques tems après , Athalie , ce chef-d'œuvre du théatre. La nation dut apprendre que la fcène pouvait fe paffer d'un genre qui dégénère quelquefois en idylle & en églogue. Mais comme Athalie était foute-nue par le pathétique de la religion , on s'imagina qu'il fallait toujours de l'amour dans les fujets profanes.

Enfin , Mérope, & en dernier lieu Orefte ont ouvert les yeux du public. Je fuis perfuadé que l'auteur d'E-lectre penfe comme moi , & que jamais il n'eût mis deux intrigues d'amour dans le plus fublime & le plus effrayant fujet de l'antiquité, s'il n'y avait été forcé par la malheu-reufe habitude qu'on s'était faite de tout défigurer par ces intrigues puériles, étrangères au fujet : on en fen-tait le ridicule, & on l'exigeait dans les auteurs.

Poéfies. Tom. II.   K

Les étrangers se moquaient de nous , mais nous n'en savions rien. Nous pensions qu'une femme ne pouvait paraître sur la scène sans dire *j'aime* , en cent façons & en vers chargés d'épithètes & de chevilles. On n'entendait que *ma flamme* , & *mon ame*; *mes feux* & *mes vœux* ; *mon cœur* , & *mon vainqueur.* Je reviens à Corneille , qui s'est élevé au-dessus de ces petitesses , dans ses belles scènes des Horaces , de Cinna , de Pompée , &c. Je reviens à vous dire que toutes ses piéces pourront fournir quelques anecdotes & quelques réflexions intéressantes.

Ne vous effrayez pas si tous ces commentaires produisent autant de volumes que votre Ciceron. Engagez l'académie à me continuer ses bontés , ses leçons , & surtout donnez-lui l'exemple.

RÉPONSE AU MÊME,

SUR LA NOUVELLE ÉDITION DE LA PROSODIE.

A Ferney , ce 5 Janvier 1767.

C HER doyen de l'académie ,
Vous vîtes de plus heureux tems ;
Des neuf sœurs la troupe endormie
Laisse reposer les talens :
Notre gloire est un peu flétrie.
Ramenez-nous sur vos vieux ans ,
Et le bon goût & le bon sens ,
Qu'eut jadis ma chère patrie.

Dites-moi si jamais vous vîtes dans aucun bon auteur de ce grand siècle de Louis XIV le mot de *vis-à-vis* employé une seule fois pour signifier *envers , avec , à l'égard* ? Y en a-t-il un seul qui ait dit *ingrat vis-à-vis de moi* , au-lieu d'ingrat *envers moi* ? *Il se ménageait vis-à-vis de ses rivaux* , au-lieu de dire avec ses rivaux. *Il était fier vis-à-vis de ses supérieurs* , pour fier avec ses supérieurs &c. enfin ce mot de *vis-à-vis* qui est très-rarement juste & jamais noble , inonde aujourd'hui nos livres , & la cour & le barreau , & la société ; car dès qu'une expression vicieuse s'introduit , la foule s'en empare.

Dites-moi si Racine a *persifflé* Boileau ? si Bossuet a *persifflé* Pascal ? & si l'un & l'autre ont *mistifié* La Fontaine en abusant quelquefois de sa simplicité ? Avez-

K ij

vous jamais dit que Ciceron écrivait *au parfait* ; que *la coupe* des tragédies de Racine était heureuse ? On va jusqu'à imprimer que les princes font quelquefois mal éduqués. Il paraît que ceux qui parlent ainfi ont reçu eux-mêmes une fort mauvaise éducation. Quand Bosfuet, Fénélon, Pélisson, voulaient exprimer qu'on fuivait fes anciennes idées, fes projets, fes engagemens, qu'on travaillait fur un plan propofé, qu'on rempliffait fes promeffes, qu'on reprenait une affaire, &c. ils ne difaient point, J'ai fuivi mes *erremens*, j'ai travaillé fur mes *erremens*.

Errement a été fubftitué par les procureurs au mot *erres*, que le peuple emploie au-lieu d'*arrhes* : *arrhes* fignifie *gage*. Vous trouvez ce mot dans la tragi-comédie de Pierre Corneille, intitulée *Dom Sanche d'Arragon*.

Ce préfent donc renferme un tiffu de cheveux
Que reçut Dom Fernand pour arrhes de mes vœux.

Le peuple de Paris a changé *arrhes* en *erres* ; des *erres* au coche : donnez-moi des *erres*. De-là *erremens* ; & aujourd'hui, je vois que, dans les difcours les plus graves, le roi a fuivi fes derniers *erremens vis-à-vis* des rentiers

Le ftyle barbare des anciennes formules commence à fe gliffer dans les papiers publics. On imprime que fa majefté *aurait* reconnu qu'une telle province *aurait* été endommagée par des inondations.

En un mot, monfieur, la langue paraît s'altérer tous les jours ; mais le ftyle fe corrompt bien davantage : on prodigue les images, & les tours de la poéfie, en phyfique ; on parle d'anatomie en ftyle ampoulé ; on fe pique d'employer des expreffions, qui étonnent, parce qu'elles ne conviennent point aux penfées.

C'eft un grand malheur, il faut l'avouer, que, dans

un livre rempli d'idées profondes, ingénieuses & neu-
ves, on ait traité du fondement des loix en épigram-
mes. La gravité d'une étude si importante, devait avertir
l'auteur de respecter davantage son sujet, & combien
a-t-il fait de mauvais imitateurs, qui n'ayant pas son
génie, n'ont pu copier que ses défauts ?

Boileau, il est vrai, a dit après Horace :

Heureux, qui, dans ses vers, sait, d'une voix légère,
Passer du grave au doux, du plaisant au sévère.

Mais il n'a pas prétendu qu'on mélangeât tous les styles.
Il ne voulait pas qu'on mît le masque de Thalie sur le
visage de Melpomène, ni qu'on prodiguât les grands
mots dans les affaires les plus minces. Il faut toujours
conformer son style à son sujet.

Il m'est tombé entre les mains l'annonce imprimée
d'un marchand, de ce qu'on peut envoyer de Paris en
province pour servir sur table. Il commence par un
éloge magnifique de l'agriculture & du commerce ; il
pèse dans ses balances d'épicier, le mérite du duc de
Sulli, & du grand ministre Colbert ; & ne pensez pas
qu'il s'abaisse à citer le nom du duc de Sulli : il l'appelle
l'ami d'Henri IV, & il s'agit de vendre des saucissons
& des harengs frais ! Cela prouve au moins que le goût
des belles-lettres a pénétré dans tous les états ; il ne s'agit
plus que d'en faire un usage raisonnable : mais on veut
toujours mieux dire qu'on ne doit dire, & tout sort de sa
sphère.

Des hommes, même de beaucoup d'esprit, ont fait
des livres ridicules, pour vouloir avoir trop d'esprit.
Le jésuite Castel, par exemple, dans sa mathématique
universelle, veut prouver que, si le globe de Saturne
était emporté par une comète dans un autre système
solaire, ce serait le dernier de ses satellites, que la loi

de la gravitation mettrait à la place de Saturne. Il ajoute
à cette bizarre idée, que la raison pour laquelle le satel-
lite le plus éloigné prendrait cette place, c'est que les
souverains éloignent d'eux, autant qu'ils le peuvent,
leurs héritiers présomptifs.

Cette idée serait plaisante & convenable dans la bouche
d'une femme, qui pour faire taire des philosophes, ima-
ginerait une raison comique d'une chose dont ils cher-
cheraient la cause en vain. Mais que le mathématicien
fasse ainsi le plaisant quand il doit instruire, cela n'est
pas tolérable.

Le déplacé, le faux, le gigantesque, semblent vouloir
dominer aujourd'hui ; c'est à qui renchérira sur le siècle
passé. On appelle de tous côtés les passans pour leur
faire admirer des tours de force qu'on substitue à la démarche simple, noble, aisée, décente des Péiissons,
des Fénélons, des Bossuets, des Massillons. Un charlatan est parvenu jusqu'à dire dans je ne sais quelles
lettres, en parlant de l'angoisse & de la passion de
Jesus – Christ que si Socrate mourut en sage, *Jesus-
Christ* mourut en Dieu : comme s'il y avait des dieux
accoutumés à la mort, comme si on savait comment
ils meurent, comme si une sueur de sang était le caractère de la mort de DIEU, enfin comme si c'était DIEU
qui fût mort.

On descend d'un style violent & effréné au familier
le plus bas & le plus dégoûtant ; on dit de la musique
du célèbre Rameau l'honneur de notre siècle, qu'elle
*ressemble à la course d'une oye grasse & au galop d'une
vache*. On s'exprime enfin aussi ridiculement que l'on
pense ; *rem verba sequuntur* ; & à la honte de l'esprit
humain, ces impertinences ont eu des partisans.

Je vous citerais cent exemples de ces extravagans
abus, si je n'aimais pas mieux me livrer au plaisir de
vous remercier des services continuels que vous rendez
à notre langue, tandis qu'on cherche à la déshonorer.

Tous ceux qui parlent en public doivent étudier votre traité de la profodie, c'eft un livre claffique qui durera autant que la langue françaife.

Avant d'entrer avec vous dans des détails fur votre nouvelle édition, je dois vous dire que j'ai été frappé de la circonfpection avec laquelle vous parlez du célèbre, j'ofe prefque dire de l'inimitable Quinault, le plus concis peut-être de nos poëtes dans les belles fcènes de fes opéra, & l'un de ceux qui s'exprimèrent avec le plus de pureté comme avec le plus de grace. Vous n'affurez point, comme tant d'autres, que Quinault ne favait que fa langue. Nous avons fouvent entendu dire, madame Dennis & moi, à Mr. de Baufrant fon neveu, que Quinault favait affez de latin pour ne lire jamais Ovide que dans l'original, & qu'il poffédait encore mieux l'Italien. Ce fut un Ovide à la main qu'il compofa ces vers harmonieux & fublimes de la première fcène de Proferpine.

Les fuperbes géans armés contre les dieux,
    Ne vous caufent plus d'épouvante,
Ils font enfevelis fous la maffe pefante
Des monts qu'ils entaffaient pour attaquer les cieux.
Nous avons vu tomber leur chef audacieux
    Sous une montagne brûlante,
Jupiter l'a contraint de vomir à nos yeux
Les reftes enflammés de fa rage mourante.
    Jupiter eft victorieux,
Et tout cède à l'effort de fa main foudroyante.

S'il n'avait pas été rempli de la lecture du Taffe, il n'aurait pas fait fon admirable opéra d'Armide. Une mauvaife traduction ne l'aurait pas infpiré.

Tout ce qui n'eft pas dans cette piéce air détaché compofé fur le canevas du muficien, doit être re-

K iv

gardé comme une tragédie excellente. Ce ne font pas
là de

Ces lieux communs de morale lubrique,
Que Lulli réchauffa des fons de fa mufique.

On commence à favoir que Quinault valait mieux que
Lulli. Un jeune homme d'un rare mérite, déjà célèbre
par les prix qu'il a remportés à notre académie, & par
une tragédie qui a mérité fon grand fuccès, a ofé s'exprimer ainfi en parlant de Quinault & de Lulli :

Aux dépens du poëte on n'entend plus vanter
De ces airs languiffans la trifte pfalmodie
Que réchauffa Quinault du feu de fon génie.

Je ne fuis pas entiérement de fon avis. Le récitatif de
Lulli me paraît très-bon, mais les fcènes de Quinault
encore meilleures.

Je viens à une autre anecdote. Vous dites *que les
étrangers ont peine à diftinguer quand la confonne
finale a befoin ou non, d'être accompagnée d'un e
muet*, & vous citez les vers du philofophe de Sans-
fouci.

La nuit compagne du repos,
De fon crêp couvrant la lumière,
Avait jeté fur ma paupière
Les plus létargiques pavots.

Il eft vrai que dans les commencemens nos *e* muets
embarraffent quelquefois les étrangers ; le philofophe
de Sans-fouci était très-jeune quand il fit cette épître :
elle a été imprimée à fon infu par ceux qui recherchent
toutes les piéces manufcrites, & qui, dans leur empref-
fement de les imprimer , les donnent fouvent au public
toutes défigurées

Je peux vous affurer que le phylofophe de Sans-
fouci fait parfaitement notre langue. Un de nos plus
illuftres confrères & moi , nous avons l'honneur de recevoir quelquefois de fes lettres écrites avec autant de
pureté que de génie & de force , *eodem animo fcribit quo
pugnat* : & je vous dirai en paffant que l'honneur d'ê-
tre encore dans fes bonnes graces , & le plaifir de lire
les penfées les plus profondes exprimées d'un ftyle énergique , font une des confolations de ma vieilleffe. Je
fuis étonné qu'un fouverain chargé de tout le détail
d'un grand royaume , écrive couramment & fans effort
ce qui coûterait à un autre beaucoup de tems & de
ratures.

Mr. l'abbé de Dangeau en qualité de purifte , en favait fans doute plus que lui fur la grammaire françaife.
Je ne puis toutefois convenir avec ce refpectable académicien , qu'un muficien en chantant *la nuit eft loin
encore* prononce pour avoir plus de graces , la nuit eft
loing encore. Le philofophe de Sans-fouci, qui eft auffi
grand muficien qu'écrivain fupérieur, fera , je crois, de
mon opinion.

Je fuis fort aife qu'autrefois St. Gelais ait juftifié le
crép par fon *Bucephal*. Puifqu'un aumônier de François I retranche un *e* à *Bucephale*, pourquoi un prince
royal de Pruffe n'aurait-il pas retranché un *e* à *crêpe* ?
Mais je fuis un peu fâché que Melin de St. Gelais , en
parlant au cheval de François I , lui ait dit,

Sans que tu fois un Bucephal ,
Tu portes plus grand qu'Alexandre.

L'hyperbole eft trop forte , & j'y aurais voulu plus
de fineffe.

Vous me critiquez , mon cher doyen , avec autant de
politeffe que vous rendez de juftice au fingulier génie
du phiofophe de Sans-fouci. J'ai dit , il eft vrai , dans

le *Siècle de Louis XIV*, à l'article des muficiens, que nos rimes féminines terminées toutes par un *e* muet font un effet très-défagréable dans la mufique lorfqu'elles finiffent un couplet. Le chanteur eft abfolument obligé de prononcer

> Si vous aviez la rigueur
> De m'ôter votre cœur,
> Vous m'ôteriez la *vi-ue.*

Arcabone eft forcée de dire :

> Tout me parle de ce que *j'aim-eu.*

Médor eft obligé de s'écrier :

> Ah ! quel tourment d'aimer fans *efpérance-eu.*

La gloire & la victoire à la fin d'une tirade, font prefque toujours la *gloir-eu*, la *victoir-eu.* Notre modulation exige trop fouvent ces triftes définances. Voilà pourquoi Quinault a grand foin de finir, autant qu'il le peut, fes couplets par des rimes mafculines : & c'eft ce que recommandait le grand muficien Rameau à tous les poëtes qui compofaient pour lui.

Qu'il me foit donc permis, mon cher maître, de vous repréfenter que je ne puis être d'accord avec vous quand vous dites qu'*il eft inutile, & peut-être ridicule, de chercher l'origine de cette prononciation gloir-eu, victoir-eu, ailleurs que dans la bouche de nos villageois.* Je n'ai jamais entendu de payfan prononcer ainfi en parlant ; mais ils y font forcés lorfqu'ils chantent. Ce n'eft pas non plus une prononciation vicieufe des acteurs & des actrices de l'opéra. Au contraire, ils font ce qu'ils peuvent pour fauver la longue tenue de cette finale défagréable, & ne peuvent fouvent en venir à bout. C'eft un petit défaut attaché à notre langue, défaut bien compensé par le bel effet que font nos *e* muets dans la déclamation ordinaire.

Je persiste encore à vous dire, qu'il n'y a aucune nation en Europe qui fasse sentir les *e* muets excepté la nôtre. Les Italiens & les Espagnols n'en ont pas. Les Allemands & les Anglais en ont quelques-uns ; mais ils ne sont jamais sensibles ni dans la déclamation, ni dans le chant.

Venons maintenant à l'usage de la rime, dont les Italiens & les Anglais se sont défaits dans la tragédie, & dont nous ne devons jamais secouer le joug. Je ne sais si c'est moi que vous accusez d'avoir dit que la rime est une invention des siècles barbares. Mais si je ne l'ai pas dit, permettez-moi d'avoir la hardiesse de vous le dire.

Je tiens en fait de langue, tous les peuples pour barbares en comparaison des Grecs & de leurs disciples les Romains, qui seuls ont connu la vraie prosodie. Il faut surtout que la nature eût donné aux premiers Grecs des organes plus heureusement disposés que ceux des autres nations, pour former en peu de tems un langage tout composé de brèves & de longues, & qui par un mélange harmonieux de consonnes & de voyelles était une espèce de musique vocale. Vous ne me condamnerez pas, sans doute, quand je vous répéterai que le grec & le latin sont à toutes les autres langues du monde ce que le jeu d'échecs est au jeu de dames, & ce qu'une belle danse est à une démarche ordinaire.

Malgré cet aveu je suis bien loin de vouloir proscrire la rime comme feu Mr. de la Motte; il faut tâcher de se bien servir du peu qu'on a, quand on ne peut atteindre à la richesse des autres. Taillons habilement la pierre, si le porphyre & le granite nous manquent. Conservons la rime ; mais permettez moi toujours de croire que la rime est faite pour les oreilles, & non pas pour les yeux.

J'ai encore une autre repréſentation à vous faire. Ne ferais-je point un de ces téméraires que vous accuſez de vouloir changer l'orthographe ? J'avoue qu'étant très-dévot à St. François, j'ai voulu le diſtinguer des Français. J'avoue que j'écris Danois & Anglais : il m'a toujours ſemblé qu'on doit écrire comme on ·parle, pourvu qu'on ne choque pas trop l'uſage, pourvu que l'on conſerve les lettres qui font ſentir l'étymologie & la vraie ſignification du mot.

Comme je ſuis très-tolérant, j'eſpère que vous me tolérerez. Vous pardonnerez ſurtout ce ſtyle négligé à un Français ou à un François, qui avait, ou qui avoit été élevé à Paris dans le centre du bon goût, mais qui s'eſt un peu engourdi depuis treize ans au milieu des montagnes de glace dont il eſt environné. Je ne ſuis pas de ces phoſphores qui ſe conſervent dans l'eau. Il me faudrait la lumière de l'académie pour m'éclairer & m'échauffer ; mais je n'ai beſoin de perſonne pour ranimer dans mon cœur les ſentimens d'attachement & de reſpect que j'ai pour vous, ne vous en déplaiſe, depuis plus de ſoixante années.

EXTRAIT

D'UN OUVRAGE NOUVEAU,

DES DICTIONNAIRES DE CALOMNIES.

ARTICLE 15.

UN nouveau poifon fut inventé depuis quelques années dans la baffe littérature. Ce fut l'art d'outrager les vivans & les morts par ordre alphabétique : on n'avait point encore entendu parler de ces dictionnaires d'injures. Si nous ne nous trompons pas, ils commencèrent lorfque monfieur Lavocat, bibliothécaire de la forbonne, l'un des plus fages & des plus modérés littérateurs, comme l'un des plus favans, eut donné fon dictionnaire hiftorique vers l'an 1740. Un janféniste (car pour le malheur de la France il y avait encore des janféniftes & des moliniftes) fit imprimer contre monfieur l'abbé Lavocat un libelle diffamatoire en fix volumes, fous le titre & dans la forme de dictionnaire.

Il commence par remercier DIEU de ce qu'il eft venu à bout de finir ce rare ouvrage fous les yeux & avec le fecours de l'auteur clandeftin de la gazette eccléfiaftique, *dont la plume*, dit-il, *eft une flèche femblable à la flèche de* Jonathas *fils de Saül, laquelle n'eft jamais retournée en arrière, & eft toujours teinte du fang des morts & de la graiffe des plus vigoureux.* L'abbé Lavocat lui répondit qu'il voyait peu de rapport entre la flèche de Jonathas teinte de graiffe, & la plume d'un prêtre Normand qui vendait des gazettes. D'ailleurs il perfifta à fe rendre utile, dût-il être percé de quelque flèche de ces convulfionnaires. Le libelle du janféniste attaqua tous les gens de lettres qui n'étaient pas du parti : sa flèche fut lancée contre les Fontenelle, les La Motte, les Saurin, & qui n'en sentirent rien.

Nous avions mis au-devant du Siècle de Louis XIV une liste assez détaillée de tous les artistes qui firent honneur à la France dans ces tems illustres. Deux ou trois personnes se sont associées depuis peu pour faire un pareil catalogue des artistes de trois siècles ; mais ces auteurs s'y sont pris différemment : ils ont insulté par ordre alphabétique à tous ceux dont ils ont cru qu'il était de leur intérêt d'attaquer la réputation. Nous ignorons si leur flèche est retournée ou non en arrière, & si elle a été teinte de la graisse des vigoureux. Celui de la troupe qui tirait le plus fort & le plus mal était un abbé Sabatier, natif d'un village auprès de Castres, homme d'ailleurs différent en tout des gens de mérite qui portent le même nom.

Il fut payé pour tirer ses traits sur tous ceux qui font aujourd'hui honneur à la littérature par leur érudition & par leurs talens. Dans la foule de ceux qu'il attaque, on trouve feu Mr. Helvétius. Il le qualifie lui & ses amis de maniaques. *Nous pouvons affurer, dit-il, par de justes observations que ses illusions phylosophiques étaient une espèce de manie involontaire..... Il se contentait de gémir dans le sein de l'amitié, de l'extravagance & des excès de maniaques, qui se glorifiaient de l'avoir pour confrère.*

L'abbé Sabatier a raison de dire qu'il était à portée de faire de justes observations sur Mr. Helvétius, puisqu'il avait été tiré par lui de la plus extrême misère, & que réchauffé dans sa maison (comme Tartuffe chez Orgon) il n'avait vécu que de ses libéralités. La première chose qu'il fait après la mort d'Helvétius est de déchirer le cadavre de son bienfaiteur.

Nous n'étions pas de l'avis de monsieur Helvétius sur plusieurs questions de métaphysique & de morale ; &

nous nous en fommes affez expliqués, fans bleffer l'eftime & l'amitié que nous avions pour lui. Mais qu'un homme nourri chez lui par charité prenne le masque de la dévotion pour l'outrager avec fureur, lui & tous fes amis, & tous ceux même qui l'ont affifté, nous penfons qu'il ne s'eft rien fait de plus lâche dans les trois fiècles dont cet homme parle, & qu'il connaît fi peu.

Lui !... un abbé Sabatier ! ... ofer feindre de défendre la religion ! ofer traiter d'impies les hommes du monde les plus vertueux ! S'il favait que nous avons en notre poffeffion fon abrégé du fpinofifme, intitulé Analyfe de Spinofa, à Amfterdam : ouvrage rempli de farcafmes & d'ironies, écrit tout entier de fa main, finiffant par ces mots : *point de religion & j'en ferai plus honnête homme. Là loi ne fait que des efclaves, elle n'arrête que la main,* enfin elle figne *adieu baptifabit.*

S'il favait que nous poffédons auffi écrits de fa main les vers infames qu'il fit dans fa prifon à Strasbourg, & d'autres vers auffi libertins que mauvais, que dirait-il ? Rentrerait-il en lui même ? Non, il irait demander un bénéfice ; & il l'obtiendrait peut-être.

Le cœur le plus bas & le plus capable de tous les crimes de lâches eft celui d'un athée hypocrite.

Nous fûmes toujours perfuadés que l'athéifme ne peut faire aucun bien, & qu'il peut faire de très-grands maux. Nous fîmes fentir la diftance infinie entre les fages qui ont écrit contre la fuperftition, & les fous qui ont écrit contre DIEU. Il n'y a dans tous les fyftêmes d'athéifme ni philofophie ni morale.

Nous n'y voyons point de philofophie : car en effet eft-ce raifonner que de reconnaître du génie dans une fphère d'Archimède, de Poffidonius, dans un de ces *créris* qu'on vend en Angleterre, & de n'en point reconnaître dans la fabrication de l'univers ; d'admirer la copie & de s'obftiner à ne point voir d'intelligence dans l'original ? Cela n'eft-il pas encore plus fou que fi on difait : les eftampes de Raphaël font faites par un ouvrier intelligent ; mais le tableau s'eſt fait tout ſeul ?

L'athéiſme n'eſt pas moins contraire à la morale, à l'intérêt de tous les hommes ; car ſi vous ne reconnaiſſez point de DIEU, quel frein aurez-vous pour les crimes ſecrets ?

duræ ſaltem virtutis amator,
Quære quid eſt virtus, & poſce exemplar honeſti.

Nous ne diſons pas qu'en adorant un Etre ſuprême ; juſte & bon, nous devions admettre la barque à Caron, Cerbère, les Euménides, ou l'ange de la mort Samaël, qui vient demander à DIEU l'ame de Moïſe, & qui ſe bat avec Michaël à qui l'aura. Nous ne prétendons point qu'Hercule ait pu ramener Alceſte des enfers, ou que le Portugais Xavier ait reſſuſcité neufs morts.

De même qu'il faut diſtinguer ſoigneuſement la fable de l'hiſtoire, il faut auſſi diſcerner entre la raiſon & la chimère.

Il eſt très-certain que la croyance d'un DIEU juſte ne peut être qu'utile. Quel eſt l'homme qui, ayant ſeulement une peuplade de ſix cents perſonnes à gouverner, voudrait qu'elle fût compoſée d'athées ?

Quel eſt l'homme qui n'aimerait pas mieux avoir à faire à un Marc-Aurèle, ou a un Epictète qu'à un abbé Sabatier ? Nous ſavons & nous l'avons ſouvent avoué qu'il eſt des athées par principes, dont l'eſprit n'a point corrompu le cœur.

On a vu ſouvent des athées
Vertueux malgré leurs erreurs :
Leurs opinions infectées
N'avaient point infecté leurs mœurs.
Spinoſa fut doux, juſte, aimable ;
Le dieu, que ſon eſprit coupable

Avait

Avait follement combattu,
Prenant pitié de la faibleſſe
Lui laiſſa l'humaine ſageſſe,
Et les ombres de la vertu.

Nous dirons à tous ces athées argumentans, qui n'admettent aucun frein, & qui cependant ſe ſont fait celui de l'honneur ; qui raiſonnent mal & qui ſe goûvernent bien : Meſſieurs, gardez-vous de l'abbé Sabatier qui ſe conduit comme il raiſonne. Auſſi ne le voient-ils point ; il eſt également en horreur aux devots & aux philoſophes.

Quand le *Syſtéme de la nature* fit tant de bruit, nous ne diſſimulâmes point notre opinion ſur ce livre ; il nous parut une déclamation quelquefois éloquente, mais fatigante, contraire à la ſaine raiſon, & pernicieuſe à la ſociété. Spinoſa du moins avait ambraſſé l'opinion des ſtoïciens, qui reconnaiſſaient une intelligence ſuprême ; mais dans le *Syſtéme de la nature* on prétend que la matière produit elle-même l'intelligence. S'il n'y avait là que de l'abſurdité, on pourrait ſe taire. Mais cette idée eſt pernicieuſe ; parce qu'il peut ſe trouver des gens qui, ne croyant pas plus à l'honneur & à l'humanité qu'à DIEU, feront leurs dieux à eux-mêmes, & s'immoleront tout ce qu'ils croiront pouvoir s'immoler impunément. Les athées Tartuffes ſeront encore plus à craindre. Un brave déiſte, un ſectateur du grand Lama un peu courageux, peut avoir la conſolation de tuer un athée ſanguinaire qui lui demande la bourſe le piſtolet à la main ; mais comment ſe défendre d'un athée hypocrite & calomniateur qui paſſe ſa journée dans l'antichambre d'un évêque ? &c.

L E T T R E

A Mr. ROSSET, MAITRE DES COMPTES,

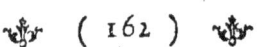

AUTEUR D'UN POEME SUR L'AGRICULTURE,
DÉDIÉ AU ROI.

Vous pardonnerez fans doute à mon grand âge & à mes maladies continuelles, fi je ne vous ai pas remercié plutôt du beau préfent dont vous m'avez honoré.

J'ai lu avec beaucoup d'attention votre poëme fur l'agriculture. J'y ai trouvé l'utile & l'agréable, la variété néceffaire, & la difficulté prefque toujours heureufement furmontée.

On dit que vous n'avez jamais cultivé l'art que vous enfeignez. Je l'exerce depuis plus de vingt ans, & certainement je ne l'enfeignerai pas après vous.

J'ai été étonné que dans votre premier chant vous adoptiez la méthode de Mr. Tull, Anglais, de femer par planches. Plufieurs de nos Français (que vous appellez toujours François, & que par conféquent vous n'avez jamais ofé mettre au bout d'un vers) ont voulu mettre en crédit cette innovation. Je puis vous affurer qu'elle eft déteftable, du moins dans le climat que j'habite. Un homme qui a été long-tems loué dans les Journaux, & qui était cultivateur par livres, fe ruinait à femer par planches, & était obligé d'emprunter de l'argent, tandisque fon nom brillait dans le Mercure.

J'ai défriché les terrains le plus ingrats, qui n'avaient jamais pu feulement produire un peu d'herbe groffière. Mais je ne confeillerai à perfonne de m'imiter, excepté à des moines, parce qu'eux feuls font affez riches pour ſuffire à ces frais immenſes, & pour attendre de vingt ans le fruit de leurs travaux.

Voilà pourquoi l'illuſtre & reſpectable Mr. de Saint-Lambert, que vous avouez être diſtingué par ſes talens, a dit très-juſtement qu'il a fait des *Géorgiques pour les hommes chargés de protéger les campagnes & non pour ceux qui les cultivent ; que les Géorgiques de Virgile ne peuvent être d'aucun uſage aux payſans ; que donner à cet ordre d'hommes des leçons en vers ſur leur métier, eſt un ouvrage inutile ; mais qu'il ſera utile à jamais d'inſpirer à ceux que les loix élevent au-deſſus des culti-vateurs, la bienveillance & les égards qu'ils doivent à des citoyens eſtimables.*

Rien n'eſt plus vrai, monſieur : ſoyez ſûr que, ſi je liſais aux payſans de mes villages les *Œuvres & les jours* d'Héſiode, les Géorgiques de Virgile & les vôtres, ils n'y comprendraient rien. Je me croirais même en conſcience obligé de leur faire reſtitution, ſi je les invitais à cultiver la terre en Suiſſe, comme on la cultivait auprès de Mantoue.

Les Géorgiques de Virgile feront toujours les délices des gens de lettres ; non pas à cauſe de ſes préceptes, qui ſont pour la plupart les vaines répétitions des pré-jugés les plus groſſiers ; non pas à cauſe des impertinen-tes louanges & de l'infame idolâtrie qu'il prodigue au triumvir Octave ; mais à cauſe de ſes admirables épiſodes, de ſa belle deſcription de l'Italie, de ce morceau ſi char-mant de poéſie & de philoſophie, qui commence par ces vers :

O fortunatos nimium, &c.

à cauſe de ſa terrible & touchante deſcription de la peſte ; enfin à cauſe de l'épiſode d'Orphée.

Voilà pourquoi M. de Saint-Lambert donne aux Géorgiques l'épithète de *charmantes*, que vous ſemblez condamner.

J'aurais mauvaiſe grace, monſieur, de me plaindre

que vous ayez été plus févère envers moi, qu'envers Mr
de Saint-Lambert. Vous me reprochez d'avoir dit dans
mon difcours à l'académie, qu'on ne pouvait faire des
Géorgiques en français. J'ai dit qu'on ne l'ofait pas, &
je n'ai jamais dit qu'on ne pouvait pas. Je me fuis plaint
de la timidité des auteurs, & non pas de leur impuif-
fance. J'ai dit en propres mots qu'on avait refferré les
agrémens de la langue dans des bornes trop étroites. Je
vous ai annoncé à la nation ; & il me paraît que vous
traitez un peu mal votre précurfeur.

Il femble que vous en vouliez auffi à la poéfie dra-
matique, quand vous dites *que la profe a eu au moins
autant de part à la formation de notre langue que la
poéfie de notre théatre*, & que *quand* Corneille *mit au
jour fes chefs-d'œuvre*, Balzac & Péliffon *avaient écrit,
& Pafcal écrivait*.

Premiérement ; on ne peut compter Balzac ; cet écrivain de phrafes ampoulées, qui changea le naturel du
ftyle épiftolaire en fades déclamations recherchées.

A l'égard de Péliffon, il n'avait rien fait avant le Cid
& Cinna.

Les *Lettres provinciales* de Pafcal ne parurent qu'en
1654 ; & la tragédie de Cinna, faite en 1642, fut jouée
en 1643. Ainfi, il eft évident, monfieur, que c'eft Corneille qui, le premier, a fait de véritablement beaux ouvrages en notre langue.

Permettez-moi de vous dire que ce n'eft pas à vous de
rabaiffer la poéfie. J'aimerais autant que Mr. d'Alembert
& Mr. le marquis de Condorcet rabaiffaffent les mathématiques. Que chacun jouiffe de fa gloire. Celle de Mr. de
Saint-Lambert eft d'avoir enfeigné aux poffeffeurs des
terres à être humains envers leurs vaffaux ; aux miniftres,
à adoucir le fardeau des impots, autant que l'intérêt de
l'état peut le permettre. Il a orné fon poëme d'épifodes
très-agréables. Il a écrit avec fenfibilité & avec imagination.

Vous avez joint, monfieur, l'exactitude aux ornemens; vous avez lutté à tout moment contre les difficultés de la langue ; & vous les avez vaincues. Mr. de
Saint-Lambert a chanté pour fa maîtreffe, & vous avez
écrit pour le roi. La Fontaine a dit :

> *On ne peut trop louer trois fortes de perfonnes ;*
>   *Les dieux, fa maîtreffe & fon roi.*
> Efope *le difait* ; *j'y foufcris quant à moi.*

Efope n'a jamais rien dit de cela ; mais n'importe.
J'ai l'honneur d'être avec la plus refpectueufe eftime, &c.

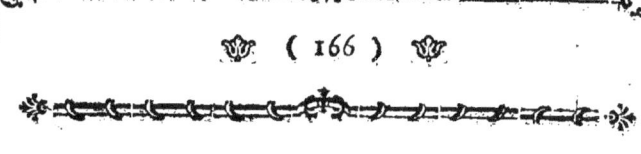

LETTRE

AU RÉDACTEUR D'UN NOUVEAU JOURNAL
INTITULÉ, LE SECRETAIRE DU PARNASSE.

A Ferney, ce 7 Décembre 1770.

MONSIEUR;

J'AI reçu votre Secretaire du Parnaſſe. S'il y a beau-coup de piéces de vers telles que la vôtre dans ce re-cueil, il y a bien de l'apparence qu'il réuſſira long-tems. Mais je vois que votre ſecretaire n'eſt pas le mien. Il m'impute une épître à Mlle. Ch.... actrice de la comédie de Marſeille. Je n'ai jamais connu Mlle. Ch...., & je n'ai jamais eu le bonheur de courtiſer aucune Marſeil-loiſe. Le Journal Encyclopédique m'avait déjà attribué ces vers dans leſquels je promets à Mlle. Ch....

> Que malgré les Tyſiphônes
> L'amour unira nos perſonnes.

Je ne ſais pas quelles ſont ces Tyſiphônes, mais je vous jure que jamais la perſonne de Mlle. Ch.... n'a été unie à la mienne, ni ne le ſera.

Soyez bien ſûr encore que je n'ai jamais fait rimer Tyſiphônes qui eſt long à perſonnes qui eſt bref. Autre-fois quand je faiſais des vers je ne rimais pas trop pour les yeux, mais j'avais grand ſoin de l'oreille.

Soyez très-perſuadé, monſieur, *que mon barbare ſort ne m'a jamais ôté la lumière des yeux de Mlle. Ch.....*

& que *je n'erre point dans ma triste carrière* Je suis si loin d'errer dans ma carrière, que depuis deux ans je sors très-rarement de mon lit, & que je ne suis jamais sorti de celui de Mlle. Ch....: si je m'y étais mis, elle aurait été bien attrapée.

Je prends cette occasion pour vous dire qu'en général c'est une chose fort ennuyeuse que cet amas de rimes redoublées qui ne disent rien, ou qui répètent ce qu'on a dis mille fois. Je ne connais point l'amant de votre gentille Marseilloise, mais je lui conseille d'être un peu moins prolixe.

D'ailleurs, toutes ces épîtres à Aglaure, à Flore, à Philis, ne sont guère faites pour le public ; ce sont des amusemens de société : il est quelquefois aussi ridicule de les livrer à un libraire qu'il le ferait d'imprimer ce qu'on a dit dans la conversation.

Messieurs Cramer m'ont rendu un très-mauvais service en publiant les fadaises dans ce goût qui me sont souvent échappées. Je leur ai écrit cent fois de n'en rien faire. Ces vers médiocres sont ce qu'il y a de plus insipide au monde, j'en ai fait beaucoup comme un autre, mais je n'y ai jamais mis mon nom, & je ne le mettais à aucun de mes ouvrages.

Je suis très-fâché qu'on me rende responsable depuis si long-tems de ce que j'ai fait & de ce que je n'ai point fait ; cela m'est arrivé dans des choses plus sérieuses : je ne suis qu'un vieux laboureur réformé à la suite des Ephémérides du citoyen, défrichant des campagnes arides & sémant avec le semoir ; n'ayant nul commerce avec Mlle. Ch.... ni avec aucune Tysiphône, ni avec aucune personne de son espèce agréable.

J'ai l'honneur d'être &c.

J'ajoute que je ne suis point né en 1695, comme le dit votre graveur, mais en 1694, dont je suis beaucoup plus fâché que du peu de ressemblance.

ÉPITRE

À L'IMPÉRATRICE DE RUSSIE.

ÉLEVE d'Apollon , de Thémis & de Mars,
Qui sur ton trône auguste as placé les beaux-arts ,
Qui penses en grand-homme , & qui permets qu'on pense ;
Toi , qu'on voit triompher du tyran de Bizance ,
Et des sots préjugés , tyrans plus odieux ;
Prête à ma faible voix des sons mélodieux ;
A mon feu qui s'éteint rend sa clarté première :
C'est du Nord aujourd'hui que nous vient la lumière.

    On m'a trop accusé d'aimer peu Moustapha ;
Ses visirs, ses divans, son muphti, ses fetfa ,
Fetfa ! ce mot arabe est bien dur à l'oreille ;
On ne le trouve point chez Racine & Corneille ;
Du dieu de l'harmonie il fait frémir l'archet.
On l'exprime en français par *lettres de cachet.*

    Oui , je les hais, MADAME, il faut que je l'avoue.
Je ne veux point qu'un turc à son plaisir se joue,
Des droits de la nature & des jours des humains ;
Qu'un bacha dans mon sang trempe à son gré ses mains ;
Que prenant pour sa loi sa pure fantaisie,
Le visir au bacha puisse arracher la vie ,
Et qu'un heureux sultan dans le sein du loisir
Ait le droit de serrer le cou de son visir.
Ce code en mon esprit fait naître des scrupules.

Je ne faurais fouffrir les affronts ridicules
Que d'un faquin châtré les groffières hauteurs (a)
Font fubir gravement à nos ambaffadeurs.
Tu venges l'univers en vengeant la Ruffie.
Je fuis homme, je penfe ; & je te remercie.

Puiffent les dieux furtout , fi ces dieux éternels
Entrent dans les débats des malheureux mortels,
Puiffent ces purs efprits émanés du grand Etre,
Ces moteurs de deftins , ces confidens du maître,
Que jadis dans la Grèce imagina Platon ,
Conduire tes guerriers aux champs de Marathon , (b)
Aux remparts de Platée, aux murs de Salamine ;
Que fortant des débris qui couvrent fa ruine.
Athène reffufcite à ta puiffante voix !

Rends-lui fon nom , fes dieux , fes talens & fes loix.
Les defcendans d'Hercule & la race d'Homère,
Sans cœur & fans efprit couchés dans la pouffière ,
A leurs divins aïeux craignant de reffembler ,
Sont des fripons rampans qu'un aga fait trembler. (c)
Ainfi dans la cité d'Horace & de Scévole
On voit des récollets aux murs du capitole.
Ainfi cette Circé qui favait dans fon tems
Difpofer de la lune & des quatre élémens,
Gourmandant la nature au gré de fon caprice
Changeait en chiens barbets les compagnons d'Ulyffe.
Tu changeras les Grecs en guerriers généreux ,
Ton efprit à la fin fe répandra fur eux.
Ce n'eft point le climat qui fait ce que nous fommes.

Pierre était créateur , il a formé des hommes.
Tu formes des héros. -- Ce font les fouverains

Qui font le caractère & les mœurs des humains.
Un grand-homme du tems a dit dans un beau livre ,
Quand Auguste buvait la Pologne était ivre (*d*)
Ce grand-homme a raifon. Les exemples d'un roi
Feraient oublier Dieu , la nature & la loi.
Si le prince eft un fot , le peuple eft fans génie.

　　Qu'un vieux fultan s'endorme avec ignominie
Dans les bras de l'orgueil & d'un repos fatal :
Ses bachas affoupis le ferviront fort mal.
Mais CATHERINE veille au milieu des conquêtes ;
Tous fes jours font marqués de combats & de fêtes ,
Elle donne le bal, elle dicte des loix ,
De fes braves foldats dirige les exploits ,
Par les mains des beaux-arts enrichit fon empire ,
Travaille jour & nuit , & daigne encor m'écrire ;
Tandis que Mouftapha caché dans fon palais ,
Bâille, n'a rien à faire, & ne m'écrit jamais.

　　Si quelque chiaoux lui dit que Sa Hauteffe
A perdu cent vaiffeaux dans les mers de la Grèce,
Que fon vifir battu s'enfuit très-à-propos ,
Qu'on lui prend la Dacie, & Nimphée & Colchos ,
Colchos où Mithridate expira fous Pompée , (*e*)
De tous ces vains propos fon ame eft peu frappée ;
Jamais de Mithridate il n'entendit parler.
Il prend fa pipe , il fume ; & pour fe confoler
Il va dans fon harem où languit fa maîtreffe ,
Fatiguer fes appas de fa molle faibleffe.
Son vieil eunuque noir, témoin de fon tranfport ,
Lui dit qu'il eft Hercule ; il le croit & s'endort.
O fageffe des dieux, je te crois très-profonde ;

Mais à quels plats tyrans as-tu livré le monde !
Achève, CATHERINE, & rends tes ennemis,
Le grand Turc, & les fots, éclairés & foumis.

N O T E S

S U R   L' É P I T R E

A SA MAJESTÉ IMPÉRIALE DE RUSSIE.

(a) *Que d'un faquin châtré.*
Le chiaoux bacha qui est d'ordinaire un eunuque blanc, veut toujours prendre la main fur l'ambassadeur quand il vient le complimenter. Quand le grand eunuque noir marche, il faut, fi un ambassadeur se trouve fur son passage, qu'il s'arrête jusqu'à ce que tout le cortège de l'eunuque soit passé. Il en est à plus forte raison de même avec le grand-vifir, les deux cadilesker & le muphti ; mais l'excès de l'insolence barbare, est de faire enfermer au château des sept tours les ambassadeurs des puissances auxquelles ils veulent faire la guerre. Le sultan Mouftapha avant de déclarer la guerre à la Russie, a commencé par mettre en prison le résident Obreskow au mépris du droit des gens.

(b) *Aux champs de Marathon.* On connaît assez les batailles de Marathon, de Platée & de Salamine. La victoire de Marathon fut remportée par Miltiade & neuf autres chefs ses collègues qui n'avaient que dix mille Athéniens contre cent mille hommes de pied & dix mille cavaliers, commandés par les généraux du roi de Perse Darius. Cet événement ressemble à la bataille de Poitiers ; mais ce qui rend la victoire des Grecs plus étonnante, c'est qu'ils n'étaient point retranchés comme les Anglais l'étaient auprès de Poitiers, & qu'ils attaquèrent les ennemis. Au reste, il n'est pas bien sûr que les Perses fussent au nombre de cent dix mille ; il faut toujours rabattre de ces exagérations.

La bataille de Salamine est un combat naval dans lequel Thémistocle défit la flotte de Xerxès, après que ce monarque eut réduit en cendres la ville d'Athènes. Cette journée est encore plus surprenante, les Athéniens avant cette guerre n'avaient jamais combattu fur mer.

C'est-à-peu-près ainsi que la petite flotte de l'impératrice CATHERINE II, sous le commandement du comte Alexis Orlof, a détruit entièrement la flotte ottomane le 6 Juin 1770. Le nom d'Orlof n'est pas si harmonieux que celui de Miltiade, mais il doit aller de même à la postérité.

La journée de Platée est semblable à celle de Marathon. Aristide & Pausanias avec environ soixante mille Grecs désirent entièrement une armée de cinq cent mille Perses selon Diodore de Sicile ; supposé qu'une armée de cinq cent mille hommes ait pu se mettre en ordre de bataille dans les défilés dont la Grèce est coupée. Mardonius chef de l'armée persanne y fut tué ; supposé qu'un Perse se soit jamais appellé Mardonius, ce

qui est aussi ridicule que si on l'avait appellé Villars ou Turenne.

Xerxès possédait les mêmes pays que Moustapha. Le comte de Romanzow a battu le grand-visir Turc, comme Pausanias & Aristide battirent celui de Xerxès ; mais il n'a pas eu à faire à cinq cent mille Turcs. Nous sommes plus modestes aujourd'hui.

(c) *Sont des fripons rampans.* Ceci ne doit pas s'entendre de tous les Grecs, mais de ceux qui n'ont pas secondé les Russes comme ils le devaient.

(d) *Quand Auguste buvait, la Pologne était ivre.* Ce vers cité est du roi de Prusse. Il est dans une épître à son frère.

Lorsqu'Auguste buvait la Pologne était ivre ,
Lorsque le grand Louis brûlait d'un tendre amour ,
Paris devint Cithère , & tout suivit la cour.
Quand il se fit dévot , ardent à la prière ,
Le lâche courtisan marmota son bréviaire.

(e) *Colchos où Mithridate expira sous Pompée.* Pompée défit Mithridate sur la route

de l'Ibérie à la Colchide, mais Mithridate se donna la mort à Panticapée.

A L'IMPÉRATRICE DE RUSSIE,

Qui l'invitait à faire ce voyage.

Dieux ! qui m'ôtez les yeux & les oreilles,
Rendez-les-moi , je pars au même inftant !
Heureux qui voit vos auguftes merveilles,
O Catherine ! heureux qui vous entend !
Plaire & régner , voilà votre talent ;
Mais le premier me flatte davantage.
De votre efprit vous étonnez le fage ;
Il cefferait de l'être en vous voyant.

ÉPITRE

AU ROI DE SUÈDE.

Gustave, jeune roi, digne de ton grand nom,
Je n'ai donc pu goûter le plaisir & la gloire
De voir dans mes déserts en mon humble maison
Le fils de ces héros que célébra l'histoire !
J'aurais cru ressembler à ce vieux Philémon
Qui recevait les dieux dans son pauvre hermitage.
Je les aurais connus à leur noble langage,
A leurs mœurs, à leurs traits, surtout à leur bonté ; (a)
Ils n'auraient point rougi de ma simplicité ;
Et Gustave surtout pour le prix de mon zèle
N'aurait jamais changé mon logis en chapelle.
Je serais peu content que le pouvoir divin
En un dortoir béni transformant mon jardin,
De ma salle à manger fît une sacristie.
La grand'messe pour moi n'a que peu d'harmonie.
Envain mes chers vassaux me croiraient honoré
Si le seigneur du lieu devenait leur curé.
J'ai le cœur très-profane, & je sais me connaître.
Je ne me flatte pas de me voir jamais prêtre.
Si Philémon le fut pour un mauvais souper,
L'éclat de ce haut rang ne saurait me frapper.
   Le grand roi des Bretons qu'à St. Pierre on condamne.

(a) Le prince son frère était avec lui.

Eſt le premier prélat de l'égliſe anglicane.
Sur les bords du Volga Catherine tient lieu
D'un grand patriarche, ou ſi l'on veut de Dieu.
De cette ambition je n'ai point l'ame épriſe,
Et je ſuis tout-au-plus ſerviteur de l'égliſe.
J'aurais mis mon bonheur à te faire ma cour,
A contempler de près tout l'eſprit de ta mère
Qui forma tes beaux ans dans le grand art de plaire,
A revoir Sans-ſouci, ce fortuné ſéjour
Où règne la victoire & la philoſophie,
Où l'on voit le pouvoir avec la modeſtie.
Jeune héros du Nord entouré de héros,
A ces nobles plaiſirs je ne peux plus prétendre.
Il ne m'eſt pas permis de te voir, de t'entendre.
Je reſte en ma chaumière attendant qu'Atropos
Tranche le fil uſé de ma vie inutile :
Et je crie aux deſtins du fond de mon aſyle,
Deſtins qui faites tout, & qui trompez nos vœux,
Ne trompez pas les miens ; rendez GUSTAVE *heureux.*

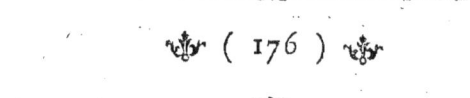
AU MÊME.

JEUNE & digne héritier du grand nom de Guftave,
Sauveur d'un peuple libre , & roi d'un peuple brave,
Tu viens d'exécuter tout ce qu'on a prévu :
Guftave a triomphé fi-tôt qu'il a paru.
On t'admire aujourd'hui, cher prince, autant qu'on t'aime ;
Tu viens de reffaifir les droits du diadême.
Et quels font en effet fes véritables droits?
De faire des heureux en protégeant les loix ;
De rendre à fon pays cette gloire paffée ,
Que la difcorde obfcure a long-tems éclipfée ;
De ne plus diftinguer ni bonnets , ni chapeaux,
Dans un trouble éternel infortunés rivaux ;
De couvrir de lauriers ces têtes égarées,
Qu'à leurs diffentions la haine avait livrées ,
Et de les réunir fous un roi généreux :
Un état divifé fut toujours malheureux
De fa liberté vaine il vante le preftige ;
Dans fon illufion fa misère l'afflige ;
Sans forces , fans projets pour la gloire entrepris ,
De l'Europe étonnée il devient le mépris.
Qu'un roi ferme & prudent prenne en fes mains les rênes ,
Le peuple avec plaifir reçoit fes douces chaînes ;
Tout change , tout renaît , tout s'anime à fa voix ;
On marche alors fans crainte aux pénibles exploits.

ÉPITRE

É P I T R E

AU ROI DE DANNEMARCK,

Sur la liberté de la preſſe accordée dans tous ſes états.

MONARQUE vertueux quoique né deſpotique.
Crois-tu régner ſur moi de ton golfe Baltique ?
Suis-je un de tes ſujets pour me traiter comme eux ,
Pour conſoler ma vie & pour me rendre heureux ?
    Peu de rois comme toi tranſgreſſent les limites
Qu'à leur pouvoir ſacré la nature a preſcrites.
L'empereur de la Chine à qui j'écris ſouvent,
Ne m'a pas juſqu'ici fait un ſeul compliment.
Je ſuis plus ſatisfait de l'auguſte amazone
Qui du gros Mouſtapha vient d'ébranler le trône.
Et Stanislas le ſage , & Fréderic le grand
(Avec qui j'eus jadis un petit différend)
Font paſſer quelquefois dans mes humbles retraites
Des bontés dont la Suiſſe embellit ſes gazettes.
    Avec Ganganelli je ne ſuis pas ſi bien.
Sur mon voyage en Pruſſe il m'a cru peu chrétien.
Ce pape s'eſt trompé, bien qu'il ſoit infaillible.
    Mais ſans examiner ce qu'un doit à la bible ,
S'il vaut mieux dans ce monde être pape que roi,
S'il eſt encor plus doux d'être obſcur comme moi,
Des déſerts du Jura ma tranquille vieilleſſe

Poéſies. Tom. II.   M

Ofe fe faire entendre à ta fage jeuneffe ;
Et libre avec refpect, hardi fans être vain,
Je me jette à tes pieds au nom du genre humain.
Il parle par ma voix, il bénit ta clémence,
Tu rends fes droits à l'homme, & tu permets qu'on penfe.
Sermons, romans, phyfique, ode, hiftoire, opéra,
Chacun peut tout écrire : & fiffle qui voudra.

    Ailleurs on a coupé les ailes à Pégafe.
Dans Paris quelquefois un commis à la phrafe
Me dit « à mon bureau venez vous adreffer.
» Sans l'agrément du roi vous ne pouvez penfer.
» Pour avoir de l'efprit allez à la police.
» Les filles y vont bien fans qu'aucune en rougiffe.
» Leur métier vaut le vôtre il eft cent fois plus doux ;
» Et le public fenfé leur doit bien plus qu'à vous.

    C'eft donc ainfi, grand roi, qu'on traite le parnaffe
Et les fuivans honnis de Plutarque & d'Horace !
Bélizaire à Paris ne peut rien publier (*a*)
S'il n'eft pas de l'avis de monfieur Ribalier !

    Hélas ! dans un état l'art de l'imprimerie
Ne fut en aucun tems fatal à la patrie.
Les pointes de Voiture & l'orgueil des grands mots (*b*)
Que prodigua Balzac affez mal à propos,
Les romans de Scaron n'ont point troublé le monde ;
Chapelain ne fit point la guerre de la Fronde.
Chez le Sarmate altier la difcorde en fureur (*c*)
Sous un roi fage & doux femant partout l'horreur,
De l'empire Ottoman la fplendeur éclipfée,
Sous l'aigle de Mofcou fa force terraffée,
Tous ces grands mouvemens feraient-ils donc l'effet

D'un obfcur commentaire ou d'un méchant fonnet ?
Non, lorfqu'aux factions un peuple entier fe livre,
Quand nous nous égorgeons, ce n'eft pas pour un livre.
    Eh ! quel mal après tout peut faire un pauvre auteur ?
Ruiner fon libraire, excéder fon lecteur,
Faire fiffler partout fa charlatanerie,
Ses creufes vifions, fa folle théorie.
Un livre eft-il mauvais ! rien ne peut l'excufer.
Eft-il bon ? tous les rois ne peuvent l'écrafer.
On le fupprime à Rome, & dans Londre on l'admire ;
Le pape le profcrit, l'Europe le veut lire.
    Un certain charlatan qui s'eft mis en crédit,
Prétend qu'à fon exemple on n'ait jamais d'efprit.
Tu n'y parviendras pas apoftat d'Hippocrate.
Tu guérirais plutôt les vapeurs de ma rate.
Va, ceffe de vexer les vivans & les morts ;
Tyran de ma penfée, affaffin de mon corps,
Tu peux bien empêcher tes malades de vivre,
Tu peux les tuer tous, mais non pas un bon livre.
Tu les brûles, Jérôme ; & de ces condamnés
La flamme en m'éclairant noircit ton vilain nez.
    Mais, voilà, me dis-tu, des phrafes mal-fonnantes,
Sentant fon philofophe, au vrai même tendantes.
Eh bien, réfute-les, n'eft-ce pas ton métier ?
Ne peux-tu comme moi barbouiller du papier ?
Le public à profit met toutes nos querelles ;
De nos cailloux frottés il fort des étincelles,
La lumière en peut naître ; & nos grands érudits
Ne nous ont éclairés qu'en étant contredits.
Sifflez-moi librement, je vous le rends, mes frères.

                                    M ij

Sans le droit d'examen & fans des adverfaires
Tout languit comme à Rome, ou depuis huit cents ans (d)
Le tranquille efclavage écrafa les talens.

    Tu ne veux pas, grand roi, dans ta jufte indulgence
Que cette liberté dégénère en licence :
Et c'eft auffi le vœu de tous les gens fenfés.
A conferver les mœurs ils font intéreffés.
D'un écrivain pervers ils font toujours juftice.

    Tous ces libelles vains dictés par l'avarice,
Enfans de l'impudence élevés chez Marteau (*),
Y trouvent en naiffant un éternel tombeau.

    Que dans l'Europe entière on me montre un libelle
Qui ne foit pas couvert d'une honte éternelle,
Ou qu'un oubli profond me retienne englouti
Dans le fond du bourbier dont il était forti ?

    On punit quelquefois & la plume, & la langue,
D'un ligueur turbulent la dévote harangue,
D'un Guignard, d'un Bourgoin les horribles fermons (e)
Au nom de Jefus-Chrift prêchés par des démons.

    Mais quoi, fi quelque main dans le fang s'eft trempée,
Vous eft il défendu de porter une épée ?
En coupables propos fi l'on peut s'exhaler,
Doit-on faire une loi de ne jamais parler ?
Un cuiftre en fon taudis compofe une fatyre.
En ai-je moins le droit de penfer & d'écrire ?
Qu'on puniffe l'abus ; mais l'ufage eft permis.

    De l'augufte raifon les fombres ennemis

(*) Célèbre imprimeur de fottifes ; tous les libelles contre Louis XIV étaient imprimés à Cologne chez Pierre Marteau.

Se plaignent quelquefois de l'inventeur utile
Qui fondit en métal un alphabet mobile ,
L'arrangea fous la preffe & fut multiplier
Tout ce que notre efprit peut tranfmettre au papier.
Cet art , difait Boyer , a troublé des familles (*f*) ,
Il a trop rafiné les garçons & les filles.
Je le veux ; mais auffi quel bien n'a-t-il pas faits ,
Tout peuple , excepté Rome , a fenti fes bienfaits.
Avant qu'un Allemand trouvât l'imprimerie
Dans quel cloaque affreux barbotait ma patrie !
Quel opprobre , grand Dieu ! quand un peuple indigent
Courait à Rome à pied porter fon peu d'argent ,
Et revenait content de la fainte Madóne ,
Chantant fa litanie , & demandant l'aumône !
Du temple au lit d'hymen un jeune époux conduit (*g*)
Payait au facriftain pour fa première nuit.
Un teftateur mourant fans léguer à St. Pierre (*h*)
Ne pouvait obtenir l'honneur du cimetière.
Enfin , tout un royaume interdit & damné (*i*)
Au premier occupant reftait abandonné ,
Quand du pape & de Dieu s'attirant la colère ,
Le roi fans payer Rome époufait fa commère.

  Rois ! qui brifa les fers dont vous étiez chargés ,
Qui put vous affranchir de vos vieux préjugés ?
Quelle main favorable à vos grandeurs fuprêmes
A du triple bandeau vengé cent diadêmes ?
Et qui du fond du puits tirant la vérité
A fu donner une ame au public hébêté ?
Les livres ont tout fait : & quoi qu'on puiffe dire ,
Rois ! vous n'avez régné que lorfqu'on a fu lire.

M iij

Soyez reconnaiſſans, aimez les bons auteurs :
Il ne faut pas du moins vexer vos bienfaiſteurs.
Et comptez-vous pour rien les plaiſirs qu'ils vous donnent?
Plaiſirs purs que jamais les remords n'empoiſonnent.
Les pleurs de Melpomène , & les ris de ſa ſœur
N'ont-ils jamais guéri votre mauvaiſe humeur ?
Souvent un roi s'ennuie ; il ſe fait lire à table
De Charle ou de Louis l'hiſtoire véritable ;
Si l'auteur fut gêné par un cenſeur bigot ,
Ne décidez-vous pas que l'auteur eſt un ſot?
Il faut qu'il ſoit à l'aiſe ; il faut que l'aigle altière
Des airs à ſon plaiſir franchiſe la carrière.
Je ne plains point un bœuf au joug accoutumé.
C'eſt pour baiſſer ſon cou que le ciel l'a formé.
Au cheval qui vous porte un mords eſt néceſſaire.
Un moine eſt de ſes fers eſclave volontaire.
Mais au mortel qui penſe on doit la liberté.
Des neuf ſavantes ſœurs la parnaſſe habité ,
Serait-il un couvent ſous une mère abbeſſe
Qu'un évêque bénit , & qu'un Grizel confeſſe ?
    On ne leur dit jamais , gardez-vous bien ma ſœur
De vous mettre à penſer ſans votre direſteur.
Et quand vous écrirez ſur l'almanach de Liège ,
Ne parlez des ſaiſons qu'avec un privilège.
Que dirait Uranie à ces plaiſans propos ?
Le Parnaſſe ne veut ni tyrans , ni bigots ;
C'eſt une république éternelle & ſuprème
Qui n'admet d'autres loix que la loi de Thélême (*) :

(*) Abbaye de la fondation | ſur la porte : *Fais ce que vou-*
de Rabelais. Ou avait gravé | *dras.*

Elle eſt plus libre encor que le vaillant Bernois,
Le noble de Veniſe & l'eſprit Genevois.
D'un bout du monde à l'autre elle étend ſon empire,
Parmi ſes citoyens chacun voudrait s'inſcrire.
Chez nos ſœurs, ô grand roi ! le droit d'égalité,
Ridicule à la cour, eſt toujours reſpecté :
Mais leur gouvernement à tant d'autres contraire,
Reſſemble encor au tien, puiſqu'à tous il ſait plaire.

NOTES

SUR L'ÉPITRE

AU ROI DE DANNEMARCK.

(*a*). *B* ELIZAIRE *à Paris.* Le chapitre quinzième du roman moral de Bélizaire, passe en général pour un des meilleurs morceaux de littérature, de philosophie & de vraie piété qui aient jamais été écrits dans la langue française. Son succès universel irrita un principal de collège, docteur de sorbonne nommé Ribalier, qui avec un autre régent de collège nommé Cogé, souleva une grande partie de la sorbonne contre Mr. de Marmontel auteur de cet ouvrage. Les docteurs cherchèrent pendant six mois entiers des propositions mal sonnantes, téméraires, sentant l'héréfie. Il fallut bien qu'ils en trouvassent. On en trouverait dans le pater noster en transposant un mot & en abusant d'un livre. (*Voyez l'article* LIVRE *dans les Questions sur l'Encyclopédie.*)

La faculté fit enfin imprimer sa censure en latin comme en français, & elle commençait par un solécisme. Le public en rit & bientôt on n'en parla plus.

(*b*) *Les pointes de Voiture,* &c. Voiture qui fut frivole & qui ne chercha que le bel esprit ; Balzac qui fut toujours ampoulé, & qui ne dit presque jamais rien d'utile, eurent une très-grande réputation dans leur tems, Chapelain en eut encore davantage ; ils étaient les rois de la littérature. Les querelles dont ils furent l'objet ne servirent qu'à faire naître enfin le bon goût, & ne causèrent d'ailleurs aucun mal.

(*c*) *Chez le Sarmate altier.* Ce sera aux yeux de la postérité un événement unique, même en Pologne, qu'une guerre civile si acharnée & si cruelle sous un roi auquel la faction opposée n'a jamais pu reprocher la moindre contravention aux loix, le plus léger abus de l'autorité, ni même la moindre action qui pût déplaire dans un particulier. C'est pour la première fois qu'on a vu un roi se borner à plaindre ceux qui se rendaient malheureux eux-mêmes en ravageant leur patrie. Il ne leur a donné que l'exemple de la modération.

(*d*) *Où depuis huit cents ans.* On ne voit pas en effet, depuis ce tems, un seul livre écrit à Rome, qui soit un ouvrage de génie, & qui entre dans la bibliothèque des nations. Les Dante, les Pétrarque, les Bocâce, les Machiavel, les Guichardin, les Boyardo, les Tasse, les Arioste, ne furent point Romains.

(e) *D'un Guignard, d'un Bourgouin.* C'étaient des écrivains, des prédicateurs de la ligue. Guignard était un jésuite qui fut pendu, & Bourgoin un jacobin qui fut roué. Il est vrai qu'ils étaient des fanatiques imbécilles; mais avec leur imbécilité ils mettaient le couteau dans les mains des parricides.

(f) *Cet art, disait Boyer,* Boyer, théatin, évêque de Mirepoix, disait toujours que l'imprimerie avait fait un mal effroyable, & que depuis qu'il y avait des livres, les filles savaient plus de sottises à dix ans qu'elles n'en avaient su auparavant à vingt.

(g) *Du temple au lit d'hymen.* Jusqu'au seizième siècle il n'était pas permis chez les catholiques à un nouveau marié de coucher avec sa femme, sans avoir fait bénir le lit nuptial, & cette bénédiction était taxée.

(h) *Un testateur mourant.* Quiconque ne faisait pas un legs à l'église par son testament était déclaré déconfez, on lui refusait la sépulture, & par accommodement l'official ou le curé, ou le prieur le plus voisin, faisait un testament au nom du mort, & léguait pour lui à l'église en conscience ce que le testateur aurait dû raisonnablement donner.

(i) *Un royaume interdit & damné.* Le commun des lecteurs ignore la manière dont on interdisait un royaume. On croit que celui qui se disait le père commun des chrétiens se bornait à priver une nation de toutes les fonctions du christianisme, afin qu'elle méritât sa grace en se révoltant contre le souverain. Mais on observait dans cette sentence des cérémonies qui doivent passer à la postérité. D'abord on défendait à tout laïque d'entendre la messe, & on n'en célébrait plus au maître-autel. On déclarait l'air impur. On ôtait tous les corps saints de leurs châsses, & on les étendait par terre dans l'église, couverts d'un voile. On dépendait les cloches & on les enterrait dans des caveaux. Quiconque mourait dans le tems de l'interdit était jeté à la voirie. Il était défendu de manger de la chair, de se raser, de se saluer. Enfin, le royaume appartenait de droit au premier occupant ; mais le pape prenait toujours soin d'annoncer ce droit par une bulle particulière, dans laquelle il désignait le prince qu'il gratifiait de la couronne vacante.

AU ROI DE DANNEMARCK,

Qui avait envoyé une fomme pour les Sirven , accufés
de parricide commé les Calas.

POURQUOI, généreux prince, ame tendre & fublime,
Pourquoi vas-tu chercher dans de lointains climats,
Des cœurs infortunés que l'injuftice opprime ?
C'eft qu'on n'en peut trouver au fein de tes états.
Tes vertus ont franchi, par ce bienfait augufte,
Les bornes des pays, gouvernés par tes mains ;
Et partout où le ciel a placé des humains,
Tu veux qu'on foit heureux, & tu veux qu'on foit jufte.
Hélas! affez de rois que l'hiftoire a fait grands,
Chez leurs triftes voifins ont porté les alarmes :
Tes bienfaits vont plus loin que n'ont été leurs armes;
Ceux qui font des heureux, font les vrais conquérans.

LETTRE AU MEME.

SIRE,

LA lettre dont V. M. m'a honoré, m'a fait répandre des larmes de tendresse & de joie. V. M. donne de bonne heure des grands exemples. Ses bienfaits pénètrent dans des pays presque ignorés du reste du monde : elle se fait des sujets de tous ceux qui entendent parler de sa générosité bienfaisante. C'est dans le Nord qu'il faudra voyager pour apprendre à penser & à sentir : si ma caducité & mes maladies me permettaient de suivre les mouvemens de mon cœur, je viendrais me jeter aux pieds de V. M. Du tems que j'avais de l'imagination, *Sire*, je n'aurais fait que trop de vers, pour répondre à votre charmante prose. Pardonnez aux efforts mourans d'un homme qui ne peut plus exprimer l'étendue des sentimens que vos bontés font naître en lui. Je souhaite à V. M. autant de bonheur, qu'elle aura de véritable gloire.

J'ai l'honneur d'être, &c.

Pourquoi généreux prince, ame tendre & sublime,
Pourquoi vas-tu chercher dans nos lointains climats
Des cœurs infortunés que l'injustice opprime ?
C'est qu'on n'en peut trouver au sein de tes états.
Tes vertus ont franchi par ce bienfait auguste
Les bornes des pays gouvernés par tes mains :
Et partout où le ciel a placé des humains,
Tu veux qu'on soit heureux, tu veux que l'on soit juste.
Helas ! assez de rois que l'histoire a fait grands,
Chez leurs tristes voisins ont porté les allarmes.
Tes bienfaits vont plus loin que n'ont été leurs armes.
Ceux qui font des heureux sont les vrais conquérans.

EPITRE

A Mʀ. D'ALEMBERT.

Esprit jufte & profond, parfait ami, vrai fage,
D'alembert, que dis-tu de mon dernier ouvrage ?
Le roi Danois & toi, mes juges fouverains,
Vous donnez carte blanche à tous les écrivains.
Le privilège eft beau. Mais que faut-il écrire ?
Me permettriez-vous quelques grains de fatyre ?
Virgile a-t-il bien fait de pincer Mœvius ?
Horace a-t-il raifon contre Nomentanus ?
Oui, fi ces deux latins montés fur le Parnaffe
S'egayaient aux dépens de Virgile & d'Horace.
La défenfe eft de droit ; & d'un coup d'aiguillon
L'abeille en tous les tems repouffa le frelon.
La guerre eft au Parnaffe, au confeil, en Sorbonne.
Allons défendons-nous, mais n'attaquons perfonne.

Vous m'avez endormi, difait ce bon Trublet (*a*).
Je réveillai mon homme à grands coups de fifflet.
Je fis bien : chacun rit, & j'en ris même encore.
La critique a du bon, je l'aime & je l'honore ;
Le parterre éclairé juge les combattans,
Et la faine raifon triomphe avec le tems.

Lorfque dans fon grenier certain Larchet réclame (*b*)
La loi qui proftitue & fa fille & fa femme,

Lorfqu'il veut de Paris faire un vafte bordel,
Mon cher abbé Bazin lui répond qu'il eft tel ;
Et que fur cet article on n'a plus rien à faire ,
Mais que jamais la loi n'ordonna l'adultère.
Alors on examine , & le public inftruit
Se moque de Larchet qui jure en fon réduit.
L'abbé François écrit ; le Léthé fur fes rives (c)
Reçoit avec plaifir fes feuilles fugitives.
Tancrède en vers croifés fait-il bâiler Paris ,
On m'ennuie à mon tour des plus pefans écrits,
A Danchet , à Brunet le pont-neuf me compare ; (d)
On profère à mes vers Crébillon le barbare ; (e)
Cette longue difpute échauffe les efprits.
Alors , du plus beau feu vingt poëtes épris ,
De chefs-d'œuvre fans nombre enrichiffant la fcène ,
Sur de fublimes tons font ronfler Melpomène.
Qu'importe que mon nom s'efface dans l'oubli,
L'efprit , le goût s'épure , & l'art eft embelli.

   Mais ne pardonnons pas à ces folliculaires
De libelles affreux écrivains téméraires ,
Aux ftances de la Grange , aux couplets de Rouffeau , (f)
Que Mégère en courroux tira de fon cerveau.
Pour gagner vingt écus ce fou de la Beaumelle (g)
Infulte de Louis la mémoire immortelle.
Il croit déshonorer dans fes obfcurs écrits ,
Princes , ducs, maréchaux, qui n'en ont appris.
Contre le vil croquant tout honnête homme éclate
Avant que fur fa joue ou fur fon omoplate ,
Des rois & des héros les grands noms foient vengés
Par l'empreinte des lys qu'il a tant outragés.

Ces serpens odieux de la littérature,
Abreuvés de poisons & rampans dans l'ordure,
Sont toujours écrasés sous les pieds des passans.
Vive le cigne heureux qui par ses doux accens
Célébra les saisons, leurs dons & leurs usages,
Les travaux, les vertus & les plaisirs des sages.
Vainement de Dijon l'impudent écolier (h)
Croassa contre lui du fond de son bourbier.
Nous laissons le champ libre à ces petits critiques
De l'ivrogne Fréron disciples faméliques,
Qui ne pouvant apprendre un honnête métier,
De vers Saint-innocent vont salir du papier,
Et sur les dons des dieux porter leurs mains impies ;
Animaux malfaisans, semblables aux harpies,
De leurs ongles crochus & de leur souffle affreux,
Gâtant un bon dîner qui n'était pas pour eux.

N O T E S

S U R   L' É P I T R E

A   M ᴿ.   D' A L E M B E R T.

(a) CE bon abbé Trublet. Voyez la piéce intitulée le Pauvre diable.

(b) Lorsque dans son grenier certain Larchet réclame. Larchet répétiteur au collège Mazarin ; il soutint opiniâtrément que dans la grande ville de Babylone toutes les femmes & les filles de la cour étaient obligées par la loi de se prostituer une fois dans leur vie au premier venu pour de l'argent ; & cela dans le temple de Vénus, quoique Vénus fût inconnue à Babylone. Il trouvait fort mauvais qu'on ne crût pas à cette impertinence, puisqu'Hérodote l'avait dit expressément. Le même Larchet disputa fortement sur le grand serpent Ophionée, sur le bouc de Mendès qui couchait avec les dames hébraïques; il traita notre auteur de vilain athée pour avoir dit *que la Providence envoie la peste & la famine sur la terre.* Il y a encore dans la poussière des collèges de ces cuistres qui semblent être du quinzième siècle. Notre auteur ne fit que se moquer de ce Larchet, & il fut secondé de tout Paris à qui il le fit connaître.

(c) *L'abbé François écrit.* Il y a en effet un abbé nommé François, des ouvrages duquel le fleuve Léthé s'est chargé entièrement. C'est un pauvre imbécile qui a fait un livre en deux volumes contre les philosophes; livre que personne ne connaît ni ne connaîtra.

(d) *A Danchet, à Brunet.* Danchet est un de ces poëtes médiocres qu'on ne connaît plus. Il a fait quelques tragédies & quelques opéra; pour Brunet nous ne savons qui c'est, à moins que ce ne soit un nommé Mr. Le Brun, qui avait fait autrefois une ode pour engager notre auteur à prendre chez lui mademoiselle Corneille. Quelqu'un lui dit méchamment qu'on avait voulu recevoir mademoiselle Corneille, mais point son ode, qui ne valait rien. Alors Mr. Le Brun écrivit contre le même homme auquel il venait de donner tant de louanges. Cela est dans l'ordre; mais il paraît dans l'ordre aussi qu'on se moque de lui.

(e) *Crébillon le barbare.* Nous ne savons si par *barbare* on entend ici la barbarie d'Atrée, ou la barbarie du style qu'on a reproché à Crébillon; c'est peut-être l'un & l'autre. Mais ce n'est pas parce qu'Astrée est trop cruel qu'on ne joue point cette pièce, & qu'elle passe pour mauvaise chez tous les gens de goût. Car dans Rodogune, Cléopatre est plus cruelle encore; & cette atrocité même semblerait devoir être plus révoltante dans une femme que dans un homme: cependant, cette fin de la tragédie de Rodogune est un chef-d'œuvre du théâtre & réussira toujours.

Nous trouvons dans le Mercure de Novembre 1770, page 83, les réflexions les plus judicieuses qu'on ait encore faites sur l'Atrée; les voici.

« En général les vengeances pour être intéressantes au théâtre doivent être promptes, subites, violentes; il faut toujours frapper de grands coups sur la scène. Les horreurs longues & détaillées ne font que rebutantes. Mr. Crébillon, malgré ce précepte, a risqué la coupe d'Atrée; mais elle n'a pu réussir à beaucoup près. — Quelques esprits faux, quelques jeunes têtes qui n'ont pas réfléchi, croient que les atrocités sont le plus grand effort de l'esprit humain, & que l'horreur est ce qu'il y a de plus tragique: Elles se trompent beaucoup; c'est tout ce qu'il y a de plus facile à trouver. Nous avons des romans inconnus & fort au-dessous du médiocre où

„ l'on a raſſemblé aſſez d'hor-
„ reurs pour faire cinquante
„ tragédies déteſtables. „

Il y a bien d'autres raiſons
qui font voir qu'Atrée eſt une
fort mauvaiſe piéce.

1º. C'eſt qu'elle eſt extrêmement mal écrite. D'abord Atrée--
Voit enfin renaître l'eſpoir &
la douceur de ſe venger d'un
traitre. Les vents qu'un dieu
contraire enchaînaient loin
de lui, ſemblent exciter ſon
courroux avec les flots. Le
calme ſi long-tems fatal à ſa
vengeance, n'eſt plus d'intel-
ligence avec ſes ennemis; le
ſoldat ne craint plus qu'un
indigne repos aviliſſe l'hon-
neur de ſes derniers tra-
vaux.

Auſſi-tôt après Atrée commande que la flotte d'Atrée
ſe prépare à voguer loin de
l'iſle d'Eubée; il ordonne qu'on
porte à tous ſes chefs ſes or-
dres abſolus, & il dit, *que ce*
jour tant ſouhaité, ranime dans
ſon cœur l'eſpoir de la fierté.

Cet énorme galimatias, cet
aſſemblage de paroles vagues,
oiſeuſes, incohérentes, qui ne
diſent rien, qui n'apprennent
ni où l'on eſt, ni l'acteur qui
parle, ni de qui on parle,
ſont inſupportables à quiconque
a la plus légère connaiſſance du
théâtre & de la langue.

Les maximes qu'Atrée dé-
bite dès cette première ſcène,
ſont d'une extravagance qui va
juſqu'au ridicule. Atrée dit :

Je voudrais me venger fût-ce même des dieux :
Du plus puiſſant de tous j'ai reçu la naiſſance ;
Je le ſens au plaiſir que me fait la vengeance.

Cette plaiſanterie monſ-
trueuſe n'eſt-elle pas bien

placée ! La Fontaine a dit en
riant :

. . . . *Je ſais que la vengeance*
Eſt un morceau de roi, car vous vivez en dieux.

Mais mettre une telle raillerie ſérieuſement dans une tragédie, cela eſt bien déplacé ;
& exprimer de tels ſentimens
ſans avoir dit encore de quoi
il veut ſe venger, cela eſt contre les principes du théâtre &
du ſens commun.

2º. Il y a bien plus, c'eſt que

cette fureur de vengeance au
bout de vingt ans, eſt néceſſairement de la plus grande froi-
deur, & ne peut intéreſſer
perſonne.

3º. Un homme qui jure à la
première ſcène qu'il ſe ven-
gera, & qui exécute ſon
projet

projet à la dernière sans aucun obstacle, ne peut jamais faire aucun effet. Il n'y a ni intrigue, ni péripétie, rien qui vous tienne en suspens, rien qui vous surprenne; rien qui vous émeuve, ce n'est qu'une atrocité longue & plate.

4° La piéce péche encore par un défaut plus grand s'il est possible, c'est un amour insipide & inutile entre un fils d'Atrée nommé Plisthène & Theodamie fille de Thieste; amour postiche qui ne sert qu'à remplir le vuide de la piéce.

5°. Le style est digne de cette conduite : ce sont des répétitions continuelles du plaisir de la vengeance :

Un ennemi ne peut pardonner une offense;
Il faut un terme au crime & non à la vengeance.
Rien ne peut *arrêter mes transports* furieux.
Tout est prêt, *& déjà dans mon cœur* furieux
Je goûte le plaisir *le plus parfait* des dieux,
Je vais être vengé, *Thieste, quelle joie !*

La plupart des vers sont obscurs & ne sont pas français.

Ah ! si je vous suis cher, que mon respect extrême
M'acquitte bien, seigneur, de mon bonheur suprême.
Mon amitié pour vous, par vos maux consacrée,
A semblé redoubler par les rigueurs d'Atrée.
Et bravant sans respect & les dieux & son père,
Son cœur pour eux & lui n'a qu'une foi légère ;
Mais dût tomber sur moi les plus affreux courroux,
Je ne saurais trahir ce que je sens pour vous.
Que pour mieux m'obliger à lui percer le flanc,
De sa fille au refus il doit verser le sang.
Et je vais, s'il le faut, aux dépens de ma foi
Prouver à vos beaux yeux ce qu'ils peuvent sur moi.
D'une indigne frayeur je vois ton ame atteinte.
Thieste, chasses-en les soupçons & la crainte.

Une piéce écrite ainsi d'un bout à l'autre pourrait-elle réussir ?

Pour comble d'impertinence la piéce finit par ce vers abominable.

Et je jouis enfin du fruit de mes forfaits.

Un tel vers est d'un scélérat ivre. Et remarquez qu'Atrée, a ci-devant regardé la vengeance comme une vertu, dans un autre vers non moins extravagant,

Il faut un terme au crime & non à la vengeance.

Nous avouons que la Sémiramis du même auteur, son Pyrrhus, son Xerxès, son Catilina,
son Triumvirat, font des piéces
encore plus mauvaises, & que
tout cela pouvait bien lui mériter le nom de barbare. Mais
nous ne convenons pas que son
Electre, & surtout son Rhadamiste méritent le mépris profond
que Boileau avait pour ces deux
tragédies. Le public a décidé
qu'il y a de très-belles choses,
particuliérement dans Rhadamiste; & quand le public a décidé constamment pendant soixante ans, il ne faut pas en appeller. Si les défauts subsistent,
les beautés l'emportent. Boileau
fut trop rebuté des défauts;
Rhadamiste sera toujours jouée
avec un grand succès: & même
on verra Electre avec plaisir,
malgré l'amour qui défigure cette
piéce. Il y a dans ces deux ouvrages un fond de tragique qui
attache le spectateur.

L'abbé de Chaulieu disait que
la piéce de Rhadamiste aurait été
très-claire n'eût été l'exposition.
Mais quoique le premier acte soit
un peu obscur, il me semble
qu'il y a dans les autres de très-
grandes beautés.

(f) Aux stances de La Grange,
aux couplets de Rousseau. Les
Philippiques de La Grange &

les couplets de Rousseau passèrent assez long-tems pour être
écrits avec force & avec enthousiasme. Mais les esprits bien faits
& les gens de bon goût ne s'y
font jamais laissé tromper. En
effet, ôtez les injures, il ne
reste rien. Le succès ne fut dû
qu'à la malignité humaine. Mais
quel succès qui conduisit La
Grange en prison & le portrait
de Rousseau à la Grève!

La Grange était le plus coupable des deux sans contredit:
on pouvait le punir capitalement
pour crime de lèze-majesté au
second chef; mais le duc d'Orléans régent eut encore plus de
clémence que La Grange n'avait
eu de folie.

(g) Ce fou de la Beaumelle.
On ne peut mieux connaître cet
homme que par la lettre que nous
allons copier. N'ayant ni le génie de la Grange, ni celui de
Rousseau, il s'est rendu aussi criminel qu'eux, mais infiniment
plus méprisable. Il est né dans un
village des Cevennes auprès de
Castres. Il a passé quelques années à Genève, & a été répétiteur des enfans de Mr. de Budé
de Boisy. Il y fut proposant
pour être ministre en 1745.

Voici la lettre qui le fera
connaître.

LETTRE

A Mr. DE LA CONDAMINE,

DE L'ACADÉMIE FRANÇAISE ET DE L'ACADÉMIE
DES SCIENCES, &c.

A Ferney 8 Mars 1771.

MONSIEUR;

Monfieur l'envoyé de Parme m'a fait parvenir votre lettre. J'ai l'honneur d'être votre confrère dans plus d'une académie : je fuis votre ami depuis plus de quarante ans. Vous me parlez avec candeur ; je vais vous répondre de même.

Le Sr. La Beaumelle en 1752, vendit à Francfort au libraire Eflinger pour dix-fept louis, le *Siécle de Louis XIV* que j'avais compofé (autant qu'il avait été en moi) à l'honneur de la France & de ce monarque.

Il plut à cet écrivain de tourner cet éloge véridique en libelle diffamatoire. Il le chargea de notes , dans lefquelles il dit : Qu'il foupçonne Louis XIV d'avoir fait empoifonner le marquis de Louvois fon miniftre dont il était excédé ; & qu'en effet ce miniftre craignait que le roi ne l'empoifonnât. (Tom. III, p. 269 & 271.)

Que Louis XIV ayant promis à madame de Maintenon de la déclarer reine, madame la duchefe de Bourgogne irritée, engagea le prince fon époux, père du roi régnant , à ne point fecourir Lille , affiégée alors par le prince Eugène ; & à trahir fon roi ; fon aïeul & fa patrie. Il ajoute que l'armée des affiégeans jetait dans Lille des billets dans lefquels il était écrit : *Raffurez-vous , français , la Maintenon ne fera pas reine ; nous ne lèverons pas le fiége.*

La Beaumelle rapporte la même anecdote dans les mémoires qu'il a fait imprimer fous le nom de *Madame de Maintenon.* Tom. IV. pag. 109.)

N ij

Qu'on trouva l'acte de célébration de mariage de Louis XIV avec madame de Maintenon, dans les vieilles culottes de l'archevêque de Paris, mais qu'un *tel mariage n'est pas extraordinaire, attendu que Cléopatre déja vieille, enchaîna Auguste*. (T. III. p. 75.)

Que le duc de Bourbon étant premier ministre, fit assassiner Vergier ancien commissaire de marine, par un officier auquel il donna la croix de St. Louis pour récompense. (Tom. III. du siècle, p. 323.)

Que le grand-père de l'empereur aujourd'hui régnant, avait ainsi que sa maison, des empoisonneurs à gages. (T. II, p. 345.)

Les calomnies absurdes contre le duc d'Orléans, régent du royaume, sont encore plus exécrables; on ne veut pas enfouiller le papier. Les enfans de la Voisin, de Cartouche & de Damiens n'auraient jamais osé écrire ainsi, s'ils avaient su écrire. L'ignorance de ce malheureux égalait sa détestable impudence.

Cette ignorance est poussée jusqu'à dire que la loi qui veut que le premier prince du sang hérite de la couronne au défaut d'un fils du roi, *n'exista jamais.*

Il assure hardiment que le jour que le duc d'Orléans se fit reconnaître à la cour des pairs, régent du royaume, le parlement suivit constamment l'instabilité de ses pensées, que le premier président de Maisons était prêt à former un parti pour le duc Du Maine, quoiqu'il n'y ait

jamais eu de premier président de ce nom.

Toutes ces inepties écrites du style d'un laquais qui veut faire le bel esprit & l'homme important, furent reçues comme elles le méritaient, on n'y prit pas garde; mais on rechercha le malheureux qui pour un peu d'argent avait vomi tant de calomnies atroces contre toute la famille royale, contre les ministres, les généraux, & les plus honnêtes-gens du royaume. Le gouvernement fut assez indulgent pour se contenter de le faire enfermer dans un cachot le 24 Avril 1753. Vous m'apprenez dans votre lettre qu'il fut enfermé deux fois, c'est ce que j'ignorais.

Après avoir publié ces horreurs il se signala par un autre libelle intitulé *Mes pensées*, dans lequel il insulta nommément messieurs d'Erlach, de Watteville, de Diesbach, de Sinner, & d'autres membres du conseil souverain de Berne qu'il n'avait jamais vus. Il voulut ensuite en faire une nouvelle édition; monsieur le comte d'Erlach en écrivit en France où La Beaumelle était pour lors; on l'exila dans le pays des Cevennes dont il est natif. Je ne vous parle, monsieur, que papier sur table & preuves en main.

Il avait outragé la maison de Saxe dans le même libelle (page 108), & s'était enfui de Gotha avec une femme de chambre qui venait de voler sa maîtresse.

Lorsqu'il fut en France il demanda un certificat de madame

la duchesse de Gotha. Cette princesse lui fit expédier celui-ci.

« On se rappelle très-bien
» que vous partîtes d'ici avec la
» gouvernante des enfans d'une
» dame de Gotha, qui s'éclipsa
» furtivement avec vous après
» avoir volé sa maîtresse ; ce dont
» tout le public est pleinement
» instruit ici. Mais nous ne di-
» sons pas que vous ayez part à
» ce vol. A Gotha 24 Juillet
» 1767. Signé ROUSAULT,
» conseiller aulique de son al-
» tesse sérénissime. »

Son altesse eut la bonté de m'envoyer la copie de cette attestation, & m'écrivit ensuite ces propres mots le 15 Auguste 1767 : « Que vous êtes aimable
» d'entrer si bien dans mes vues
» au sujet de ce misérable La
» Beaumelle. Croyez-moi, nous
» ne pourrions rien faire de
» plus sage que de l'abandonner
» lui & son aventure, &c. »
Je garde les originaux de ces lettres écrites de la main de madame la duchesse de Gotha. Je pouvais alléguer des choses beaucoup plus graves ; mais comme elles pourraient être trop funestes à cet homme, je m'arrête par pitié.

Voilà une petite partie du procès bien constatée. Je vous en fais juge, monsieur, & je m'en rapporte à votre équité.

Dans ce cloaque d'infamies sur lequel j'ai été forcé de jeter les yeux un moment, j'ai été bien consolé par votre souvenir. Je vous souhaite du fond de mon cœur une vieillesse plus heureuse que la mienne, sous laquelle je succombe dans des souffrances continuelles.

J'ai l'honneur d'être &c.

Nous n'ajouterons rien à une lettre aussi authentique & aussi décisive. Nous nous contenterons de féliciter notre auteur philosophe d'avoir pour ennemis de tels misérables.

(h) Vainement de Dijon l'impudent écolier. Un nommé Clément, jeune homme, fils d'un procureur de Dijon, & ci-devant maître de quartier dans une pension, a fait un livre entier contre Mr. de St. Lambert, Mr. de l'Isle, Mr. Dorat, Mr. Vatelet & Mr. Le Mierre. Ce jeune homme s'est avisé de dicter des arrêts du haut d'un tribunal qu'il s'est érigé. Il commence par prononcer qu'il ne faut point traduire Virgile en vers. Et ensuite il décide que Mr. de l'Isle a fort mal traduit les Géorgiques. Sa traduction est pourtant de l'aveu de tous les connaisseurs, la meilleure qui ait été faite dans aucune langue, & il y en a eu quatre éditions en deux ans. Ce Clément sans respect pour le public, décide d'un ton de maître, que tel vers est ridicule, tel autre plat, tel autre grossier sans en alléguer la plus faible raison. Il ressemble à ces juges qui ne motivent jamais leurs arrêts.

Nous ne connaissons point ce critique, nous ne connaissons point Mr. de l'Isle, mais nous remercions Mr. de l'Isle du plaisir qu'il nous a fait. Nous avouons qu'il a égalé Virgile en plusieurs endroits, & qu'il a vaincu les plus grandes difficultés. Nous ofons dire qu'il a rendu un fignalé fervice à la langue françaife , & Clément n'en a rendu qu'à l'envie.

Il attaque avec plus d'orgueil encore l'eftimable poëme des *Saifons* de Mr. de St. Lambert ; mais quel chef-d'œuvre avait fait ce Clément , pour être en droit de condamner fi fiérement ? à quels bons ouvrages avait - il donné la vie pour être en droit de porter ainfi des arrêts de mort ? Il avait lu une tragédie de fa façon aux comédiens de Paris qui ne purent en écouter que deux actes. Le *Pauvre diable* mourant de honte & de faim fe fit fatyrique pour avoir du pain. Vous trouverez dans l'hiftoire du *Pauvre Diable* , la véritable hiftoire de tous ces petits écoliers qui , ne pouvant rien faire , fe mettent à juger ce que les autres font.

A Mr. MARMONTEL.

MON très-aimable fuccesseur,
De la France hiftoriographe ;
Votre indigne prédéceffeur
Attend de vous fon épitaphe.

Au bout de quatre vingts hivers,
Dans mon obfcurité profonde ,
Enfeveli dans mes déferts
Je me tiens déjà mort au monde.

Mais fur le point d'être jeté
Au fond de la nuit éternelle ,
Comme tant d'autres l'ont été,
Tout ce que je vois me rappelle
A ce monde que j'ai quitté.

Si vers le foir un trifte orage
Vient ternir l'éclat d'un beau jour,
Je me fouviens qu'à votre cour
Le tems change encor davantage

Si mes paons de leur beau plumage
Me font admirer les couleurs,
Je crois voir nos jeunes feigneurs
Avec leur brillant étalage ;
Et mes coqs-d'inde font l'image
De leurs pefans imitateurs.

N iv

De vos courtifans hypocrites
Mes chats me rappellent les tours ;
Les renards , autres chatemites,
Se gliffant dans mes baffes-cours,
Me font penfer à des jéfuites.

Puis-je voir mes troupeaux bêlans
Qu'un loup impunément dévore,
Sans fonger à des conquérans
Qui font beaucoup plus loups encore ?

Lorfque les chantres du printems
Réjouiffent de leurs accens
Mes jardins & mon toit ruftique,
Lorfque mes fens en font ravis,
On me foutient que leur mufique
Cède aux bémols de Mocignis
Qu'on chante à l'opéra comique

Quel bruit chez le peuple Helvétique !
Brionne arrive ; on eft furpris,
On croit voir Pallas ou Cypris,
Ou la reine des immortelles ;
Mais chacun m'apprend qu'à Paris
Il en eft cent prefqu'auffi belles.

Je lis cet éloge éloquent
Que Tomas a fait favamment,
Des dames de Rome & d'Athène ;
On me dit , partez promptement,
Venez fur les bords de la Seine ,

Et vous en direz tout autant
Avec moins d'efprit & de peine.

Ainfi du monde détrompé
Tout m'en parle, tout m'y ramène,
Serais-je un efclave échappé
Que tient encor un bout de chaîne ?
Non, je ne fuis point faible affez
Pour regretter des jours ftériles,
Perdus, bien plutôt que paffés,
Parmi tant d'erreurs inutiles.

Adieu, faites de jolis riens,
Vous encor dans l'âge de plaire,
Vous que les amours & leur mère
Tiennent toujours dans leurs liens.
Nos folides hiftoriens
Sont des auteurs bien refpectables ;
Mais à vos chers concitoyens
Que faut-il, mon ami ?... des fables.

RÉPONSE

DE Mr. MARMONTEL.

A INSI par vous tout s'embellit ,
Ainsi tout s'anime & tout pense.
Divine & féconde influence
Du beau feu qui vous rajeunit !
Pour vous l'âge n'a point de glaces.
Les fleurs font de toute faison ;
Enfant , vous orniez la raison ;
Vieillard , vous couronnez les graces.
Quand vous parcourez vos hameaux ,
La joie avec vous fe promène ;
Partout dans votre heureux domaine ,
Vos femblables font vos égaux ;
Le foin de foulager leur peine
Vous fait oublier tous vos maux.
Et pour mieux égayer la fcène ,
Vous obfervez vos animaux
Avec les yeux de la Fontaine.
Oui , le monde eft tel à-peu-près
Que vous en tracez la peinture.
L'art doit caufer peu de regrets
A qui jouit de la nature.
Elle a de fublimes erreurs ,
Et l'art n'a que de vains caprices.
Elle eft belle dans fes horreurs ,

Et l'homme eſt ſi laid dans ſes vices.
Croyez-moi, vos renards, vos loups
Sont bien moins cruels que les nôtres,
Et nos chiens, ſoit dit entre nous,
Sont moins vigilans que les vôtres.
De la Ruette & de Clairval
Grettry fait briller le ramage;
Mais le roſſignol leur rival
De leurs chanſons vous dédommage.
Ne croyez pas tous les récits.
De Thomas les traits adoucis
Ont eux—mêmes flatté nos dames.
Près de Neker il était aſſis
Lorſqu'il fit de ſi belles ames.
Sur la Vénus des Médicis
Il nous a peint toutes les femmes.
Des Brionne! ah qu'il eſt loin
Le tems où l'on en comptait mille.
Notre pays, j'en ſuis témoin,
N'eſt plus en beautés ſi fertile.
On eſt plus jolie à préſent,
Et d'un minois plus ſéduiſant
On a les piquantes fineſſes;
Mais du beau les tems ſont paſſés.
De nymphes il en eſt aſſez,
Mais nous avons peu de déeſſes.
Cependant Paris doit avoir
Pour vous encor aſſez de charmes.
Et quand Zaïre ſur le ſoir
Les remplit de tendres alarmes,

Il vous ferait doux de le voir
Applaudir & verfer des larmes.
Ne dédaignez pas les honneurs
Que l'on décernait aux Corneilles.
Venez, nos tranfports & nos pleurs
Sont un digne prix de vos veilles.
Ah! fi j'approchais des grandeurs,
Je dirais bien que c'eft dommage
Que vous n'adoriez qu'une image,
Qu'il eft d'innocentes faveurs
Qu'on peut accorder à votre âge,
Et qu'on devrait changer l'ufage
Des baifers par ambaffadeur.
Mais fi Paris qui vous defire
Vous demande aux dieux vainement,
J'aurai du moins en vous aimant
La douceur d'aller vous le dire.
Oui, j'irai les voir ces heureux
Qui peuplent les lieux où vous êtes.
J'irai vous bénir avec eux,
Et jouir du bien que vous faites.
Du flambeau de la vérité
J'irai ravir quelques étincelles,
Pour éclairer l'obfcurité
Du nuage qui la recèle;
J'ai fait vœu de fuivre fes pas.
Je fais bien qu'elle a moins d'appas
Que des fables enchantereffes;
Mais ce font de folles maîtreffes
Qu'on aime & qu'on n'eftime pas.

ÉPITRE
AU ROI DE LA CHINE.

Sur son recueil de vers qu'il a fait imprimer.

Reçois més complimens, charmant roi de la Chine. (a)
Ton trône est donc placé sur la double colline !
On sait dans l'Occident que malgré mes travers ,
J'ai toujours fort aimé les rois qui font des vers.
David même me plut ; quoi qu'à parler sans feinte
Il prône trop souvent sa triste cité sainte , ·
Et que d'un même ton sa muse à tout propos
Fasse danser les monts & reculer les flots.
Fréderic a plus d'art , & connaît mieux son monde ;
Il est plus varié, sa veine est plus féconde,
Il a lu son Horace , il l'imite : & vraiment ·
Ta majesté chinoise en devrait faire autant.

    Je vois avec plaisir que sur notre hémisphère
L'art de la poésie à l'homme est nécessaire.
Qui n'aime point les vers a l'esprit sec & lourd ;
Je ne veux point chanter aux oreilles d'un sourd.
Les vers font en effet la musique de l'ame.

    O toi que sur le trône un feu céleste enflamme :
Dis-moi , si ce grand art dont nous sommes épris ,
Est aussi difficile à Pékin qu'à Paris
Ton temple est-il soumis à cette loi si dure

Qui veut qu'avec six pieds d'une égale mesure,
De deux alexandrins côte-à-côte marchans,
L'un serve pour la rime, & l'autre pour le sens ?
Si bien que sans rien perdre, en bravant cet usage,
On pourrait retrancher la moitié d'un ouvrage.

Je me flatte, grand roi, que tes sujets heureux
Ne sont point opprimés sous ce joug onéreux,
Plus importun cent fois que les aides, gabelles,
Contrôle, édits nouveaux, remontrances nouvelles,
Bulle unigénitus,; billets aux confessés, (b)
Et le refus d'un gîte aux chrétiens trépassés.

Parmis nous le sentier qui mène aux deux collines,
Ainsi que tout le reste, est parsemé d'épines.
A la Chine sans doute il n'en est pas ainsi.
Les biens sont loin de nous & les maux sont ici :
C'est de l'esprit français la devise éternelle.

Je veux m'y conformer, & d'un crayon fidèle
Peindre notre parnasse à tes regards chinois.
Ecoute, mon partage est d'ennuyer les rois.

Tu sais (car l'univers est plein de nos querelles)
Quels débats inhumains, quelles guerres cruelles
Occupent tous les mois l'infatigable main
Des sales héritiers d'Etienne & de Plantin. (c)
Cent rames de journaux, des rats fatale proie,
Sont le champ de bataille où le sort se déploie.
C'est-là qu'on vit briller ce grave magistrat, (d)
Qui vint de Montauban pour gouverner l'état.
Il donna des leçons à notre académie ;
Et fut très-mal payé de tant de prud'hommie.
Du jansénisme obscur le fougueux gazetier, (e)

Aux beaux efprits du tems ne fait aucun quartier.
Hayet pourfuit de loin les encyclopédiftes ; (*f*)
Linguet font en courroux fur les économiftes ; (*g*)
A brûler les païens (*h*) Ribalier fe morfond :
Beaumont pouffe à Jean Jacque ¡& Jean Jacque (*i*)
  à Beaumont :
Paliffot contr'eux tous puiffamment s'évertue : (*k*)
Que de fiel s'évapore & que d'encre eft perdue !
Parmi les combattans vient un rimeur (*l*) Gafcon,
Prédicant petit-maître, ami d'Aliboron,
Qui pour fe fignaler refait la Henriade.
Et tandis qu'en fecret chacun fe perfuade
De voler en vainqueur au haut du mont facré,
On vit dans l'amertume & l'on meurt ignoré ;
La difcorde eft par tout & le public s'en raille.
On fe hait au Parnaffe encore plus qu'à Verfaille.
Grand roi de qui les vers & l'efprit font fi doux,
Crois-moi, refte à Pékin ; ne viens jamais chez nous.
 Au bord du fleuve jaune un peuple entier t'admire ;
Tes vers feront toujours très-bons dans ton empire.
Mais gare que Paris ne flétrît tes lauriers.
Les Français font malins & font grands chanfonniers.
Les trois rois d'Orient que l'on voit chaque année (*m*)
Sur les pas d'une étoile, à marcher obftinée,
Combler l'enfant Jéfu des plus rares préfens,
N'emportent de Paris pour tous remerciemens.
Que des couplets fort gais qu'on chante fans fcrupule.
Collet dans fes refrains les tourne en ridicule.
Les voilà bien payés d'apporter un tréfor !
Tout mon étonnement eft de les voir encor.

Le roi me diras-tu de la Zone cimbrique , (*n*)
Accompagné partout de l'estime publique,
Vit Paris sans rien craindre ; & régna sur les cœurs.
On respecta son nom comme on chérit ses mœurs.
Oui ; mais cet heureux roi qu'on aime & qu'on révère,
Se connaît en grands vers, & se garde d'en faire.
Nous ne les aimons plus ; notre goût s'est usé :
Boileau craint de son siècle au nôtre est méprisé :
Le tragique étonné de sa métamorphose ;
Fatigué de rimer va ne pleurer qu'en profe.
De Molière oublié le sel s'est affadi.

Envain pour ranimer le Parnasse engourdi,
Du peintre des saisons la main féconde & pure, (*o*)
Des plus brillantes fleurs a paré la nature ;
Vainement de Virgile élégant traducteur,
De l'*Isle* a quelquefois égalé son auteur. (*p*)
D'un siècle dégoûté , la démence·imbécile
Préfère les remparts & Faxhall à Virgile.
On verrait Ciceron sifflé dans le palais.

Le léger vaudeville & les petits couplets
Maintiennent notre gloire à l'opéra comique ;
Tout le reste est passé, le sublime est gothique.
N'expose point ta muse à ce peuple inconstant.
Les Frérons te loueraient pour quelque argent comptant ;
Mais tu serais peu lu, malgré tout ton génie,
Des gens qu'on nomme ici la bonne compagnie.
Pour réuffir en France , il faut prendre son tems.

Tu seras bien reçu de quelques grands savans,
Qui pensent qu'à Pékin tout monarque est athée, (*q*)
Et que la compagnie autrefois tant vantée ,

En

En difant à la Chine un éternel adieu ,
Vous a permis à tous de renoncer à Dieu.
Mais fans approfondir ce qu'un Chinois doit croire ,
Séguier t'affublerait d'un beau requifitoire : (*r*)
La cour pourrait te faire un fort mauvais parti :
Et *blâmer* par arrêt tes vers & ton *Changti.*

    La forbonne en latin (mais non fans folécifmes)
Soutiendra que ta mufe a befoin d'exorcifmes ;
Qu'il n'eft des gens de bien *que nous & nos amis* :
Que l'enfer , grace à Dieu , t'eft pour jamais promis.
Difpenfateurs fourrés de la vie éternelle ,
Ils ont rôti Trajan & bouilli Marc-Aurèle.
Ils t'en feront autant ; & partout condamné,
Tu ne feras venu que pour être damné.

    Le monde en factions dès-long-tems fe partage.
Tout peuple a fa folie ainfi que fon ufage.
Ici les Ottomans bien fûrs que l'Eternel
Jadis à Mahomet députa Gabriel ,
Vont fe laver le coude aux baffins des mofquées. (*s*)
Plus loin du grand Lama les reliques mufquées (*t*)
Paffent de fon derrière au cou des plus grands rois.

    Quand la troupe écarlate à Rome a fait un choix ,
L'élu , fût-il un fot , eft dès-lors infaillible.
Dans l'Inde le Veidam , & dans Londre la Bible , (*u*)
A l'hôpital des fous ont logé plus d'efprits
Que Grizel n'a trouvé de dupes à Paris. (*x*)

    Monarque au nez camus des fertiles rivages ,
Peuplés , à ce qu'on dit , de fripons & de fages ,
Règne en paix , fais des vers & goûte de beaux jours.
Tandis que fans argent , fans amis , fans fecours ,

Le Mogol eſt errant dans l'Inde enſanglantée,
Que d'orages nouveaux la Perſe eſt agitée,
Qu'une pipe à la main, ſur un large ſofa,
Mollement étendu, le peſant Mouſtapha
Voit le Ruſſe entaſſer des victoires nouvelles
Des rives de l'Araxe au bord des Dardanelles;
Et qu'un bacha du Caire à ſa place eſt aſſis
Sur le trône où les chats régnaient avec Iſis.

    Nous autres cependant, au bout de l'hémiſphère,
Nous, des Welches groſſiers poſtérité légère,
Livrons-nous en riant, dans le ſein des loiſirs.
A nos frivolités que nous nommons plaiſirs;
Et puiſſe, en corrigeant trente ans d'extravagances, (y)
Monſieur l'abbé Terrai rajuſter nos finances! (z)

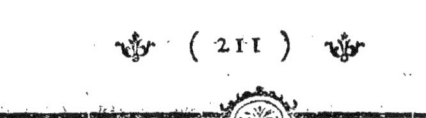
NOTES

(a) *Reçois mes complimens, charmant roi de la Chine.* Kien-Long, roi ou empereur de la Chine, actuellement régnant, a composé vers l'an 1743 de notre ère vulgaire un poëme en vers chinois & en vers tartares. Ce n'est pas à beaucoup près son seul ouvrage. On vient de publier la traduction française de ce poëme.

Les Chinois & les Tartares ont le malheur de n'avoir pas comme presque tous les autres peuples, un alphabet, qui à l'aide d'environ vingt-quatre caractères puisse suffire à tout exprimer. Au-lieu de lettres, les Chinois ont trois mille trois cent quatre-vingt-dix caractères primitifs, dont chacun exprime une idée. Ce caractère forme un mot ; & ce mot avec une petite marque additionnelle en forme un autre. J'aime, *gnao*, se peint par une figure. J'ai aimé, j'aurais aimé, j'aimerai demandent des figures un peu différentes, dont le caractère qui peint *gnao* est la racine.

Cette méthode a produit plus de quatre-vingt mille figures qui composent la langue ; & à mesure qu'on fait de nouvelles découvertes dans la nature & dans les arts, elles exigent de nouveaux caractères pour les exprimer. Toute la vie d'un Chinois lettré se consume donc dans le soin pénible d'apprendre à lire & à écrire.

Rien ne marque mieux la prodigieuse antiquité de cette nation, qui ayant d'abord exprimé comme toutes les autres le petit nombre d'idées absolument nécessaires par des lignes & par des figures simboliques pour chaque mot, a persévéré dans cette méthode antique lors même qu'elle est devenue insupportable.

Ce n'est pas tout : les caractères ont un peu changé avec le tems, & il y en a de trente-deux espèces différentes. Les Tartares Mantchoux se sont trouvés accablés du même embarras ; mais ils n'étaient point encore parvenus à la gloire d'être surchargés de trente-deux façons d'écrire. L'empereur Kien-Long qui est, comme on sait, de race Tartare, a voulu que ses compatriotes jouissent du même honneur que les Chinois. Il a inventé lui-même des caractères nouveaux, aidé dans l'art de multiplier les difficultés par les princes de son sang, par un de ses frères, un de ses oncles, & les principaux colao de l'empire.

On s'est donné une peine incroyable, & il a fallu des années pour faire imprimer de soixante-quatre manières différentes son poëme de Moukden, qui aurait été imprimé facilement en deux jours, si les Chinois avaient voulu se réduire à l'alphabet des autres nations.

Le respect pour l'antique & pour le difficile se montrent ici dans tout leur faste & dans toute leur misère. On voit pourquoi les Chinois, qui sont peut-être le premier des peuples policés pour la morale, sont le dernier dans les sciences, & que leur ignorance est égale à leur fierté.

Le poëme de l'empereur Kien-Long a plus d'un mérite, soit dans le sujet qui est l'éloge de ses ancêtres & où la piété filiale semble naturelle, soit dans les descriptions instructives pour nous, de la ville de Moukden & des animaux, des plantes de cette vaste province, soit dans la clarté du style, perfection si rare parmi nous. Il est encore à croire que l'auteur parle purement : c'est un avantage qui manque à plus d'un de nos poëtes.

Ce qui est surtout très-remarquable, c'est le respect dont cet empereur paraît pénétré pour l'Etre suprême. On doit peser ses paroles à la page 103 de la traduction. *Un tel pays, de tels hommes ne pouvaient manquer d'attirer sur eux des regards de prédilection de la part du souverain maître qui règne dans le plus haut des cieux.* Voilà bien de quoi confondre à jamais tous ceux qui ont imprimé dans tant de livres que le gouvernement Chinois est athée. Comment nos théo-

logiens détracteurs ont-ils pu accorder les sacrifices solemnels avec l'athéisme ? N'était-ce pas assez de se contredire continuellement dans leurs opinions, fallait-il se contredire encore pour calomnier d'autres hommes au bout de l'hémisphère ?

Il est triste que l'empereur Kien-Long, auteur d'ailleurs fort modeste, dise qu'il descend d'une vierge qui devint grosse par la faveur du ciel, après avoir mangé d'un fruit rouge. Cela fait un peu de tort à la sagesse de l'empereur & à celle de son ouvrage. Il est vrai que c'est une ancienne tradition de sa famille. Il est encore vrai qu'on en avait dit autant de la mère de Gengis-Kan.

Une chose qui fait plus d'honneur à Kien-Long, c'est l'extrême considération qu'il montre pour l'agriculture, & son amour pour la frugalité.

N'oublions pas que tout originaire qu'il est de la Tartarie, il rend hommage à l'antiquité incontestable de la nation Chinoise. Il est bien loin de rêver que les Chinois sont une colonie d'Egypte ; les Egyptiens, dans le tems même de leurs hiéroglyphes, eurent un alphabet, & les Chinois n'en ont jamais eu. Les Egyptiens eurent douze signes du zodiaque empruntés mal-à-propos des Caldéens, & les Chinois en eurent toujours vingt-huit : tout est différent entre ces deux peuples. Le père Parennin réfuta pleinement cette imagination il y a quelques années dans ses lettres à Mr. de Mairan.

(b) *Bulle unigénitus, billets aux confessés, -- Et le refus d'un gîte aux chrétiens trépassés.* Ce passage n'a guère besoin de commentaire. On sait assez quelles peines la sagesse du roi très-chrétien & du ministère ont eues à calmer toutes ces querelles aussi odieuses que ridicules. Elles ont été poussées jusqu'à refuser la sépulture aux morts. Ces horribles extravagances sont certainement inconnues à la Chine, où nous avons eu pourtant la hardiesse d'envoyer des missionnaires.

(c) *Des sales héritiers d'Etienne & de Plantin.* Probablement, l'auteur donne l'épithète de *sales* aux imprimeurs, parce que leurs mains sont toujours noircies d'encre. Les Etiennes & les Plantins étaient des imprimeurs très-savans & très-corrects, tels qu'il s'en trouve aujourd'hui rarement.

(d) *C'est-là qu'on vit briller ce grave magistrat.* L'auteur fait allusion sans doute à un principal magistrat de la ville de Montauban, qui dans son discours de réception à l'académie Française, sembla insulter plusieurs gens de lettres, qui lui répondirent par un déluge de plaisanteries. Mais ces facéties ne portent point sur l'essentiel, & laissent subsister le mérite de l'homme de lettres, & celui du galant homme.

(e) *Du jansénisme obscur le fougueux gazetier.* On ne peut méconnaître à ce portrait l'auteur du libelle hebdomadaire qu'on débite clandestinement & régulièrement sous le nom de nouvelles ecclésiastiques, depuis plusieurs années. Rien ne ressemble moins à l'ecclésiastique ou à l'ecclésiaste, que ce libelle dans lequel on déchire tous les écrivains qui ne sont pas du parti, & où l'on accable des plus fades louanges ceux qui en font encore. Je ne suis pas étonné que l'auteur de la lettre au roi de la Chine, donne le nom d'obscur au jansénisme. Il n'était pas du tems de Pascal, d'Arnauld & de la duchesse de Longueville ; mais depuis qu'il est devenu une caverne de convulsionnaires, il est tombé dans un assez grand mépris. Au reste, il ne faut pas confondre avec les jansénistes convulsionnaires les gens de bien éclairés, qui soutiennent les droits de l'église gallicane & de toute église, contre les usurpations de la cour de Rome. Ce sont de bons citoyens & non des jansénistes; ils méritent les remercimens de l'Europe.

(f) *Hayet poursuit de loin les encyclopédistes.* On croit que cet Hayet était un moine récollet qui avait part à un journal, dans lequel on disait des injures au dictionnaire encyclopédique. On appellait ce journal *chrétien*, comme si les autres journaux de l'Europe avaient été païens. Les injures n'étaient pas chrétiennes. Bien des gens doutent que ce journal ait existé. Cependant, il est certain qu'il a été imprimé plusieurs années de suite.

(g) *Linguet fond en courroux sur les économistes.* Les économistes font une société qui a donné d'excellens morceaux fur l'agriculture, fut l'économie champêtre, & fur plufieurs objets qui intéreffent le genre humain. Mr. Linguet eft un avocat de beaucoup d'efprit, auteur de plufieurs ouvrages, dans lefquels on a trouvé des vues philofophiques & des paradoxes. Il a eu des querelles affez vives avec les économiftes auteur des éphémérides du citoyen, & s'eft tiré avec un fuccès plus brillant de celles que l'abbé la Bléterie lui a fufcitées.

(h) *A brûler les païens, Ribalier fe morfond.* Ceci eft une allufion vifible à la grande querelle de Mr. Ribalier principal du collège Mazarin, avec Mr. Marmontel de l'académie françaife, auteur du célèbre ouvrage moral, intitulé *Bélifaire.* Il s'agiffait de favoir fi tous les grands-hommes de l'antiquité qui avaient pratiqué la juftice & les bonnes œuvres, fans pouvoir connaître notre fainte religion, étaient plongés dans un gouffre de flammes éternelles. L'académicien foupçonnait que le père de tous les hommes, en mettant la vertu dans leurs cœurs, leur avait fait miféricorde. Le principal du collège, membre de la forbonne, affirmait qu'ils étaient en enfer, comme ayant invinciblement ignoré la fcience du falut.

L'Europe fut pour Mr. Marmontel, & la forbonne pour Mr. Ribalier. Mr. de Beaumont archevêque de Paris prit auffi le parti de la faculté. Ce procédé déplut beaucoup à l'empereur Kien-Long qui en fut informé par le père Amiot,

l'un des jéfuites confervés à la Chine pour fon favoir & pour fes fervices : mais ce n'eft pas le feul roi qui a eu de petits démêlés avec Mr. de Beaumont. L'empereur Kien-Long n'en gouverna pas moins bien fes états, & continua à faire des vers.

(i) *Beaumont pouffe à Jean Jacques & Jean Jacques à Beaumont.* Jean Jacques Rouffeau natif de la ville de Genève, était un original qui avait voulu à toute force qu'on parlât de lui ; pour y parvenir, il compofa des romans, & écrivit contre les romans. Il fit des comédies, & publia que la comédie, était une œuvre du malin. Jean Jacques dans fes livres difait *ô mon ami ?* avec effufion de cœur, & fe brouillait avec tous fes amis. Jean Jacques s'écriait dans les préfaces de fes brochures *ô ma patrie, ma chère patrie !* & il renonçait à fa patrie. Il écrivait de gros livres en faveur de la liberté, & il préfentait requête au confeil de Berne pour le prier de le faire enfermer, afin d'avoir fes coudées franches. Il écrivait que les prédicans de Genève étaient ortodoxes, & puis il écrivait que ces prédicans étaient des fripons & des hérétiques. O *mon cher pafteur de Boveresse à bovibus !* S'écriait-il encore dans fes brochures, que je vous aime, & que vous êtes un pafteur felon le cœur de Dieu & felon le mien ! & que vous m'avez fait verfer de larmes de joie ! mais le lendemain il imprimait que le pafteur de Boveresse était un coquin qui avait voulu le faire lapider par tous les petits garçons du village.

Delà, Jean Jacques vêtu en arménien, s'en allait en Angleterre avec un ami intime qu'il n'avait jamais vu ; & comme la nation anglaise faisait usage de sa liberté en se moquant outrageusement de lui, il imprima que son ami intime, qui lui rendait des services inouis, était le cœur le plus noir & le plus perfide qu'il y eût dans les trois royaumes.

Mr. de Beaumont archevêque de Paris, qui était d'un caractère tout différent, & qui écrivait dans un goût tout opposé, prit Jean Jacques sérieusement, & donna un gros mandement, non pas un mandement sur ses fermiers, pour fournir à Jean Jacques quelques rétributions par la main des diacres, selon les règles de la primitive église ; mais un mandement pour lui dire qu'il était un hérétique coupable d'expressions mal-sonnantes, téméraires, offensives des oreilles pieuses, tendantes à insinuer qu'on ne peut être en même tems à Rome & à Pékin, & qu'il y a du vrai dans les premières règles de l'arithmétique.

Jean Jacques de son côté répondit sérieusement à Mr. l'archevêque de Paris. Il intitula sa lettre Jean Jacques à Christophe de Beaumont, comme César écrivait à Cicéron, Cæsar imperator Ciceroni imperatori. Il faut avouer encore que c'était aussi le style des premiers siècles de l'église. St. Jérôme qui n'était qu'un pauvre savant prêtre retiré à Bethléem pour apprendre l'idiome hébraïque, écrivait ainsi à Jean évêque de Jérusalem son ennemi capital.

Jean Jacques dans sa lettre à Christophe dit, (pag. 2.) je devins homme de lettre par mon mépris même pour cet état : cela parut fier & grand. On remarqua dans un journal que Jean Jacques, fils d'un mauvais ouvrier de Genève, nourri de l'hôpital, méprisait le titre d'homme de lettres dont l'empereur de la Chine & le roi de Prusse s'honorent. Il ne doute pas dans cette lettre que l'univers entier n'ait sur lui les yeux. Il prie (pag. 12) l'archevêque de lire son roman d'héloïse dans lequel le héros gagne un mal vénérien au bordel, & l'héroïne fait un enfant avec le héros avant de se marier à un ivrogne. Après quoi Jean Jacques parle de Jesus-Christ, de la grace prévenante, du péché originel & de la Trinité. Et il conclut par déclarer positivement (pag. 127.) que tous les gouvernemens de l'Europe lui devaient élever des statues à frais communs.

Enfin, après avoir traité à fond avec Christophe tous les points abstrus de la théologie, il a fini par faire un petit opéra en prose.

De son côté, Christophe commence par avertir les fidèles (pag. 4.) que Jean Jacques est amateur de lui-même, fier, & même superbe, même enflé d'orgueil, impie, blasphémateur, & calomniateur, & qui pis eft, *amateur des voluptés plutôt que de Dieu ; enfin, d'un esprit corrompu & perverti dans la foi.*

On demandera peut-être à la Chine ce que le public de Paris a pensé de ces traits d'éloquence ? il a ri.

(*k*) *Palissot contr'eux tous puissamment s'évertue.* Monsieur Palissot est l'auteur de la comédie des philosophes, dans laquelle on représenta Jean-Jacque marchant à quatre pattes, & des savans volant dans la poche. Il est aussi l'auteur d'un poëme, intitulé *la Dunciade*, d'après la Dunciade de Pope. Ce poëme est rempli de trairs contre messieurs Marmontel, abbé Coyer, abbé Reinal, abbé le Blanc, Mayol, Baculard, d'Arnaud, le Mierre, du Belloi, Sedaine, Dorat, la Morlière, Rochon, Boitel, Taconnet, Poinsinet, du Rosoi, Blin, Colardau, Bastide, Moni, Portelance, Sauvigni, Robé, l'Attaignant, Jonval, Acard, Bergier, mesdames Grasigni, Rubiconi, Unci, Curé, &c.

Ce poëme est en trois chants. Fréron y est installé chancelier de la sottise. Sa souveraine le change en âne. Fréron qui ne peut courir, la prie de vouloir bien lui faire présent d'une paire d'ailes. Elle lui en donne, mais elle les lui ajuste à contre-sens ; de sorte que Fréron quand il veut voler en haut tombe toujours en-bas avec la sottise qu'il porte sur son dos. Cette imagination a été regardée comme la meilleure de tout l'ouvrage. On apprend dans les notes ajoutées à ce poëme par l'auteur, que Fréron était ci-devant jésuite, chassé du collège pour ses mœurs, fût ensuite abbé, puis sous-lieutenant, & se déguisa en comtesse, (pag. 62, chant 3me.) Le grand nombre de gens de mérite attaqués dans ce poëme, nuisit à son succès : mais la métamorphose de Fréron en âne réunit tous les suffrages.

(*l*) *Vient un rimeur gascon.* Voyez les notes sur l'épître à Mr. d'Alembert.

(*m*) *Les trois rois d'Orient que l'on voit chaque année.* Voyez l'article Epiphanie dans les *Questions sur l'Encyclopédie.* On a été dans l'habitude à Paris de faire presque tous les ans des couplets sur le voyage des trois mages ou des trois rois qui vinrent conduits par une étoile à Bethléem, & qui reconnurent l'enfant Jesus pour leur suzerain dans son étable, en lui offrant de l'encens, de la myrrhe & de l'or. On appelle ces chansons des noël, parce que c'est aux fêtes de Noël qu'on les chante. On en a fait des recueils dans lesquels on trouve des couplets extrèmement plaisans.

(*n*) *Le roi me diras-tu, de la zone cimbrique.* Le roi de Dannemarck, glorieusement régnant.

(*o*) *Du peintre des saisons la main féconde & pure.* Monsieur de St. Lambert mestre de camp, auteur du charmant poëme des saisons.

(p) *De l'Isle a quelquefois égalé son auteur.* Monsieur de l'Isle auteur d'une traduction des Géorgiques très-estimée des gens de lettres.

(q) *Qui pensent qu'à Pékin tout monarque est athée.* Une faction dans Paris a soutenu pendant trente ans que le gouvernement de la Chine est athée. L'empereur de la Chine qui ne sait rien des sottises de Paris, a bien confondu cette horrible impertinence, dans son poëme où il parle de la Divinité avec autant de sentiment que de respect.

(r) *Séguier t'affublerait d'un beau requisitoire.* Avocat-général qui a fait trop d'honneur au livre du *Système de la nature*, livre d'un déclamateur qui se répète sans cesse, & d'un très-grand ignorant en physique qui a la sotise de croire aux anguilles de Néedham. Il vaut mieux croire en Dieu avec Epictète & Marc-Aurèle. C'est une grande consolation pour la France que ce requisitoire n'attaque que des livres anglais.

(s) *Vont se laver le coude aux bassins des mosquées.* Il est ordonné aux musulmans de commencer l'ablution par le coude.

Les prêtres catholiques ne se lavent que les trois doigts.

(t) *Plus loin du grand Lama les reliques musquées.* Il est très-vrai que le grand Lama distribue quelquefois sa chaise percée à ses adorateurs.

(v) *Dans l'Inde le Véidam & dans Londres la Bible.* Il n'y a point de pays où il y ait eu plus de disputes sur la Bible qu'à Londres, & où les théologiens aient débité plus de rêveries depuis *Prinn* jusqu'à *Warburton*.

(x) *Que Grizel n'a trouvé de dupes à Paris.* Grizel fameux dans le métier de directeur.

(y) *Et puisse, en corrigeant trente ans d'extravagances.* L'auteur devait dire *depuis cinquante-deux ans*. Car le système de Lass est de cette date. Mais on prétend en France que *cinquante-deux* ne peut pas entrer dans un vers.

(z) *Monsieur l'abbé Terrai rajuster nos finances.* C'est ce que nous attendons avec concupiscence. S'il en vient à bout, il sera couvert de gloire, & nous le chanterons.

EPITRE

A HORACE.

Toujours ami de vers & du diable pouffé,
Au rigoureux Boileau j'écrivis l'an paffé.
Je ne fais fi ma lettre aurait pu lui déplaire,
Mais il me répondit par un plat fecretaire,
Dont l'écrit froid & long déjà mis en oubli
Ne fut jamais connu que de l'abbé Mabli.

Je t'écris aujourd'hui, voluptueux Horace,
A toi qui refpiras la molleffe & la grace,
Qui facile en tes vers, & gai dans tes difcours,
Chantas les doux loifirs, les vins & les amours;
Et qui connus fi bien cette fageffe aimable
Que n'eut point de Quinault le rival intraitable.

Je fuis un peu fâché pour Virgile & pour toi,
Que tous deux nés Romains vous flattriez tant un roi.
Mon Fréderic du moins, né roi très-légitime,
Ne doit point fes grandeurs aux baffeffes du crime.
Ton maître était un fourbe, un tranquille affaffin,
Pour voler fon tuteur il lui perça le fein;
Il trahit Ciceron père de la patrie;
Amant inceftueux de fa fille Julie,
De fon rival Ovide il profcrivit les vers,
Et fit tranfir fa mufe au milieu des déferts.

Je fais que prudemment ce politique Octave
Payait l'heureux encens d'un plus adroit efclave.
Fréderic exigeait des foins moins complaifans.
Nous foupions avec lui fans lui donner d'encens ;
De fon goût délicat la fineffe agréable
Faifait fans nous gêner les honneurs de fa table ;
Nul roi ne fut jamais plus fertile en bons mots
Contre les préjugés, les fripons & les fots.
Maupertuis gâta tout. L'orgueil philofophique
Aigrit de nos beaux jours la douceur pacifique.
Le plaifir s'envola, je partis avec lui.

   Je cherchai la retraite. On difait que l'ennui
De ce repos trompeur eft l'infipide frère.
Oui, la retraite pèfe à qui ne fait rien faire ;
Mais l'efprit qui s'occupe y goûte un vrai bonheur.
Tibur était pour toi la cour de l'empereur ;
Tibur dont tu nous fais l'agréable peinture,
Surpaffa les jardins vantés par Epicure.
Je crois Ferney plus beau. Les regards étonnés
Sur cent vallons fleuris doucement promenés,
De la mer de Genève admirent l'étendue ;
Et les Alpes de loin, s'élevant dans la nue,
D'un long amphithéatre enferment ces côteaux,
Où le pampre en feftons rit parmi les ormeaux.
Là, quatre états divers arrêtent ma penfée.
Je vois de ma terraffe à l'équerre tracée,
L'indigent Savoyard, utile en fes travaux,
Qui vient couper mes bleds pour payer fes impôts.
Des riches Genevois les campagnes brillantes,

Des Bernois valeureux les cités floriffantes,
Enfin cette Comté, franche aujourd'hui de nom,
Qu'avec l'or de Louis conquit le grand Bourbon :
Et du bord de mon lac à tes rives du Tibre,
Je te dis, mais tout bas, heureux un peuple libre !

Je le fuis en fecret dans mon obfcurité.
Ma retraite & mon âge ont fait ma fûreté.
D'un pédant d'Anniki j'ai confondu la rage,
J'ai ri de fa fottife : & quand mon hermitage
Voyait dans fon enceinte arriver à grands flots
De cent divers pays les belles, les héros,
Des rimeurs, des favans, des têtes couronnées,
Je laiffais du vilain les fureurs acharnées
Heurler d'une voix rauque au bruit de mes plaifirs.
Mes fages voluptés n'ont point de repentirs.
J'ai fait un peu de bien ; c'eft mon meilleur ouvrage.
Mon féjour eft charmant, mais il était fauvage.
Depuis 'e grand édit (a) inculte, inhabité,
Ignoré des humains dans fa trifte beauté ;
La nature y mourait, je lui portai la vie ;
J'ofai ranimer tout. Ma pénible induftrie
Raffembla des colons par la misère épars.
J'appellai les métiers qui précèdent les arts ;
Et pour mieux cimenter mon utile entreprife,
J'unis le proteftant avec ma fainte églife.

Toi qui vois d'un même œil frère Ignace & Calvin,
Dieu tolérant, Dieu bon, tu bénis mon deffein !
André Ganganelli ton fage & doux vicaire,
Sait m'approuver en roi s'il me blâme en faint père.

L'ignorance en frémit : & Nonotte hébêté
S'indigne en son taudis de ma félicité.

Ne me demande pas ce que c'est qu'un Nonotte,
Un ignace, un Calvin, leur cabale bigotte,
Un prêtre roi de Rome, un pape, un vice-Dieu,
Qui deux clefs à la main commande au même lieu
Où tu vis le sénat aux genoux de Pompée,
Et la terre en tremblant par César usurpée,
Aux champs Elisiens tu dois en être instruit.
Vingt siècles descendus dans l'éternelle nuit
T'ont dit comme tout change, & par quel fort bizarre
Le laurier des Trajans fit place à la tiare ;
Comment ce fou d'Ignace étrillé dans Paris,
Fut mis au rang des saints, même des beaux esprits,
Comment il en déchut, & par quelle aventure
Nous vint l'abbé Nonotte après l'abbé Depure.

Ce monde, tu le sais est un mouvant tableau,
Tantôt gai, tantôt triste, éternel & nouveau.
L'empire des Romains finit par Augustule ;
Aux horreurs de la fronde a succédé la bulle ;
Tout passe, tout périt hors ta gloire & ton nom ;
C'est là le fort heureux des vrais fils d'Apollon.
Tes vers en tout pays sont cités d'âge en âge.

Hélas ! je n'aurai point un pareil avantage.
Notre langue un peu séche & sans inversions
Peut-elle subjuguer les autres nations ?
Nous avons la clarté, l'agrément, la justesse.
Mais égalerons-nous l'Italie & la Grèce ?
Est-ce assez en effet d'une heureuse clarté,

Et ne péchons-nous pas par l'uniformité ?
Sur vingt tons différens tu fus monter ta lyre ;
J'entends ta Lalagé, je vois son doux sourire ;
Je n'ose te parler de ton Ligurinus :
Mais j'aime ton Mécène, & ris de Catius.
Je vois de tes rivaux l'importune phalange,
Sous ses traits redoublés enterrés dans la fange.
Que pouvaient contre toi ces serpens ténébreux ?
Mécène & Pollion te défendaient contr'eux.
Il n'en est pas ainsi chez nos Welches modernes.

Un vil tas de grimauds, de rimeurs subalternes,
A la cour quelquefois ont trouvé des prôneurs ;
Ils font dans l'antichambre entendre leurs clameurs.
Souvent en balayant dans une sacristie,
Ils traitent un grand roi d'hérétique & d'impie.
L'un dit que mes écrits à Cramer (b) bien vendus
Ont fait dans mon épargne entrer cent mille écus.
L'autre que j'ai traité la Genèse de fable,
Que je n'aime point Dieu, mais que je crains le diable.
Soudain Fréron l'imprime ; & l'avocat Marchand (c)
Prétend que je suis mort, & fait mon testament.
Un autre moins plaisant, mais plus hardi faussaire,
Avec deux faux témoins s'en va chez un notaire,
Au mépris de la langue, au mépris de la hart
Rédiger mon symbole en patois savoyard. (d)

Ainsi lorsqu'un pauvre homme au fond de sa chaumière
En dépit de Tissot (e) finissait sa carrière,
On vit avec surprise une troupe de rats
Pour lui ronger les pieds se glisser dans ses draps.

Chaſſons loin de chez moi tous ces rats du Parnaſſe ;
Jouiſſons , écrivons, vivons mon cher Horace.
J'ai déjà paſſé l'âge où ton grand protecteur
Ayant joué ſon rôle en excellent acteur ,
Et ſentant que la mort aſſiégeait ſa vieilleſſe ,
Voulut qu'on l'applaudît lorſqu'on finit ſa piéce.
J'ai vécu plus que toi , mes vers dureront moins ;
Mais au bord du tombeau je mettrai tous mes ſoins
A ſuivre les leçons de ta philoſophie,
A mépriſer la mort en ſavourant la vie ,
A lire tes écrits pleins de grace & de ſens,
Comme on boit d'un vin vieux qui rajeunit les ſens.

Avec toi l'on apprend à ſouffrir l'indigence,
A jouir ſagement d'une honnête opulence,
A vivre avec ſoi-même, à ſervir ſes amis ;
A ſe moquer un peu de ſes ſots ennemis,
A ſortir d'une vie ou triſte ou fortunée
En rendant grace aux dieux de nous l'avoir donnée.
Auſſi , lorſque mon pouls inégal & preſſé
Faiſait peur à Tronchin près de mon lit placé,
Quand la vieille Atropos , aux humains ſi ſévère,
Approchait ſes ciſeaux de ma trame légère,
Il a vû de quel air je prenais mon congé.
Il ſait ſi mon eſprit , mon cœur était changé.
Hubert (f) me faiſait rire avec ſes paſquinades ;
Et j'entrais dans la tombe au ſon de ſes aubades.

Tu dus finir ainſi. Tes maximes, tes vers ,
Ton eſprit juſte & vrai , ton mépris des enfers , (g)
Tout m'aſſure qu'Horace eſt mort en honnête homme.

Le moindre citoyen mourait ainſi dans Rome.
Là , jamais on ne vit Mr. l'abbé Grizel
Ennuyer un malade au nom de l'Eternel ;
Et fatigant en vain ſes oreilles laſſées ,
Troubler d'un ſot effroi ſes dernières penſées.

Voulant réformer tout, nous avons tout perdu.
Quoi donc ! un vil mortel , un ignorant tondu,
Au chevet de mon lit viendra ſans me connaître
Gourmander ma faibleſſe & me parler en maître !
Ne ſuis-je pas en droit de rabaiſſer ſon ton
En lui faiſant moi-même un plus ſage ſermon ?
A qui ſe porte bien qu'on prêche la morale.
Mais il eſt ridicule en notre heure fatale
D'ordonner l'abſtinence à qui ne peut manger.
Un mort dans ſon tombeau ne peut ſe corriger.
Profitons bien du tems ; ce ſont là tes maximes.

Cher Horace, plains-moi de les tracer en rimes.
La rime eſt néceſſaire à nos jargons nouveaux ,
Enfans demi-polis des Normands & des Goths ;
Elle flatte l'oreille ; & ſouvent la céſure
Plaît, je ne ſais comment, en rompant la meſure.
Des beaux vers pleins de ſens le lecteur eſt charmé.
Corneille, Deſpréaux & Racine ont rimé.
Mais j'apprends qu'aujourd'hui Melpomène propoſe
D'abaiſſer ſon cothurne & de pleurer en proſe.

N O T E S.

N O T E S.

(a) *Depuis le grand édit inculte, inhabité.* A la révocation de l'édit de Nantes, tous les principaux habitans du petit pays de Gex passèrent à Genève & dans les terres helvétiques. Cette langue de terre qui est dans la plus belle situation de l'Europe, fut déserte ; elle se couvrit de marais, il y eut quatre-vingts charrues de moins, plus d'un village fut réduit à une ou deux maisons, tandis que Genève par sa seule industrie, & presque sans territoire, a su acquérir plus de quatre millions de rentes en contrats sur la France, sans compter ses manufactures & son commerce.

(b) *L'un dit que mes écrits.* Parmi les calomnies dont on a régalé l'auteur selon l'usage établi, on a imprimé dans vingt libelles qu'il avait gagné quatre ou cinq cent mille francs à vendre ses ouvrages. C'est beaucoup. Mais aussi d'autres écrivains ont assuré qu'après sa mort ses écrits n'auraient plus de débit, & cela les console.

(c) *Soudain Fréron l'imprime; & l'avocat Marchand.* Marchand, avocat de Paris, s'est amusé à faire le prétendu testament de l'auteur, & plusieurs

personnes y ont été trompées.

(d) *Rédiger mon symbole en patois savoyard.* Il y eut en effet le 15 Avril 1769 une déclaration faite pardevant notaire, d'une prétendue profession de foi, que des polissons inconnus disaient avoir entendu prononcer. Les faussaires qui rédigèrent cette pièce écrite d'un style ridicule, ne poussèrent pas leur insolence jusqu'à prétendre qu'elle fût signée par l'auteur.

(e) *En dépit de Tissot finissait sa carrière.* Célèbre médecin de Lausanne, capitale du pays Roman.

(f) *Hubert me faisait rire avec ses pasquinades.* Neveu de la célèbre mademoiselle Hubert auteur de *La religion essentielle à l'homme*, livre très-profond. Mr. Hubert avait le talent de faire des portraits en caricature, & même de les faire en papier avec des ciseaux.

(g) *Ton esprit juste & vrai, ton mépris des enfers.* On devait sans doute mépriser les enfers des payens qui n'étaient que des fables ridicules ; mais l'auteur ne méprise pas les enfers des chrétiens qui sont la vérité même constatée par l'église.

RÉPONSE.

D' HORACE,

PAR Mr. DE LA HARPE.

AU plus gai des vieillards, au plus grand des poëtes,
A l'Orphée attendu dans nos belles retraites,
Des champs élyſiens, ſalut, paix & longs jours.

Tous nos morts beaux eſprits hier en grand concours,
Sont venus m'annoncer ton épître charmante,
Du feu de ton printems encore étincelante.
Car nous aimons tes vers, & toujours tes écrits
Ont charmé l'Elyſée auſſi bien que Paris.
Nous avons admiré ta muſe octogénaire,
Son humeur enjouée & ſa marche légère.
Il n'eſt donné qu'à toi de croître à ſon déclin.
D'être au ſoir de ſes ans ce qu'on eſt au matin,
D'être un prodige en tout. Lachéſis étonnée,
Compoſant de tes jours la trame fortunée,
Voit leur brillant tiſſu, dont l'or devrait pâlir,
Rajeuni ſous ſes doigts, s'étendre & s'embellir.
Et comment, dans cet âge où la froide vieilleſſe
Ote à tous nos reſſorts leur flexible ſoupleſſe,
Où les organes durs & les ſens engourdis,
Par un ſentiment prompt ne ſont plus avertis,
As-tu donc conſervé ce goût, cette harmonie,
Cette facilité, la grace du génie,

Ces mouvemens, ces traits, ce naturel heureux,
Et des tons différens l'accord ingénieux ?

   Nous avions grand besoin de cet écrit aimable,
Que nous daigne envoyer ta muse inépuisable.
Vos modernes esprits, vantés dans vos journaux,
Avec peu de respect ont traité nos héros.
Des soupers du sophi (a) l'admirateur grotesque,
Hérissant de grands mots son cynisme burlesque,
Insulte Montesquieu, dénigre Ciceron.
On écrit à Racine en style de Pradon.
Des dogmes de Quesnel un triste prosélyte ;
En bourgeois du Marais a fait parler Tacite.
La Fontaine se plaint, que rêvant un beau jour,
A ** près de Psyché crut remplacer l'amour.
Despréaux, plus fâché qu'il ne put jamais l'être,
A su qu'Alibbron l'osait nommer son maître. (b)
Il ne s'attendait pas à ce ton familier :
Il ne veut point, dit-il, d'un si sot écolier.
Il ne veut point surtout de ce *plat secretaire*,
Sous un nom qu'il dément très-mal-adroit faussaire.
Il ose t'assurer, sans trop de vanité,
Que son style à ce point n'est pas encore gâté.

   Mais moi, quoique ta main légère & délicate
Ait brûlé sur ma tombe un encens qui me flatte,
Je pourrais cependant me plaindre un peu de toi.
Pourquoi me reprocher d'être flatteur d'un roi (c) ?
D'un roi ? de ce nom seul mon ombre est offensée ;
L'oreille d'un Romain en est toujours blessée.
Ce nom seul fit jadis sous cent coups de poignard,
Au milieu du sénat, tomber le grand César.

Octave triumvir fut un tyran coupable ;
Mais il fut quarante ans magistrat équitable.
J'ai loué ses vertus & non pas ses forfaits.
Il fut mon bienfaicteur, je chantais ses bienfaits ;
J'applaudis à ses loix, je louais sa police,
Je célébrais, peut-être avec quelque justice,
Ce esprit qui joignait tant de talens divers.
Qui commandait au monde, & se connut en vers.
Que dis-je ? il posséda cet art si difficile.
Que ses vers font touchans, quand il pleure Virgile !
C'est un dieu qui l'inspire ; ou bien c'est l'amitié :
Quel tribut par les grands plus rarement payé ?
Trop heureux les mortels, quand leur maître est sensible,
Quand son orgueil est noble & n'est pas inflexible,
Qu'il aime les neuf sœurs, leurs jeux & leurs concerts,
Le son de la louange est celui des beaux vers !
Qui veut être loué mérite un jour de l'être.

Qui l'a mieux su que toi ? qui l'a mieux fait connaître ?
Quel homme vers la gloire & l'immortalité,
D'un plus rapide élan fut jamais emporté ?
Ton génie a voulu, dans ses vastes ouvrages,
Embrasser tous les arts, dominer tous les âges.
Partout il jette au loin des rayons éclatans,
Que n'éteindra jamais le long oubli des tems.
Les morts, tu le fais bien, parlent sans flatterie ;
Ils font sans préjugés, comme sans jalousie ;
Et Voltaire vivant est jugé dans ces lieux,
Comme il doit l'être un jour par nos derniers neveux.
Français, Grec ou Romain, ici chacun t'admire :
A l'Elysée en pleurs Racine a lu Zaïre ;

Corneille a cru revivre en écoutant Brutus ;
Sophocle & Ciceron, embellis & vaincus,
Se retrouvent plus grands sous ton pinceau tragique,
Et ta Jeanne a charmé le chantre d'Angélique.
Plutarque revoyant la liste de ses rois,
Cherche à qui comparer ton héros Suédois.
Que tes vers ont flatté le bon goût de Virgile !
Souvent avec Homère il parle de ton style :
Ils disent qu'en effet, pour les vaincre tous deux,
Il ne t'a rien manqué que leur langue & leurs dieux.

J'ai moins écrit que toi, j'ai voulu moins de gloire.
J'arrivai moins brillant au temple de Mémoire.
J'aimais les voluptés, les jeux & le loisir :
J'eus des momens d'étude, & des jours de plaisir.
Né sous un ciel heureux, j'en sentis l'influence :
J'abandonnais ma vie à la molle indolence ;
Et mon goût pour les arts, mes faciles talens,
Variaient mon bonheur & servaient mes penchans.
Je reçus Apollon comme on reçoit à table
Un ami qui nous plaît, un convive agréable,
Non comme un maître dur qui se fait obéir.
Il vint charmer ma vie, & non pas l'asservir.
Souvent à Tivoli, dans mon champêtre asyle,
Ou sous le frais abri des bois de Lucrétile,
Quand j'attendais Glycère au déclin d'un beau jour,
Couché sur des carreaux disposés pour l'amour,
Tandis que la vapeur des parfums d'Arabie
Pénétrait & mes sens & mon ame amollie ;
Qu'au loin, des instrumens l'accord mélodieux
Portait à mon oreille un bruit voluptueux :

Alors dans les tranſports d'un aimable délire,
Inſpiré tout-à-coup je demandais ma lyre.
Je chantais l'eſpérance & les doux ſouvenirs,
Le doux refus qui triomphe & nourrit les deſirs,
La piquante gaieté, la naïve tendreſſe.
Je vis dans l'art des vers que nous apprit la Grèce,
Un langage enchanteur dans l'Olympe inventé,
Fait pour parler aux dieux ou bien à la beauté.

    Quelquefois, élevant ma voix & ma penſée,
Emule audacieux de Pindare & d'Alcée,
Je montais dans l'Olympe ouvert à mes accens :
Ou, choqué des travers & des vices du tems,
J'exerçais ſur les ſots ma gaieté ſatyrique :
J'eſquiſſais même un jour un code poétique.
Mais la gloire & les arts ne bornaient point mes vœux ;
Le plaiſir fut toujours le premier de mes dieux.

    Octave, qui goûta mon heureux caractère,
M'offrit auprès de lui le rang de ſecretaire.
Je refuſais ſon offre, il n'en fut point bleſſé.
Accueilli dans ſa cour, à ſa table placé,
Je ne lui voulus point aſſujettir ma vie :
Il aurait dérobé mes momens à Lydie,
A Philis, à Chloé, qui valaient mieux que lui :
L'eſclavage bientôt eût amené l'ennui.
J'aimais beaucoup Octave, & plus l'indépendance.

    Voltaire, je le ſais, eut plus de complaiſance ;
A la cour autrefois il attacha ſon ſort.
Nous connaiſſons ici ton Salomon du Nord,
Er ſa proſe éloquente, & ſes rimes hardies.
D'argens, qu'il déſolait par ſes plaiſanteries,

Ne nous vanta pas moins son ton , ses agrémens ,
Sa chère un peu guerrière & ses soupers charmans ;
Où cessant d'être roi, pour être plus aimable ,
Laissait la liberté présider à sa table ,
Fréderic n'avait plus d'ennemis que le sots ;
Et même contre lui permettait les bons mots.
Il avait bien raison ; dans le rang qu'il occupe ,
Faut-il de sa grandeur être toujours la dupe ?
De la société perdre tous les appas ?
L'étiquette est l'esprit de ceux qui n'en ont pas.
La dignité souvent masque l'insuffisance ;
On s'enferme avec art dans un noble silence:
Mais qui sait bien répondre , encourage à parler.

    Vos jours étaient si beaux ! qui pouvait les troubler ?
C'est donc ce Maupertuis, ce bizarre génie ,
Géomètre chagrin que tourmentait l'envie ;
Qui , des biens & des maux sombre calculateur,
Jadis si tristement nous parla du bonheur ?
Il fut jaloux & vain : mais , pardonne à ses manes.
Pardonne à ce ramas de détracteurs profanes,
Dont le nom par toi seul , jusqu'à nous est venu.
Quant à monsieur Fréron , il nous est plus connu:
Au Bedlam (d) de Pluton , fustigés par Mégère ,
Visé , Gâcon , Zoïle , attendent leur confrère.
Quel siècle n'a pas vu de ces obscurs pédans ,
Condamnés au malheur de haïr les talens ,
Qui flattent tour-à-tour l'envie & la sottise ?
Quelquefois on les lit ; toujours on les méprise.
Laisse ces vils serpens qui sifflent sur tes pas :
Alors que Linus chante , on ne les entend pas.

Et qui n'adore point ta muse enchanteresse ?
Tu crains d'être au-dessous de Rome & de la Grèce,
De vivre moins que moi dans la postérité :
C'est bien là d'un Français l'aimable urbanité.
Jadis, je l'avouerai, j'eus moins de modestie,
Je promis à mes vers une éternelle vie :
Et si j'en crois les tiens, je me suis peu mépris.
Mon nom est sûr de vivre alors que tu m'écris.
Tu m'as cité souvent : c'est mon plus bel éloge.

   Mais toi qui, des confins du pays Allobroge,
Sais occuper l'Europe attentive à tes chants,
Est-ce à toi de douter, dans tes succès brillans,
Du pouvoir d'une langue à jamais consacrée,
Dont tu pourrais toi seul garantir la durée ?
Ah ! trop heureux Français ! vous faites plus que nous.
Quand la terre asservie était à nos genoux,
La langue des vainqueurs devint celle du monde :
En chefs-d'œuvre des arts la France plus féconde,
Par l'attrait des talens, par le charme des vers,
Sans l'avoir subjugué, règne sur l'univers.
Vos drames éloquens, honneur de Melpomène,
Monumens qui manquaient à la grandeur romaine,
Charment vingt nations avides d'en jouir ;
Et vos voisins jaloux vous doivent leur plaisir.
Faut-il à votre gloire encor un nouveau titre ?
Des intérêts des rois votre langue est l'arbitre :
Disputant contre Orlof, l'orateur du divan,
Osman plaide en français les droits de son sultan ;
Et dans Fokiani, le Turc & la Russie
Décident en Français des destins de l'Asie.

   A tant de gloire encor que peut-on ajouter ?

Qu'on la maintienne au moins , en sachant t'imiter.

Qu'on se garde à jamais de bannir de la scène

Ce langage des dieux qu'adopta Melpomène.

Pour la première fois je t'écris dans le tien ;

Daigne d'un étranger excuser l'entretien :

Et si j'ai bégayé la langue de Voltaire ,

Je vais te lire encor pour apprendre à mieux faire.

NOTES.

(a) DEs soupers du sophi l'admirateur grotesque. Mr. L** fameux par ses métaphores , s'écrie quelque part avec un enthousiasme très-plaisant : *Vive le sophi! vive le grand homme qui mange avec ses amis! qui satisfait , par le plus délicieux de tous les mélanges , son appétit & son cœur !*

(b) *A su qu'Aliboron l'osait nommer son maître.* Mr. Fréron qui aime beaucoup les figures de rhétorique , quoiqu'il n'ait été que régent de sixième , répète souvent dans ses feuilles, *Manes de Despréaux! O mon maître!* &c.

(c) *Pourquoi me reprocher d'être flatteur d'un roi?* Le gouvernement d'Auguste fondé sur les loix partagé avec le sénat, conservant toutes les formes républicaines , pouvait s'appeller *une magistrature suprême,* bien plutôt qu'*une royauté.* Ses successeurs en firent un despotisme abominable.

(d) *Au Bedlam de Pluton, fustigés par Mégère.* Nom de l'hôpital des fous de Londres.

LETTRE

A MONSIEUR PIGAL.

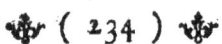

CHER Phidias, votre ſtatue
Me fait mille fois trop d'honneur ;
Mais quand votre main s'évertue
A ſculptér votre ſerviteur,
Vous égaiez l'eſprit railleur
De certain peuple rimailleur
Qui depuis ſi long-tems me hue.
L'ami Fréron le barbouilleur
D'écrits qu'on jette dans la rue,
Sourdement de ſa main crochue
Mutilera votre labeur.

Attendez que le deſtructeur
Qui nous conſume & qui nous tue,
Le tems, aidé de mon paſteur,
Ait d'un bras exterminateur
Enterré ma tête chenue.
Que ferez-vous d'un pauvre auteur
Dont la taille & le cou de grue,
Et la mine très-peu jouflue
Feront rire le connaiſſeur ?

Sculptez-nous quelque beauté nue
De qui la chair blanche & dodue.
Séduiſe l'œil du ſpectateur ;
Et qui dans ſon ame inſinue

Ces doux defirs & cette ardeur,
Dont Pigmalion le fculpteur,
Votre digne prédécefleur,
Brûla, fi la fable en eft crue.

    Au marbre il fut donner un cœur,
Cinq fens, inftrument du bonheur,
Une ame en ces fens répandue;
Et foudain fille devenue
Cette fille refta pourvue,
De doux appas que fa pudeur
Ne dérobait point à la vue.
Même elle fut plus diffolue
Que fon père & fon créateur.
Que cet exemple fi flatteur
Par vos beaux foins fe perpétue !

LES DEUX SIECLES.

Siecle où je vis briller un I suivi d'un quatre,
Siècle où l'on fut écrire auſſi bien que combattre,
D'où vient qu'à nos plaiſirs a ſuccédé l'ennui ?
Reſſemblons-nous du moins au Romain d'aujourd'hui
Qui fier dans l'indigence , & grand dans ſes miſères,
Vante en tendant la main les tréſors de ſes pères ?
Non ; d'un plus noble orgueil notre eſprit eſt bleſſé.
Nous croyons valoir mieux que le bon tems paſſé.
La ſageſſe en nos jours a ſur nous tant d'empire
Que nous avons perdu la faculté de rire.
C'eſt dommage ; autrefois Molière était plaiſant ;
Il ſut nous égayer , mais en nous inſtruiſant !
Le comique pleureur aujourd'hui veut ſéduire,
Et ſans nous amuſer renonce à nous inſtruire.
Que je plains un français quand il eſt ſans gaieté !
Loin de ſon élément le pauvre homme eſt jeté ;
Je n'aime point Thalie alors que ſur la ſcène
Elle prend gauchement l'habit de Melpomène.
Ces deux charmantes ſœurs ont bien changé de ton.
Hors de ſon caractère on ne fait rien de bon.
Molière en rit là-bas , & Racine en ſoupire.
  Il ne peut ſupporter l'inſipide délire
De tous ces plats romans mis en vers bourſouflés ;
Apoſtrophes aux dieux , lieux communs ampoulés,
Maximes ſans raiſon , nœuds d'intrigues bizarres,
Et la ſcène françaiſe en proie à des barbares.
  Tant mieux , dit un rêveur ſoi-diſant financier,

Qui gouverne l'état du haut de son grenier ;
La chûte des beaux-arts eſt un bien pour la France ;
Dss revenus du roi ma main tient la balance :
Je verrai des impôts les Français affranchis.
Vous ennuyez l'état, & moi je l'enrichis.
J'ai ſu fertiliſer la terre aveç ma plume.
J'ai fait contre Colbert un excellent volume ;
Le public n'en ſait rien : mais la poſtérité
M'attend pour me conduire à l'immortalité :
Et pour prix des calculs où mon eſprit ſe tue,
Je veux avec Jean Jacque avoir une ſtatue. (a)
    Taiſez-vous, lui répond un philoſophe altier,
Et ne vous vantez-plus de votre obſcur métier ;
Vous gouvernez l'état ! quelle triſte manie
Peut dans ce cercle étroit captiver un génie!
Prenez un vol plus haut, gouvernez l'univers.
Prouvez-nous que les monts ſont formés par les mers,
Jetez les Apennins dans l'abyme de l'onde,
Deſcendez par un trou dans le centre du monde.
Pouz bien connaître l'ame & nos ſens inégaux,
Allez des Patagons diſſéquer les cerveaux ;
Et tandis que Néedham a créé des anguilles,
Courez chez les Lappons & ramenez des filles.
Voilà comme on s'illuſtre en ce ſiècle profond :
De la nature enfin mes yeux ont vu le fond.
Que Dieu parle à ſon gré, qu'à ſa voix tout s'arrange ;
Ce trait a ſes beautés ; moi je parle, & tout change.

(a) On a déjà vu que Jean Jacque Rouſſeau le Genevois, s'aviſa d'écrire dans une lettre à monſieur l'archevêque de Paris ; que l'Europe aurait dû lui élever nne ſtatue à lui Jean-Jacque.

Va, ne t'amuse plus aux finances du roi,
Viens-t-en créer un monde & sois Dieu comme moi.
A ces discours brillans, saisi d'un saint scrupule,
L'archidiacre Trublet s'épouvante & recule;
Et pour charmer la cour qui s'y connaît si bien,
Avec un récollet fait le Journal chrétien.
Les voilà tous les deux qui commentant Moïse,
Pour quinze sous par mois sont l'appui de l'église.
Ils travaillent long-tems : leur libraire conclut
Qu'il va mourir de faim, mais qu'il fait son salut.

 Un autre fou paraît suivi de sa sorcière;
Il veut réduire au gland l'académie entière.
Renoncez aux cités, venez au fond des bois,
Mortels, vivez contens, sans secours & sans loix;
Ou si vous persistez dans l'abus effroyable
De goûter les plaisirs d'un être sociable,
A mes soins vigilans osez vous confier.
Je fais d'un gentilhomme un garçon menuisier.
Ma Julie avec moi perdant son pucelage,
Accouche d'un fœtus, & n'en est que plus sage.
Rien n'est mal; rien n'est bien; je mets tout de niveau;
Je marie au Dauphin la fille du bourreau :
Les petites-maisons où toujours j'étudie,
Valent bien la sorbonne & sa théologie.
Ainsi sur le pont-neuf, parmi les charlatans,
L'échappé de Genève ameute les passans,
Grimpé sur les tréteaux, qui jadis dans Athène
Avaient servi de loge au chien de Diogène.

 Si la philosophie a pris ce noble essor,
L'histoire sous nos mains va s'embellir encore.
Des riens approfondis dans un long répertoire,

Sans éclairer l'esprit surchargent la mémoire.

Allons, poudreux valets d'insolens imprimeurs,
Petits abbés crotés, faméliques auteurs,
Ressassez-moi Pétau, copiez-moi Du Cange ;
De tous nos vieux écrits compilez le mélange.
Servez d'antiques mets sous des noms empruntés,
A l'appétit mourant des lecteurs dégoûtés :
Mais surtout écrivez en prose poétique :
Dans un style ampoulé parlez-moi de physique :
Donnez du gigantesque ; étourdissez les sots.
Si vous ne pensez pas, créez de nouveaux mots :
Et que votre jargon digne en tout de notre âge,
Nous fasse de Racine oublier le langage.

Jadis en sa volière un riche curieux
Rassembla des oiseaux le peuple harmonieux ;
Le chantre de la nuit, le serin, la fauvette,
De leurs sons enchanteurs égayaient sa retraite ;
Il eut soin d'écarter les lézards & les rats.
Ils n'osaient approcher : ce tems ne dura pas.
Un nouveau maître vint ; ses gens se négligèrent,
La volière tomba ; les rats s'en emparèrent ;
Ils dirent aux lézards, Illustres compagnons,
Les oiseaux ne sont plus : & c'est nous qui régnons.

LE PÈRE NICODÈME

ET

JEANNOT.

LE PERE NICODEME.

Jᴇᴀɴɴᴏᴛ, fouviens-toi bien que la philofophie
Eſt un démon d'enfer à qui l'on faᴄrifie.
Archimède autrefois gâta le genre humain ;
Newton dans notre tems fut un franc libertin.
Locke a plus corrompu de femmes & de filles
Que Laſs à l'hôpital n'a conduit de familles.
Tout chrétien qui raifonne a le cerveau bleſſé.
Béniſſons les mortels qui n'ont jamais penſé.
O bienheureux Larcher, Viret, Cogé, Nonotte,
Que de tous vos écrits la pefanteur dévote
Toujours pour mon efprit eut de charmes puiſſans !
Le péché n'eſt, dit-on, que l'abus du bon fens ;
Et de peur de l'abus vous banniſſez l'ufage.
Ah ! fuyons faintement le danger d'être fage.
Pour faire ton falut ne penfe point, Jeannot ;
Abrutis bien ton ame, & fais vœu d'être un fot.

JEANNOT.

Je fens de vos difcours l'influence bénigne,

Je

Je baille; & de vos soins je me crois déja digne.
J'ai toujours remarqué que l'esprit rend malin.
Vous vous ressouvenez du bon curé Fantin,
Qui prêchant, confessant les dames de Versailles,
Caressait tour-à-tour, & volait ses ouailles;
Ce cher Monsieur Billard, & son ami Cursel,
Grands porteurs de cilice, & chanteurs de missel,
Qui prenaient notre argent pour mettre en œuvres pies.
Tous ces gens-là mon père, étaient de grands génies!

LE PERE NICODEME.

Mon fils n'en doute pas, ils ont philosophé;
Et soudain leur esprit par le diable échauffé,
Brûla de tous les feux de la concupiscence.
Dans les bosquets d'Eden l'arbre de la science
Portait un fruit de mort & de corruption.
Notre bon père en eut une indigestion.
Pour lui bien conserver sa fragile innocence,
Il eût fallu planter l'arbre de l'ignorance.

JEANNOT.

C'est bien dit; mais souffrez que Jeannot l'hébêté
Propose avec respect une difficulté:
De tous les écrivains dont la pesante plume
Barbouilla sans penser tous les mois un volume,
Le plus ignare en grec, en français, en latin,
C'est notre ami Fréron de Kimper-Corentin.
Sa grosse ame pourtant dans le vice est plongée.
De cent mortels poisons Belzébuth l'a rongée.
Je conclurais delà, si j'osais raisonner,

Poésies. Tom. II.   Q

Que le pauvre d'esprit peut encore se damner.

LE PERE NICODEME.

Oùi, mais c'est quand ce pauvre ose se croire riche ,
C'est quand du bel esprit un lourd pédant s'entiche ,
Quand le démon d'orgueil , & celui de la faim
Saisissent à la gorge un maudit écrivain ;
Le déloyal alors est possédé du diable.
Chez tout sot bel esprit le vice est incurable ;
Il va trouver enfin pour prix de ses travers
Desfontaine & Chausson dans le fond des enfers.
Au pur sein d'Abraham il eût volé peut-être ,
Si dans son humble étage il eû su se connaître;
Mais il fut réprouvé si-tôt qu'il entreprit
D'allier la sottise avec le bel esprit.

Autrefois un hibou formé par la nature,
Pour fuir l'astre du jour au fond de sa masure ,
Lassé de sa retraite eut le projet hardi
De voir comment est fait le soleil à midi.
Il pria de son antre une aigle sa voisine
De daigner le conduire à la sphère divine,
D'où le blond Apollon de ses rayons dorés
Perce les vastes cieux par lui seul éclairés.
L'aigle au milieu des airs le porta sur ses ailes.
Mais bientôt ébloui des clartés immortelles
Dont l'éclat n'est pas fait pour ses débiles yeux ,
Le mangeur de souris tomba du haut des cieux.
Les oiseaux accourus à ses plaintes funèbres ,
Dévorèrent soudain le courier des ténèbres.
Profite de sa faute ; & , tapi dans ton trou ,

Fuis le jour à jamais en fidèle hibou.

JEANNOT.

On a beau se soumettre & fermer la paupière ;
On voudrait quelquefois voir un peu de lumière
J'entends dire en tous lieu que le monde est instruit,
Qu'avec Saint Loyola le mensonge s'enfuit,
Qu'Arando dans l'Espagne, éclairant les fidèles,
A l'inquisition vient de rogner les aîles.
Chez les Italiens les yeux se font ouverts.
Une auguste cité souveraine des mers,
Des filets de Barjone a rompu quelques mailles.
Le souverain chéri qui naquit dans Versailles
Annulla, m'a-t-on dit, ces billets si fameux
Que les morts aux enfers emportaient avec eux.
Avec discrétion la sage tolérance,
D'une éternelle paix nous permet l'espérance.
D'abord avec effroi j'entendais ces discours ;
Mais, par cent mille voix répétés tous les jours,
Ils réveillent enfin mon ame appésantie :
Et j'ai de raisonner la plus terrible envie.

LE PERE NICODEME.

Ah ! te voilà perdu. Jeannot n'est plus à moi.
Tous les cœurs sont gâtés -- l'esprit bannit la foi !
L'esprit s'étend partout. -- O divine Bêtise,
Versez tous vos pavots ; soutenez mon église.
A quels saints recourir dans cette extrêmité ?
O mon fils, cher enfant de la stupidité,
Quel ennemi t'arrache au doux sein de ta mère ?
On te l'a dit cent fois, malheur à qui s'éclaire.
Ne va point contrister les cœurs des gens de bien.

Q ij

Courage ; allons, rends-toi, lis le journal chrétien ;
De Jean-George, crois-moi , lis le difcours fublime.
C'eft pour ton mal qui preffe un excellent régime.
Tu peux guérir encor. Oui , Paris dans fes murs
Voit encor , grace à Dieu , des efprits lourds, obfcurs ,
D'argumens rebattus déterminés copiftes ,
Tous farcis de lambeaux des premiers janféniftes.
Jette-toi dans leurs bras ; dévore leurs leçons ;
Apprend deux à donner des mots pour des raifons.
Fait des phrafes , Jeannot ; m'a douleur t'en conjure.
Par ce palliatif adoucis ta bleffure.
Ne fois point philofophe.

    JEANNOT.

          Ah ! vous percez mon cœur.
Allons , ne voyons goute ; & chériffons l'erreur.
C'eft vous qui le voulez. Mais quel fruit tirerai-je
De demeurer un fot au fortir du collège ?

    LE PERE NICODEME.

Jeannot, je te promets un bon canonicat.
Et peut-être à ton tour deviendras-tu prélat.

L'ANNIVERSAIRE

DE LA

St. BARTHELEMI,

POUR L'ANNÉE 1772.

Tu reviens après deux cents ans
Jour affreux , jour fatal au monde.
Que l'abyme éternel du tems
Te couvre de sa nuit profonde.
Tombe à jamais enseveli
Dans le grand fleuve de l'oubli ,
Sejour de notre antique histoire.
Mortels , à souffrir condamnés ,
Ce n'est que des jours fortunés
Qu'il faut conserver la mémoire.

C'est après le Triumvirat
Que Rome devint florissante.
Un poltron tyran de l'état ,
L'embellit de sa main sanglante.
C'est après les proscriptions
Que les enfans de Scipions
Se croyaient heureux sous Octave.
Tranquille & soumis à sa loi

Q iij

On vit danfer le peuple roi
En portant des chaînes d'efclave.

Virgile, Horace, Pollion
Couronné de myrte & de lière,
Sur la cendre de Ciceron
Chantaient les baifers de Glicère.
Ils chantaient dans les mêmes lieux
Où tombèrent cent demi-dieux
Sous des affaffins mercénaires.
Et les familles des profcrits
Raffemblaient les jeux & les ris
Entre les tombeaux de leurs pères.

Bellone a dévafté nos champs
Par tous les fléaux de la guerre.
Cérès par fes dons renaiffans,
A bientôt confolé la terre.
L'enfer engloutit dans fes flancs
Les déplorables habitans
De Lisbonne aux flammes livrée.
Abandonna-t-on fon féjour ? . . .
On y revint, on fit l'amour ;
Et la perte fut réparée.

Tout mortel a verfé des pleurs,
Chaque fiècle a connu les crimes ;

Ce monde eſt un amas d'horreurs,
De coupables & de victimes.
Des maux paſſés le ſouvenir,
Et les terreurs de l'avenir
Seraient un poids inſupportable ;
Dieu prit pitié du genre humain :
Il le créa frivole & vain
Pour le rendre moins miſérable.

LA BÉGUEULE,

CONTE MORAL.

Dans ſes écrits un ſage Italien
Dit que le mieux eſt l'ennemi du bien.
Non qu'on ne puiſſe augmenter en prudence,
En bonté d'ame , en talens , en ſcience.
Cherchons le mieux ſur ces chapitres-là :
Partout ailleurs évitons la chimère.
Dans ſon état , heureux qui peut ſe plaire,
Vivre à ſa place , & garder ce qu'il a !

Le belle Arſène en eſt la preuve claire.
Elle était jeune ; elle avait à Paris
Un tendre époux empreſſé de complaire
A ſon caprice , & ſouffrant ſes mépris.
L'oncle , la ſœur , la tante , le beau-père,
Ne brillaient pas parmi les beaux eſprits ;
Mais ils étaient d'un fort bon caractère.
Dans le logis ; des amis fréquentaient ;
Beaucoup d'aiſance , une aſſez bonne chère
Les paſſe- tems que nos gens connaiſſaient,
Jeu , bal, ſpectacle & ſoupers agréables
Rendaient ſes jours à-peu-près tolérables.
Gar vous ſavez que le bonheur parfait
Eſt inconnu ; pour l'homme il n'eſt pas fait.
Madame Arſène était fort peu contente

De ses plaisirs. Son superbe dégoût
Dans ses dédains fuyait ou blâmait tout :
On l'appellait la belle impertinente.

Or admirez la faiblesse des gens.
Plus elle était distraite, indifférente,
Plus ils tâchaient, par des soins complaisans
D'apprivoiser son humeur méprisante ;
Et plus aussi notre belle abusait
De tous les pas que vers elle on faisait.
Pour ses amans encor plus intraitable ;
Aise de plaire ; & ne pouvant aimer,
Son cœur glacé se laissait consumer
Dans le chagrin de ne voir rien d'aimable.
D'elle à la fin chacun se retira.
De courtisans elle avait une liste ;
Tout prit partit, seule elle demeura
Avec l'orgueil, compagnon dur & triste :
Bouffi, mais sec, ennemi des ébats,
Il renfle l'ame & ne la nourrit pas.

La dégoûtée avait eu pour marraine
La fée Aline. On sait que ces esprits
Sont mitoyens entre l'espèce humaine
Et la divine, & monsieur Gabalis
Mit par écrit leur histoire certaine.
La fée allait quelquefois au logis
De sa filleule, & lui disait : « Arsène,
» Es-tu contente à la fleur de tes ans ?
» As-tu des goûts & des amusemens ?
» Tu dois mener une assez douce vie ».

L'autre en deux mots répondait *je m'ennuie.*
» C'est un grand mal (dit la fée) & je crois
» Qu'un beau secret c'est de vivre chez soi ».

Arsène enfin conjura son Aline
De la tirer de son maudit pays.
« Je veux aller à la sphère divine,
» Faites-moi voir votre beau paradis ;
» Je ne saurais supporter ma famille,
» Ni mes amis. J'aime assez ce qui brille,
» Le beau, le rare ; & je ne puis jamais
» Me trouver bien que dans votre palais.
» C'est un goût vif dont je me sens coëffée ».
Très-volontiers, dit l'indulgente fée.

Tout aussi-tôt dans un char lumineux
Vers l'orient la belle est transportée :
Le char volait ; & notre dégoûtée,
Pour être en l'air, se croyait dans les cieux.
Elle descend au séjour magnifique
De la marraine. Un immense portique,
D'or ciselé dans un goût tout nouveau,
Lui parut riche & passablement beau ;
Mais ce n'est rien, quand on voit le château.
Pour les jardins c'est un miracle unique ;
Marly, Versailles, & leurs petits jets-d'eau
N'ont rien auprès qui surprenne & qui pique.
La dédaigneuse à cette œuvre angelique
Sentit un peu de satisfaction.
Aline dit : « Voilà votre maison,
» Je vous y laisse un pouvoir despotique,

» Commandez-y. Toute ma nation
» Obéira fans aucune replique.
» J'ai quatre mots à dire en Amérique ,
» Il faut que j'aille y faire quelques tours :
» Je reviendrai vers vous en peu de jours.
» J'efpère au moins, dans ma douce retraite ,
» Vous retrouver l'ame un peu fatisfaite ».

    Aline part. La belle en liberté
Refte & s'arrange au palais enchanté,
Commande en reine ou plutôt en déeffe.
De cent beautés une foule s'empreffe
A prévenir fes moindres volontés.
A-t-elle faim ? Cent plats font apportés;
De vrai nectar la cave était fournie,
Et tous les mets font de pure ambrofie ;
Les vafes font du plus fin diamant.
Le repas fait , on la mène à l'inftant
Dans les jardins, fur les bords des fontaines,
Sur les gazons , refpirer les halaines
Et les parfums des fleurs & des zéphirs.
Vingt chars brillans de rubis , de faphirs,
Pour la porter fe préfentent d'eux-mêmes :
Comme autrefois les trepiés de Vulcain
Allaient au ciel par un reffort divin
Offrir leur fiége aux majeftés fuprêmes.
De mille oifeaux les doux gazouillemens,
L'eau qui s'enfuit fur l'argent des rigoles,
Ont accordé leurs murmures charmans :
Les parroquets répétaient fes paroles ,
Et les échos les difaient après eux.

Telle Pſyché par le plus beau des dieux
A ſes parens avec art enlevée,
Au ſeul amour dignement réſervée,
Dans un palais des mortels ignoré,
Aux élémens commandait à ſon gré.
Madame Arſène eſt encor mieux ſervie;
Plus d'agrémens environnaient ſa vie;
Plus de beautés décoraient ſon ſéjour:
Elle avait tout, mais il manquait l'amour.
On lui donna le ſoir une muſique,
Dont les accords & les accens nouveaux
Feraient pâmer ſoixante cardinaux.
Ces ſons vainqueurs allaient au fond des ames.
Mais elle vit, non ſans émotion,
Que pour chanter on n'avait que des femmes.
Dans ce palais point de barbe au menton!
A quoi (dit-elle) à penſé ma marraine?
Point d'homme ici! Suis-je dans un couvent?
Je trouve bon que l'on me ſerve en reine;
Mais ſans ſujets la grandeur eſt du vent.
J'aime à régner, ſur des hommes s'entend:
Ils ſont tous nés pour ramper dans ma chaîne.
C'eſt leur deſtin, c'eſt leur premier devoir;
Je les mépriſe & je veux en avoir.
Ainſi parlait la recluſe intraitable.
Et cependant les nymphes ſur le ſoir
Avec reſpect ayant ſervi ſa table,
On l'endormit au ſon des inſtrumens.

Le lendemain mêmes enchantemens,
Mêmes feſtins, pareille ſérénade;

Et le plaifir fut un peu moins piquant.
Le lendemain lui parut un peu fade.
Le lendemain fut trifte & fatiguant.
Le lendemain lui fut infupportable.

Je me fouviens du tems trop peu durable,
Où je chantais dans mon heureux printems
Dès lendemains plus doux & plus plaifans.

La belle enfin chaque jour fétoyée
Fut tellement de fa gloire ennuyée,
Que déteftant cet excès de bonheur,
Le paradis lui faifait mal au cœur.
Se trouvant feule elle avife une brèche
A certain mur ; & femblable à la flèche
Qu'on voit partir de la corde d'un arc,
Madame faute, & vous franchit le parc.

Au même inftant palais, jardins, fontaines,
Or, diamans, émeraudes, rubis,
Tout difparaît à fes yeux ébaubis.
Elle ne voit que les ftériles plaines
D'un grand défert, & des rochers affreux :
La dame alors, s'arrachant les cheveux,
Demande à Dieu pardon de fes fottifes.
La nuit venait ; & déjà fes mains grifes
Sur la nature étendaient fes rideaux.
Les cris perçans des funèbres oifeaux,
Les hurlemens des ours & des panthères
Font retentir les antres folitaires.
Quelle autre fée, helas ! prendra le foin
De fecourir ma folle aventurière ?

Dans fa détreffe elle apperçut de loin ,
A la faveur d'un refte de lumière ,
Au coin d'un bois, un vilain charbonnier ,
Qui s'en allait par un petit fentier
Tout en fifflant retrouver fa chaumière.
« Qui que tu fois (lui dit la beauté fière)
» Vois en pitié le malheur qui me fuit ;
» Car je ne fais où coucher cette nuit. »
Quand on a peur , tout orgueil s'humanife.

Le noir pataut, la voyant fi bien mife ,
Lui répondit : « Quel étrange démon
» Vous fait aller dans cet état de crife ,
» Pendant la nuit , à pied , fans compagnon ?
» Je fuis encore très-loin de ma maifon.
» Ça , donnez-moi votre bras, ma mignonne ;
» On recevra fa petite perfonne
» Comme on pourra. J'ai du lard & des œufs.
» Toute Françaife, à ce que j'imagine ,
» Sait , bien ou mal , faire un peu de cuifine.
» Je n'ai qu'un lit ; c'eft affez pour nous deux. »

Difant ces mots, le ruftre vigoureux,
D'un gros baifer fur fa bouche ébahie,
Ferme l'accès à toute repartie ;
Et par avance il veut être payé
Du nouveau gîte à la belle octroyé.
Hélas, hélas ! (dit la dame affligée)
Il faudra donc qu'ici je fois mangée
D'un charbonnier ou de la dent des loups !
Le défefpoir , la honte , le courroux
L'ont fuffoquée ; elle eft évanouie.

Notre galant la rendait à la vie :
La fée arrive , & peut-être un peu tard.
Présente à tout elle était à l'écart.
« Vous voyez bien (dit-elle à sa filleule)
» Que vous étiez une franche bégueule.
» Ma chère enfant , rien n'est plus périlleux
» Que de quitter le bien pour être mieux. »

La leçon faite , on reconduit ma belle
Dans son logis : tout y changea pour elle
En peu de tems, si-tôt qu'elle changea.
Pour son profit elle se corrigea.
Sans avoir lu les beaux moyens de plaire
Du sieur Moncrif , & sans livre elle plut.
Que fallait-il à son cœur ?.... Qu'il voulût.
Elle fut douce , attentive , polie ,
Vive & prudente ; & prit même en secret
Pour charbonnier un jeune amant discret ,
Et fut alors une femme accomplie.

LES SISTÉMES.

LORSQUE le feul puiffant, le feul grand, le feul fage,
De ce monde, en fix jours, eut achevé l'ouvrage,
Et qu'il eût arrangé tous les céleftes corps,
De fa vafte machine il cacha les refforts,
Et mit fur la nature un voile impénétrable.

J'ai lu chez un rabin que cet Etre ineffable
Un jour, devant fon trône, affembla nos docteurs,
Fiers enfans, du fophifme, éternels difputeurs;
Le bon Thomas d'Aquin (a), Scot (b), & Bonaventure (c),
Et jufqu'au Provençal élève d'Epicure (d),
Et ce maître René (e) qu'on oublie aujourd'hui,
Grand fou perfécuté par de plus fous que lui ;
Et tous ces beaux efprits dont le favant caprice
D'un monde imaginaire a bâti l'édifice.

Ça, *mes amis*, dit Dieu, *devinez mon fecret :*
Dites-moi qui je fuis, & comment je fuis fait.
Et dans un fupplément dites moi qui vous êtes :
Quelle force, en tout fens, fait courir les comètes,
Et pourquoi, dans ce globe, un deftin trop fatal,
Pour une once de bien, mit cent quintaux de mal.
Je fais que, grace aux foins des plus nobles génies,
Des prix font propofés par les académies :
J'en donnerai. Quiconque approchera du but,
Aura beaucoup d'argent, & fera fon falut.

Il dit. Thomas fe lève à l'augufte parole,

Thomas

Thomas le jacobin , l'ange de notre école,
Qui de cent argumens se tira toujours bien ,
Et répondit à tout sans se douter de rien.

Vous étes, lui dit-il, *l'existence & l'essence* (f)
Simple avec attributs , acte pur & substance,
Dans les tems, hors des tems : fin , principe & milieu,
Toujours présent partout sans être en aucun lieu.

L'Eternel, à ces mots , qu'un bachelier admire ,
Dit : *courage Thomas* ! & se mit à sourire
Descartes prit sa place avec quelque fracas ,
Cherchant un tourbillon qu'il ne rencontrait pas ;
Et le front tout poudreux de matière subtile ,
N'ayant jamais rien lu, pas même l'évangile.

Seigneur, dit-il à Dieu ; *ce bon homme Thomas*
Du rêveur Arioste a trop suivi les pas.
Voici mon argument, qui me semble invincible :
Pour être , c'est assez que vous soyez possible (g)
Quant à votre univers, il est fort imposant ;
Mais , quand il vous plaira , j'en ferai tout autant (h) :
Et je puis vous former d'un morceau de matière
Elémens , animaux , tourbillons & lumière ,
Lorsque du mouvement je saurai mieux les loix.
Dieu sourit de pitié pour la seconde fois

L'incertain Gassendi , ce bon prêtre de Digne ,
Ne pouvait du Breton souffrir l'audace insigne,
Et proposait à Dieu ses atômes crochus (i) ,
Quoique passés de mode , & de long-tems déchus.

Poésies. Tom. II.   R

Mais il ne difait rien fur l'effence fuprême.

Alors un petit Juif, au long nez, au teint blême,
Pauvre, mais fatisfait ; penſif & retiré ;
Efprit fubtil & creux , moins lu que célébré,
Caché ſous le manteau de Defcartes ſon maître ,
Marchant à pas comptés ; s'approcha du grand Etre.
Pardonnez-moi, dit-il , en lui parlant tout bas ;
Mais je penſe, entre nous, que vous n'exiſtez pas (k).
Je crois l'avoir prouvé par mes mathématiques.
J'ai de plats écoliers, & de mauvais critiques.
Jugez-nous -- A ces mots, tout le globe trembla ;
Et d'horreur & d'effroi St. Thomas recula.
Mais Dieu clément & bon , plaignant cet infidèle,
Ordonna ſeulement qu'on purgeât ſa cervelle.
Ne pouvant déſormais compoſer pour les prix,
Il partit, eſcorté de quelques beaux eſprits.

Nos docteurs, qui voyaient avec quelle indulgence
Dieu daignait compatir à tant d'extravagances ,
Etalèrent bientôt cent belles viſions,
De leur eſprit pointu nobles inventions :
Ils parlaient , diſputaient , & criaient tous enſemble.
Ainſi, lorſqu'à dîner une vieille raſſemble
Quinze ou vingt raiſonneurs , auteurs, commentateurs ,
Rimeurs , compilateurs, chanſonneurs, traducteurs,
La maiſon retentit des cris de la cohue,
Les paſſans ébahis s'arrêtent dans la rue.

D'un air perſuadé Mallebranche aſſura
Qu'il faut parler au Verve, & qu'il nous répondra (l).

Arnaud dit que de Dieu la bonté ſouveraine,

Exprès pour nous damner, forma la race humaine (*m*).

Leibnitz avertissait le turc & le chrétien,
Que sans son harmonie on ne comprendra rien (*n*);
Que Dieu, le monde & nous, tout n'est rien sans monades.

Le courrier des Lappons, dans ses turlupinades (*o*),
Veut qu'on aille au détroit où vogua Magellan,
Pour se former l'esprit, disséquer des géans.
Notre consul Maillet, (*p*) (non pas consul de Rome)
Sait comment ici-bas naquit le premier homme.
D'abord il fut poisson. De ce pauvre animal
Le berceau très-changeant fut du plus fin crystal;
Et les mers des Chinois sont encore étonnées
D'avoir, par leurs courans, formé les Pyrénées.
Chacun fit son systême; & leurs doctes leçons
Semblaient partir tout droit des petites maisons.

Dieu ne se fâcha point : c'est le meilleur des pères :
Et sans nous engourdir par des loix trop austères,
Il veut que ses enfans, ces petits libertins,
S'amusent en jouant de l'œuvre de ses mains.
Il renvoya le prix à la prochaine année;
Mais il vous fit partir, dès la même journée,
Son ange Gabriel, ambassadeur de paix,
Tout pêtri d'indulgence, & porteur de bienfaits.
Le ministre emplumé vola dans vingt provinces,
Il visita des saints, des papes & des princes,
De braves cardinaux & des inquisiteurs,
Dans le siècle passé dévots persécuteurs.
Messeigneurs, leur dit-il, *le bon Dieu vous ordonne*
De vous bien divertir, sans molester personne.

Il a fu qu'en ce monde on voit certains favans ,
Qui font ainfi que vous , de fieffés ignorans :
Ils n'ont ni volonté , ni puiffance de nuire :
Pour penfer de travers , hélas ! faut-il les cuire ?
Un livre , croyez-moi , n'eft pas fort dangereux ;
Et votre fignature eft plus funefte qu'eux.
En forbonne , aux Charniers (q) , tout fe mêle d'écrire :
Imitez le bon Dieu qui n'en a fait que rire.

NOTES

PAR Mr. DE MORZA.

(a) *Le bon Thomas d'Aquin.*. Nous n'avons de St. Thomas d'Aquin que dix-sept gros volumes bien avérés ; mais nous en avons vingt - un d'Albert. Aussi celui-ci a été surnommé *le Grand.*

(b) *Scot.....* Scot est le fameux rival de Thomas. C'est lui qu'on a cru mal-à-propos l'instituteur du dogme de l'*Immaculée conception* ; mais il fut le plus intrépide défenseur de l'*Universel de la part de la chose.*

(c) *Bonaventure.........* Nous avons de St. Bonaventure le Miroir de l'ame , l'Itinéraire de l'esprit à Dieu , la Diète du salut , le Rossignol de la passion , le Bois de vie , l'Aiguillon de l'amour , les Flammes de l'amour , l'Art d'aimer , les Vingt-cinq mémoires , les Quatre vertus cardinales , les Sept chemins de l'éternité , les Six ailes des chérubins , les Six ailes des séraphins , les Cinq fêtes de l'enfant Jesus, &c.

(d) ...*Provençal élève d'E-picure.* Gassendi , qui ressuscita pendant quelque tems le systême d'Epicure. En effet , il ne s'éloigne pas de penser que l'homme a trois ames , la végétative qui fait circuler toutes les liqueurs , la sensitive qui reçoit toutes les impressions , & la raisonnable qui loge dans la poitrine. Mais aussi il avoue l'igno-

rance éternelle de l'homme sur les premiers principes des choses ; & c'est beaucoup pour un philosophe.

(e) *Et ce maître Réné.......* Descartes était le contraire de Gassendi : celui-ci cherchait, & l'autre croyait avoir trouvé. On sait assez que toute la philosophie de Descartes n'est qu'un roman mal tissu , qu'on ne se donne plus la peine ni de réfuter , ni d'examiner. Quel homme aujourd'hui perd son tems à rechercher comment des dez , tournant sur eux-mêmes dans le plein , ont produit des soleils , des planètes , des terres & des mers ? Les partisans de ces chimères les appellaient les hautes sciences , & ils se moquaient d'Aristote , & ils disaient : Nous avons de la méthode. On peut comparer le systême de Descartes à celui de Lass , tous deux étaient fondés sur la synthèse. Descartes vint dans un tems où la raison humaine était égarée. Lass se mit à philosopher en France , lorsque l'argent du royaume était plus égaré encore. Tous deux élevèrent leur édifice sur des vessies. Les tourbillons de Descartes durèrent une quarantaine d'années, ceux de Lass ne subsistèrent que dix-huit mois. On est plutôt détrompé en arithmétique qu'en philosophie.

R iij

(*f*) .... *L'existence & l'essence, &c.* Ce sont les propres paroles de St. Thomas d'Aquin. D'ailleurs toute la partie métaphysique de sa *somme* est fondée sur la métaphysique d'Aristote.

(*g*) *Pour être, c'est assez que vous soyez possible.* Voici où est (ce me semble) le défaut de cet argument ingénieux de Descartes. Je conclus l'existence de l'être nécessaire & éternel, de ce que j'ai apperçu clairement que quelque chose existe nécessairement & de toute éternité ; sans quoi il y aurait quelque chose qui aurait été produit du néant & sans cause, ce qui est absurde : donc un Etre a existé toujours nécessairement & par lui-même. J'ai donc conclu son existence de l'impossibilité qu'il ne soit pas, & non de la possibilité qu'il soit. Cela est délicat, & devient plus délicat encore, quand on ose sonder la nature de cet Etre éternel & nécessaire. Il faut avouer que tous ces raisonnemens abstraits sont assez inutiles, puisque la plupart des têtes ne les comprennent pas. Il serait assurément d'une horrible injustice & d'un énorme ridicule, de faire dépendre le bonheur & le malheur éternel du genre humain de quelques argumens que les neuf-dixièmes des hommes ne sont pas en état de comprendre. C'est à quoi ne prennent pas garde tant de scholastiques orgueilleux & peu sensés qui osent enseigner & menacer. Quand un philosophe serait le maître du monde, encore devrait-il proposer ses opinions modestement. C'est ainsi qu'en usait Marc-Aurèle & même Julien. Quelle différence de ces grands hommes à Garasse, à Nonotte, à l'abbé Guyon, à l'auteur de la Gazette ecclésiastique, à Paulian l'ex-jésuite, & tant d'autres !

(*h*) *J'en ferai tout autant. Donnez-moi de la matière & du mouvement, & je ferai un monde.* Ces paroles de Descartes sont un peu téméraires ; elles n'auraient pas été permises à Platon. Passe qu'Archimède ait dit : Donnez-moi un point fixe dans le ciel, & j'enlèverai la terre : il ne s'agissait plus que de trouver le lévier. Mais qu'avec de la matière & du mouvement on fasse des organes pensans & des têtes pensantes, cela est bien fort. Je doute même que Descartes & le père Mersenne ensemble eussent pu donner à la matière la gravitation vers un centre. Après tout, Descartes avait de la matière & du mouvement ; nous n'en manquons pas. Que ne travaillait-il ? Que ne faisait-il un petit automate de monde ? Avouons que dans toutes ces imaginations on ne voit que des enfans qui se jouent.

(*i*) .... *Ses atômes crochus.* Démocrite, Epicure, & Lucrèce, avec leurs atômes déclinans dans le vuide, étaient pour le moins aussi enfans que Descartes avec ses tourbillons tournoyans dans le plein ; & l'on ne peut que déplorer la perte d'un tems précieux employé à étudier sérieusement ces fadaises par des hommes qui auraient pu être utiles.

Où est l'homme de bons sens qui ait jamais conçu clairement que des atômes se soient assemblés pour aller en ligne droite, & pour se détourner ensuite à gauche ; moyennant quoi ils ont produit des astres, des animaux, des pensées ? Pourquoi de tant de fabricateurs de mondes, ne s'en est-il pas trouvé un seul qui soit parti d'un principe vrai, & reçu de tous les hommes raisonnables ? Il ont adopté des chimères, & ont voulu les expliquer ; mais quelle explication ! Ils ressemblaient parfaitement aux commentateurs des anciens historiens. La tour de Babel avait vingt milles pieds de haut ; donc les maçons avaient des grues de plus de vingt milles pieds pour élever leurs pierres. Le lit du roi Og était de quinze pieds. Le serpent, qui eut de longues conversations avec Eve, ne put lui parler qu'en hébreu : car il devait lui parler en sa langue pour être entendu, & non en la langue des serpens ; & Eve devait parler le pur hébreu, puisqu'elle était la mère des Hébreux, & que ce langage n'avait pu encore se corrompre. C'est sur des raisons de cette force que furent appuyés longtems tous les commentaires & tous les systêmes. Hérodote a

dit que le soleil avait changé deux fois de levant & de couchant ; & sur cela on a recherché par quel mouvement ce phénomène s'était opéré. Des savans se sont distillés le cerveau pour comprendre comment le cheval d'Achilles avait parlé grec ; comment la nuit que Jupiter passa avec Alcmène fut une fois plus longue qu'elle ne devait être, sans que l'ordre de la nature fût dérangé, comment le soleil avait reculé au souper d'Atrée & de Thieste, par quel secret Hercule était resté trois jours & trois nuits enseveli dans le ventre d'une baleine, par quel art au son d'un instrument les murs de.. Enfin on a compilé & empilé des écrits sans nombre pour trouver la vérité dans les plus absurdes & les plus insipides fables.

(k) *Mais je pense entre nous que vous n'existez pas.* Spinosa, dans son fameux livre, si peu lu, ne parle que de Dieu ; & on lui a reproché de ne point reconnaître de Dieu. C'est qu'il n'a point séparé la Divinité du grand Tout qui existe par elle. C'est le Dieu de Straton, c'est le Dieu des stoïciens.

Jupiter est quodcumque vides, quòcumque moveris.

C'est le Dieu d'Aratus dans le sens d'une philosophie audacieuse.

In Deo vivimus, movemur & sumus.

La marche de Spinosa est plus géométrique que celle de tous les philosophes de l'antiquité. C'est le premier athée qui ait procédé par lemmes & par théorêmes.

Bayle, en prenant la doctrine

de Spinosa à la lettre, en raisonnant d'après ses paroles, trouve cette doctrine contradictoire & ridicule. En effet, qu'est-ce qu'un Dieu dont tous les êtres seraient des modifications, qui serait jardinier & plante, médecin & malade , homicide & mourant , deſtructeur & détruit ?

Bayle paraît oppoſer à Spinoſa une dialectique très-ſupérieure. Mais quel eſt le ſort de toutes les diſputes ! Jurieu regardait Bayle comme un compilateur d'idées plus dangereuſes que Spinoſa. Arnaud & ſes partiſans tombaient ſur Jurieu comme ſur un fanatique abſurde. Les jéſuites accuſaient Arnaud d'être au fond un ennemi de la religion, & tout Paris voyait dans les jéſuites les corrupteurs de la raiſon & de la morale , & des fabricateurs de lettres de cachet. Pour Spinoſa , tout le monde en parlait, & perſonne ne le liſait.

Voici l'analyſe de tous ſes principes.

Il ne peut exiſter qu'une ſubſtance; car qui eſt par ſoi doit-être un, & ne peut être limité. La ſubſtance doit donc être infinie.

Il eſt impoſſible qu'une ſubſtance en produiſe une autre ſans qu'il y ait quelque choſe de commun entr'elles. Or ce quelque choſe de commun ne peut exiſter avant la ſubſtance produite ; donc la création eſt impoſſible.

Une ſubſtance ne peut en faire une autre ; puiſqu'étant infinie par ſa nature, un infini ne peut en créer un autre.

Il n'y a donc qu'un infini, donc tout eſt mode.

L'intelligence & la matière exiſtent ; donc l'intelligence & la matière entrent dans la nature de cet infini.

La ſubſtance étant infinie doit avoir une infinité d'attributs , donc l'unité d'attributs eſt Dieu ; donc Dieu eſt tout.

Ce ſyſtême a été aſſez réfuté par l'humain Fénélon , par le ſubtil Lami , & ſurtout de nos jours , par Mr. l'abbé de Condillac , par Mr. l'abbé Pluquet.

Si d'illuſtres adverſaires peuvent ſervir en quelque ſorte à la gloire d'un auteur , on voit que jamais homme n'a été honoré d'ennemis plus reſpectables. Il a été attaqué par deux cardinaux des plus ſavans & des plus ingénieux qu'ait eu la France, tous deux chéris à la cour , tous deux miniſtres & ambaſſadeurs à Rome. Le premier lui fait la guerre en beaux vers latins dans ſon anti-Lucrèce , le ſecond en beaux vers français dans une épître inſtructive & égréable.

Voici quelques-uns des vers latins.

Dogmata complexus , partim veſana Stratonis
Reſtituit commenta , ſuiſque erroribus auxit
Omnigeni Spinoſa Dei fabricator , & orbem
Appellare Deum , ne quis Deus imperet orbi ,
Tanquam eſſet domus ipſa domum qui condidit , auſus.
Sic rediviva novo ſe ſe munimine cinxit
Impietas , tumidumque altâ caput extulit arce.
Scilicet ex toto rerum glomeramine numen
Conſtruxit , cum ſint pro corpore corpora cuncta ,

Et cuncta mentes pro mente , simulque perenni
Pro vitá atque ævo , fuga temporis ipsa caduci
Et qui sæclorum jugis devolvitur ordo.
Pana putes.

Voici quelques-uns des vers français.

Cesse de méditer dans ce sauvage lieu ,
Homme , plante , animaux , esprit , corps , tout est Dieu
Spinosa le premier connut mon existence ;
Je suis l'être complet & l'unique substance ;
La matière & l'esprit en sont les attributs ,
Si je n'embrassais tout , je n'existerais plus.
Principe universel , je comprends tous les êtres ,
Je suis le souverain de tous les autres maîtres ;
Les membres différens de ce vaste univers
Ne composent qu'un tout dont les modes divers
Dans les airs , dans les cieux , sur la terre & sur l'onde ,
Embellissent entr'eux le théatre du monde ;
Et c'est l'accord heureux des êtres réunis ,
Qui comblent mes trésors & les rend réunis.

Le livre du *Système de la nature*, qu'on nous a donné depuis peu , est d'un genre tout différent ; c'est une Philippique contre Dieu. L'auteur prétend que la matière existe seule , & qu'elle produit seule la sensation & la pensée. Pour avancer une idée aussi étrange, il faudrait au moins tâcher de l'appuyer sur quelque principe , & c'est ce que l'auteur ne fait pas. Il a pris cette opinion chez Hobbes , mais Hobbes se borne à la supposer , il ne l'affirme pas ; il dit que des philosophes savans ont prétendu que tous les corps ont du sentiment. *Qui corpora omnia sensu esse prædita sustinuerunt.*

Depuis Brama , Zoroastre & Thaut , jusqu'à nous , chaque philosophe fait son système ; & il n'y en a pas deux qui soient de même avis. C'est un chaos d'idées , dans lequel personne ne s'est entendu. Le petit nombre de sages est toujours parvenu à détruire les châteaux enchantés , mais jamais à pouvoir en bâtir un logeable. On voit par sa raison ce qui n'est pas ; on ne voit point ce qui est. Dans ce conflit éternel de témérités & d'ignorances , le monde est toujours allé comme il va ; les pauvres ont travaillé les riches ont joui ; les puissans ont gouverné & les philosophes ont argumenté , tandis que des ignorans se partageaient la terre.

(l) *Qu'il faut parler au Verbe, & qu'il nous répondra.* Par quelle fatalité le fyftême de Mallebranche paraît-il retomber dans celui de Spinofa, comme deux vagues qui femblent fe combattre dans une tempête, & le moment d'après s'uniffent l'une dans l'autre ?

Dieu, dit Mallebranche, *eft le lieu des efprits, de même que l'efpace eft le lieu des corps. Notte ame ne peut fe donner d'idées. -- Nos idées font efficaces, puifqu'elles agiffent fur notre efprit. Or rien ne peut agir fur notre efprit que Dieu. -- Donc il eft néceffaire que nos idées fe trouvent dans la fubftance efficace de la Divinité.* Livre 3, de l'efprit pur, partie 2.

Voilà les propres paroles de Mallebranche. Or fi nous ne pouvons avoir de perceptions que dans Dieu, nous ne pouvons donc avoir de fentiment que dans lui, ni faire aucune action que dans lui ; cela me paraît évident. On peut donc en inférer que nous ne fommes que des modifications de lui-même. Il n'y a donc dans l'univers qu'une feule fubftance. Voilà le fpinofifme, le ftratanifme tout pur. Et Maliebranche pouffe les illufions qu'il fe fait à lui-même jufqu'à vouloir autorifer fon fyftême par des paffages de St. Paul & de St. Auguftin.

Je ne dis pas que ce favant prêtre de l'oratoire fût fpinofifte, à Dieu ne plaife ? je dis qu'il fervait d'un plat dont un fpinofifte aurait mangé très-volontiers. On fait que depuis il s'entretint familiérement avec le Verbe. Eh ! pourquoi avec le Verbe plutôt qu'avec le St. Efprit ? Mais comme il n'y avait perfonne en tiers dans la converfation, nous ne rendons point compte de ce qui s'eft dit. Nous nous contentons de plaindre l'efprit humain, de gémir fur nous-mêmes, & d'exhorter nos pauvres confrères les hommes à l'indulgence.

(m) *Exprès pour nous damner.* Il faut avouer que ce fyftême, qui fuppofe que l'Etre tout-puiffant, & tout bon, a créé exprès des millions de milliards d'êtres raifonnables & fenfibles, pour en favorifer quelques douzaines, & pour tourmenter tous les autres à tout jamais, paraîtra toujours un peu brutal à quiconque a des mœurs douces.

(n) *Que fans fon harmonie....* Notre ame étant *fimple,* (car on fuppofe que fon exiftence & fa *fimplicité* font prouvées) elle peut réfider dans l'étoile du nord ou du petit chien, & notre corps végéter fur ce globe. L'ame a des idées là-haut, & notre corps fait ici les fonctions correfpodantes à ces idées, à-peu-près comme un homme prêche, tandis qu'un autre fait les geftes ; plutôt l'ame eft l'horloge, & le corps fonne les heures. Il y a des gens qui ont étudié cela férieufement ; & l'inventeur de ce fyftême eft celui qui a difputé contre Newton, & qui peut même avoir eu raifon fur quelques points.

Quant aux *monades*, tout être phyfique étant compofé doit être un réfultat d'êtres fimples ; car dire qu'il eft fait d'êtres compofés, c'eft ne rien

dire. Des *monades* fans parties
& fans étendue font donc l'é-
tendue & les parties ; elles
n'ont ni lieu , ni figure , ni
mouvement , quoiqu'elles conf-
tituent des corps qui ont figure & mouvement dans un
lieu.

Chaque *monade* doit être
différente d'une autre , fans
quoi ce ferait un double emploi.

Chaque *monade* doit avoir des
rapports avec toutes les autres ;
parce qu'il y en a entre les
corps dont ces *monades* font l'af-
femblage une union néceffaire.
Ces rapports entre ces *mona-*
des fimples-inétendues , ne peuvent être que des idées, des
perceptions. Il n'y a pas de raifon, pour laquelle une monade,
ayant des rapports avec une
de fes compagnes, n'en ait pas
avec toutes. Chaque monade
voit donc toutes les autres,
& par conféquent eft un miroir
concentrique de l'univers. Il y
a un fpays où cela s'eft enfeigné dans des écoles à des gens
qui avaient de la barbe au
menton.

(*o*) . . . . *Dans ces*
turlupinades. On a fait affez
connaître l'idée d'aller difféquer
des cervelles de Patagons pour
voir la nature de l'ame , d'examiner les fonges , pour favoir
comment on penfe dans la veille; d'enduire les malades de poix
réfine , pour empêcher l'air
de nuire ; de creufer un trou
jufqu'au centre de la terre, pour
voir le feu central. Et ce qu'il y a
de plus déplorable , c'eft que ces
folies ont caufé des querelles
& des infortunes.

(*p*) *Notre conful Maillet*....
On connaît auffi le fyftème

vraifemblable par lequel la mer
a formé les montagnes , & la
terre eft de verre ; mais celui-
là n'a encore rien de funefte.
Certes ceux qui ont inventé la
charrue , la navette & les pou-
lies,étaient des dieux bienfaifans,
en comparaifon de tous ces rê-
veurs. Et il eft vrai qu'un opéra
comique vaut mieux que les
fyftêmes de Cudworth , de
Wifton , de Burnet & de
Woodward. Car ces fyftêmes
n'ont appris aucune vérité &
n'ont fait aucun plaifir ; mais
l'opéra des gueux & le défer-
teur ont fait paffer très-agréa-
blement le tems à plus de cent
mille hommes.

(*q*) . . . . *Aux Charniers tout*
fe mêle d'écrire. Charniers des
Sts. Innocens , belle place de
Paris , près du palais royal , &
non loin du Louvre. C'eft-là
qu'on enterre tous les gueux,
au-lieu de les porter hors de
la ville , comme on fait partout
ailleurs. On y voit plufieurs
écrivains qui font les placets au
roi, les lettres des cuifinières
à leurs amans, & les critiques
des piéces nouvelles. On y a
travaillé long-tems à l'Année
littéraire. Il y a le ftyle à
cinq fous , & le ftyle à dix
fous.

Qu'on écrive les imaginations
de Mr. Oufle , les mémoires
d'un homme de qualité, les
foliloques d'une ame dévote:
que l'on condamne les idées
innées, & que l'on condamne
enfuite ceux qui les rejettent ;
qu'on donne au public les lettres
de Thérèfe à Sophie , ou qu'on
dife en mauvais latin , (*a*) *que la*
vraie religion a été felon la
varié:é des tems, varié & di-
verfe, quant à fa forme & quant

à la clarté de la révélation , &
que cependant elle a toujours
été la même depuis Adam ,
quant à ce qui appartient à la
substance ; que ces belles choses,
dis-je , partent des charniers
St. Innocent , ou de l'imprimerie de la veuve Simon , cela
est bien égal ; imitons le bon
Dieu, qui n'en a fait que rire.

Concluons surtout , qu'une
nation qui s'amuse continuellement de tant de sottises ,
doit être une nation extrêmement opulente & extrêmement
heureuse , puisqu'elle est si
oisive.

(*b*) *Veram religionem , etsi*
quantùm ad sui formam & re-
velationis perspicuitatem , &c.
pag. 21 d'un ouvrage latin ,
rempli de solécismes & de bar-
barismes , imputé faussement à
la sorbonne ; il est intitulé ,
Determinatio Sacræ Facultatis
Parisiensis in libellum cui titu-
lus , BELISAIRE. Parisiis

1767. Censure de la faculté de
théologie de Paris , contre le
livre qui a pour titre BELI-
SAIRE. A Paris 1767 , chez
la veuve Simon , &c.

Voyez aussi les trente-sept
vérités opposées aux trente-sept
impiétés , par un bachelier ubi-
cuistre.

LES CABALES.

Barbouilleurs de papier, d'où viennent tant d'intrigues,
Tant de petits partis, de cabales, de brigues ?
S'agit-il d'un emploi de fermier-général,
Ou du large chapeau qui coëffe un cardinal ?
Etes-vous au conclave ? Afpirez-vous au trône (a)
Où l'on dit qu'autrefois monta Simon-Barjone ?
Çà, que prétendez-vous ? -- De la gloire -- Ah ! gredin,
Sais-tu bien que cent rois la briguèrent en vain ?
Sais-tu ce qu'il coûta de périls & de peines
Aux Condés, Aux Sullis, aux Colberts, aux Turennes,
Pour avoir une place au haut du mont facré,
De fultan mouftapha pour jamais ignoré ?
Je ne m'attendais pas qu'un crapaud du Parnaffe
Eût pu, dans fon bourbier, s'enfler de tant d'audace.

« Monfieur, écoutez-moi , j'arrive de Dijon,
» Et je n'ai ni logis , ni crédit , ni renom.
» J'ai fait de méchans vers ; & vous pouvez bien croire
» Que je n'ai pas le front de prétendre à la gloire ;
» Je ne veux que l'ôter à quiconque en jouit.
» Dans ce noble métier l'ami Fréron m'inftruit ;
» Monfieur l'abbé Profond m'introduit chez les dames ;
» Avec deux beaux efprits nous ourdiffons nos trames.
» Nous ferons dans un mois l'un de l'autre ennemis,
» Mais le befoin préfent nous tient encor unis.
» Je me forme fous eux dans le bel art de nuire ;

» Voilà mon feul talent ; c'eft la gloire où j'afpire.

Laiffons-là de Dijon ce pauvre garnement (*b*),
Des bâtards de Zoïle imbécille inftrument ,
Qu'il coure à l'hôpital où fon deftin le mène.

Allons-nous réjouïr aux jeux de Melpomène. .
Bon ! j'y vois deux partis l'un à l'autre oppofés.
Léon dix & Luther étaient moins divifés.
L'un claque , l'autre fiffle , & l'antre du parterre (*c*)
Et les cafés voifins font le champ de la guerre.

Je vais chercher la paix au temple des chanfons ,
J'entends crier, « Lülli, Campra, Rameau, Bouffons (*d*);
» Etes-vous pour la France ou bien pour l'Italie ?
Je fuis pour mon plaifir , meffieurs. Quelle folie
Vous tient ici debout , fans vouloir écouter ?
Ne fuis-je à l'opéra que pour y difputer ?

Je fors , je me dérobe aux flots de la cohue,
Les laquais affemblés cabalaient dans la rue.
Je me fauve avec peine aux jardins fi vantés
Que la main de Le Nôtre avec art a plantés.

D'autres fous à l'inftant une troupe m'arrête ,
Tous parlent à la fois, tous me rompent la tête. . . .
» Avez-vous lu fa piéce ? Il tombe , il eft perdu ,
» Par le dernier journal je le tiens confondu.
Qui ? de quoi parlez-vous ? D'où vient tant de colère ?
Quel eft votre ennemi ? -- « C'eft un vil téméraire ,
» Un rimeur infolent qui caufe nos chagrins ;
» Il croit nous égaler en vers alexandrins.
Fort bien : de vos débats je conçois l'importance.

Mais un gros de bourgeois de ce côté s'avance.
» Choififfez , (me dit-on) du vieux ou du nouveau.
Je croyais qu'on parlait d'un vin qu'on boit fans eau ;
Et qu'on examinait fi les gourmets de France
D'une vendange heureufe avaient quelque efpérance.
Ou que des érudits balançaient doctement
Entre la loi nouvelle & le vieux teftament.
Un jeune candidat , de qui la chevelure
Paffait de Clodion la royale coëffure (e) ,
Me dit d'un ton de maître , avec peine adouci ,
» Ce font nos parlemens dont il s'agit ici.
» Lequel préférez-vous ? -- Aucun d'eux , je vous jure.
Je n'ai point de procès ; & dans ma vie obfcure
Je laiffe au roi mon maître , en pauvre citoyen ,
Le foin de fon royaume , où je ne prétends rien.
Affez de grands efprits , dans leur troifième étage ,
N'ayant pu gouverner leur femme & leur ménage (f) ,
Se font mis , par plaifir , à régir l'univers.
Sans quitter leur grenier , ils traverfent les mers ;
Ils raniment l'état , le peuplent , l'enrichiffent ;
Leurs marchands de papier font les feuls qui gémiffent.
Moi , j'attends dans un coin que l'imprimeur du roi
M'apprenne , pour dix fous , mon devoir & ma loi.
Tout confus d'un édit , qui rogne mes finances ,
Sur mes biens écornés je règle mes dépenfes.
Rebuté de Plutus , je m'adreffe à Cérès ,
Ses fertiles bontés garniffent mes guérêts.
La campagne en tout tems , par un travail utile ,
Répara tous les maux qu'on nous fit à la ville.
On eft un peu fâché ; mais qu'y faire ? -- obéir.

A quoi bon cabaler , quand on ne peut agir ?

   » Mais, monfieur, des Capets les loix fondamentales,
» Et le grenier à fel, & les cours féodales,`
» Et le gouvernement du chancelier Duprat....

   Monfieur, je n'entends rien aux matières d'état.
Ma loi fondamentale eft de vivre tranquile.
La fronde était plaifante ; & la guerre civile (*g*)
Amufait la grand'chambre & le coadjuteur.
Barricadez-vous bie i ; je m'enfuis , ferviteur.

   A peine ai-je quité mon jeune énergumène,
Qu'un groupe de favans m'enveloppe & m'entraîne.
D'un air d'autorité l'un d'eux me tire à part....
» Je vous goûtai , dit-il , lorfque de Saint Médard (*h*)
» Vous crayonniez gaiement la cabale groffière
» Gambadant pour la grace au coin d'un cimetière ;
» Les billets au porteur des chrétiens trépaffés,
» Les fils de Loyola fur la terre éclipfés ;
» Nous applaudîmes tous à votre noble audace ,
» Lorfque vous nous prouviez qu'un maroufle à beface
» Dans fa craffe orgueilleufe à charge au genre humain,
» S'il eût béché la terre, eût fervi fon prochain.
» Jouiffez d'une gloire avec peine achetée.
» Acceptez à la fin votre brevet d'athée.

   Ah ! vous êtes trop bon. Je fens au fond du cœur
Tout le prix qu'on doit mettre à cet excès d'honneur.
Il eft vrai, j'ai raillé Saint Médard & la bulle ;
Mais j'ai fur la nature encor quelque fcrupule.
L'univers m'embarraffe, & je ne puis fonger

Que

Que cet horloge exiſte , & n'ait point d'horloger (*i*)
Mille abus , je le ſais , ont régné dans l'égliſe :
Fleuri le confeſſeur en parle avec franchiſe (*k*)
J'ai pu de les ſiffler prendre un peu trop de ſoin.
Eh ! quel auteur, hélas ! ne va jamais trop loin ?
De ſaint Ignace encore on me voit ſouvent rire.
Je crois pourtant un Dieu , puiſqu'il faut vous le dire...

 » Ah traître ! ah malheureux ! je m'en étais douté.
» Va , j'avais bien prévu ce trait de lâcheté ,
» Alors que de Maillet inſultant la mémoire , (*l*).
» Du monde qu'il forma tu combattis l'hiſtoire...
» Ignorant ! vois l'effet de mes combinaiſons.
» Les hommes autrefois ont été des poiſſons.
» La mer de l'Amérique a marché vers le Phaſe.
» Les huîtres d'Angleterre ont formé le Caucaſe.
» Nous te l'avions appris , mais tu t'es éloigné
» Du vrai ſens de Platon par nous ſeuls enſeigné.
» Lâche ! oſes-tu bien croire une eſſence ſuprême ?
» Mais oui.-- » De la nature as-tu lu le ſyſtême ?
 » Par ſes propos diffus n'es-tu pas foudroyé ?
» Que dis-tu de ce livre ? Il m'a fort ennuyé... (*m*)
» C'en eſt aſſez, ingrat ! ta perfide inſolence
» Dans mon premier concile aura ſa récompenſe.
» Va , ſot adorateur d'un fantôme impuiſſant ,
» Nous t'avions juſqu'ici préſervé du néant .
» Nous t'y ferons rentrer ainſi que ce grand Etre
» Que tu prends baſſement pour ton unique maître.
» De mes amis, de moi, tu ſeras mépriſé.--
Soit.-- » Nous inſulterons à ton génie uſé.--
J'y conſens.-- » Des fatras de brochures ſans nombre

» Dans ta bière à grands flots vont tomber fur ton ombre.
» Je n'en fentirai rien.--Nous t'abandonnerons
» Aux puiffans Langlevieux, aux immortels Frérons (n).

Ah ! bachelier du diable , un peu plus d'indulgence.
Nous avons , vous & moi, befoin de tolérance.
Que deviendrait le monde & la fociété ,
Si tout , jufqu'à l'athée, était fans charité !
Permettez qu'ici-bas chacun faffe à fa tête.
J'avouerai Qu'Epicure avait une ame honnête;
Mais le grand Marc-Aurèle était plus vertueux.
Lucrèce avait du bon ; Ciceron valait mieux.
Spinofa pardonnait à ceux dont la faibleffe
D'un moteur éternel admirait la fageffe.
Je crois qu'il eft un Dieu ; vous ofez le nier.
Examinons le fait fans nous injurier.

J'ai defiré cent fois , dans ma verte jeuneffe,
De voir notre St. père, au fortir de la meffe ,
Avec le grand Lama , danfant un cotillon ;
Boffuet le funèbre embraffant Fénélon ;
Et le verre à la main, Le Tellier & Noailles
Chantant chez Maintenon des couplets dans Verfailles.
Je préférais Chaulieu coulant en paix fes jours
Entre le dieu des vers & celui des amours ,
A tous ces froids favans dont les vieilles querelles
Traînaient fi pefamment les dégoûts après elles.

Des charmes de la paix mon cœur était frappé ;
J'efpérais en jouir , je me fuis bien trompé.
On cabale à la cour , à l'armée, au parterre.

Dans Londres, dans Paris, les esprits sont en guerre;
Ils y seront toujours. La discorde autrefois,
Ayant brouillé les dieux, descendit chez les rois;
Puis dans l'église sainte établit son empire,
Et l'étendit bientôt sur tout ce qui respire.
Chacun vantait la paix que partout on chassa.
On dit que seulement par grace on lui laissa
Deux asyles fort doux, c'est le lit & la table.
Puisse-t-elle y fixer un règne un peu durable !]
L'un d'eux me plaît encore. Allons, amis, buvons,
Cabalons pour Cloris, & faisons des chansons.

N O T E S

PAR MR. DE MORZA.

(a) LE trône. Ce trône est très-respectable. Il est sans doute l'objet d'une louable émulation. Simon, fils de Jones, nommé Céphas ou Pierre, est un très-grand saint ; mais il n'eut point de trône. Celui au nom duquel il parlait, avait défendu expressément à tous ses envoyés de prendre même le nom de docteur, de maître, & avait déclaré que qui voudrait être le premier serait le dernier. Les choses sont changées ; & dans la suite des tems le trône devint la récompense de l'humilité passée.

(b) De Dijon ce pauvre garnement. Ce garnement de Dijon est un nommé Clément, maître de quartier dans un collège de Dijon, qui a fait un livre contre messieurs de St. Lambert, de l'Isle, de Vatelet, Dorat & plusieurs autres personnes. L'auteur des Cabales fut mal traité dans ce livre où règne un air de suffisance, un ton décisif & tranchant qui a été tant blâmé par tous les honnêtes gens dans les hommes les plus accrédités de la littérature, & qui est le comble de l'insolence & du ridicule dans un jeune provincial sans expérience & sans génie. Il s'est couvert d'opprobre par des libelles aussi affreux qu'absurdes, que la police n'a pas punis parce qu'elle les a ignorés. Les malheureux qui ont composé de tels libelles pour vivre comme Clément, la Beaumelle, Sabatier natif de Castres, ressemblent précisément au *Pauvre Diable*, qui est si naturellement peint dans la pièce de ce nom. Il n'est point de vie plus déplorable que la leur.

(c) Et l'antre du parterre. C'est principalement au parterre de la comédie française, à la représentation des pièces nouvelles, que les cabales éclatent avec le plus d'emportement. Le parti qui fronde l'ouvrage, & le parti qui le soutient, se rangent chacun d'un côté. Les émissaires reçoivent à la porte ceux qui entrent, & leur disent : Venez-vous pour siffler, mettez-vous là : venez-vous pour applaudir, mettez-vous ici. On a joué quelquefois au dez la chûte ou le succès d'une tragédie nouvelle au café de Procope. Ces cabales ont dégoûté les hommes de génie, & n'ont pas peu servi à décréditer un spectacle qui avait fait si long-tems la gloire de la nation.

(d) Rameau, Bouffons. La même manie a passé à l'opéra & a été encore plus tumultueuse. Mais les cabales au théâtre français ont un avantage que les cabales de l'opéra n'ont pas ; c'est celui de la satyre raisonnée. On ne peut à l'opéra critiquer que des fons. Quand on a dit cette chaconne, cette loure me déplaît, on a tout dit. Mais à la comédie on examine des idées, des raisonnemens, des passions, la conduite, l'exposition, le nœud, le dénouement, le langage On peut vous prouver méthodiquement, & de conséquence en conséquence, que vous êtes un sot, qui avez voulu avoir de l'esprit, & qui avez assemblé quinze cents personnes pour leur prouver que vous en savez plus qu'eux. Chacun de ceux qui vous écoutent est sans le savoir un peu jaloux de vous; il est en droit de vous critiquer, & vous êtes en droit de lui répondre. Le seul malheur est que vous êtes trop souvent un contre mille.

Il en va autrement en fait de musique; il n'y a que le potier qui soit jaloux du potier, & le musicien du musicien, disait Héfiode. Il y faut seulement ajouter encore les partisans du musicien; mais ceux-là sont ennemis, & ne sont point jaloux. Dans les talens de l'esprit au contraire, tout le monde est jaloux en secret; & voilà pourquoi tous les gens de lettres, méprisés quand ils n'ont pas réussi, ont été persécutés dès qu'ils ont eu de la réputation.

(e) *La royale coëffure.* Il n'y a pas long-tems que les jeunes conseillers allaient au tribunal les cheveux étalés, & poudrés blanc, ou blanc poudrés.

(f) *N'ayant pu gouverner.* L'Europe est pleine de gens qui, ayant perdu leur fortune, veulent faire celle de leur patrie, ou de quelque état voisin. Ils préfentent aux ministres des mémoires qui rétabliront les affaires publiques en peu de tems; & en attendant ils demandent une aumône qu'on leur refuse. Boisguilbert qui écrivit contre le grand Colbert, & qui ensuite attribua sa *Dixme royale* au maréchal de Vauban, s'était ruiné. Ceux qui sont assez ignorans pour le citer encore aujourd'hui, croyant citer le maréchal de Vauban, ne se doutent pas que si on suivait ses beaux systêmes, le royaume serait aussi misérable que lui. Celui qui a imprimé le *Moyen d'enrichir l'état*, sous le nom du comte de Boulainvilliers, est mort à l'hôpital. Le petit Jonchère, qui a donné tant d'argent au roi en quatre volumes, demandait l'aumône. Tels sont les gens qui enseignent l'art de s'enrichir par le commerce après avoir fait banqueroute, & ceux qui font le tour du monde sans sortir de leur cabinet, & ceux qui n'ayant jamais possédé une charrue remplissent nos greniers de froment. D'ailleurs la littérature ne subsiste presque plus que d'infames plagiats ou de libelles. Jamais cette profession si belle n'a été ni si universelle ni si avilie.

(g) *La fronde était plaisante.* La fronde en effet était fort plaisante, si on ne regarde que ses ridicules. Le président le Cogneux qui chasse de chez lui son fils le célèbre Bachaumont, conseiller au parlement, pour avoir opiné en faveur de la cour, & qui fait mettre ses chevaux dans la rue, Bachaumont qui lui dit: Mon père, mes chevaux n'ont pas opiné, & qui de raillerie en raillerie fait boire son père à la fanté du cardinal Mazarin profcrit par le parlement ; le gentilhomme ami du coadjuteur qui vient pour le fervir dans la guerre civile , & qui trouvant un de fes camarades chez ce prélat, lui dit : il n'eft pas jufte que les deux plus grands fous du royaume fervent fous le même drapeau, il faut fe partager, je vais chez le cardinal Mazarin, & qui en effet va de ce pas battre les troupes auxquelles il était venu fe joindre ; ce même coadjuteur qui prêche & qui fait pleurer des femmes, un de fes convives qui leur dit : Mefdames, fi vous faviez ce qu'il a gagné avec vous, vous pleureriez bien davantage : ce même archevêque qui va au parlement avec un poignard, & le peuple crie, C'eft fon bréviaire ; & toutes les expéditions de cette guerre méditées au cabaret, & les bons mots , & les chanfons qui ne finiffaient point; tout cela ferait fans doute pour un opéra comique. Mais les fourberies, les pillages, les rapines, les fcélérateffes, les affaffinats, les crimes de toute efpèce dont ces plaifanteries étaient accompagnées, formaient un mélange hideux des horreurs de la ligue & des farces d'arlequin. Et c'étaient des gens graves, des *patres confcripti*, qui ordonnaient ces abominations & ces ridicules. Le cardinal de Retz dit dans fes mémoires *que le parlement faifait par des arrêts la guerre civile, qu'il aurait condamnée lui-même par les arrets les plus fanglans.*

L'auteur que je commente , avait peint cette guerre de finges dans le *Siecle de Louis XIV*; un de fes magiftrats qui , ayant acheté leurs charges quarante ou cinquante mille francs, fe croyait en droit de parler orgueilleufement aux lettrés, écrivit à l'auteur que meffieurs pourraient le faire repentir d'avoir dit ces vérités, quoique reconnues. Il lui répondit : « Un empereur de la » Chine dit un jour à l'hiftorio- » graphe de l'empire , je fuis » averti que vous mettez par » écrit mes fautes, tremblez. » L'hiftoriographe prit fur le champ des tablettes. Qu'ofezvous écrire là ? Ce que votre majefté vient de me dire. L'empereur fe recueillit, & dit : Ecrivez tout , mes fautes feront réparées.

(*h*) *Lorfque de Saint Médard.* On connaît le fanatifme des convulfions de St. Médard , qui durèrent fi long-tems dans la populace, & qui furent entretenues par le préfident Dubois, le confeiller Carré, & d'autres énergumènes. La terre a été mille fois inondée de fuperftitions plus affreufes : mais jamais il n'y en eut de plus fotte & de plus aviliffante. L'hiftoire des billets de confeffion & l'expulfion des jéfuites fuccédèrent bientôt à ces facéties. Obfervez furtout que nous avons une lifte de miracles opérés par ces malheureux , fignée de plus de cinq cents perfonnes. Les miracles d'Efculape, ceux de Vefpafien, & d'Apollonius de Thiane, n'ont pas été plus authentiques.

(*i*) *Que cet horloge exifte.* Si un horloge prouve un horloger, fi un palais annonce un architecte , comment en effet l'univers ne démontre-t-il pas une intelligence fuprême ? Quelle plante, quel animal, quel élément, quel aftre ne porte pas l'empreinte de celui que Platon appellait l'Éternel géomètre ? Il me femble que le corps du moindre animal démontre une profondeur & une unité de deffein qui doit à la fois nous ravir en admiration, & atterrer notre efprit. Non-feulement ce chétif infecte eft une machine dont tous les refforts font faits exactement l'un pour l'autre; non-feulement il eft né, mais il vit par un art que nous ne pouvons ni imiter, ni comprendre ; mais fa vie a un rapport immédiat avec la nature entière, avec tous les élémens, avec tous les aftres dont la lumière fe fait fentir à lui. Le foleil le réchauffe, & les rayons qui partent de Sirius à quatre cent millions de lieues au-delà du foleil, pénètrent dans fes petits yeux, felon toutes les règles de l'optique. S'il n'y a pas là immenfité & unité de deffein qui démontrent un fabricateur intelligent, immenfe, unique, incompréhenfible, qu'on nous démontre donc le contraire. Mais c'eft ce qu'on n'a jamais fait. Platon, Newton, Locke, ont été frappés également de cette grande vérité. Ils étaient théiftes dans le fens le plus rigoureux & le plus refpectable.

Des objections ! on nous en fait fans nombre ; des ridicules ! on croit nous en donner en nous appellant caufe finaliers ; mais des preuves contre l'exiftence d'une intelligence fuprême, on n'en a jamais apporté aucune. Spinofa lui-même eft forcé de reconnaître cette intelligence ; & Virgile avant lui, & après tant d'autres avait dit : *Mens*

agitat molem. C'eft ce *Mens agitat molem* qui eft le fort de la difpute entre les athées & les théiftes, comme l'avoue le géomètre Clarke dans fon livre de l'exiftence de Dieu, livre le plus éloigné de notre bavarderie ordinaire, livre le plus profond & le plus ferré que nous ayons fur cette matière, livre auprès duquel ceux de Platon ne font que des mots, & auquel je ne pourrais préférer que le naturel & la candeur de Locke.

(*k*) *Fleuri le confeffeur en parle avec franchife.* Fleuri, célèbre par fes excellens difcours qui font d'un fage écrivain & d'un citoyen zélé, connu auffi par fon hiftoire eccléfiaftique qui reffemble trop en plufieurs endroits à la légende dorée.

(*l*) *Alors que de Maillet, &c.* Ce conful Maillet fut un de ces charlatans dont on a dit qu'ils voulaient imiter DIEU, & créer un monde avec la parole. C'eft lui qui, abufant de l'hiftoire de quelques boulverfemens avérés arrivés dans ce globe, prétend que les mers avaient formé les montagnes, & que les poiffons avaient été changés en hommes. Auffi quand on a imprimé fon livre, on n'a pas manqué de le dédier à Cyrano de Bergerac.

(*m*) *Il m'a fort ennuyé.* Il y a des morceaux éloquens dans ce livre ; mais il faut avouer qu'il eft diffus, & quelquefois déclamateur ; qu'il fe contredit, qu'il affirme trop fouvent ce qui eft en queftion, & furtout qu'il eft fondé fur de prétendues expériences dont la fauffeté & le ridicule font aujourd'hui reconnus

& fifflés de tout le monde. Te-
nons-nous-en à ce dernier article qui est le plus palpable de
tous. C'est cette fameuse tranf-
mutation qu'un pauvre jéfuite
Anglais nommé Néedham crut
avoir faite de jus de mouton &
de bled pourri, en petites anguilles, lefquelles produifaient bientôt une race innombrable d'anguilles. Nous en avons parlé
ailleurs.

On difait au jéfuite Néedham
que cela n'était bon que du tems
d'Ariftote, de Gamaliel, de Fla-
vien-Joseph, & de Philon, où
l'on croyait que la génération
s'opérait par la corruption, &
que le limon de l'Egypte for-
mait des rats. Il répondait que
notre Sauveur lui-même & fes
apôtres avaient dit plufieurs fois
qu'il faut que le bled pourriffe
& meure pour lever & pour
produire, & que par conféquent
fon bled pourri & fon jus de
mouton faifaient naître des ra-
ces d'anguilles infailliblement.
On avait beau lui repliquer que
JESUS-CHRIST daignait fe conformer aux idées fauffes & groffières des payfans Galiléens,
ainfi qu'il daignait fe vêtir à leur
mode, parler leur langage, &
obferver tous leurs rites ; mais
que la fageffe incarnée devait
bien favoir que rien ne peut naître fans germe ; que fon fyftême
était auffi dangereux qu'extravagant ; que fi on pouvait former des anguilles avec du jus de
mouton, on ne manquerait pas
de former des hommes avec du
jus de perdrix; qu'alors on croirait pouvoir fe paffer de DIEU,
& que les athées s'empareraient
de la place. Néedham n'en dé-
mordait point ; & auffi mauvais

raifonneur que mauvais chy-
mifte, il perfifta long-tems à fe
croire créateur d'anguilles. De
forte que par une étrange bizar-
rerie, un jéfuite fe fervait des
propres paroles de JESUS-
CHRIST pour établir fon opinion
ridicule, & les athées fe fer-
vaient de l'ignorance & de l'o-
piniâtreté d'un jéfuite pour fe
confirmer dans l'athéifme. On
citait partout la découverte de
Néedham. Un des plus intrépi-
des athées m'affurait que dans la
ménagerie du prince Charles à
Bruxelles, il y avait un lapin
qui faifait tous les mois des la-
preaux à une poule. Enfin, l'expérience du jéfuite fut reconnue
pour ce qu'elle était ; & les
athées furent obligés de fe pour-
voir ailleurs.

Spinofa, circonfpect & fort
honnête homme ; nous l'appel-
lons ici Baruc, parce que c'eft
fon véritable nom. On ne lui a
donné celui de Benoît que par
erreur. Il ne fut jamais baptifé.
Nous avons fait une note plus
longue fur ce fophifte à la fuite
du petit poëme fur les fyftêmes.

(n) Au puiffant Langlevieux.
C'eft ce même Langlevieux la
Beaumelle, dont il eft parlé dans
les Notes fur l'épître à Mr. d'A-
lembert, pag. 194 & fuiv.

Ce même homme s'eft depuis
affocié avec Fréron, & malgré
tant d'horreurs & tant de baffeffes, il a furpris la protection
d'une perfonne refpectable qui
ignorait fes excès ridicules : mais
oportet cognofci malos.

Nous ajouterons à cette note
que Boileau attaqua toujours

des perfonnes dont il n'avait pas le moindre fujet de fe plaindre, & que notre auteur eft toujours borné à repouffer les injures & les calomnies des *Rollets* de fon tems. Il y avait deux partis à prendre, celui de négliger les impoftures atroces que la Beaumelle a vomi pendant vingt ans, & celui de les relever. Nous avons jugé le dernier plus jufte & plus convenable.

C'eft rendre un fervice effentiel à plus de cent familles de faire çonnaître le vil fcélérat qui a ofé les outrager.

Les miniftres d'état, & tous ceux qui font chargés de maintenir l'ordre public, doivent favoir que ces libelles méprifables font recherchés dans l'Allemagne, dans l'Angleterre, dans tout le Nord; qu'il y en a de toute efpèce; qu'on les lit avidement, comme on y boit pour du vin de Bourgogne les vins faits à Liége; que la faim & la malice produifent tous les jours de ces ouvrages infames, écrits quelquefois avec affez d'artifice; que la curiofité les dévore, qu'ils font pendant un tems une impreffion dangereufe; que depuis peu l'Europe a été inondée de ces fcandales; & que plus la langue françaife a de cours dans les pays étrangers, plus on doit l'employer contre les malheureux qui en font un fi coupable ufage, & qui fe rendent fi indignes de leur patrie.

JEAN QUI PLEURE ET QUI RIT.

Quelquefois le matin quand j'ai mal digéré,
Mon esprit abattu, triftement éclairé,
Contemple avec effroi la funefte peinture
     Des maux dont gémit la nature :
Aux erreurs, aux tourmens, le genre humain livré,
Les crimes, les fléaux de cette race impure,
     Dont le diable s'eft emparé.
Je dis au mont Etna : pourquoi tant de ravages
Et ces fources de feu qui fortent de tes flancs ;
Je redemande aux mers, tous ces triftes rivages
Difparus autrefois fous leurs flots écumans ;
     Et je redis aux tyrans,
     Vous avez troublé le monde
     Plus que les fureurs de l'onde,
     Et les flammes des volcans :
     Enfin lorfque j'envifage
     Dans ce malheureux féjour
     Quel eft l'horrible partage
     De tout ce qui voit le jour ;
Et que la loi fuprême eft qu'on fouffre, & qu'on meure,
           Je pleure
Mais lorfque fur le foir avec des libertins,
     Et plus d'une femme agréable
Je mange mes perdreaux, & je bois les bons vins
Dont monfieur d'Aranda vient de garnir ma table ;
     Quand loin des fripons, & des fots,
La gaieté, les chanfons, les graces, les bons mots

Ornent les entremets d'un souper délectable,
 Quand sans regretter mes beaux jours
 J'applaudis aux nouveaux amours
 De Cléon, & de sa maîtresse,
 Et que la charmante amitié,
 Seul nœud dont mon cœur est lié,
 Me fait oublier ma vieillesse;
Cent plaisirs renaissans réchauffent mes esprits,
     Je ris.

Je vois, quoique de loin, les partis, les cabales
Qui soufflent dans Paris, vainement agité
 Des inimitiés infernales;
Et versent leurs poisons sur la société:
L'infame calomnie avec perversité,
 Répend ses ténébreux scandales,
On me parle souvent du Nord ensanglanté,
D'un roi sage & clément chez lui persécuté,
 Qui dans sa royale demeure
 N'a pu trouver sa sûreté;
Que ses propres sujets poursuivent à toute heure;
     Je pleure.

Mais si monsieur Terrey veut bien me rembourser;
Si mes prés, mes jardins, mes forêts s'embéliffent,
 Si mes vassaux se réjouissent,
 Et sous l'orme viennent danser,
 Si par fois, pour me délasser,
Je relis l'Arioste, ou même la Pucelle,
Toujours Catin toujours fidelle,
Ou quelqu'autre impudent dont j'aime les écrits,
    Je ris.

Il le faut avoüer, telle est la vie humaine ;
Chacun a son lutin, qui toujours le promène
     Des chagrins aux amusemens.
De cinq sens tout au plus malgré moi je dépends,
L'homme est fait, je le sais, d'une pâte divine ;
Nous serons tous un jour des esprits glorieux ;
Mais dans ce monde-ci l'ame est un peu machine :
     La nature change à nos yeux,
     Et le plus triste Héraclite,
     Quand ses affaires vont mieux,
     Redevient un Démocrite.

RÉPONSE A L'AUTEUR,

Par Mr. l'abbé de VOIS***.

DU tems vous trompez les efforts,
Et moi j'en éprouve l'outrage ;
Vous savez vous passer de corps,
Votre esprit ne change point d'âge,
Les neiges sont devant vos yeux,
Le printems est dans votre tête,
Tous vos vers sont des fleurs de fête,
Tous vos jours sont des jours heureux.
D'Apollon vous tenez la caisse,
De ce dieu vous visez les *bons*,
Et, quoique vous payiez sans cesse,
Vous ne dites pas, *point de fonds.*

Pour moi, débile créature,
La triste main de la nature
Etend un crêpe sur mes jours :
Mes yeux m'étaient d'un grand secours
Pour lire les fruits de vos veilles ;
Je les perds, & j'ai des oreilles
Pour entendre de sots discours.
Poursuivi par la calomnie,
Je ne sens plus que le poids de la vie ;
Mon bonheur est dans le cercueil
De mon irréparable amie ;
L'univers me paraît en deuil.
O vous ! rare ornement de notre académie,
Vous nous garantissez son immortalité.
Que les cris aigus de l'envie
N'altèrent point votre gaieté !
Vous ne mourez jamais ; moi je meurs à toute heure,
Vous êtes *Jean qui rit*, & je suis *Jean qui pleure.*

LETTRE

SUR UN ÉCRIT ANONYME.

A Ferney 20 Avril 1772.

Dans ce faint tems nous favons comme
On doit expier fes délits,
Et bien dépouiller le vieil homme,
Pour rajeunir en paradis.

UNE bonne ame voulant feconder mes intentions, m'a envoyé par la pofte la veille de Pâques, la deux centième brochure qu'on a brochée contre moi depuis quelques années. On m'y fait fouvenir d'un de mes péchés que j'avais malheureufement oublié ; tant à mon âge on a la mémoire débile. Ce péché eft la jaloufie, l'envie. Je la regarde vraiment comme le huitième péché mortel. On me fait appercevoir que j'en fuis très-coupable. Je n'ai plus qu'à faire pénitence & à m'amander.

1º. L'on m'apprend que je fuis indignement jaloux de Bernard de Paliffi qui vivait fur la fin du feizième fiècle. Il avança que le fallun de Touraine, n'eft qu'un amas de coquilles dont les lits s'amoncelèrent les uns fur les autres pendant cinquante mille fiècles plus ou moins, lorfque la place où eft la ville de Tours était le rivage de la mer. Ma jaloufe fureur ayant fait venir une caiffe de ce fallun, dans lequel je n'ai trouvé qu'une coquille de colimaçon, j'ai pris infolemment ce fallun pour une efpèce de pierre calcaire friable, pulvérifée par le tems. J'ai cru y reconnaître évidemment mille parcelles d'un talc informe ; & j'ai conclu avec un orgueil puniffable, que c'eft une mine qui occupe environ deux lieues & demi. J'ai hasardé cette idée criminelle avec une audace d'autant plus lâche, que ce fallun ne se trouve dans aucun autre pays, ni à quarante lieues de la mer, ni à vingt, ni à dix; & que si c'était un monceau de coquilles déposé par la mer dans une prodigieuse suite de siècles, il y en aurait certainement sur d'autres côtés.

C'est avec cette espèce de marne qu'on fume les champs voisins; & j'ai eu l'impudence de dire, moi qui suis laboureur, que des coquilles de cinquante mille siècles ne me donneraient jamais du bled. Mais j'avoue que je ne l'ai dit que par jalousie contre les Tourangeaux.

2°. Cette détestable jalousie que j'ai toujours eue des succès du consul Maillet, m'a porté jusqu'à douter qu'il y ait des amas de coquilles sur les hautes Alpes. J'avoue que j'en ai fait chercher pendant quatre ans, & qu'on n'y en a pas trouvé une seule. On n'en trouve pas plus, dit-on, sur les montagnes de l'Amérique; mais ce n'est pas ma faute.

3°. Je confesse que les pierres lenticulaires, les étoilées, les glossopètres, les cornes d'Ammon dont mon voisinage est plein, ne m'ont jamais paru des poissons; mais il ne m'était pas permis de le dire.

4o. Cette même jalousie m'a fait douter aussi que l'Océan eût produit le mont Atlas, & que la Méditerranée eût fait naître le mont Caucase. J'ai même osé soupçonner que les hommes n'ont pas été originairement des marsouins, dont la queue fourchue s'est changée visiblement en cuisses & en jambes, comme Maillet le prétend avec beaucoup de vraisemblance.

5°. C'est avec une malice d'enfer qu'ayant examiné la chaux dont je me sers depuis vingt ans pour bâtir, je n'y ai trouvé ni coquilles ni oursins de mer.

6°. J'avoue que la même envie diabolique m'a empêché de convenir jufqu'à préfent que ce globe foit de verre. Je crois que les gens qui l'habitent font très-fragiles, & furtout moi. Mais pour peu qu'on veuille abfolument que la terre foit de verre comme l'était autrefois le firmament, j'y confens du meilleur de mon cœur pour le bien de la paix.

7°. Cette rage qui m'a toujours dominé, m'a égaré jufqu'au point de douter que la terre fût un foleil encroûté, ou qu'elle fût originairement une comète. J'ai pouffé furtout ma jaloufie contre l'apoticaire Arnoud, jufqu'à dire que fes fachets n'ont pas toujours prévenu l'apoplexie. Mais auffi comme il ne faut pas fe faire plus méchant qu'on ne l'eft, je n'ai point porté la perverfité jufqu'à prétendre qu'il y eût la moindre charlatanerie dans les fciences & dans les arts. J'ai toujours reconnu, graces au ciel, qu'il n'y a de charlatan en aucun genre.

8°. Il eft vrai que j'ai été fi horriblement jaloux de l'*Efprit des loix* dans mon métier de jurifconfulte, que j'ai ofé avoir quelques opinions différentes de celles qu'on trouve dans ce livre; en avouant pourtant qu'il eft plein d'efprit & de grandes vues, *qu'il refpire l'amour des loix & de l'humanité.* J'ai même parlé très-durement de fes détracteurs. Ce procédé eft d'un malhonnête-homme, il faut en convenir.

J'ai fait plus, car dans un livre auquel plufieurs gens de lettres ont travaillé avec un grand fuccès, l'article *gouvernement anglais* eft de moi; & je finis cet article par dire, *après avoir relu celui de Montefquieu j'ai voulu jeter au feu le mien.* C'eft-là le langage de l'envie la plus déteftable.

9°. Je m'accufe d'avoir ofé m'élever avec une colère peu chrétienne, contre certains perfécuteurs d'Helvétius, & de plufieurs gens de lettres; d'avoir pris le parti des opprimés contre les oppreffeurs; d'avoir feul bravé leur orgueil, leurs cabales & leur malice; mais
d'avoir

d'avoir en même tems par un esprit de jalousie, manifesté une très-petite partie des opinions dans lesquelles je diffère absolument de lui, de l'avoir dit à lui-même, parce que je l'aimais & l'estimais ; c'est une infamie qui ne peut s'excuser.

10º, Je me souviens aussi que cette même jalousie qui me ronge, m'a forcé autrefois de prouver que les tourbillons de Descartes étaient mathématiquement impossibles ; que sa matière subtile, globuleuse, cannelée, rameuse ; était une chimère ; qu'il est faux que la lumière vienne du soleil à nous dans un instant ; qu'il est faux qu'il y ait également toujours égale quantité de mouvement dans la nature : qu'il est faux que les planètes soient des soleils ; qu'il est faux que les mines de sel & les fontaines viennent de la mer. Qu'il est faux que le chyle devienne sang dans le foie, &c. &c. &c. &c. &c. &c.

Mon indigne envie contre Descartes m'emporta jusqu'à cette bassesse. Mais je confesse que je fus entraîné dans ce crime par Aristote, qui me fit donner une pension sur la cassette d'Alexandre, seule pension dont j'aie été régulièrement payé.

11º. Je dois confesser encore que Scudéri, Claveret, d'Aubignac, Boisrobert, Colletet, & autres, me firent donner beaucoup d'argent par le trésorier du cardinal de Richelieu pour écrire contre Corneilles, dont j'ai persécuté la famille. Je me suis oublié jusqu'à dire que *si ce grand-homme n'était pas égal à lui-même, dans Attila & dans Agésilas, on ne jugeait des génies tels que lui que par leurs extrêmes beautés, & non par leurs défauts.*

12º. Enfin, ma plus grande faute a été de ne pouvoir supporter l'éclat de la gloire dont notre ami Fréron a ébloui l'univers. Mais ce n'est que par degrés que je me suis livré à l'envie que ce grand-homme a excitée en moi. D'abord ce fut une émulation louable, si j'ose le dire ; mais enfin les serpens de l'envie me piquèrent.

J'ai rendu mon maître ridicule. J'ai goûté le plaisir infernal de rire quand son nom s'est trouvé trop souvent au bout de ma plume.

Etant ainsi convenu avec mon charitable directeur de conscience, que je suis d'un naturel *jaloux*, *bas*, *rampant*, *avide*, *ennemi des arts*, *ennemi de la tolérance*, *flatteur des gens en place*, &c. Et les péchés avoués étant à demi pardonnés ; je me flatte que cet honnête homme que je connais très-bien, sera content de ma confession sincère.

Je ne suis plus jaloux, mon crime est expié.

J'éprouve un sentiment plus doux, plus légitime,

   L'auteur d'une lettre anonyme

   Me fait une grande pitié.

Mais en même tems j'avertis que voilà la première & la dernière fois que je répondrai aux lettres anonymes des polissons & des fous, & même aux lettres des personnes que je n'ai pas l'honneur de connaître ; car bien que je sois très-jeune, & que je n'aie que soixante & dix-huit ans, cependant le tems est cher ; & il faut tâcher de ne le pas perdre quand on veut apprendre quelque chose.

J'ajoute encore un mot ; & assez sérieusement. Quoique j'aie passé à deux reprises quarante ans loin de Paris, dans une profonde retraite, je connais les cabales de la littérature & du théatre, & même les autres cabales. Je sais combien on se passionne pour un système chimérique, pour un mauvais ouvrage prôné & oublié, pour une opinion du tems, qui s'évanouit, enfin comme les formes substantielles, les idées innées & l'harmonie préétablie. Trois ou quatre énergumènes s'unissent pour décrier, pour injurier, pour perdre même s'ils le peuvent quiconque n'est pas de leur avis. J'ai vu les emportemens & les artifices employés contre ceux qui n'admettaient pour mesure de la force des corps en mouvement, que la masse multipliée par la vîtesse. J'ai été témoin des inimitiés les plus vives & les plus cruelles entre ceux qui croyaient parvenir à une mesure exacte & uniforme de tous les méridiens, & ceux qui la croyaient impossible & inutile pour la navigation.

Doutiez-vous des miracles de St. Pâris & des convulsionnaires, vous étiez un lâche flatteur de la cour, un traître, un impie, un ennemi de St. Augustin. Aviez-vous quelques scrupules sur les miracles du bienheureux Régis jésuite, osiez-vous examiner si un cancre avait en effet rapporté à St. Xavier son crucifix tombé au fond de la mer, on vous appellait athée dans vingt libelles.

Il a été un tems (fort court à la vérité), mais il a été, ce tems honteux & ridicule, où quelques gens de lettres ne pouvaient pas supporter un homme qui pensait que la subordination est nécessaire dans la société, qu'un garçon charcutier n'est pas égal en tout à un duc & pair, à un ministre d'état, à un prince ; & qu'enfin le mariage de l'héritier d'une couronne avec la fille du bourreau ne serait pas tout-à-fait sortable.

Lorsqu'on fit paraître le *Systéme de la nature*, livre diffus, incorrect, ennuyeux, fondé sur un seul argument, & encore argument équivoque, livre stérile en bons raisonnemens, & pernicieux par les conséquences, mais éblouissant dans un petit nombre de pages par la peinture, quoiqu'usée, de nos misères. Lors, dis-je, qu'on prôna ce livre, on ne voulait pas permettre à un philosophe d'être de l'avis de Ciceron & de Platon, & on disait qu'un homme qui reconnaît un DIEU trahit la cause du genre humain. Je ne doute pas que l'auteur & trois fauteurs de ce livre ne deviennent mes implacables ennemis pour avoir dit ma pensée. Et je leur déclare que je la dirai tant que je respirerai, sans craindre ni les énergumènes athées, ni les énergumènes superstitieux.

Encore une fois, je connais l'insensé méchant, qui

T ij

dans fa lettre anonyme m'ofe accufer *de careffer les gens en place, & d'abandonner ceux qui n'y font plus.* Je lui répondrai fans détour qu'il en a menti. Il ne s'agit pas ici des petits vers qui ont formé les coraux, & de la mer qui a formé les montagnes, & de toutes ces pauvretés. Non, infame calomniateur, non, je n'ai point oublié un homme hors de place qui m'a comblé de bienfaits. J'ai témoigné publiquement la refpectueufe eftime, la tendre reconnaiffance dont je ferai pénétré pour lui jufqu'au dernier moment de ma vie. Périffe le monftre qui ferait ingrat envers fon bienfaicteur. Il n'y a ni miniftre ni roi qui ne doive approuver ces fentimens. Vous ne favez pas, miférable, jufqu'où j'ai pouffé la fermeté de mon caractère inébranlable dans fes attachemens, comme dans fon mépris pour des lâches tels que vous. Non, je n'ai point careffé les gens en place, mais j'ai admiré l'aboliffement de la vénalité; abus infame, contre lequel je m'étais élevé tant de fois; abus qui ne fubfiftait qu'en France, & qui la déshonorait.

J'ai fenti le bonheur des provinces qui m'entourent, & dont les citoyens ne font plus obligés d'aller à cent cinquante lieues payer un procureur à trois mots par ligne, & confumer le refte de fon patrimoine à la porte d'un citoyen orgueilleux qui avait acheté dix mille écus le droit d'achever leur ruine. Je bénis le roi qui nous a délivrés du joug le plus infupportable. J'avais propofé cette réforme il y a vingt ans, je remercie la main qui l'a faite. Je fuis citoyen, & vous ne parviendrez à faire regarder comme des flatteurs, ni moi, ni mes parens qui fervent l'état dans une place qu'ils n'ont point achetée, mais qu'ils ont méritée, qui joignent la fermeté à la modeftie, l'équité à la fenfibilité, & qui méprifent vos cabales abfurdes autant que vos lettres anonymes.

LA TACTIQUE,

AVEC DES NOTES NOUVELLES.

J'ETAIS lundi paſſé chez mon libraire Caille,
Qui dans ſon magaſin n'a ſouvent rien qui vaille ;
J'ai, dit-il, par bonheur, un ouvrage nouveau,
Néceſſaire aux humains, & ſage autant que beau :
C'eſt à l'étudier qu'il faut que l'on s'applique ;
Il fait ſeul nos deſtins ; prenez, c'eſt la tactique.

La tactique ? lui dis-je, hélas ! juſqu'à préſent,
J'ignorais la valeur de ce mot ſi ſavant.

Ce nom, répondit-il, venu de Grèce en France,
Veut dire le grand art, ou l'art par excellence ; (*a*)
Des plus nobles eſprits il remplit tous les vœux.

J'achetai ſa tactique, & je me crus heureux.
J'eſpérais trouver l'art de prolonger ma vie,
D'adoucir les chagrins dont elle eſt pourſuivie,
De cultiver mes goûts, d'être ſans paſſion,
D'aſſervir mes deſirs au joug de la raiſon,
D'être juſte envers tous, ſans jamais être dupe.
Je m'enferme chez moi ; je lis ; je ne m'occupe
Que d'apprendre par cœur un livre ſi divin.
Mes amis ! c'était l'art d'égorger ſon prochain.

J'apprends qu'en Germanie autrefois un bon prêtre (*b*)
Pêtrit, pour s'amuſer, du ſoufre & du ſalpêtre :
Qu'un énorme boulet, qu'on lance avec fracas,
Doit mirer un peu haut pour arriver plus bas ;
Que d'un tube de bronze auſſi-tôt la mort vole

Dans la direction qui fait la parabole, (c)
Et renverse en deux coups, prudemment ménagés,
Cent automates bleus, à la file rangés.
Mousquet, poignard, épée ou tranchante ou pointue,
Tout est bon, tout va bien, tout sert, pourvu qu'on tue.

 L'auteur, bientôt après, peint des voleurs de nuit,
Qui, dans un chemin creux, sans tambour & sans bruit,
Discrétement chargés de sabres & d'échelles,
Assassinent d'abord cinq ou six sentinelles.
Puis, montant lestement aux murs de la cité,
Où les pauvres bourgeois dormaient en sûreté,
Portent dans leurs logis le fer avec les flammes,
Poignardent les maris, couchent avec les dames,
Ecrasent les enfans ; & las de tant d'efforts
Boivent le vin d'autrui sur des monceaux de morts.
Le lendemain matin on les mène à l'église
Rendre grace au bon Dieu de leur noble entreprise,
Lui chanter en latin qu'il est leur digne appui,
Que dans la ville en feu, l'on n'eût rien fait sans lui,
Qu'on ne peut ni voler ; ni violer son monde,
Ni massacrer les gens, si Dieu ne nous seconde.

 Etrangement surpris de cet art si vanté,
Je cours chez monsieur Caille, encor épouvanté ;
Je lui rends son volume, & lui dis en colère......

 Allez, de Belzébut détestable libraire !
Portez votre tactique au chevalier de Tot,
Il fait marcher les Turcs au nom de Sabaoth.
C'est lui qui, de canons couvrant les Dardanelles,
A tuer les chrétiens instruit les infidèles.
Allez ; adressez-vous à Monsieur Romanzof,
Aux vainqueurs tout sanglans de Bender & d'Azof.

A FRÉDERIC furtout offrez ce bel ouvrage; (d)
Et foyez convaincu qu'il en fait davantage :
Lucifer l'infpira bien mieux que votre auteur ;
Il eft maître paffé dans cet art plein d'horreur ;
Plus adroit meurtrier que GUSTAVE & qu'EUGENE.
Allez ; je ne crois pas que la nature humaine
Sortit (je ne fais quand) des mains du Créateur,
Pour infulter ainfi l'éternel bienfaicteur ,
Pour montrer tant de rage & tant d'extravagance.
L'homme avec fes dix doigts , fans armes, fans défenfe,
N'a point été formé pour abréger des jours
Que la néceffité rendait déjà fi courts.
La goutte avec fa craie ; & la glaire endurcie
Qui fe forme en cailloux au fond de la veffie ,
La fièvre , le catarre , & cent maux plus affreux ,
Cent charlatans fourrés , encore plus dangereux,
Auraient fuffi , fans doute , au malheur de la terre,
Sans que l'homme inventât ce grand art de la guerre.
    Je hais tous les héros, depuis le grand Cyrus
Jufqu'à ce roi brillant qui forma Lentulus. (e)
On a beau me vanter leur conduite admirable,
Je m'enfuis loin d'eux tous , & je les donne au diable.
    En m'expliquant ainfi , je vis que dans un coin
Un jeune curieux m'obfervait avec foin ;
Son habit d'ordonnance avait deux épaulettes,
De fon grade à la guerre éclatans interprètes ;
Ses regards affurés , mais tranquilles & doux ,
Annonçaient fes talens, fans marquer de courroux ;
De la tactique , enfin , c'était l'auteur lui-même.
    Je conçois, me dit-il, la répugnance extrême

T iv

Qu'un vieillard philofophe, ami du monde entier,
Dans fon cœur attendri fe fent pour mon métier;
Il n'eft pas fort humain, mais il eft néceffaire.
L'homme eft né bien méchant; Caïn tua fon frère;
Et nos frères les Huns, les Francs, les Vifigoths,
Des bords du Tanaïs accourant à grands flots,
N'auraient point défolé les rives de la Seine,
Si nous avions mieux fu la tactique romaine.
Guerrier, né d'un guerrier, je profeffe aujourd'ui
L'art de garder fon bien, non de voler autrui.
Eh quoi! vous vous plaignez qu'on cherche à vous
    défendre?
Seriez vous bien content qu'un Goth vînt mettre en cendre
Vos arbres, vos moiffons, vos granges, vos châteaux?
Il vous faut de bons chiens pour garder vos troupeaux.
Il eft ('n'en doutez point) des guerres légitimes;
Et tous les grands exploits ne font pas de grands crimes.
Vous même, à ce qu'on dit, vous chantiez autrefois
Les généreux travaux de ce cher Béarnois;
Il foutenait le droit de fa naiffance augufte;
La ligue était coupable; Henri quatre était jufte.
Mais fans vous retracer les faits de ce grand roi,
Ne vous fouvient-il plus du jour de Fontenoi?
Quand la colonne anglaife avec ordre animée
Marchait à pas comptés à travers notre armée?
Trop fortuné badaut! .... dans les murs de Paris
Vous faifiez, en riant, la guerre aux beaux efprits;
De la douce Goffin le centième idolâtre,
Vous alliez la lorgner fur les bancs du théatre;
Et vous jugiez en paix les talens des acteurs.
Hélas! qu'auriez-vous fait, vous & tous les auteurs?

Qu'aurait fait tout Paris, fi Louis, en perfonne,
N'eût paffé le matin fur le pont de Calonne ?
Et fi tous vos Céfars, à quatre fous par jour,
N'euffent bravé l'Anglais qui partit fans retour ?
Vous favez quel mortel, amoureux de la gloire,
Avec quatre canons ramena la victoire.
Ce fut au prix du fang du généreux Grammont,
Et du fage Luttaux, & du jeune Craon,
Que de vos beaux efprits les bruyantes cohues
Compofaient les chanfons qui couraient dans les rues ;
Ou qu'ils venaient gaiement, avec un ris malin,
Siffler Sémiramis, Mérope & l'Orphelin.
Ainfi que le dieu Mars Appollon prend les armes ;
L'églife, le barreau, la cour ont leurs alarmes.
Au fond d'un galetas Clément & Savatier (*f*)
Font la guerre au bon fens fur des tas de papier.
Souffrez donc qu'un foldat prenne au moins la défenfe
D'un art qui fit long-tems la grandeur de la France,
Et qui des citoyens affure le repos.
  Monfieur Guibert fe tut après ce long propos.
Moi, je me tus auffi, n'ayant rien à redire.
De la droite raifon je fentis tout l'empire :
Je conçus que la guerre eft le premier des arts ;
Et que le peintre heureux des Bourbons, des Bayards, (*g*)
En dictant leurs leçons, était digne peut-être
De commander déjà dans l'art dont il eft maître.
  Mais, je vous l'avouerai, je formais des fouhaits
Pour que ce beau métier ne s'exerçât jamais,
Et qu'enfin l'équité fît régner fur la terre
L'impraticable paix de l'abbé de Saint-Pierre.

N O T E S

(a) *TACTIQUE* vient origi-nairement du verbe *taſſo*, j'ar-range. Tactique eſt proprement l'art d'aller par rangs ; c'eſt l'ar-rangement des troupes. C'eſt ce qui fit que Pyrrhus en voyant le camp des Romains ne les trouva pas ſi barbares.

(b) *Autrefois un bon prêtre.* On ne ſait encore qui employa le premier les canons dans les batailles & dans les ſiéges. Une invention qui a changé entiérement l'art de la guerre dans toute la terre connue, méritait plus de recherches ; mais preſque toutes les origi-nes ſont ignorées. Qui le premier inventa un bateau ? qui imagina de plier une bran-che de frêne, de l'aſſujettir avec une corde faite d'un in-teſtin d'un animal, & d'y ajuſter une verge garnie d'un os, ou d'un fer pointu à un bout, & de quatre plumes à l'autre bout ? qui inventa la navette, les fours, les mou-lins ? De cette prodigieuſe mul-titude d'arts qui ſecourent no-tre vie, ou qui la détruiſent, il n'y en a pas un dont l'in-venteur ſoit connu. C'eſt que perſonne n'inventa l'art entier.

Les architectes ne ſont venus que des milliers de ſiécles après les cavernes & les huttes.

Les Chinois connaiſſaient la poudre inflammable & la faiſaint ſervir à leurs diver-tiſſemens ingénieux, à leurs fêtes, deux mille ans avant que les jéſuites Shall & Ver-bieſt fondiſſent du canon pour les conquérans Tartares vers l'an 1630. Ce furent donc deux religieux Allemands qui enſeignèrent l'uſage de l'ar-tillerie dans cette vaſte partie du monde, comme ce fut, dit-on, un autre moine Alle-mand nommé Shwartz, ou moine noir, qui trouva le ſe-cret de la poudre inflamma-ble au quatorzième ſiècle, ſans qu'on ait jamais ſu l'année de cette invention.

On a prétendu que Roger Bacon moine Anglais, anté-rieur d'environ cent années au moine Allemand, était le véritable inventeur de la pou-dre. Nous avons rapporté ail-leurs les paroles de ce Roger, qui ſe trouvent dans ſon *Opus majus*, page 454 grande édi-tion d'Oxford. . . . . . *Nous avons une preuve des exploſions ſubites dans ce jeu d'enfans qu'on fait partout le monde. On en-fonce du ſalpêtre dans une balle de la groſſeur d'un pouce, & on la fait crever avec un bruit ſi violent, qu'elle ſurpaſſe le rugiſſement du tonnerre, & il en ſort une plus grande exhalaiſon de feu que celle de la foudre.*

Il y a bien loin, ſans doute, de cette petite boule de ſimple falpêtre à notre artillerie, mais elle a pu mettre fur la voie.

Il paraît qu'il eft très-faux que les Anglais euffent employé le canon dans leur victoire de Crecy en 1346, & dans celle de Maupertuis dix ans après. Les actes de la Tour de Londres, recueillis par Rymer, en diraient quelque chofe.

Plufieurs de nos hiftoriens ont affuré qu'il exifte encore dans la ville d'Amberg du haut Palatinat, un canon fondu en 1301, & que cette date eft encore gravée fur la culaffe.

Et voilà juftement comme on écrit l'hiftoire.

On écrivait & on imprimait à Paris cette erreur avec tant d'affurance, que je fis écrire à Mr. le comte de Holnftein de Bavière, gouverneur du pays de Amberg. Il donna un certificat authentique qu'un fondeur de canons nommé M.... affez fameux pour fon tems, était mort en 1501. On mit un petit canon fur fon tombeau avec la date 1501. Il eut la bonté d'envoyer une copie figurée de l'infcription. Il eft étonnant qu'on ait pris 1501 pour 1301; mais les hiftoriens aiment l'antique & le merveilleux.

Je n'ai guère plus de foi à la bombarde de Froiffard qui avait plus de cinquante pieds de long, & qui menait fi grande noife au décliquer qu'il femblait que tous les diables d'enfer fuffent en chemin. C'était apparemment une efpèce de balifte.

Je doute beaucoup encore du regiftre de Du Drach tréforier des guerres en 1338. *A Henri Faumechon pour avoir poudres & autres chofes néceffaires aux canons devant Puifguillaume.* Ducange rapporte ce trait, mais il fe borne à le rapporter. Il n'examine point s'il y avait alors des tréforiers des guerres. Il ne s'informe pas fi on affiégea un Puifguillaume ou un Puifguillien dans le Périgord. Il ne paraît pas qu'on ait fait le moindre exploit de guerre en Périgord en l'an 1338. Si on entend le petit hameau de Puifguillaume en Bourbonnais, on ne voit pas qu'il y eût un château. Il faut donc douter, & c'eft prefque toujours le feul parti à prendre.

Ce qui paraît certain, c'eft que trois moines ont contribué à détruire les hommes & les villes par l'artillerie; & en ajoutant à ces trois moines les jéfuites Shall & Verbieft, cela fera cinq.

(c) Lorfqu'on tire un boulet, ou qu'on lance une flèche horizontalement, elle va d'abord en ligne droite; mais la gravitation la fait defcendre continuellement dans une autre ligne droite vers le centre de la terre, & de ces deux directions fe compofe la ligne courbe nommée parabole, à la lettre. *allant au-delà.* Si un canonier s'occupait de toutes les propriétés de cette ligne courbe, il n'aurait jamais le tems de mettre le feu à fon canon.

(*d*) Lucifer l'infpira bien mieux que votre auteur ;
Il eſt maître paſſé dans cet art plein d'horreur ,
Plus adroit meurtrier que Guſtave & qu'Eugène.

Il s'eſt élevé ſur ces vers une grande diſpute. Les uns ont pris ces vers pour un reproche , les autres pour une louange. Il eſt clair qu'on ne peut faire un plus grand éloge d'un guerrier qu'en le mettant au-deſſus du prince Eugène & du grand Guſtave. On a dit que vouloir condamner cette comparaiſon c'était vouloir faire une querelle d'allemand.

(*e*) Le roi de Pruſſe a formé lui-même tous ſes généraux.

(*f*) *Clément & Savatier.* Voyez les notes ſur le dialogue du Vieillard & de Pégaſe.

(*g*) *Des Bourbons , des Bayards.* Mr. Guibert a fait une tragédie du connétable de Bourbon , dans laquelle le chevalier Bayard dit des choſes admirables.

DIALOGUE

DE PÉGASE ET DU VIEILLARD.

PEGASE.

Que fais-tu dans ces champs au coin d'une masure ?

LE VIEILLARD.

J'exerce un art utile, & je sers la nature.
Je défriche un désert; je sème & je bâtis. (*a*)

PEGASE.

Que je vois en pitié tes sens appesantis !
Que tes goûts sont changés, & que l'âge te glace !
Ne reconnais-tu plus ton coursier du parnasse ?
Monte-moi.

LE VIEILLARD.

Je ne puis. Notre maître Apollon,
Comme moi, dans son tems, fut berger & maçon.

PEGASE.

Oui; mais rendu bientôt à sa grandeur première,
Dans les plaines du ciel il sema la lumière ;
Il reprit sa guitarre; il fit de nouveaux vers ;
Des filles de mémoire il régla les concerts;
Imite en tout le dieu dont tu cites l'exemple :
Les doctes sœurs encore pourraient t'ouvrir leur temple :
Tu pourrais dans la foule heureusement guidé,
Et suivant d'assez loin la sublime Vadé (*b*)
Retrouver une place au séjour du génie.

LE VIEILLARD.

Hélas ! j'eus autrefois cette noble manie.
D'un espoir orgueilleux honteusement déçu,
Tu fais, mon cher ami, comme je fus reçu,
Et comme on baffoua mes grandes entreprises.
A peine j'abordai, les places étaient prises.
Le nombre des élus au parnasse est complet ;
Nous n'avons qu'à jouir ; nos pères ont tout fait.
Quand l'œillet, le narcisse, & les roses vermeilles
Ont prodigué leurs sucs aux troupes des abeilles,
Les bourdons sur le soir y vont chercher en vain
Ces parfums épuisés qui plaisaient au matin.

Ton parnasse d'ailleurs & ta belle écurie,
Ce palais de la gloire est l'antre de l'envie.
Homère, cet esprit si vaste & si puissant,
N'eut qu'un imitateur, & Zoïle en eut cent.

Je gravis avec peine à cette double cime,
Où la mesure antique, a fait place à la rime ;
Où Melpomène en pleurs étale en ses discours
Des rois du tems passé la gloire & les amours.
Pour contempler de près cette grande merveille,
Je me mis dans un coin sous les pieds de Corneille.
Bientôt Martin Fréron (c), prompt à me corriger,
M'apperçut dans ma niche & m'en fit déloger.
Par ce juge équitable exilé du parnasse,
Sans secours, sans amis, humble dans ma disgrace,
Je voulus adoucir par des égards flatteurs,
Par quelques soins polis, mes frères les auteurs ;
Je n'y réussis point ; leur bruyante séquelle
A connu rarement l'amitié fraternelle :

Je n'ai pu défarmer Sabotier (*d*) mon rival.
Le parnaffe a bien fait de n'avoir qu'un cheval ;
Si nous en avions deux , ils fe mordraient fans doute.

    J'ai vu les beaux efprits ; je fais ce qu'il en coûte.
Il fallut , malgré moi , combattre foixante ans ,
Les plus grands écrivains , les plus profonds favans ,
Toujours en faction , toujours en fentinelle :
Ici c'eft l'abbé Guyon ; (*e*) plus bas, c'eft La Beaumelle. (*f*)
Leur nombre eft dangereux. J'aime mieux déformais
Les languiffans plaifirs d'une infipide paix.

    Il faut que je te faffe une autre confidence.
La pofte, comme on fait, confole de l'abfence ,
Les frères , les époux , les amis , les amans
Surchargent les couriers de leurs beaux fentimens :
J'ouvre fouvent mon cœur en profe ainfi qu'en rime ;
J'écris une fottife , auffi-tôt on l'imprime.
On y joint méchamment le recueil clandeftin
De mon coufin Vadé , de mon oncle Bazin.
Candide emprifonné dans mon vieux fecretaire ,
En criant *tout eft bien* , s'enfuit chez un libraire. (*g*)
Jeanne & la tendre Agnès , & le gourmand Bonneau,
Courent en étourdis de Genève à Breflau.
Quatre bénédictins avec leurs doctes plumes
Auraient peine à fournir ce nombre de volumes.
On ne va point , mon fils , fût-on fur toi monté ,
Avec ce gros bagage à la poftérité
Pour comble de malheur , une foule importune
De bâtards indifcrets , rebut de la fortune ,
Nés le long du *Charnier* nommé des *Innocens* ,
Se gliffe (*h*) fous la preffe avec mes vrais enfans.
C'en eft trop. Je renonce à tes neuf immortelles ;

J'ai beaucoup de respect & d'estime pour elles ;
Mais, tout change, tout s'use, & tout amour prend fin :
Va, vole au mont-sacré ; je reste en mon jardin.

PEGASE.

Tes dégoûts vont trop loin. Tes chagrins font injustes.
Des arts qui t'ont nourri, les déesses augustes
Ont-mis fur ton front chauve un brin de ce laurier
Qui coëffa Chapelain, Desmarets, *Saint-Didier* (i)
N'as-tu pas vu cent fois à la tragique scène,
Sous le nom de Clairon, l'altière Melpomène,
Et l'éloquent Le Kain le premier des acteurs
De tes drames rampans ranimant les langueurs,
Corriger, par des tons que dictait la nature,
De ton style ampoulé la froide & séche enflure ?
De quoi te plaindrais-tu ? Parle de bonne foi ;
Cinquante bons esprits qui valaient mieux que toi,
N'ont-ils pas à leurs frais érigé la statue
Dont tu n'étais pas digne, & qui leur était due ?
Malgré tous tes rivaux, mon écuyer Pigal
Pofa ton corps tout nud fur un beau pié-d'estal ;
Sa main creufa les traits de ton visage étique,
Et plus d'un connaisseur le prend pour un antique.
Je vis Martin Fréron à le mordre attaché
Consumer de ses dents tout l'ébène ébrêché.
Je vis ton buste rire à l'énorme grimace
Que fit en le rongeant cet apostat d'Ignace.
Viens donc rice avec nous, viens fouler à tes pieds
De tes fots ennemis les fronts humiliés.
Aux sons de ton fifflet vois rouler dans la crotte
Sabatier sur Clément (k), Patouillet (l) sur Nonotte. (m)

Leurs

Leurs clameurs un moment pourront te divertir.

LE VIEILLARD.

Les cris des malheureux ne me font point plaisir,
De quoi viens-tu flatter le déclin de mon âge ?
La jeunesse est maligne, & la vieillesse est sage.
Le sage en sa retraite, occupé de jouir,
Sans chercher les humains, & pourtant sans les fuir,
Ne s'embarrasse point des bruyantes querelles
Des auteurs ou des rois, des moines ou des belles.
Il regarde de loin, sans dire son avis,
Trois états polonais doucement envahis ;
Saint Ignace dans Rome écrasé par St. Pierre,
Ou Clément dans Paris acharné sur Le Mierre.
Dans ses champs cultivés, à l'abri des revers,
Le sage vit tranquille & ne fait point de vers.
Monsieur l'abbé Terray, pour le bien du royaume,
Préfère un laboureur, un prudent économe
A tous nos vains écrits qu'il ne lira jamais.
Triptolème est le dieu dont je veux les bienfaits.
Un bon cultivateur est cent fois plus utile
Que ne fut autrefois Hésiode ou Virgile.
Le besoin, la raison, l'instinct doit nous porter
A faire nos moissons plutôt qu'à les chanter.
J'aime mieux t'atteler toi-même à ma charrue,
Que d'aller sur ton dos voltiger dans la nue.

PÉGASE.

Ah ! doyen des ingrats ! ce triste & froid discours
Est d'un vieux impuissant qui médit des amours.
Un pauvre homme épuisé se pique de sagesse.
Eh bien ! tu te sens faible ; écris avec faiblesse

Corneille en cheveux blancs fur moi caracola,
Quand en croupe avec lui je portais Attila,
Je fuis tout fier encore de fa courfe dernière.
Tout mortel jufqu'au bout doit fournir fa carrière ;
Et je ne puis fouffrir un changement groffier.
Quoi ! renoncer aux arts & prendre un vil métier !
Sais-tu qu'un villageois fans efprit, fans fcience,
N'ayant pour tout talent qu'un peu d'expérience,
Fait jaunir dans fon champ de plus riches moiffons
Que n'en eut Mirabeau par fes nobles leçons. (n)
Laiffe un travail pénible aux mains du mercenaire,
Aux journaliers la bêche, aux maçons leur équerrre.
Songe que tu naquis pour mon facré vallon.
Chante encore avec Pope, & penfe avec Platon ;
Ou rime en vers badins les leçons d'Epicure,
Et ce *Syftême* heureux qu'on dit *de la nature*.
Pour la dernière fois veux-tu me monter ?

       LE VIEILLARD.

                Non ;
Apprends que tout fyftême offenfe ma raifon.
Plus de vers, & furtout plus de philofophie.
A rechercher le vrai j'ai confumé ma vie ;
J'ai marché dans la nuit fans guide & fans flambeau ;
Hélas ! voit on plus clair au bord de fon tombeau ?
A quoi peut nous fervir ce don de la penfée,
Cette lumière faible, incertaine, éclipfée ?
Je n'ai penfé que trop. Ceux qui par charité
Ont au fond de leur puits noyé la vérité,
Font repentir fouvent l'imprudent qui l'en tire.
Je me tais. Je ne veux rien favoir, ni rien dire.

PEGASE.

Eh bien ! végète & meurs. Je revole à Paris
Préfenter mon fervice à de profonds efprits ;
Les uns, dans leurs greniers, fondant des républiques ;
Les autres ébranchant les verges monarchiques.
J'en connais qui pourraient loin des profanes yeux,
Sans le fecours des vers, élevés dans les cieux,
Emules fortunés de l'effence éternelle,
Tout faire avec des mots, & tout créer comme elle.
Ils ont befoin de moi dans leurs inventions.
J'avais porté René (o) parmi fes tourbillons ;
Son difciple plus fou, (p) mais non pas moins fuperbe,
Etait monté fur moi, quand il parlait au Verbe.
J'ai des amis en profe & bien mieux infpirés
Que tes héros du Pinde aux rimes confacrés ;
Je vais porter leurs noms dans les deux hémifphères.

LE VIEILLARD.

Adieu donc, bon voyage au pays des chimères. (q)

NOTES

DE Mr. DE MORZA.

(a) *JE défriche un désert* En en effet notre auteur a défriché quelques terrains plus rebelles que ceux des plus mauvaises landes de Bordeaux & de la Champagne pouilleuse, & ils ont produit le plus beau froment ; mais ces tentatives très-longues & très-dispendieuses ne peuvent être imitées par des colons. Il faudrait que le gouvernement s'en chargeât ; qu'il recommandât ce travail immense à un intendant, l'intendant a un subdélégué, & qu'on fît venir de la cavalerie sur les lieux.

(b) Vadé, écrivain de la foire, sous le nom duquel l'auteur de l'écossaise se cacha par modestie.

(c) Martin Fréron, Martin n'est pas son nom de baptême, ce n'est que son nom de guerre. Il s'est déchaîné, dit-on, pendant vingt ans contre l'auteur de ce dialogue, pour faire vendre ses feuilles. *Qua mensura mensi fueritis, eadem remetietur vobis.* Il s'est attiré l'écossaise, & nous en sommes bien fâchés.

(d) *Sabotier mon rival.* L'abbé Sabotier ou Sabatier, natif de Castres, ne s'est pas exercé dans les mêmes genres que le chantre de Henri IV, & le peintre qui a dessiné le siècle de Louis XIV

& de Louis XV. Ainsi il ne peut être son rival. S'il s'était donné aux mêmes études, il aurait été son maitre.

Cet abbé avait fait en 1771 un Dictionnaire de littérature, dans lequel il prodiguait des éloges outrés ; il ne se vendit point. Mais il en fit un autre en 1772, intitulé les trois Siècles, dans lequel il prodiguait des calomnies, & il se vendit. Il insulta messieurs d'Alembert, de St. Lambert, Marmontel, Thomas, Diderot, Bauzée, La Harpe, de l'Ile, & vingt autres gens de lettres vivans, dont il faudrait respecter la mémoire s'ils étaient morts.

Mais celui que messieurs Sabotier & Clément ont déchiré avec l'acharnement le plus emporté, est un vieillard de quatre-vingts ans qui ne pouvait pas se défendre.

Il est permis, il est utile de dire son sentiment sur des ouvrages, surtout quand on le motive par des raisons solides, ou du moins séduisantes. S'il ne s'agissait que de littérature, nous dirons qu'il est très-injuste d'accuser l'auteur de la Henriade & du siècle de Louis XIV, occupé de célébrer la gloire des grands hommes de ce fiècle, de ne leur avoir pas rendu juſtice. Nous dirions que perſonne n'a parlé avec plus de fenfibilité des admirables fcènes de Corneille , de *la perfection déſeſpérante* du ftyle de Racine (comme s'exprime Mr. De La Harpe) , de la perfection non moins déſeſpérante de l'Art poétique , & de pluſieurs belles épitres de Boileau.

Nous dirions que fa liſte des grands écrivains de ce fiècle mémorable , contient l'éloge raiſonné de l'inimitable Molière, qu'il regarde comme ſupérieur à tous les comiques de l'antiquité ; celui de La Fontaine qui a furpaſſé Phèdre par fa naïveté & par fes graces ; celui de Quinault qui n'eut ni modèles ni rivaux dans ſes opéra. Nous dirions qu'il a rendu des hommages aux Buffon , aux Fénélon , à tous les hommes de génie , à tous les ſavans.

Nous ajouterions qu'il aurait été indigne d'apprécier leurs extrêmes beautés s'ils n'avait pas connu leurs fautes inféparables de la faibleſſe humaine. Que c'eût été une grande impertinence de mettre fur le même rang Cinna & Pertarite , Polyeucte & Théodora , & d'admirer également les excellentes fables de La Fontaine & celles qui font moins heureuſes. Il faut plus encore ; il faut ſavoir difcerner dans le même ouvrage une beauté au milieu des défauts, & un vice de langage , un manque de juſteſſe dans les penſées les plus ſublimes. C'eſt en quoi conſiſte le goût. Et nous pourrions aſſurer que l'auteur du fiècle de Louis XIV après foixante ans de travaux, était peut-

être alors auſſi en droit de dire fon avis que l'eſt aujourd'ui Mr. Sabotier.

Mais il s'agit ici d'accuſations plus importantes. C'eſt peu que cet abbé , dans l'eſpérance de plaire à fes ſupérieurs dont il ignore l'équité & le difcernement, impute à cent littérateurs de nos jours des fentimens odieux. Il a la cruauté de les appeller *indévots, impies.* Il dit en propres mots que l'auteur de la Henriade nie *l'immortalité de l'ame.* C'était bien aſſez de lui ravir l'immortalité d'Alzire , de Zaïre , de Mérope , dont nous fommes certains qu'il eſt peu jaloux , & dont il ne prend point le parti. Il eſt trop dur de dépouiller une ame de quatre-vingts ans de la feule vie qui puiſſe lui réſter dans le tems à venir. Ce procédé eſt injuſte & mal adroit , & d'autant plus maladroit qu'il nous met dans la néceſſité de révéler quelle eſt l'ame de l'abbé dans le tems préſent.

Nous l'avons vu & lu , & nous le tenons entre nos mains, le Spinoſa commenté , expliqué , éclairci , embelli , écrit tout entier de la main de monfieur l'abbé Sabotier natif de Caſtres ; & nous dépoſerons ce monument chez un notaire , ou chez un greffier dès qu'il nous en aura donné la permiſſion ; car nous ne voulons pas difpoſer d'un tel écrit fans l'aveu de l'auteur. C'eſt un égard que nous nous devons les uns aux autres.

Pour les poéſies légères de ce grand critique , & de ce grand miſſionnaire , nous en uferons un peu plus librement. Voici les preuves de la piété de cet abbé qui est si peu indulgent pour les péchés de son prochain. Voici les preuves du bon goût de celui qui trouve les vers de messieurs St. Lambert, de l'Ile, de La Harpe si mauvais.

En sortant de la prison où ses mœurs respectables l'avaient fait renfermer à Strasbourg, il s'amusa, pour se dissiper, à faire un conte intitulé le.... mauvais lieu. Ce conte commence ainsi. Et remarquez bien que nous l'avons écrit de sa main, de la même main que le Spinosa.

> Du tems que la dame *Paris*
>
> Tenait école florissante
>
> De jeux d'amour à juste prix,
>
> D'une écolière assez savante,
>
> Sur les bords de la Seine un jour le pied glissa,
>
> La chose assurément n'était pas merveilleuse,
>
> Mais la chûte dans l'eau n'était pas périlleuse,
>
> Lorsqu'un mousquetaire passa.
>
> Il crut que ce serait une perte publique
>
> Que la perte de tant d'appas.
>
> Aussi, plein d'ardeur héroïque,
>
> Mit-il, sans hésiter, chemise & pourpoint bas. &c.

Nous épargnons sans hésiter aux yeux de nos chastes lecteurs la suite de ce morceau délicat. Ce n'est qu'un échantillon de l'élégante poésie de monsieur l'abbé des trois siècles.

Nous lui demandons bien pardon de publier un autre morceau de sa prose, bien plus touchant & bien plus décisif ; & toujours de sa main, & signé Sabotier de Castres).

« On n'aime ici que les pro-
» cessions, les sermons & les
» messes. Les gens qui ont eu la
» force de secouer le joug des
» préjugés de l'enfance, du fa-
» natisme & de l'erreur, en un
» mot, les hommes qui pensent
» bien n'osent se faire connaî-
» tre, &c. &c.

Nous donnerons le reste si cela lui fait plaisir.

Jugez maintenant, lecteur, s'il sied bien à ce galant homme de traiter un secrétaire d'une de nos académies d'impie & de scélérat, & d'en dire autant de nos littérateurs les plus illustres. On croit qu'il aura incessamment un bénéfice. Mais quelle récompense aura le censeur royal qui lui a fait obtenir une permission tacite de prêcher la vertu & le bon goût ?

On dit qu'il est tonsuré, & qu'étant bientôt élevé aux dignités de l'église, il croira en DIEU, ne fût-ce que par reconnaissance. Car malgré son spinosisme il saura qu'il n'y a point de société policée qui n'admette un Etre suprême, rémunérateur de la vertu & vengeur du crime.

Nous le prions de se souvenir de ce vers de Mr. de Voltaire.

Si Dieu n'existait pas , il faudrait l'inventer.

Ce philosophe écrivait il n'y a pas long-tems à un grand prince. *C'est de tous les vers médiocres que j'ai jamais faits , le moins médiocre & celui dont je suis le moins mécontent.* Il avait grande raison : un athée est peut-être presque aussi dangereux , si on l'ose dire , qu'un fanatique : car si le fanatique est un loup enragé qui égorge & qui suce le sang publiquement, en croyant bien faire ; l'athée pourra commettre tous les crimes secrets fachant bien qu'il fait mal, & comptant sur l'impunité. Voilà pourquoi les deux grands législateurs, Locke & Penn, qui ont admis toutes les religions dans la Caroline & dans la Pensilvanie, en ont formellement exclus les athées.

(*e*) L'abbé Guyon , auteur d'un libelle insipide contre notre auteur , intitulé l'oracle des philosophes

(*f*) Langleviel , dit la Beaumelle autre écrivain de libelles aussi ridicules qu'affreux contre la cour. Il faut pardonner à notre auteur s'il n'a puni ces gredins qu'en imprimant leurs noms, & en exposant simplement leurs calomnies.

(*g*) On a imprimé cinq ou six volumes des prétendues lettres de notre auteur. Cela n'est pas honnête. On en a falsifié plusieurs ; cela est encore moins honnête : mais les éditeurs ont voulu gagner de l'argent.

(*h*) On a glissé dans le recueil de ses ouvrages bien des morceaux qui ne sont pas de lui, comme une traduction des Apocryphes de Fabricius qui est de Mr. Bigex ; un Dialogue de Periclès & d'un Russe ; fort estimé , dont l'auteur est Mr. Suard ; des vers sur la mort de Mlle. Lecouvreur, moins estimés, commençans par ces vers :

Quel contraste frappe mes yeux ?
Melpomène ici désolée
Elève avec l'aveu des dieux
Un magnifique mausolée.

Cette piéce est du Sr. Bonneval jadis précepteur chez Mr. de Montmartel. S'il a eu l'aveu des dieux , il n'a pas eu celui d'Apollon.

On trouve dans la collection des ouvrages de Mr. de V. de

prétendus vers de Mr. Clairaut qui n'en fit jamais. Une piéce qui a pour titre , *les avantages de la raison* , dans laquelle il n'y a ni raison ni rime Une épitre à Mlle. Salé qui est de Mr. Thiriot. Une épitre à l'abbé de Rotelin qui est de Mr. de Formont.

Des vers sur la mort de Mad. du Châtelet, dont nous ignorons l'auteur.

Des vers au duc d'Orléans régent qu'il n'a jamais faits.

Une ode intitulée le vrai Dieu qui est d'un jésuite nommé Lefèvre.

Une épître de l'abbé de Grécourt platement licencieuse, qui commence par ces mots : *Belle maman, soyez l'arbitre.* Des vers au médecin Silva & à l'oculiste Gendron. Une réponse à un Mr. de B. qui commence ainsi ;

Oui, mon cher B... il est l'ame du monde ,
Sa chaleur le pénètre & sa clarté l'inonde.
Effets d'une même action ,
Sa plus belle production
Est cette lumière éthérée
Dont Newton le premier , d'une main inspirée ,
Sépara les couleurs par la réfraction

Les beaux vers ! & que les gens qui les attribuent à Mr. de V. ont le goût fin & que leur main est inspirée!
Des vers à une prétendue

marquise de T. sur la philosophie de Newton , dans lesquels on trouve cette élégante tirade,

Tout est en mouvement. La terre est suspendue ,
En atome léger nage dans l'étendue.
L'espace , ou plutôt Dieu dans son immensité ,
Balance sur son poids l'univers agité.
Les travaux de la nuit , les phases sont prédites.
Newton des premiers mois retraça les orbites.

Et les éditeurs Suisses qui ont imprimé ces bêtises venues de Paris, ont l'assurance d'imprimer en notes que c'est la véritable leçon.

On a fait pourtant un recueil immense de ces fadaises barbares sans consulter jamais l'auteur, ce qui est aussi incroyable que vrai. Tant pis pour les libraires qui ont ainsi déshonoré leur art & la littérature.

C'est sur quoi l'auteur disait : On fait mon inventaire, quoique je ne sois pas encore mort ; & chacun y glisse ses meubles pour les vendre.

(i) *St. Didier.* Mr. Clément, & Mr. Sabotier ont imprimé que notre auteur avait pillé le poëme de la Henriade d'un poëme intitulé Clovis par Mr. St. Didier. Cela est encore peu honnête, car ce Clovis ne parut que trois ans après la Henriade : mais une erreur de trois ans est peu de chose.

Il en a échappé une de quinze ans à Mr. l'abbé Sabotier ; car il a imprimé que notre auteur avait pillé son siècle de Louis XIV dans les annales politiques de l'abbé de St. Pierre. Mais le siècle de Louis XIV fut imprimé pour la première fois en 1752, & le livre de l'abbé de St. Pierre en 1767. Sur quoi un mauvais plaisant se souvenant mal-à-propos que Sabotier est le fils d'un bon perruquier de Castres, chassé de chez son père, a écrit qu'il aurait dû plutôt faire des perruques pour l'auteur de la Henriade, que de le dépouiller cruellement de ses prétendus lauriers, & d'exposer sa tête octogénaire à la rigueur des saisons.

(k) *Clément.* Cet homme était venu de Dijon à Paris avec sa tragédie de Charles premier, & sa tragédie de Médée. Il ne put venir à bout de les faire représenter. La faim le pressait ; il s'engagea avec un libraire à lui fournir des critiques contre les premiers livres qui auraient du succès. Il obtint quelque argent à compte sur ses satyres à venir. Mr. de St. Lambert donnait alors ses saisons, Mr. de l'île sa traduction de Virgile, Mr. Dorat son poëme sur la déclamation, Mr. Vatelet son poëme sur la peinture. Voilà l'écolier Clément qui se met vîte à écrire contre ces maîtres de l'art, & qui leur donne des leçons comme à des disciples dont il serait mécontent. S'il n'avait en que ce ridicule on n'en aurait pas

parlé, on ne l'aurait pas connu. Mais pour rendre ses leçons plus piquantes il y mêla des traits personnels; il outrage une Dame respectable. Alors on sait qu'il existe, la police met mon pédant dans je ne sais quelle prison, soit Bicêtre, soit le fort-l'Evêque Mr. de St. Lambert a la générosité de solliciter sa grace, & d'obtenir son élargissement. Que fait le critique alors, il persuade qu'on ne lui a fait cette correction que pour avoir enseigné l'art d'écrire, pour avoir soutenu la cause du bon goût, qui sans lui allait expirer en France, & qu'il est comme Fréron victime de ses grands talens.

Sorti de prison il fait un nouveau libelle, dans lequel il insulte un conseiller de grand-chambre fils d'un magistrat de la chambre des comptes ; il dit ingénieusement qu'il est fils d'un patissier, & ce magistrat a dédaigné de le faire remettre à Bicêtre. Il s'associe depuis à Fréron, à Sabotier & à d'autre gens de cette espèce. Il broche libelle sur libelle contre un vieillard solitaire, retiré depuis trente années, qu'on peut outrager impunément. Il avait écrit auparavant à ce même solitaire plusieurs lettres dont nous avons les originaux entre les mains. En voici un fragment.

« Jugez, monsieur, si votre
» silence peut ne pas m'affliger.
» Peut-être hélas ! vous êtes-
» vous imaginé que vous me
» verriez payer votre amitié,
» vos bienfaits par la plus noire
» ingratitude. Que je serais assez
» lâche, assez criminel, pour n'ê-
» tre pas plus reconnaissant que

» tant d'autres ! Ah ! monſieur, ne
» me faites pas l'injure de ſoup-
» çonner ainſi ma probité. C'eſt
» ce bien précieux que je vou-
» drais délivrer de la contagion
» générale ; vos ſoupçons le
» flétriraient. Votre généroſité,
» votre grandeur d'ame peuvent
» en conſerver & en relever
» l'éclat. Ma tendreſſe, mon
» zèle, mon reſpeſt, voilà
» mes ſeuls biens, ils ſont tous
» à vous & ils y feront toujours
» &c. A Dijon ce 6. Décembre
» 1769. Voici mon adreſſe, à
» Clément fils, chez ſon père
» procureur à Dijon, derrière
» les minimes.

Il a eu depuis l'attention de
déſavouer cette lettre, & la
probité de dire qu'elle était fal-
ſifiée. Nous la conſervons pourtant, quoique ce ne ſoit pas une
piéce bien-curieuſe, mais c'eſt
toujours un témoignage ſubſiſ-
tant de l'honneur que cette
petite cabale met dans ſa conduite. C'eſt ce qui faiſait dire à
Mr. Duclos ſecretaire de l'académie, qu'il ne connaiſſait rien
de plus mépriſable & de plus
méchant que la canaille de la
littérature. Il eſt à croire que
Mr. Clément s'étant marié deviendra plus juſte & plus ſage,
qu'il ſera plus modeſte, qu'il ne
calomniera plus des perſonnes
dont il n'eut jamais ſujet de ſe
plaindre, qu'il n'a même jamais
enviſagées, & qu'il ſe repentira
d'avoir débuté dans le monde
par une conduite ſi infame.

(l) *Patouillet ſur Nonotte.*
Patouillet eſt un ex-jéſuite, lequel débitait, il y a quelques
années, des déclamations de
collège nommées mandemens

pour des évêques qui ne pouvaient pas en faire. Il en débita
un contre notre auteur & contre d'autres gens de lettres : c'eſt
dommage qu'il ait été brûlé par
la main du bourreau. Ce Patouillet était un des plus forts écrivains dans le genre calomnieux
que nous ayons eu depuis Ga-
raſſe.

(m) *Nonotte,* eſt un autre
ex-jéſuite, digne compagnon de
Patouillet. Il a fait deux gros
volumes ſous le titre *d'erreurs de
V.....* & qu'il aurait pu inti-
tuler *erreurs de Nonotte.* Il commence par reprocher à l'auteur
de l'*Eſſai ſur l'hiſtoire générale
des mœurs & de l'eſprit des nations,* d'avoir dit, *que l'ignorance chrétienne* regarde le règne
des empereurs Romains comme
une St. Barthelemi continuelle ;
& l'auteur n'a point dit cela.
Nonotte pour rendre odieux
celui qu'il attaque, ajoute
de ſa grace ce mot *chrétienne.*
L'auteur ne parle point là des
autres empereurs : il parle
du ſeul Dioclétien que Galérius
engagea à être perſécuteur après
dix-neuf ans d'un règne de douceur & de tolérance. Sur quoi
l'auteur avait remarqué la faute
qu'ont fait tous les chronologiſ-
tes de placer l'ère des martyrs
la première année de ce règne :
il la fallait dater de l'an 303 ;
& non de l'an 284.

Il fait dire à l'auteur que Dioclétien *ne punit que quelques
chrétiens, qui étaient des hommes brouillons, emportés & fac-
tieux.* L'auteur n'a pas dit un
mot de cela, & n'a pu le dire.
Il n'a pas aſſez oublié ſa langue
pour ſe ſervir de cette expreſ-
ſion, *hommes brouillons.*

Nonotte accuse l'auteur d'avoir dit que Charlemagne n'était qu'un heureux brigand. L'auteur n'a rien écrit de semblable. Ainsi voilà en deux pages trois calomnies dont ce bon Nonotte est convaincu. Mr. Damilaville daigna prendre le soin de relever deux ou trois cents erreurs de Nonotte. Elles sont imprimées à la suite de l'*essai sur les mœurs & l'esprit des nations*. Et Nonotte était tout étonné qu'on lui manquât ainsi de respect ; à lui qui avait eu l'honneur de prêcher dans un village de Franche - Comté, & de régenter en sixième. L'orgueil a du bon ; & quand il est soutenu par l'ignorance, il est parfait.

(*n*) *Mirabeau par ses doctes leçons.* Il a fort encouragé l'agriculture par son livre intitulé l'Ami des hommes.

(*o*) *René Descarte*. On sait qu'il était excellent géomètre, mais que toute sa philosophie n'est fondée que sur des chimères.

(*p*) On sait aussi que Mallebranche s'est entretenu familiérement avec le Verbe, quoique la première partie de son livre sur les erreurs des sens & de l'imagination soit un chef - d'œuvre de philosophie.

(*q*) *Au pays des chimères,* Rien n'est plus chimérique en effet que la plupart des systêmes de physique. Burnet & Voodward n'ont écrit que des folies raisonnables sur le déluge universel. Mallebranche a inventé de petits tourbillons mous pour expliquer la lumière, & les couleurs ; & cela plus de vingt ans après que Newton avait fait son Optique. Réaumur a osé soutenir à Paris dans l'académie des sciences que les os de morts produisaient des turquoises, & on sait que ses imaginations sur le fer fondu ont ruiné des familles : Maillet a osé dire que la mer avait formé des montagnes, que les hommes avaient été poissons, que notre globe est de verre, qu'il est le débris d'une comète; d'autres ont retrouvé le monde primitif, la langue primitive, la manière dont les métaux se formaient dans ce monde primitif. On sait qu'un philosophe très-doux, très-modeste, très-judicieux & point jaloux a eu le secret d'enduire les hommes de poix résine pour les empêcher de tomper les malades, qu'il disséquait des géants pour connaître la nature de l'ame, & qu'il prédisait l'avenir : de tels hommes pourtant en ont imposé.

LETTRE

A UN ACADÉMICIEN DE SES AMIS.

. . . .

. . . .

SI on ne veut point croire dans Paris que le jeune comte de Schovalo , chambellan de l'impératrice de Ruffie, & préfident d'un bureau de la légiflation, foit l'auteur de *l'Epître à Ninon*, c'eft apparemment par modeftie. Car cette épître eft peut-être ce qui fait le plus d'honneur à notre nation. C'eft une chofe bien furprenante que, n'ayant été, je crois, que trois mois à Paris, il ait pris fi bien ce que vous appellez *le ton de la bonne compagnie*; qu'il l'ait perfectionné, qu'il y ait ajouté l'élégance & la correction fi inconnues à quelques feigneurs Français qui n'ont pas daigné apprendre l'ortographe.

Monfieur de Schovalo faifait déjà de très-jolis vers français quand il était chez moi il y a quelques années ; & nous avons eu depuis, dans des recueils, quelques piéces fugitives de lui très-bien travaillées.

Il fe trompe en difant que Chapelle

A côté de Ninon fredonnait un refrain.

Chapelle, qu'on a beaucoup trop loué, était bien loin de fredonner des chanfons à côté de Ninon. Cet ivrogne , qui eut quelques faillies agréables, était fon mortel ennemi, & fit contr'elle des chanfons affez groffières. En voici une.

Il ne faut pas qu'on s'étonne,
Si par fois elle raifonne
De la fublime vertu,
Dont Platon fut revêtu.
Car, à bien compter fon âge,
Elle doit avoir . . . . *vécu*
Avec ce grand perfonnage.

Ce n'eft pas là le ftyle de Mr. le comte de Schovalo. J'écris fon nom comme nous le prononçons : car je ne faurais me faire aux doubles w, pour lefquels j'ai toujours eu la plus grande averfion, ainfi que pour le mot françois.

J'admire les gens qui m'attribuent cette *Epître* : ils m'imputent de m'être donné des louanges qui font pardonnables à l'amitié de Mr. de Schovalo, mais qui feraient affurément très-ridicules dans ma ma bouche.

J'ai lu par hafard des nouvelles à la main Nº. 25, dont l'auteur prétend que je me fuis caché fous le nom de Mr. de Schovalo. Il pourrait dire auffi que je me cache tous les jours fous le nom du roi de Pruffe qui fait des chofes non moins étonnantes en nôtre langue, & fous celui de l'impératrice de Ruffie, qui écrit en profe comme fon chambellan en vers. Les fadaifes infipides dont tant de petits Welches nous inondent, croyant être de vrais Français, font bien loin d'égaler les chefs-d'œuvre étrangers dont je vous parle. C'eft que ces petits Welches n'ont que des mots dans la tête, & que ces génies du Nord penfent folidement.

J'emploie le double W pour les Welches : il faut être barbare avec eux.

Les mêmes écrivains de nouvelles & d'inutilités m'imputent une *Lettre d'un Eccléfiaftique fur les Jéfuites*, & je ne fais quel *Taureau blanc*. Je vous affure que je ne me mêle point des jéfuites. Je fuis comme le pape ; je les ai pour jamais abandonnés, excepté père

Adam que j'ai toujours chez moi. A l'égard des tau-
reaux blancs ou noirs, je m'en tiens à ceux que j'é-
lève dans mes étables, & avec lesquels je laboure. Il y
a soixante ans que je suis un peu vexé, & je m'en
console dans ma chaumière, pratiquant *quid faciat
lætas segetes.* J'ai sur tout *lætum animum*, malgré la
cabale qui croit m'affliger, & dont je me moquerai tant
que j'aurai un souffle de vie, &c.

A MADAME DE POMPADOUR,

*alors madame d'ETIOLE, en 1745, pendant qu'elle
dessinait.*

Ainsi donc vous réunissez
Tous les arts, tous les goûts, tous les talens de plaire ;
    Pompadour, vous embellissez
    La cour, le Parnasse & Cythère.
Charme de tous les cœurs, trésor d'un seul mortel,
    Qu'un sort si beau soit éternel ;
Que vos jours précieux soient marqués par des fêtes ;
Que la paix dans nos champs reviennent avec Louis.
    Soyez tous deux sans ennemis,
    Et gardez tous deux vos conquêtes.

EXTRAIT D'UNE LETTRE,
A LA MÊME. 1745.

❀ ❀

Sincère & tendre Pompadour,
Car je veux vous donner d'avance

Ce nom qui rime avec l'amour,
Et qui fera bientôt le plus beau nom de France.
Ce Tokai dont votre excellence
Dans Etiole me regala,
N'a-t-il pas quelque reſſemblance
Avec le roi qui le donna ?
Il eſt comme lui ſans mêlange,
Il unit comme lui la force & la douceur,
Plaît aux yeux, enchante le cœur,
Fait du bien, & jamais ne change.

❀ ❀

Le vin que m'apporta l'ambaſſadeur manchot du roi de P.... (qu'il n'eſt pas manchot,) derrière ſon tombereau d'Allemagne, qu'il appellait *carroſſe*, n'approche pas du Tokai que vous m'avez fait boire. Il n'eſt pas juſte que le vin d'un roi du Nord ſoit meilleur que celui d'un roi de France, ſur tout depuis que le roi de P.... a mis de l'eau dans ſon vin par ſa paix de Breſlau.

Dufreni a dit dans une chanſon, que les rois ne ſe faiſaient la guerre que parce qu'ils ne buvaient jamais enſemble; il ſe trompe, François I avait ſoupé avec Charles-Quint, & vous ſavez ce qui s'enſuivit. Vous retrouverez en remontant plus haut qu'Auguſte avait fait cent ſoupers avec Antoine. Non, madame, ce n'eſt pas le ſouper qui fait l'amitié, &c.

IMPROMPTU

Fait à un souper dans une cour d'Allemagne.

Il faut penser, sans quoi l'homme devient
Un animal, un vrai cheval de somme :
Il faut aimer, c'est ce qui nous soutient ;
Sans rien aimer il est triste d'être homme,
Il faut avoir douce société
De gens savans, instruits sans suffisance,
Et de plaisirs grande variété,
Sans quoi les jours sont plus longs qu'on ne pense.
Il faut avoir un ami, qu'en tout tems
Pour son bonheur, on écoute, on consulte,
Qui puisse rendre à notre ame en tumulte
Les maux moins vifs, & les plaisirs plus grands,
Il faut le soir un souper délectable,
Où l'on soit libre, où l'on goûte à propos
Force bons vins, avec quelques bons mots :
Et sans être ivre il faut sortir de table.
Il faut la nuit tenir entre deux draps
Le tendre objet que votre cœur adore,
Le caresser, s'endormir dans ses bras
Et le matin recommencer encore.
Mes chers amis, avouez que voilà
De quoi passer une assez douce vie :
Or dès l'instant que j'aimai ma Silvie,
Sans trop chercher je trouvai tout cela.

RÉPONSE

RÉPONSE

A DES VERS DE Mr. CH.

Aimable amant de Polymnie,
Jouiſſez de cet âge heureux
Des voluptés & du génie ;
Abandonnez-vous à leurs feux :
Ceux de mon ame appeſantie
Ne ſont qu'une cendre amortie,
Et je renonce à tous vos feux.
La fleur de la raiſon paſſée
Par d'autres fleurs eſt remplacée,
Une ſultane avec dépit
Dans le vieux ſerrail délaiſſée,
Voit la jeune entrer dans le lit
Dont le grand ſeigneur l'a chaſſée.
Quand elle était décrépit,
Il s'enfuit laiſſant ſon eſprit
A ſon jeune élève Eliſée.
Ma muſe eſt de moi trop laſſée ;
Elle me quitte, & vous chérit ;
Elle ſera mieux careſſée.

PORTRAIT DE MADAME....

L'ESPRIT, l'imagination,
Les graces, la philosophie,
L'amour du vrai, le goût du bon,
Avec un peu de fantaisie;
Assez solide en amitié,
Dans tout le reste un peu légère :
Voilà, je crois, sans vous déplaire,
Votre portrait fait à moitié.

VERS A LA MÊME.

DES contraires bel assemblage,
Vous, qui sous l'air d'un papillon
Cachez les sentimens d'un sage
Revolez de mon hermitage
A votre brillant tourbillon;
Allez chercher l'illusion
Compagne heureuse du bel âge.
Que votre imagination
Toujours forte, toujours légère,
Entre Boufflers & Voisenon,
Répande cent traits de lumière;
Que Diane, que les Amours
Partagent vos nuits & vos jours;

S'il vous reste en ce train de vie,
Dans un tems si bien employé,
Quelques momens pour l'amitié,
Ne m'oubliez pas, je vous prie;
J'aurais encore la fantaisie
D'être au nombre de vos amans;
Je cède ces honneurs charmans
Aux doyens de l'académie.
Mais quand j'aurai quatre-vingts ans,
Je prétends de ces jeunes gens
Surpasser la galanterie,
S'il me surpassent en talens.

✻ ✻

Ces petits vers froids & coulans
Sentent un peu la décadence :
On m'assure qu'en plus d'un sens
Il est de tout de même en France.

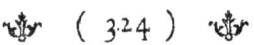
SUR LE LOUVRE. 1749.

Monument imparfait de ce siècle vanté,
Qui sur tous les beaux-arts a fondé sa mémoire,
Vous verrai-je toujours en attestant sa gloire,
Faire un juste reproche à sa postérité ?

Faut-il que l'on s'indigne alors qu'on vous admire,
Et que les nations qui veulent nous braver,
Fières de nos défauts, soient en droit de nous dire,
Que nous commençons tout pour ne rien achever ?

Sous quels débris honteux, sous quel amas rustique,
On laisse ensevelis ces chefs-d'œuvre divins !
Quel barbare a mêlé la bassesse gothique
A toute la grandeur des Grecs & des Romains ?

Louvre, palais pompeux, dont la France s'honore,
Sois digne de ce roi, ton maître & notre appui ;
Embellis ces climats que sa vertu décore,
Et dans tout ton éclat, montre-toi comme lui.

EPITRE

A Mr. DES MAHIS. 1750.

VOs jeunes mains cueillent des fleurs,
Dont je n'ai plus que les épines :
Vous dormez deſſous les courtines
Et des graces & des neuf ſœurs.
Je leur fais encore quelques mines ,
Mais vous poſſédez leurs faveurs.

   Tout s'éteint , tout s'uſe , tout paſſe,
Je m'affaiblis , & vous croiſſez ;
Mais je deſcendrai du Parnaſſe
Content, ſi vous m'y remplacez.
Je jouis peu, mais j'aime encore ,
Je verrai du moins vos amours.
Le crépuſcule de mes jours
S'embellira de votre aurore.
Je dirai , je fus comme vous ;
C'eſt beaucoup me vanter peut-être ;
Mais je ne ſerai point jaloux ,
Le plaiſir permet-il de l'être ?

A MONSIEUR D. M.

Délices du 24 Juillet 1756.

VOus ne comptez pas trente hivers ;
Les graces font votre partage ;
Elles ont dicté vos beaux vers ;
Mais je ne fais par quel travers
Vous vous propofez d'être fage.
C'eft un mal qui prend à mon âge ,
Quand le reffort des paffions ,
Quand de l'amour la main divine ,
Quand les belles tentations
Ne foutiennent plus la machine.
Trop tôt vous vous défefpérez ;
Croyez-moi, la raifon févère
Qui trompe vos fens égarés ,
N'eft qu'une attaque paffagère.
Vous êtes jeune & fait pour plaire ,
Soyez fûr que vous guérirez :
Je vous en dirais davantage
Contre ce mal de la raifon
Que je hais d'un fi bon courage ;
Mais je médite un gros ouvrage
Pour le vainqueur du Port-Mahon.
Je veux peindre à ma nation
Ce jour d'éternelle mémoire.
Je dirai , moi, qui fais l'hiftoire ,

Qu'un géant nommé Guérion
Fut pris autrefois par Alcide
Dans la même isle, au même lieu,
Où notre brillant Richelieu
A vaincu l'Anglais intrépide.
Je dirai qu'ainsi que Paphos
Minorque à Vénus fut soumise :
Vous voyez bien que mon héros
Avait double droit à sa prise.
Je suis prophête quelquefois.
J'ai prédit ses heureux exploits,
Malgré l'envie & la critique ;
Et l'on prétend que je lui dois
Encore une ode pindarique ;
Mais les odes ont peu d'appas
Pour les guerriers, & pour moi-même ;
Et je conviens qu'il ne faut pas
Ennuyer les héros qu'on aime.

A MONSIEUR L....

Connaissez mieux l'oisiveté,
Elle est ou folie, ou sagesse;
Elle est vertu dans la richesse,
Et vice dans la pauvreté.
On peut jouir en paix, dans l'hiver de la vie,
De ces fruits qu'au printems sema notre industrie :
Courtisans de la gloire, écrivains, ou guerriers,
Le sommeil est permis ; mais c'est sur des lauriers.

SUR UN RELIQUAIRE.

Ami, la superstition
Fit ce présent à la sottise,
Ne le dis pas à la raison,
Ménageons l'honneur de l'église.

A UN BAVARD.

Il faudrait penser pour écrire :
Il vaut encore mieux effacer.
Les autres quelquefois ont écrit sans penser,
Comme on parle souvent sans avoir rien à dire.

A L'OCCASION DE L'EXPULSION DES JÉSUITES.

Les renards & les loups furent long-tems en guerre,
Nos moutons respiraient, nos bergers diligens
Ont chassé par arrêt les renards de nos champs,
  Les loups vont désoler la terre :
  Nos bergers semblent entre nous
  Un peu d'accord avec les loups.

QUATRAIN

Pour être mis au bas du portrait de Confucius.

De la simple vertu salutaire interprête,
Qui n'adoras qu'un Dieu, qui fit aimer sa loi,
Toi, qui parlas en sage, & jamais en prophête,
S'il est un sage encor, il pense comme toi.

A MAD. LA DUCHESSE DE ...

  Etre femme sans jalousie,
  Et belle sans coquetterie,
  Bien juger sans beaucoup savoir,
  Et bien parler sans le vouloir,
  N'être haute, ni familière,
  N'avoir point d'inégalité,
  C'est le portrait de la Valière,
  Il n'est ni fini, ni flatté.

L E T T R E

A MONSIEUR M....

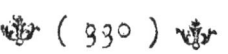

5 Mars 1765.

MOINS le hibou de Ferney, monsieur, mérite vos jolis vers, plus il vous en doit de remerciemens ; il s'intéresse vivement à vous, il connaît tout ce que vous valez.

> Les erreurs & les passions
> De vos beaux ans sont l'appanage :
> Sous cet amas d'illusions
> Vous renfermez l'ame d'un sage.

Je vous retiens pour un des soutiens de la philosophie, je vous avertis, vous serez détrompé de tout, vous serez un des nôtres.

> Plein d'esprit, doux & sociable,
> Ce n'est pas assez, croyez-moi,
> C'est pour autrui qu'on est aimable,
> Mais il faut être heureux pour soi.

Nous avons une cellule nouvelle, & nous en bâtissons une autre. Vous savez combien vous êtes aimé dans notre couvent.

A MR. DE LA P....

En lui envoyant un exemplaire de SÉMIRAMIS.

MORTEL de l'espèce très-rare
Des solides & beaux esprits,
Je vous offre un tribut qui n'est pas d'un grand prix :
Vous pourriez donner mieux ; mais vos charmans écrits
Sont le seul de vos biens dont vous soyez avare.

A MONSIEUR DE F....

VOUS philosophe ! ah ! quel projet !
N'est-ce pas assez d'être aimable ?
Aurez-vous bien l'air en effet
D'un vieux raisonneur vénérable ?
    D'inutiles réflexions
Composent la philosophie ;
Eh ! que deviendra votre vie,
Si vous n'avez des passions ?
    C'est un pénible & vain ouvrage
Que de vouloir les modérer ,
Les sentir & les inspirer
Est à jamais votre partage.
    L'esprit , l'imagination,
Les graces , la plaisanterie ,
L'amour du vrai , le goût du bon ,
Voilà votre philosophie.

A MADAME D....

OUI, Philis, la coquetterie
Est faite pour vos agrémens,
Croyez-moi la galanterie,
Malgré tous les grands sentimens,
Est sœur de la friponnerie.
Vénus versa sur vous tous ses dons précieux,
Ce serait être injuste, & les mal reconnaître
Que de vous obstiner à faire un seul heureux,
Lorsqu'avec vous le monde entier veut l'être.

A MADAME DE B...

En lui envoyant la HENRIADE.

VOS yeux sont beaux, mais votre ame est plus belle,
Vous êtes simple & naturelle ;
Et sans prétendre à rien, vous triomphez de tous.
Si vous eussiez vécu du tems de Gabrielle,
Je ne sais pas ce qu'on eût dit de vous,
Mais l'on n'aurait point parlé d'elle.

A MONSIEUR S. D. M.

ELÈVE du jeune Apollon,
Et non pas de ce vieux Voltaire ;
Elève heureux de la raison !
Et d'un dieu plus chamant, qui t'inftruifit à plaire,
J'ai lu tes vers brillans, & ceux de ta bergère,
Ouvrages de l'efprit, embellis par l'amour,
J'ai cru voir la belle Glycère
Qui chantait Horace à fon tour.
Que fon efprit me plaît ! que fa beauté me touche !
Elle a tout mon fuffrage, elle a tous tes defirs :
Elle a chanté pour toi, je vois que fur fa bouche
Tu dois trouver tous les plaifirs.

A MONSIEUR DE V...

Auteur d'un éloge du roi CHARLES V.

VOTRE héros fi peu terrible en guerre,
Jamais dans les périls ne voulut s'engager ;
Il ne ravagea point la terre,
Mais il la fit bien ravager.

VERS A Mr. DE B.....

LEs neuf mufes font fœurs & les beaux-arts font frères.
          Quelque peu de malignité
A dérangé par fois cette fraternité :
La famille en fouffrit , & des mains étrangères
          De ces débats ont profité.
C'eft dans fon union qu'eft fon grand avantage :
Alors elle en impofe aux pédans , aux bigots ,
          Elle devient l'effroi des fots ,
La lumière du fiècle & le foutien du fage ;
Elle ne flatte point les riches & les grands ,
          Ceux qui dédaignaient fon encens ,
          Se font honneur de fon fuffrage ,
          Et les rois font fes courtifans.

A L'AUTEUR DE RICHARDET.

VOus ne parlez que d'un moineau ,
Et vous avez une volière ;
Il eft chez vous plus d'un oifeau
Dont la voix tendre & printanière
Plaît par un ramage nouveau :
Celui qui n'a plume qu'aux ailes ,
Et qui fait fon nid dans les cœurs ,
Répandit fur vous fes faveurs.
Il vous fait trouver des lecteurs ,
Comme il vous a foumis des belles.

SUR L'ÉLECTION

DU COMTE PONIATOWSKI

AU TRÔNE DE POLOGNE.

DANS le fond de mon hermitage,
Loin de l'illusion des cours,
Réduit, hélas ! à vivre en sage,
Ne l'ayant pas été toujours,
Et ne l'étant qu'en mon vieux âge,
La retraite est mon seul recours,
Je ne ferai plus de voyage.
Que la gloire avec les amours
Couronnent devers Cracovie
Un prince aimé de la patrie,
Qui lui promet de si beaux jours :
Trop éloigné de sa personne,
Je me borne à former des vœux :
On lui décerne une couronne,
Et je voudrais qu'il en eût deux. (*a*)

(*a*) Il s'agissait d'une reine jeune & belle.

AUX HABITANS DE LYON. 1754.

IL est vrai que Plutus est au rang de vos dieux,
Et c'est un riche appui pour votre aimable ville ;
      Il n'est point de plus bel asyle,
Ailleurs il est aveugle, il a chez vous des yeux.
Il n'était autrefois que dieu de la richesse.
      Vous en faites le dieu des arts ;
      J'ai vu couler dans vos remparts
Les ondes du Pactole, & les eaux du Permesse.

A MADAME DU CHATELET

jouant à Sceaux le rôle d'Issé en 1747.

ETRE Phébus aujourd'hui je desire,
Non pour régner sur la prose & les vers,
Car à Du Maine il remit cet empire,
Non pour courir autour de l'univers,
Car vivre à Sceaux est le but où j'aspire,
Non pour tirer des accords de sa lyre,
De plus doux chants font retentir ces lieux,
Mais seulement pour voir & pour entendre
La belle Issé qui pour lui fut si tendre,
Et qui le fit le plus heureux des dieux.

LE DIMANCHE,

O U

LES FILLES DE MINÉE.

*Par Mr. de la VISCLÈDE secretaire perpétuel de l'aca-
démie de Marseille.*

A MADAME ARNANCHE.

VOUS demandez , madame Arnanche,
Pourquoi nos dévots paysans ,
Les cordeliers à la grand'manche,
Et nos curés catéchisans
Aiment à boire le dimanche.
J'ai consulté bien des savans.
Huet, cet évêque d'Avranche,
Qui pour la bible toujours panche ,
Prétend qu'un usage si beau ,
Vient de Noé le patriarche ,
Qui justement dégoûté d'eau ,
S'enivrait au sortir de l'arche.
Huet se trompe ; c'est Bacchus ,
C'est le législateur du Gange ,
Ce dieu de cent peuples vaincus ,

Cet inventeur de la vendange.
C'eſt lui qui voulut conſacrer
Le dernier jour hebdomadaire
A boire, à rire, à ne rien faire,
On ne pouvait mieux honorer
La divinité de ſon père.
Il fut ordonné par les loix
D'employer ce jour ſſalutaire
A ne faire œuvre de ſes doigts
Qu'avec ſa maîtreſſe & ſon verre.

    Un jour ce digne fils de Dieu
Et de la pieuſe Semèle,
Deſcendit du ciel au ſaint lieu
Où ſa mère très-peu cruelle
Dans ſon beau ſein l'avait conçu,
Où ſon père l'ayant reçu
L'avait enfermé dans ſa cuiſſe ;
Grands myſtères bien expliqués,
Dont autrefois ſe ſont moqués
Des gens d'eſprit pleins de malice.

    Bacchus à peine ſe montrait
Avec Silène & ſa monture,
Tout le peuple les adorait,
La campagne était ſans culture.
Dévotement on folâtrait ;
Et toute la cléricature
Courait en foule au cabaret.

    Parmi ce brillant fanatiſme
Il fut un pauvre citoyen,
Nommé Minée, homme de bien,

Et soupçonné de janſéniſme.
Ses trois filles filaient du lin ,
Aimaient Dieu , ſervaient le prochain ,
Evitaient la fainéantiſe ,
Fuyaient les plaiſirs , les amans ;
Et pour ne point perdre de tems ,
Ne fréquentaient jamais l'égliſe.
    Alcitoé dit à ſes ſœurs ,
Travaillons & faiſons l'aumône ;
Monſieur le curé dans ſon prône
Donne-t-il des conſeils meilleurs ;
Filons , & laiſſons la canaille
Chanter des verſets ennuyeux ;
Quiconque eſt honnête & travaille
Ne ſaurait offenſer les dieux.
Filons , ſi vous voulez m'en croire ;
Et pour égayer nos travaux ,
Que chacune conte une hiſtoire
En faiſant tourner ſes fuſeaux.
Les deux cadettes approuvèrent
Ce propos tout plein de raiſon ,
Et leur ſœur qu'elles écoutèrent
Commença de cette façon.

  Le travail eſt mon Dieu ; lui ſeul régit le monde ;
Il eſt l'ame de tout : c'eſt en vain qu'on nous dit :
Que les dieux ſont à table ou dorment dans leur lit.
J'interroge les cieux , l'air , & la terre & l'onde.
Le puiſſant Jupiter fait ſon tour en dix ans.
Son vieux père Saturne avance à pas plus lents ,
Mais il termine enfin ſon immenſe carrière ;

Et dès qu'elle est finie, il recommence encor.
　Sur son char de rubis mêlés d'azur & d'or.
Appollon va lançant des torrens de lumière.
Quand il quitta les cieux il se fit médecin,
Architecte, berger, menétrier, devin;
Il travailla toujours. Sa sœur l'aventurière
Est Hécate aux enfers, Diane dans les bois,
Lune pendant les nuits, & remplit trois emplois.

　Neptune chaque jour est occupé six heures
A soulever des eaux les profondes demeures,
Et les fait dans leur lit retomber par leur poids.
　Vulcain noir & crasseux ; courbé sur son enclume,
Forge à coups de marteau les foudres qu'il allume.
　On m'a conté qu'un jour, croyant le bien payer,
Jupiter à Vénus daigna le marier.
Ce Jupiter, mes sœurs, jétait grand adultère ;
Vénus l'imita bien ; chacun tient de son père.
Mars plut à la friponne ; il était colonel,
Vigoureux, impudent, s'il en fut dans le ciel,
Talons rouges, nez haut, tous les talens de plaire :
Et tandis que Vulcain travaillait pour la cour,
Mars consolait sa femme en parfait petit maître,
Par air, par vanité, plutôt que par amour.

　Le mari méprisé, mais très-digne de l'être,
Aux deux amans heureux voulut jouer d'un tour.
D'un fil d'acier poli, non moins fin que solide,
Il façonne un réseau que rien ne peut briser.
Il le porte la nuit au lit de la perfide.
Lasse de ses plaisirs il la voit reposer
Entre les bras de Mars ; & d'une main timide

Il vous tend son lacet sur le couple amoureux.
Puis marchant à grands pas, encor qu'il fût boiteux,
Il court vite au soleil conter son aventure.
Toi qui vois tout, dit-il, viens, & vois ma parjure.
Cependant que Phosphore aux bords de l'orient
Au-devant de son char ne paraît point encore,
Et qu'en versant des pleurs la diligente aurore
Quitte son vieil époux pour son nouvel amant ;
Appelle tous les dieux, qu'ils contemplent ma honte,
Qu'ils viennent me venger. -- Apolon est malin,
Il rend avec plaisir ce service à Vulcain ;
En petits vers galans, sa disgrace il raconte ;
Il assemble en chantant tout le conseil divin.
Mars se réveille au bruit aussi-bien que sa belle ;
Ce dieu très-es-honté ne se dérangea pas,
Il tint sans s'étonner Vénus entre ses bras,
Lui donnant cent baisers qui sont rendus par elle.
Tous les dieux à Vulcain firent leur compliment,
Le père de Vénus en rit long-tems lui-même.
On vanta du lacet l'admirable instrument,
Et chacun dit, bon homme attrapez-nous de même.

Lorsque la belle Alcitoé
Eut fini son conte pour rire,
Elle dit à sa sœur Thémire
Tout ce peuple chante *Evoé* ;
Il s'enivre, il est en délire,
Il croit que la joie est du bruit.
Mais vous que la raison conduit
N'auriez-vous donc rien à nous dire ?
Thémire à sa sœur répondit,

La populace eſt la plus forte,
Je crains ces dévots, & fais bien;
A double tour fermons la porte,
Et pourſuivons notre entretien.
Votre conte eſt de bonne ſorte;
D'un vrai plaiſir il me tranſporte;
Pourrez-vous écouter le mien ?

C'eſt de Vénus qu'il faut parler encore,
Sur ce ſujet jamais on ne tarit;
Filles, garçons, jeunes, vieux, tout l'adore;
Mille grimauds font des vers ſans eſprit
Pour la chanter. Je m'en ſuis ſouvent plainte.
Je déteſtais tout médiocre auteur;
Mais on les paſſe, on les ſouffre; & la ſainte
Fait qu'on pardonne au ſot prédicateur,
Cette Vénus que vous avez dépeinte
Folle d'amour pour le dieu des combats,
D'un autre amour eut bientôt l'ame atteinte
Le changement ne lui déplaiſait pas.
Elle trouva devers la Paleſtine
Un beau garçon, dont la charmante mine,
Les blonds cheveux, les roſes & les lys,
Les yeux brillans, la taille noble & fine,
Tout lui plaiſait, car c'était Adonis.
Cet Adonis, ainſi qu'on nous l'atteſte,
Au rang des dieux n'était pas tout-à-fait;
Mais chacun ſait combien il en tenait.
Son origine était toute céleſte.
Il était né des plaiſirs d'un inceſte.
Son père était ſon aïeul Cinira

Qui l'avait eu de fa fille Mirra.
Et Cinira, ce qu'on a peine àscroire,
Etait le fils d'un beau morceau d'ivoire.
Je voudrais bien que quelque grand docteur
Pût m'expliquer fa généalogie ;
J'aime à m'inftruire, & c'eft un grand bonheur
D'être favante en la théologie.

   Mars fut jaloux de fon charmant rival,
Il le furprit avec fa Cithérée
Le nez collé fur fa bouche facrée,
Faifant des dieux. Mars eft un peu brutal,
Il prit fa lance, & d'un coup déteftable
Il tranfperfa ce jeune homme adorable
De qui le fang produit encor des fleurs.
J'admire ici toutes les profondeurs
De cette hiftoire ; & j'ai peine à comprendre
Comment un dieu pouvait ainfi pourfendre
Un autre dieu. Çà, dites-moi, mes fœurs,
Qu'en penfez-vous ? parlez-moi fans fcrupule,
Tuer un dieu n'eft-il pas ridicule ?

   Non, dit Climène, & puifqu'il était né
C'eft à mourir qu'il était deftiné ;
Je le plains fort, fa mort paraît trop prompte.
Mais pourfuivez le fil de votre conte.

   Notre Thémire aimant à raifonner
Lui répondit, je vais vous étonner.
Adonis meurt : mais Vénus la féconde,
Qui peuple tout, qui fait vivre & fentir,
Cette Vénus qui créa le plaifir,
Cette Vénus qui répare le monde,

               Y iv

Reſſuſcita, ſept jours après ſa mort,
Le dieu charmant dont vous plaignez le ſort.

Bon ! dit Climène, en voici bien d'une autre ;
Ma chère ſœur quelle idée eſt la vôtre !
Reſſuſciter les gens ! je n'en crois rien.
Ni moi non plus, dit la belle conteuſe ;
Et l'on peut être une fille de bien
En ſoupçonnant que la fable eſt menteuſe.
Mais tout cela ſe croit très-fermement
Chez les docteurs de ma noble patrie,
Chez les rabins de l'antique Syrie,
Et vers le Nil, où le peuple en danſant
De ſon Iſis entonnant la louange,
Tous les matins fait des dieux & les mange.
Chez tous ces gens Adonis eſt fêté ;
On vous l'enterre avec ſolemnité ;
Six jours entiers l'enfer eſt ſa demeure ;
Il eſt damné tant en corps qu'en eſprit ;
Dans ces ſix jours chacun gémit & pleure ;
Mais le ſeptième il reſſuſcite ; on rit.
Telle eſt, dit-on, la belle allégorie,
Le vrai portrait de l'homme & de la vie,
Six jours de peine, un ſeul jour de bonheur.
Du mal au bien toujours le deſtin change ;
Mais il eſt peu de plaiſirs ſans douleur ;
Et nos chagrins ſont ſouvent ſans mêlange.

De la ſage Climène enfin c'était le tour.
Son talent n'était pas de conter des ſornettes,
De faire des romans, ou l'hiſtoire du jour,

De ramaſſer des faits perdus dans les gazettes.
Elle était un peu sèche, aimait la vérité,
La cherchait, la diſait avec ſimplicité ;
Se ſouciant fort peu qu'elle fût embellie ;
Elle eût fait un bon tome à l'Encyclopédie.

    Climène à ſes deux ſœurs adreſſa ce diſcours ;
Vous m'avez de nos dieux raconté les amours,
        Les aventures, les myſtères,
Si nous n'en croyons rien que nous ſert d'en parler ?
Un mot devrait ſuffire. On a trompé nos pères,
        Il ne faut pas leur reſſembler.
        Les Béotiens nos confrères,
Chantent au cabaret l'hiſtoire de nos dieux,
Le vulgaire ſe fait un grand plaiſir de croire
        Tous ces contes faſtidieux,
Dont on a dans l'enfance enrichit ſa mémoire.
Pour moi, dût le curé me gronder après boire,
Je m'en tiens à vous dire avec mon peu d'eſprit
Que je n'ai jamais cru rien de ce qu'on m'a dit.
D'un bout du monde à l'autre on ment, & l'on mentit ;
Nos neveux mentiront comme ont fait nos ancêtres.
        Chroniqueurs, médecins & prêtres
Se ſont moqués de nous dans leur fatras obſcur.
        Moquons-nous d'eux, c'eſt le plus ſûr.
        Je ne crois point à ces prophêtes
        Pourvus d'un eſprit de Python,
        Qui renoncent à leur raiſon
        Pour prédire les choſes faites.
Je ne crois point qu'un dieu nous faſſe nos enfans,
        Je ne crois point la guerre des géans,

Je ne crois point du tout à la prison profonde ,
D'un rival de dieu même en son tems foudroyé ;
Je ne crois point qu'un fat ait embrasé ce monde,
        Que son grand-père avait noyé.
        Je ne crois aucun des miracles
Dont tout le monde parle , & qu'on n'a jamais vus.
        Je ne crois aucun des oracles
        Que des charlatans ont vendus.
Je ne crois point. . . la belle au milieu de sa phrase
S'arrêta de frayeur ; un bruit affreux s'entend ,
        La maison tremble, un coup de vent
        Fait trembler le trio qui jase.
Avec tout son clergé Bacchus entre en buvant.
Et moi je crois , dit-il mesdames les savantes ,
        Qu'en faisant trop les beaux esprits
        Vous êtes des impertinentes.
        Je crois que de mauvais écrits
        Vous ont un peu tourné la tête.
        Vous travaillez un jour de fête ,
        Vous en aurez bientôt le prix.
        Et ma vengeance est toute prête ;
        Je vous change en chauve-souris.
        Aussi- tôt de nos trois reclues
        Chaque membre se raccourcit,
        Sous leur aisselle il s'étendit
        Deux petites ailes velues.
        Leur voix pour jamais se perdit ,
        Elles volèrent dans les rues
        Et devinrent oiseaux de nuit.
        Ce châtiment fut tout le fruit
        De leur sciences prétendues.

Ce fut une grande leçon
Pour tout bon raifonneur qui fronde.
On connut qu'il eft dans ce monde
Trop dangereux d'avoir raifon.
Ovide a conté cette affaire,
La Fontaine en parle après lui.
Moi je la répète aujourd'hui.
Et j'aurais mieux fait de me taire.

LETTRE de Mr. de VISCLÈDE, à Mr. le fecretaire perpétuel de l'académie de Pau.

MONSIEUR & cher confrère ; je vous envoie mes filles de Minée ; & je vous répète en profe ce que j'ai dit en vers, que je ne devais pas traiter ce fujet après Ovide & La Fontaine. Ce n'eft pas dans le monde comme dans l'évangile, celui qui vient fe préfenter à la dernière heure n'eft jamais fi bien reçu que ceux qui ont travaillé le matin. Voyez ce qui vient d'arriver à La Motte ; il a voulu faire une petite Iliade ; on s'eft moqué de lui. Il a fait des fables philofophiques dédiées au régent du royaume, qui lui a donné deux mille écus, tout le monde a dit, nous aimons mieux le naïf La Fontaine à qui Louis XIV ne donna rien.

Vous connaiffez cet enfant de la nature, ce La Fontaine, & fes trois filles de Minée que l'abbé d'Olivet a fait imprimer dans un recueil en cinq volumes, mais vous ne connaiffez pas les amours de Mars & de Venus, qui ne fe trouvent que dans l'édition de 1750. Les voici.

Vous devez avoir lu qu'autrefois le dieu Mars ,
Bleffé par Cupidon d'une flèche dorée ,

Après avoir dompté les plus fermes remparts ,
  Mit le camp devant Cithérée.
Le siége ne fut pas de fort longue durée :
  A peine Mars se présenta,
  Que la belle parlementa.

Dans les formes pourtant il entreprit l'affaire
  Par tous moyens tâcha de plaire :
De son ajustement prit d'abord un grand soin.
  Considérez-le en ce coin,
  Qui quitte sa mine fière.
Il se fait attacher son plus riche harnois.
 Quand ce serait pour des jours de tournois ,
 On ne le verrait pas vêtu d'autre manière.
L'éclat de ses habits fait honte à l'œil du jour.
Sans cela , fit-on mordre aux géans la poussiére ,
Il est bien mal aisé de rien faire en amour.

 En peu de tems Mars emporta la dame.
Il la gagna peut-être , en lui comptant sa flamme :
Peut-être conta-t-il ses siéges , ses combats ;
Parla de contrescarpe , & cent autres merveilles ,
  Que les femmes n'entendent pas ,
Et dont pourtant les mots sont doux à leurs oreilles.
Voyez combien Vénus en ces lieux écartés
Aux yeux de ce guerrier étale de beautés :
 Quels longs baisers ! La gloire a bien de charmes ;
Mais Mars en la servant ignore ces douceurs.
Son harnois est sur l'herbe : Amour pour toutes armes
  Veut des soupirs & des larmes ,
  C'est ce qui triomphe des cœurs.

Phœbus pour la déesse avait même dessein ;
Et charmé de l'espoir d'une telle conquête ,
  Couvait plus de feux dans son sein ,
  Qu'on n'en voyait à l'entour de sa tête.
C'était un dieu pourvu de cent charmes divers.
  Il était beau ; mais il faisait des vers ;
  Avait un peu trop de doctrine :
  Et qui pis est , savait la médecine.
  Or soyez sûr qu'en amours ,

Entre l'homme d'épée & l'homme de science,
Les dames au premier inclineront toujours ;
Et toujours le plumet aura la préférence.
Ce fut donc le guerrier qu'on aima mieux choisir.
    Phœbus outré de déplaisir
    Apprit à Vulcan ce mystère ;
Et dans le fond d'un bois voisin de son séjour,
Lui fit voir avec Mars la reine de Cithère,
Qui n'avaient en ces lieux pour témoins que l'amour.

La peine de Vulcan se voit représentée ;
Et l'on ne dirait pas que les traits en sont feints.
Il demeure immobile , & son ame agitée
Roule mille pensers qu'en ses yeux on voit peints.
    Son marteau lui tombe des mains.
Il a martel en tête , & ne fait que résoudre ,
    Frappé comme d'un coup de foudre.
    Le voici dans cet autre endroit
    Qui querelle & qui bat sa femme.
Voyez-vous ce galant qui les montre du doigt ?
Au palais de Vénus il s'en allait tout droit ,
Espérant y trouver le sujet qui l'enflamme.
La dame d'un logis , quand elle a fait l'amour ,
Met le tapis chez elle à toutes les coquettes.
Dieu sait si les galans lui font aussi la cour,
    Ce ne sont que jeux & fleurettes ;
    Plaisans devis & chansonnettes :
    Mille bons mots, sans conter les bons tours,
Font que sans s'ennuyer chacun passe les jours.
Celle que vous voyez apportait une lyre,
    Ne songeant qu'à se réjouir.
Mais Vénus pour le coup ne la saurait ouïr :
Elle est trop empêchée , & chacun se retire.
    Le vacarme que fait Vulcan,
    A mis l'alarme au camp.

Mais avec tout ce bruit que gagne le pauvre homme ?
Quand les cœurs ont goûté des délices d'amour,
    Ils iraient plutôt jusqu'à Rome,
    Que de s'en passer un seul jour.

Sur un lit de repos voyez Mars & sa dame.
Quand l'hymen les joindrait de son nœud le plus fort,
Que l'un fût le mari, que l'autre fût la femme,
On ne pourrait entr'eux voir un plus bel accord.
Considérez plus bas les trois Graces pleurantes :
La maîtresse a failli, l'on punit les suivantes.
Vulcan veut tout chasser. Mais quels dragons veillans
  Pourraient contre tant d'assaillans,
  Garder une toison si chère ?
Il accuse surtout l'enfant qui fait aimer :
Et se prenant au fils des péchés de la mère,
Menace Cupidon de le faire enfermer.
 Ce n'est pas tout : plein d'un dépit extrême
Le voilà qui se plaint au monarque des dieux :
Et de ce qu'il devrait se cacher à soi-même,
Importune sans cesse & la terre & les cieux.
L'adultère Jupin, d'un ris malicieux,
Lui dit que ce malheur est pure fantaisie,
Et que de s'en troubler les esprits sont fous.
Plaise au ciel que jamais je n'entre en jalousie ;
Car c'est le plus grand mal, & le moins plaint de tous.

  Que fait Vulcan ? car pour se voir vengé,
  Encore faut-il qu'il fasse quelque chose :
  Un rez d'acier par ses mains est forgé,
  Ce fut Momus, qui, je pense, en fut cause.
  Avec ce rez le galant lui propose
  D'envelopper nos amans bien & beau.
  L'enclume sonne : & maint coup de marteau,
  Dont maint chaînon l'un à l'autre s'assemble,
  Prépare aux dieux un spectacle nouveau
  De deux amans qui reposent ensemble.

  Les noires sœurs apprêtèrent le lit :
  Et nos amans trouvant l'heure opportune
  Sous le réseau pris en flagrant délit,
  De s'échapper n'eurent puissance aucune.
  Vulcan fait lors éclater sa rancune :
  Tout en clopant le vieillard éclopé
  Semond les dieux, jusqu'au plus occupé,

Grands & petits, & toute la fequelle.
Demandez-moi qui fut bien attrapé.
Ce fut, je crois, le galant & la belle.

Peut-être direz-vous que ces amours de Mars & de
Vénus ne valent pas fa fable des deux pigeons. Je vous
croirai fans peine, comme je crois avec vous que fon ode
au roi pour l'infortuné Fouquet n'approche pas de fon
élégie aux nymphes de Vaux pour ce même Fouquet.

Pleurez, nymphes de Vaux, dans vos grottes profondes.
. . . . : . . .
La cabale eft contente, Oronte eft malheureux, &c.

Il changea ce mot de cabale quand on l'eut fait appercevoir que le grand Colbert fervait le roi & l'état avec
une équité févère, & n'était point cabaleur ; mais La Fontaine l'avait entendu dire, & il avait cru bonnement que
c'était-là le mot propre.

Vous me dites que Jean eut grand tort de faire imprimer fes opéra, & la comédie intitulée *Je vous prends
fans verd*, & la comédie de Climène &c.; mais l'abbé
d'Olivet eut plus de tort encore de faire une collection de
tout ce qui pouvait diminuer la gloire de La Fontaine. La
manie des éditeurs reffemble à celles des facriftains ; tous
raffemblent des guenilles qu'ils veulent faire révérer. Mais
de même qu'on ne juge les vrais faints que par leurs
bonnes actions, l'on ne juge les hommes à talent que par
leurs bons ouvrages

Vingt piéces de théatre très-indignes de l'auteur de
Cinna, ne lui ont point ôté le nom de grand. Tout ce
qu'on reproche à Quinault n'empêche pas qu'il ne foit un
homme unique, & jufqu'à préfent inimitable dans un
genre très-difficile. Une foixantaine d'anciennes fables
rajeunies par La Fontaine, & contées avec un agrément
qui n'avait jamais été connu que de Pétrone, & bien
faifi que par notre fabulifte ; une vaingtaine de contes

écrits avec cette facilité charmante, & cette négligence heureufe que nous admirons en lui, le mettent
infiniment au-deffus de Bocace, & quelquefois même,
fi j'ofe le dire, à côté de l'Ariofte pour la manière de
narrer.

Il avait ce grand don de la nature, le talent. L'efprit
le plus fupérieur n'y faurait atteindre. C'eft par les ra-
lens que le fiècle de Louis XIV fera diftingué à jamais
de tous les fiècles, dans notre France fi long-tems groffière. Il y aura toujours de l'efprit ; les connaiffances
des hommes augmenteront, on verra des ouvrages utiles, mais des talens ! je doute qu'il en naiffe beaucoup.
Je doute qu'on retrouve l'auteur de Cinna, celui d'Iphi-
génie, d'Athalie, de Phèdre, celui de l'Art poétique,
celui de Roland & d'Armide, celui qui força en chaire
jufqu'à des miniftres, de pleurer & d'admirer la fille de
Henri IV veuve de Charles premier, & fa fille Henriette,
Madame.

Voyez comme les oraifons funèbres d'aujourd'hui
font enfevelies avec ceux qu'elles célèbrent. Voyez
comme Séthos, malgré quelques beaux paffages, & les
Voyages de Cyrus font tombés dans l'oubli, tandis que
le Télémaque eft toujours l'inftruction & le charme de
tous les jeunes gens biens nés. Comment s'eft-il pu faire
que dans la foule de nos prédicateurs, il n'y en ait pas un
feul qui ait approché de l'auteur du petit carême ? Vous
voyez à regret que perfonne n'a ofé feulement tenter
d'imiter le créateur du Tartuffe & du Mifantrope ? Nous
avons quelques comédies très-agréables. Mais, un Molière ! je vous prédis hardiment que nous n'en aurons
jamais. Quelle gloire pour La Fontaine d'être mis prefque à côté de tous ces grands-hommes !

L'abbé de Chaulieu ferma ce fiècle par trois ou quatre
piéces de poéfie qui partent du cœur, ou qui femblent
en partir. Elles refpirent la volupté & la philofophie, &
                                                    demandent

demandent grace pour toutes les bagatelles infipides dont on a farci fon recueil.

Je m'étonne que La Fontaine n'ait parlé de Chaulieu qu'à propos de l'argent qu'il comptait recevoir par fes mains de la part du duc de Vendôme.

> Le paillard m'a dit aujourd'hui
> Qu'il faut que je compte avec lui.
> Aimez-vous cette parenthèfe ?
> Le refte ira , ne vous déplaife ,
> En bas relief & cætera.
> Ce mot-ci s'interprétera.
> Des Jannetons. Car les Climènes
> Aux vieillards font inhumaines.
> Je ne vous réponds pas qu'encor
> Je n'emploie un peu de votre or
> A payer la brune & la blonde ,

Comment l'abbé d'Olivet a-t-il pu imprimer trois piéces de La Fontaine , écrites de ce miférable ftyle , par lefquelles il demande l'aumône pour avoir des filles ? on ne reconnaît pas dans ces vers celui qui a dit ,

> J'ai quelquefois aimé ; je n'aurais point alors
> Contre le louvre & fes tréfors ,
> Contre le firmament & la voûte célefte
> Changé les bois , changé les lieux
> Honorés par les pas, éclairés par les yeux.
> De l'aimable & jeune bergère ,
> Par qui , fous le fils de Cithère ,
> Je fervis engagé par mes premiers fermens.
> Hélas ! quand reviendront de femblables momens ,
> Faut-il que tant d'objets *fi doux & fi charmans*
> Me laiffent vivre au gré de mon ame inquiète ?
> Ne fentirai-je plus de charme qui m'*arrête* ?
> Ai-je paffé le tems d'aimer ?

On croirait ces deux derniers vers d'un feigneur du

Poëfies. Tom. II.   Z

bel air, d'un homme à grandes paſſions, d'un duc de Candale, d'un duc de Bellegarde. Cela ne s'accorde pas avec les Jeannetons de Jean La Fontaine qui demande quelques piſtoles au duc de Vendôme & au paillard Chaulieu, pour attendrir en ſa faveur ſes héroïnes du pont-neuf.

Tout cela, monſieur, n'empêche pas qu'un nombre conſidérable de fables pleines de ſentiment, d'ingénuité, de fineſſe & d'élégance, ne ſoient le charme de quiconque ſait lire.

Quand je dis qu'il eſt preſque égal dans ſes bonnes fables aux grands hommes de ſon mémorable ſiècle, je ne dis rien de trop fort. Je ſerais un exagérateur ridicule ſi j'oſais comparer *Maître corbeau ſur un arbre perché tenant en ſon bec un fromage*, & *la cigale ayant chanté tout l'été*, à ces vers de Cornélie qui tient l'urne de ſon époux;

Eternel entretien de haine & de pitié.
Reſtes du grand Pompée, écoutez ſa moitié.

& à ceux de Céſar :

Reſtes d'un demi-dieu dont à peine je puis
Egaler le grand nom, tout vainqueur que j'en ſuis !

Le ſavetier & le financier, les animaux malades de la peſte, le meunier, l'âne & ſon fils, &c. &c. tout excellens qu'ils ſont dans leur genre, ne ſeront jamais mis par moi au même rang que la ſcène d'Horaoe & de Curiace, ou que les piéces inimitables de Racine, ou que le parfait Art poétique de Boileau, ou que le Miſantrope & le Tartuffe de Molière. Le mérite extrême de la difficulté ſurmontée, un grand plan conçu avec génie, exécuté avec un goût qui ne ſe dément jamais dans Racine, la perfection enfin, dans un grand art, tout cela eſt bien ſupérieur à l'art de conter.

Je ne veux point égaler le vol de la fauvette à celui
de l'aigle. Je me borne à vous soutenir que La Fontaine a souvent réussi dans son petit genre autant que
Corneille dans le sien. J'aurais seulement desiré pour
la gloire de la nation, qu'on n'eût point imprimé les
dernières fables de l'un, & les dernières tragédies de
l'autre, depuis Pertharite. Mais ces maudits éditeurs
veulent imprimer tout. Ce font des corbeaux qui s'a-
charnent fur les morts, comme l'envie fur les vivans.
Encore s'ils ne fatiguaient le public que par les mauvais ouvrages de bons auteurs, on pourrait pardonner
à leur avidité. Ce qu'il y a de pis, c'est qu'ils y ajou-
tent trop souvent leurs propres sottises qu'ils font passer
fous le nom des écrivains un peu connus. J'ai pâti
moi-même, moi inconnu, de cette rage d'imprimer.
Combien de pauvretés n'a-t-on pas publiées fous le
nom de la Visclède dans des recueils immenses ! Vers
de Bonneval fur la mort de Mademoiselle le Couvreur.
Vers à mon cher B. fur Newton. Vers impertinens à
Madame du Châtelet ; Lettre de Varsovie, Epître de
Formont à l'abbé de Rotelin, Ode fur le vrai DIEU,
Lettres de Mr. de la Visclède à ses amis du Parnaffe,
&c. &c.

Ceux qui se forment des bibliothèques font toujours
trompés par ce manège, qui ne fert qu'à étouffer le bon
grain fous un tas énorme d'yvraie. On eft parvenu à nous
dégoûter de la lecture à force de multiplier les livres &
les livrets. S'il eft vrai que les Ptolomées eurent autrefois
une bibliothèque de quatre cent mille volumes, on ne fit
pas mal de la brûler ; & quand on brûlera toutes les
brochures qui nous inondent, je commencerai par la
mienne.

Nous fommes importunés dans notre fiècle d'une
foule de petits artiftes qui diffèquent le fiècle paffé. On
créait alors, & aujourd'hui on épluche, on critique la
création. Je tombe dans ce défaut en vous écrivant, mais

j'ouvre mon cœur à mon ami , & je ferais très-fâché que ma lettre devînt publique.

Permettez-moi de remarquer qu'on ne fut point févère pour la Fontaine , parce qu'il femblait ne prétendre à rien. Moins il exigeait , plus on lui accordait. On lui paffait fes mauvaifes fables en faveur des excellentes. Il n'en était pas ainfi de Racine & de Boileau qui prétendaient à la perfection. On les chicanait fur un mot ; c'eft ainfi qu'on pardonnait tout à Montagne , & qu'on tomba rudement fur Balzac qui voulait être toujours correct & toujours éloquent.

Depuis que La Bruière , dans fes caractères , eut jugé Corneille & Racine , combien d'écrivains fe mirent à juger auffi ! Et enfin , on a fait plus de cent volumes fur ce fiècle de Louis XIV. Chacun dans fes jugemens foit en vers , foit en profe , a plus cherché à montrer de l'efprit qu'à trouver la vérité & à faire des antithèfes plutôt que des raifonnemens

L'inondation des journaliftes & des folliculaires eft venue ; laquelle a noyé le bon avec le mauvais , & a détruit toute érudition , en préfentant des extraits à l'ignorance. Les lecteurs ont décidé comme les magif-trats qui jugent fur le rapport de leur fecretaire.

Il eft arrivé pis ; on s'eft divifé en factions ; les jan-féniftes ont voulu que les jéfuites n'euffent jamais fait un bon ouvrage , & que le père Bouhours ne fût pas fa langue. Les jéfuites ont dénigré Boileau parce qu'il était ami d'Arnaud. Les folliculaires fe font dit des injures. C'eft la bataille des rats & des grenouilles après l'Iliade.

Pour vous prouver, monfieur , avec quelle précipi-tation l'on juge , & comme un bon mot tient lieu de raifon ; je ne veux que vous citer cette décifion de La Bruière, qui a été la fource de tant d'énormes dif-fertations : *Racine a peint les hommes tels qu'ils font, & Corneille tels qu'ils devraient être.* Cela eft éblouif-

fant, mais cela eſt très-faux. Céſar n'a jamais dû être
aſſez fat pour dire à Cléopatre qu'il n'a vaincu à Phar-
ſale que pour lui plaire, lui qui n'avait point vu encore
cet enfant de quinze ans. L'autre Cléopatre n'a point
dû empoiſonner l'un de ſes enfans & aſſaſſiner l'autre
au bout d'une allée dans un jardin. Théodore n'a point
dû s'obſtiner à ſe proſtituer dans un mauvais lieu, au-
lieu d'accepter le ſecours d'un honnête homme. Polyeucte n'a point dû briſer tout dans un temple, &
haſarder de caſſer toutes les têtes par dévotion. Léon-
tine n'a point dû ſe vanter de tout faire, pour ne rien
faire du tout. Pompée devait-il répudier ſa femme qu'il
aimait pour épouſer la niéce d'un tyran? Pertharite
devait-il céder la ſienne? Théſée dans Œdipe devait-il
parler d'amour au milieu de la peſte, & dire:

Quelque ravage affreux qu'étale ici la peſte,
L'abſence aux vrais amans eſt encore plus funeſte?

Si le judicieux & énergique La Bruière s'eſt ſi évidemment trompé, que feront donc nos petits écoliers
qui tranchent avec tant de hardieſſe, & qui plus ignorans & plus impudens qu'un Fréron, oſent décider au
premier coup d'œil ſur des choſes qu'un Quintilien aurait
long-tems examinées, avant de donner ſon opinion
avec modeſtie!

Vous me faites, monſieur, une queſtion plus importante. Vous me demandez pourquoi Louis XIV ne fit
pas tomber ſes bienfaits ſur La Fontaine, comme ſur
les autres gens de lettres qui firent honneur au grand
ſiècle? Je vous repondrai d'abord qu'il ne goûtait pas
aſſez le genre dans lequel ce conteur charmant excella.
Il traitait les fables de La Fontaine comme les tableaux
de Teniers, dont il ne voulait voir aucun dans ſes appar-
temens. Il n'aimait le petit en aucun genre, quoiqu'il
eût dans l'eſprit autant de délicateſſe que de grandeur.

Z ij

Il ne goûta les petits vers de Benférade que parce qu'ils avaient rapport aux fêtes magnifiques qu'il donnait.

De plus, La Fontaine était d'un caractère à ne fe pas préfenter à la cour de ce monarque. Ses diftractions continuelles, fon extrême fimplicité réjouiffaient fes amis, & n'auraient pu plaire à un homme tel que Louis XIV.

La Bruière s'eft fervi de couleurs un peu fortes pour peindre notre fabulifte, mais il y a du vrai dans ce portrait. *Un homme paraît groffier, lourd, ftupide; il ne fait parler ni raconter ce qu'il vient de voir. S'il fe met à écrire, c'eft le modèle des bons contes, &c.*

La Bruière, qui peignit tous fes contemporains, en dit autant de Corneille, non que Corneille fût un bon conteur. C'était autre chofe, il était fouvent très-fublime dans fes bonnes piéces. Boileau ne faifait peut-être pas affez de cas de La Fontaine & de Corneille; il n'était fenfible qu'à un ftyle toujours pur, il ne pouvait aimer que la perfection.

Soyez sûr, monfieur, qu'il eft très-faux que La Fontaine déplut au roi comme on l'a dit, pour avoir fait des vers en faveur du furintendant Fouquet. Péliffon défenfeur très-hardi de ce miniftre, & même ayant été fa victime, devint un des favoris de Louis XIV & fit une grande fortune. Son éloquence touchante, fon érudition utile, la connaiffance des affaires, & la foupleffe de fon efprit, en firent un homme d'état. La Fontaine n'avait rien de tout cela. Uniquement borné à fon talent, & incapable même de le faire valoir, il n'eft pas étonnant qu'il ne fût pas affez remarqué par Louis XIV.

Lulli lui nuifit beaucoup. Vous favez que tout eft cabale parmi les gens de lettres, comme parmi les prêtres. La cabale contre Quinault, l'un des grands ornemens de ce mémorable fiècle, ayant forcé Lully à recourir à d'autres pour fes opéra, il choifit La Fontaine. Avouons que le fabuliste faisant parler ses héros du style de Jeannot Lapin & de dame Belette, ne pouvait réussir après Atis & Thésée. Lulli était plein d'esprit & de goût; plus il en avait, plus il lui était impossible de mettre en musique de telles paroles. Il n'était pas de ces gens qui disent qu'il est égal de chanter la gazette ou Armide, & qu'il n'y a rien au monde de si nécessaire que des doubles croches. Le pauvre La Fontaine croyant sérieusement qu'on lui faisait une énorme injustice, fit la satyre du Florentin contre Lulli. Elle n'est pas dans le goût de celle de Boileau ou d'Horace.

Le B... avait juré de m'amuser six mois.
Il se trompa de deux. Mes amis, de leur grace,
Me les ont épargnés, l'envoyant, où je croi
    Qu'il va bien sans eux & sans moi.
Voilà l'histoire en gros. Le détail a des suites
    Qui valent bien d'être déduites;
    Et j'en aurais pour tout un an.

Non, sans doute, ce sot détail & ces suites, ne valaient pas d'être déduites, & surtout en si mauvais vers. Le pis est qu'il s'excuse sur cette ridicule satyre à Madame de Thiange, sœur de Madame de Montespan, en vers nom moins ridicules. Il croit que Lulli lui a ôté sa fortune & sa gloire, en ne faisant point de musique pour ses paroles. Voici comme il s'explique.

Le ciel m'a fait auteur, je m'excuse par-là.
    Auteur qui pour tout fruit moissonne,
    Un peu de gloire. On le lui ravira;
    Et vous croyez qu'il s'en taira!
Il n'est donc plus auteur. La conséquence est bonne.

Je sais bien que le cocher de Vertamont aurait fait de tels vers tout aussi-bien que La Fontaine. Je sais que ces misères prosaïques en rimes, ne font que des sot-

tifes aifées. Mais enfin, le même homme eft le meilleur metteur en œuvre des anciennes fables d'Efope &
de Pilpay, & celui qui dans ce genre a le mieux en-
chaffé l'efprit des autres. Encore une fois, ce talent
unique fait tout pardonner. Lulli même lui pardonna,
& très-plaifamment, en difant qu'il aimerait mieux
mettre en mufique la fatyre de La Fontaine que fes
opéra.

Il me femble que la voix publique donne la préférence à fes fables fur fes contes. Ceux-ci paraiffent pour
la plupart aux bons critiques un peu trop allongés. Ils
n'aiment point dans le Joconde pris de l'Ariofte :

Prenons, dit le romain, la fille de notre hôte ;
    Je la tiens pucelle fans faute,
    Et fi pucelle qu'il n'eft rien
    De fi puceau que cette fille.

Ils réprouvent ce ton de la rue St. Denis, ce ton
bourgeois auquel l'Ariofte ne s'affervit jamais. Le greco
& la fiametta de l'Ariofte font bien au-deffus du puceau
de La Fontaine.

Ils n'aiment point que notre fabulifte dife dans le
cocu battu & content, tiré de Bocace :

    Tant fe la mit le drôle en fa cervelle,
    Que dans fa peau peu ni point ne durait.

Bocace n'a point de ces expreffions baffes & incorrectes.

Ils ne peuvent fouffrir que dans la fervante juftifiée,
conte de la reine de Navarre, l'imitateur s'exprime
ainfi :

    Bocace n'eft le feul qui me fournit,
    Je vais par fois en une autre boutique.
    Il eft bien vrai que ce divin efprit
    Plus que pas un *me donne* de pratique.
    Mais comme il faut manger de plus d'un pain,
    Je puife encor en un vieux magafin.

Ils trouvent ces expreſſions, *aller dans une autre boutique*, *donner de pratique*, *manger de plus d'un pain*, plus faites pour le peuple que pour les honnêtes gens ; & c'eſt-là le grand défaut de La Fontaine.

L'anneau d'Hans-Carvel qu'il a copié dans Rabelais, eſt bien ſupérieur dans l'Arioſte. Il y a du moins une bonne raiſon dans l'Arioſte pourquoi le diable apparaît au bon homme.

> *Fu gia un pittor , non mi ricordo il nome ,*
> *Che di pinger il diavol' ſolea.*
> *Con bel viſo , begli occhi , e belle piume , &c.*

La prodigieuſe ſupériorité de l'Arioſte ſur ſon imitateur, paraît dans ce petit conte autant que dans l'invention de ſon Orlando, dans ſon imagination inépuiſable, dans ſon ſublime & dans ſa naïve élégance.

Les cordeliers de Catalogne, Richard Minutolo, la gageure des trois commères, n'ont jamais plu aux eſprits délicats. Vous ne trouverez chez La Fontaine aucun conte qui parle au cœur, excepté le faucon ; aucun dont on puiſſe titer une morale utile ; aucun où il y ait de ſa part la moindre invention. Ce ne ſont preſque jamais que de vieux contes réchauffés. Ce ſont des femmes qui attrapent leurs maris, ou des garçons qui enjolent des filles. Enfin, on trouve rarement chez lui un conte écrit avec une elégance continue.

Ses contes ont charmé la jeuneſſe encore plus par la gaieté des ſujets que par les graces & la correction du ſtyle. J'ai vu beaucoup de gens d'eſprit & de goût qui ne pouvaient ſouffrir que La Fontaine eût gâté la coupe enchantée de l'Arioſte par des vers tels que ceux-ci :

> L'argent ſut donc fléchir ce cœur inexorable ,
> Le rocher diſparut, un mouton ſuccéda,
>   Un mouton qui s'accommoda
> A tout ce qu'on voulut , mouton doux & traitable ,

Mouton qui fur le point de ne rien refufer
Donna pour arrhes un baifer.

Il faudrait en effet avoir peu de goût pour approuver un rocher qui devient mouton, qui s'accommode & qui donne des arrhes. Les contes & les deux derniers livres des fables, font trop pleins de ces figures fi incohérentes & fi fauffes, qui femblent plutôt le fruit d'une recherche pénible que de cette négligence agréable qu'on a tant louée dans l'auteur.

J'ai vu auffi bien des lecteurs révoltés du ftyle qu'on appelle marotique. Ils difaient qu'il fallait parler la langue de Louis XIV, & non celle de Louis XII & de François premier ; que fi on nous donnait la comédie de l'avocat Patelin telle qu'on la joua fur les tréteaux de la cour de Charles VII, perfonne ne pourrait la fouffrir. Heureufement La Fontaine eft peu tombé dans ce défaut que d'autres, après lui, ont voulu mettre à la mode.

Mais ce qui eft à mon avis très-digne de remarque, c'eft que de toutes ces anciennes hiftoriettes que La Fontaine a mifes en vers négligés, il n'y en a pas une feule qui infpire des defirs impudiques. Les peintures y font plus gaies que dangereufes. Elles ne font jamais cette impreffion voluptueufe & funefte que produifent tant de livres italiens, & furtout notre *Aloïfia Toletana*. Cela eft fi vrai, que l'on a mis tous ces vieux contes fur le théatre avec l'approbation des magiftrats, fans aucun danger ; fans qu'aucune mère de famille ait réclamé contre cet ufage ; fans aucun inconvénient. On vit bien que le févère Boileau avait raifon quand il difait :

L'amour le moins honnête exprimé chaftement,
N'excite point en nous de honteux mouvement.

C'eft pourquoi, monfieur, j'ai toujours été étonné

de l'atrocité fanatique avec laquelle le jeune Poujet ora-
torien, ofa parler au vieux La Fontaine, & de la vanité d'écolier avec laquelle il publia fon prétendu triomphe fur l'innocence de ce vieil enfant. Il était bien ridicule qu'un petit prêtre de vingt-cinq ans allât mettre
fur la fellette un académicien de foixante & douze ans.
Mais pourquoi faire trophée aux yeux du public de cette
victoire fi aifée ? C'était l'orgueil qui fe vantait d'avoir
foulé à fes pieds l'innocence & la fimplicité. Et de quoi
s'eft avifé l'abbé d'Olivet, tout philofophe qu'il était, de
réimprimer cette lettre de Poujet ? cette lettre eft précifément la révélation folemnelle de la confeffion du bon
La Fontaine. Car n'eft-ce pas trahir le fecret inviolable
de la confeffion que d'en apprendre au public toutes
les circonftances, tous les entours, & les demandes,
& les réponfes ?

Ce qui me révolte de plus dans l'infolence de Poujet,
c'eft l'affectation de répéter vingt fois à La Fontaine,
votre livre infame, monfieur; le fcandale de votre infame livre, monfieur; les péchés, monfieur, dont votre
infame livre a été la caufe; la réparation publique que
vous devez, monfieur, pour votre livre infame.

Aurait-il ofé parler ainfi à la reine de Navarre fœur
de François I, de qui plufieurs de ces contes plaifans
& non infames font tirés ? il lui aurait demandé un bénéfice. Aurait-il même ofé donner le nom d'infame à
Bocace le créateur de la langue italienne ; & à l'A-
riofte qui n'a d'autre titre dans fa patrie que celui de
divin ?

L'aventure de Poujet avec le bon homme La Fontaine, eft au fond celle de l'âne dans la fable admirable
des animaux malades de la pefte.

> L'âne vint à fon tour, & dit j'ai fouvenance,
>   Qu'en un pré de moines paffant,
> La faim, l'occafion, l'herbe tendre ; & je penfe,

Quelque diable aussi me poussant,
Je tondis de ce pré la largeur de ma langue.
Je n'en avais nul droit, puisqu'il faut parler net.
A ces mots on cria, haro sur le baudet.
Poujet quelque peu clerc prouva par sa harangue
Qu'il fallait dévouer ce maudit animal, &c.

Et ce qu'il y a de plus rare, c'est que la Fontaine qui avait la bonhommie de l'âne, fut assez sot avec tout son génie pour croire le suffisant Poujet qui se faisait tant honneur de l'intimider, & qui parlait au traducteur de l'Arioste & de la reine de Navarre, comme s'il eût parlé à un scélérat.

J'aurais conseillé à La Fontaine de faire un conte sur Poujet, plus plaisant que son Florentin sur Lalli.

Après l'impertinence de Poujet, je ne sais rien de plus outrecuidant (pour me servir des termes du bon La Fontaine) que l'insolente préface de l'édition des contes en 1743, sous le nom de Londres. L'éditeur qui se donne aussi pour janséniste (je ne sais pas pourquoi) s'avise de dire que La Fontaine eut tort de faire autre chose que des fables & des contes en vers ; & il cite sur cela Madame de Sévigné.

Oui, éditeur ; il eut tort de faire d'autres ouvrages, puisque la plupart ne valent rien. Mais pourquoi, dis-tu, éditeur, qu'un poëte qui a fait des tragédies ne doit jamais écrire sur l'histoire & sur la physique ? Dis-moi, éditeur, où as-tu pris cet arrêt ? Si tu ne sais ni l'histoire, ni la physique, n'en parle pas ; à la bonne heure ; nous avons assez de mauvais livres sur ces deux objets. Mais permets aux hommes instruits d'en parler. Apprends qu'un bon tragédien est très-propre à être un très-bon historien, parce qu'il faut dans toute histoire une exposition, un nœud, un dénouement, & de l'intérêt. Apprends que celui qui peint la nature humaine dans une piéce de théatre, la peint encore mieux dans l'histoire. Editeur

des contes de La Fontaine, apprends que la phyſique n'eſt
pas à n'égliger. Apprends que Molière traduiſit Lucrèce.
Apprends qu'il ſerait indigne d'un homme qui penſe, de
ne faire que des contes.

Pardon, monſieur, de cette petite ſortie contre ce
maudit éditeur; & pardon ſurtout de vous avoir envoyé
mes filles de Minée.

LE POUR ET LE CONTRE. (a)

U veux donc, belle Uranie,
Qu'érigé par ton ordre en Lucrèce nouveau,
    Devant toi d'une main hardie,
Aux ſuperſtitions j'arrache le bandeau :
Que j'expoſe à tes yeux le dangereux tableau
Des menſonges ſacrés dont la terre eſt remplie ;
    Et que ma philoſophie
T'apprenne à mépriſer les horreurs du tombeau,
    Et les terreurs de l'autre vie.
Ne crois point qu'énivré des erreurs de mes ſens,
De ma religion blaſphémateur profane,
Je veuille avec dépit dans mes égaremens
Détruire en libertin la loi qui les condamne.
Viens, pénètre avec moi d'un pas reſpectueux

(a) On a attribué cet ouvrage à l'abbé de Chaulieu, parce qu'il y a en effet quelque reſſemblance entre cette piéce & celle du déiſte qui commence par ces mots :

J'ai vu de près le Styx, j'ai vu les Euménides.
Déjà venaient frapper mes oreilles timides
Les affreux cris du chien de l'empire des morts.

Les profondeurs du fanctuaire,
Du Dieu qu'on nous annonce & qu'on cache à nos yeux.
Je veux aimer ce Dieu, je cherche en lui mon père :
On me montre un tyran que nous devons haïr.
Il créa les humains à lui-même femblables,
      Afin de les mieux avilir ;
      Il nous donna des cœurs coupables
      Pour avoir droit de nous punir.
      Il nous fit aimer le plaifir
Pour nous mieux tourmenter par des maux effroyables,
Qu'un miracle éternel empêche de finir.
    Il venait de créer un homme à fon image ;
      On l'en voit foudain repentir,
Comme fi l'ouvrier n'avait pas dû fentir
      Les défauts de fon propre ouvrage.
Aveugle en fes bienfaits, aveugle en fon courroux,
A peine il nous fit naître, il va nous perdre tous.
Il ordonne à la mer de fubmerger le monde ;
Ce monde qu'en fix jours il forma du néant ;
Peut-être qu'on verra fa fageffe profonde
Faire un autre univers plus pur, plus innocent.
      Non, il tire de la pouffière
      Une race d'affreux brigands,
D'efclaves fans honneur, & de cruels tyrans,
      Plus méchante que la première.
Que fera-t-il enfin, quels foudres dévorans
Vont fur ces malheureux lancer fes mains févères ?
Va-t-il dans le chaos plonger les élémens ?
Ecoutez, ô prodige ! ô tendreffe ! ô miftères !
      Il venait de noyer les pères,
      Il va mourir pour les enfans.

Il eſt un peuple obſcur , imbécille , volage,
Amateur inſenſé des ſuperſtitions,
Vaincu par ſes voiſins , rampant dans l'eſclavage ,
Et l'éternel mépris des autres nations.
Le fils de Dieu , Dieu même, oubliant ſa puiſſance,
Se fait concitoyen de ce peuple odieux ;
Dans les flancs d'une juive il vient prendre naiſſance,
Il rampe ſous ſa mère ; il ſouffre ſous ſes yeux
   Les infirmités de l'enfance.
Long-tems vil ouvrier , le rabot à la main ,
Ses beaux jours ſont perdus dans ce lâche exercice ;
Il prêche enfin trois ans le peuple Iduméen ,
  Et périt du dernier ſupplice.
Son ſang du moins , le ſang d'un Dieu mourant pour nous ,
N'était-il pas d'un prix aſſez noble , aſſez rare
   Pour ſuffire à parer les coups
   Que l'enfer jaloux nous prépare ?
Quoi DIEU voulut mourir pour le ſalut de tous ,
  Et ſon trépas eſt inutile !
Quoi ! l'on me vantera ſa clémence facile
Quand remontant au ciel il reprend ſon courroux ,
Quand ſa main nous replonge aux éternels abymes ;
Et quand par ſa fureur effaçant ſes bienfaits ,
Ayant verſé ſon ſang pour expier nos crimes ,
Il nous punit de ceux que nous n'avons point faits !
Ce Dieu pourſuit encore , aveugle en ſa colère ,
Sur ſes derniers enfans l'erreur d'un premier père ;
Il en demande compte à cent peuples divers ,
  Aſſis dans la nuit du menſonge ;
  Il punit au fond des enfers

L'ignorance invincible où lui-même il les plonge,
Lui qui veut éclairer & fauver l'univers.
   Amérique, vaftes contrées,
Peuples que DIEU fit naître aux portes du foleil,
   Vous, nations hyperborées,
Que l'erreur entretient dans un fi long fommeil,
Serez-vous pour jamais à fa fureur livrées
   Pour n'avoir pas fu qu'autrefois
Dans un autre hémifphère, au fond de la Syrie,
Le fils d'un charpentier enfanté par Marie,
Renié par Céphas, expira fur la croix ?
 Je ne reconnais point à cette indigne image
   Le DIEU que je dois adorer ;
   Je croirais les déshonorer
Par une telle infulte & par un tel hommage.
Entends, DIEU que j'implore, entends du haut des cieux
   Une voix plaintive & fincère.
Mon incrédulité ne doit pas te déplaire,
   Mon cœur eft ouvert à tes yeux ;
L'infenfé te blafphème, & moi je te révère,
Je ne fuis pas chrétien ; mais c'eft pour t'aimer mieux.
 Cependant quel objet fe préfente à ma vue !
Le voilà, c'eft le CHRIST puiffant & glorieux.
   Auprès de lui dans une nue
L'étendart de fa mort, la croix brille à mes yeux
Sous fes pieds triomphans la mort eft abattue ;
Des portes de l'enfer il fort victorieux :
Son règne eft annoncé par la voix des oracles,
Son trône eft cimenté par le fang des martyrs ;
Tous les pas de fes faints font autant de miracles ;

II

Il leur promet des biens plus grands que leurs defirs ;
Ses exemples font faints ; fa morale eft divine ;
Il confole en fecret les cœurs qu'il illumine :
Dans les plus grands malheurs il leur offre un appui ;
Et fi fur l'impofture il fonde fa doctrine ,
C'eft un bonheur encore d'être trompé par lui.
    Entre ces deux portraits , incertaine Uranie,
C'eft à toi de chercher l'obfcure vérité,
A toi que la nature honora d'un génie
      Qui feul égale ta beauté.
Songe que du Très-Haut la fageffe éternelle
A gravé de fa main dans le fond de ton cœur
      La religion naturelle,
Crois que de ton efprit la naïve candeur ,
Ne fera point l'objet de fa haine immortelle ;
Crois que devant fon trône en tout tems , en tous lieux,
      Le cœur du jufte eft précieux.
Crois qu'un bonze modefte , un dervis charitable,
      Trouvent plutôt grace à fes yeux
      Qu'un janfénifte impitoyable ,
      Ou qu'un pontife ambitieux.
Et qu'importe en effet fous quel titre on l'implore !
Tout hommage eft reçu ; mais aucun ne l'honore.
Un DIEU n'a pas befoin de nos foins affidus ;
S'il'on peut l'offenfer c'eft par des injuftices.
      Il nous juge fur nos vertus,
      Et non pas fur nos facrifices.

LES FINANCES.

Quand Terrai nous mangeait, un honnête bourgeois,
Lassé des contre-tems d'une vie inquiète,
Transplanta sa famille au pays champenois :
Il avait près de Rheims une obscure retraite ;
Son plus clair revenu consistait en bon vin.

Un jour qu'il arrangeait sa cave & son ménage,
Il fut dans sa maison visité d'un voisin,
Qui parut à ses yeux le seigneur du village :
Cet homme était suivi de brillans estafiers,
Sergens de la finance habillés en guerriers :
Le bourgeois fit à tous une humble révérence,
Du meilleur de son crû prodigua l'abondance ;
Puis, il s'enquit tout bas quel était le seigneur
Qui faisait aux bourgeois un tel excès d'honneur. ---

Je suis (dit l'inconnu) dans les fermes nouvelles,
Le royal directeur des *aides* & *gabelles*. ---

A ! pardon, monseigneur ! Quoi, vous aidez le roi ? --
Oui, l'ami. --- Je révère un si sublime emploi :
Le mot d'aide s'entend : *gabelles* m'embarrasse.
D'où vient ce mot ? --- D'un Juif appellé Gabelus. (a) ---
Ah, d'un Juif ! je le crois. --- Selon les nobles us
De ce peuple divin, dont je chéris la race,
Je viens prendre chez vous les *droits* qui me sont dus.
J'ai fait quelques progrès par mon expérience

(a) Il y eut en effet le Juif *Gabelus* qui eut des affaires d'argent avec le bon-homme *Tobie* : Et plusieurs doctes très-sensés tirent de l'hébreu l'étymologie de *Gabelle* ; car on sait que c'est de l'hébreu que vient le français.

Dans l'art de *travailler un royaume en finance.*
Je fais loyalement deux parts de votre bien :
La première est au roi qui n'en retire rien ;
La seconde est pour moi. Voici votre mémoire.
Tant pour les brocs de vin qu'ici nous avons bus ;
Tant pour ceux qu'aux marchands vous n'avez point
    vendus ;
Et pour ceux qu'avec vous nous comptons encore boire.
Tant pour le sel marin duquel nous présumons
Que vous deviez garnir vos savoureux jambons. (*a*)
Vous ne l'avez point pris, & vous deviez le prendre.
Je ne suis point méchant, & j'ai l'ame assez tendre.
Composons, s'il vous plaît. Payez dans ce moment
Deux mille écus tournois par accommodement. ---

    Mon badaud écoutait d'une mine attentive
Ce discours éloquent qu'il ne comprenait pas ;
Lorsqu'un autre seigneur en son logis arrive,
Lui fait son compliment, le serre entre ses bras : ---
Que vous êtes heureux ! votre bonne fortune,
En pénétrant mon cœur, à nous deux est commune.
Du *domaine* royal je suis le *contrôleur* :
J'ai su que depuis peu vous goûtez le bonheur
D'être seul héritier de votre vieille tante.
Vous pensiez n'y gagner que mille écus de rente :
Sachez que la défunte en avait trois fois plus.
Jouissez de vos biens par mon savoir accrus.
Quand je vous enrichis, souffrez que je demande,

(*a*) Un homme qui a tant de cochons doit prendre tant de sel pour les saler ; & s'ils meurent, il doit prendre la même quantité de sel, sans quoi il est mis à l'amende & on vend ses meubles.

Pour vous être trompé, dix mille francs d'amende. (a)
  Aussi-tôt ces messieurs discrétement unis
Font des biens au soleil un petit inventaire ;
Saisissent tout l'argent ; démeublent le logis.
La femme du bourgeois crie & se désespère.
Le maître est interdit ; la fille est toute en pleurs ;
Un enfant de quatre ans joue avec les voleurs,
Heureux pour quelque tems d'ignorer sa disgrace !
  Son aîné, grand garçon, revenant de la chasse,
Veut secourir son père, & défend la maison :
On les prend, on les lie, on les mène en prison ;
On les juge ; on en fait de nobles argonautes,
Qui, du port de Toulon devenus nouveaux hôtes, (b)
Vont ramer pour le roi vers la mer de Cadix ;
La pauvre mère expire en embrassant son fils.
L'enfant abandonné gémit dans l'indigence.
La fille sans secours est servante à Paris.
  C'est ainsi qu'on *travaille un royaume en finance.*

LA MULE DU PAPE.

Par le chevalier de St. GILE.

FRERES très-chers, on lit dans St. Matthieu
Qu'un jour le diable emporta le bon DIEU (c)
Sur la montagne ; & puis lui dit, beau sire,

(a) Les contrôleurs du domaine évaluent toujours le bien dont tout collatéral hérite au triple de la valeur, le taxent suivant cette évaluation, imposent une amende excessive, vendent le bien à l'encan & l'achètent à bon marché.

(b) L'aventure est arrivée à la famille d'Antoine Fusigat.

(c) Le jésuite Bouhours se servit de cette expression, JE-

Vois-tu ces mers, vois-tu ce vaste empire,
L'état romain de l'un à l'autre bout ?
L'autre reprit, je ne vois rien du tout ;
Votre montagne en vain serait plus haute.
Le diable dit, mon ami, c'est ta faute.
Mais avec moi veux-tu faire un marché ?
Oui-da, dit DIEU, pourvu que sans péché
Honnêtement nous arrangions la chose.
Or voici donc ce que je te propose,
Reprit satan ; tout le monde est à moi,
Depuis Adam j'en ai la jouissance ;
Je me démets, & tout sera pour toi
Si tu me veux faire la révérence.

Notre Seigneur ayant un peu rêvé,
Dit au démon que quoi qu'en apparence
Avantageux le marché fût trouvé,
Il ne pouvait le faire en conscience :
Car il avait appris dans son enfance
Qu'étant si riche on fait mal son salut.

Un tems après notre ami Belzébuth
Alla dans Rome. Or c'était l'heureux âge
Où Rome avait fourmillière d'élus ;
Le pape était un pauvre personnage,
Pasteur de gens, évêque, & rien de plus.
L'esprit malin s'en va droit au saint père,
Dans son taudis l'aborde & lui dit, frère,

SUS-CHRIST *fut emporté par le* | qui donna lieu à ce noël qui
diable sur la montagne. C'est ce | finit ainsi.

Car sans lui saurait-on, don, don,
Que le diable emporta, la, la,
Jesu-notre bon maître ?

Aa iij

Je te ferai, fi tu veux, grand feigneur,
A ce feul mot l'ultramontain pontife
Tombe à fes pieds & lui baife la grife.
Le farfadet d'un air de fénateur
Lui met au chef une triple couronne ;
Prenez, dit-il, ce que fatan vous donne ;
Servez-le bien, vous aurez fa faveur.

   O papegots ! voilà la belle fource
De tous vos biens, comme favez. Et pour ce
Que le faint père avait en ce tracas
Baifé l'ergot de Meffer Satanas,
Ce fut depuis chofe à Rome ordinaire
Que l'on baifât la mule du faint père.
Ainfi l'ont dit les malins huguenots
Qui du papifme ont blafonné l'hiftoire ;
Mais ces gens-là fentent bien les fagots,
Et grace au ciel je fuis loin de les croire.

   Que s'il advient que ces petits vers-ci,
Tombent ès mains de quelque galant homme,
C'eft bien raifon qu'il ait quelque fouci
De les cacher s'il fait fait voyage à Rome.

L'HYPOCRISIE.

MES chers amis, il me prend fantaifie
De vous parler ce foir d'hypocrifie.
Grave Bernet foutiens ma faible voix ;
Plus on eft lourd, plus on parle avec poids.
   Si quelque belle à la démarche fière,

Aux gros tetons, à l'énorme derrière,
Etale aux yeux ses robustes appas,
Les rimailleurs la nommeront Pallas.
Une beauté jeune, fraîche, ingénue,
S'appelle Hébé ; Vénus est reconnue
A son sourire, à l'air de volupté
Qui de son charme embellit la beauté.
Mais si j'avise un visage sinistre,
Un front hideux, l'air empesé d'un cuistre,
Un cou jauni sur un moignon penché,
Un œil de porc à la terre attaché,
(Miroir d'une ame à ses remords en proie,
Toujours terni, de peur qu'on ne le voie.)
Sans hésiter je vous déclare net
Que ce magot est Tartuffe ou Bernet.

    C'est donc à toi, Bernet, que je dédie
Ma très-honnête & courte rapsodie,
Sur le sujet de nôtre ami Guignard
Fesse-Matthieu, dévot & grand paillard.

    Avant-hier advint que de fortune.
Je rencontrai ce Guignard sur la brune
Qui chez Fanchon s'allait glisser sans bruit,
Comme un hibou qui ne sort que de nuit.
Je l'arrêtai d'un air assez fantasque
Par sa jaquette, & je lui criai, masque,
Je te connais : l'argent & les catins
Sont à tes yeux les seuls objets divins ;
Tu n'eus jamais un autre caréchisme.
Pourquoi veux-tu de ton plat rigorisme,
Nous étalant le dehors imposteur,

                  A a iv

Tromper le monde, & mentir à ton cœur ;
Et tout pêtri d'une douce luxure,
Parler en Paul, & vivre en Epicure ?
    Le fycophante alors me répondit,
Qu'il faut tromper pour fe mettre en crédit,
Que la franchife eft toujours dangereufe,
L'art bien reçu, la vertu malheureufe,
La fourbe utile ; & que la vérité
Eft un joyau peu connu, très-vanté,
D'un fort grand prix, mais qui n'eft point d'ufage.
    Je repliquai, ton difcours paraît fage.
L'hypocrifie a du bon quelquefois ;
Pour fon profit on a trompé des rois.
On trompe auffi le ftupide vulgaire
Pour le gruger, bien plus que pour lui plaire.
Lorfqu'il s'agit d'un trône épifcopal,
Ou du chapeau qui coëffe un cardinal,
Ou fi l'on veut, de la triple couronne
Que quelquefois l'ami Belzébut donne,
En pareil cas, peut-être, il ferait bon
Qu'on employât quelques tours de fripon ;
L'objet eft beau, le prix en vaut la peine.
Mais fe gêner pour nous mettre à la gêne,
Mais s'impofer le fardeau détefté
D'une inutile & trifte fauffeté,
Du monde entier méprifée & maudite,
C'eft être dupe encore plus qu'hypocrite.
Que Peretti (a) fe déguife en chrétien
Pour être pape, il fe conduit fort bien.

(a) Sixte-Quint.

Mais toi, pauvre homme, excrément de collège,
Dis-moi, quel bien, quel rang, quel privilège
Il te revient de ton maintien cagot ?
Tricher au jeu sans gagner est d'un sot.
Le monde est fin. Aisément on devine,
On reconnaît le cafard à la mine,
Chacun le hue : on aime à décrier
Un charlatan qui fait mal son métier.

   Mais convenez que du moins mes confrères
M'applaudiront..... Tu ne les connais guère.
Dans leur tripot on les a vus souvent
Se comporter comme on fait au couvent.
Tout penaillon y vante sa besace,
Son institut, ses miracles, sa crasse ;
Mais en secret l'un de l'autre jaloux,
Modestement ils se détestent tous.
Tes ennemis sont parmi tes semblables.
Les gens du monde au moins sont plus traitables ;
Ils sont railleurs, les autres sont méchans.
Crains les sifflets, mais crains les malfaisans.
Crois-moi, renonce à la cagoterie ;
Mène uniment une plus noble vie,
Rougissant moins, sois moins embarrassé ;
Que ton col tords désormais redressé,
Sur son pivot garde un juste équilibre.
Lève les yeux, parle en citoyen libre ;
Sois franc, sois simple ; & sans affecter rien
Essaie un peu d'être un homme de bien.

   Le mécréant alors n'osa répondre.
J'étais sincère, il se sentait confondre.
Il soupira d'un air sanctifié.

Puis détournant son œil humilié,
Courbant en voûte une part de l'échine,
Et du menton se battant la poitrine,
D'un pied cagneux il alla chez Fanchon
Pour lui parler de la religion.

LES AGRÉMENS DE LA VIEILLESSE.

OUI, je sais qu'il est doux d'avoir dans ses jardins
Ces beaux fruits incarnats & de Perse & d'Epire,
De savourer en paix la sève de ces vins,
  Et de manger ce qu'on admire.
J'aime fort un faisan qu'à propos on rôtit ;
De ces perdreaux maillés le fumet seul m'attire,
Mais je voudrais encore avoir de l'appétit.

 Sur le penchant fleuri de ces fraîches cascades ;
Sur ces prés émaillés, dans ces sombres forêts,
Je voudrais bien danser avec quelques driades,
  Mais il faut avoir des jarrets.

❀ ❀

J'aime leurs yeux, leur taille & leurs couleurs vermeilles
Leurs chants harmonieux, leur sourire enchanteur,
Mais il faudrait avoir des yeux & des oreilles,
On doit s'aller cacher quand on n'a que son cœur.

❀ ❀

 Vous serez comme moi quand vous aurez mon âge,
Archevêques, abbés empourprés cardinaux,
  Princes rois, fermiers généraux,

Chacun avec le tems devient triftement fage.

❀ ❀

Tous nos plaifirs n'ont qu'un moment,
Hélas ! quel eft le cours & le but de la vie ?
Des fadaifes , & le néant.
O Jupiter ! tu fis en nous créant
Une froide plaifantérie.

IMPROMPTU

*Fait devant un rigorifte qui parlait de vertu, avec un
peu de pédanterie.*

LE Dieu des dieux affez mal raifonna,
Lorfqu'à Vénus le bon homme ordonna
D'être à jamais de graces entourée.
C'eft à Minerve & pédante & fucrée,
Que ces confeils devaient être adreffés.
Ecoutez bien, gens à morale auftère :
Sans nos avis la beauté fonge à plaire,
Et la vertu n'y fonge pas affez.

ÉPITRE

A Mr. GENONVILLE. (a)

AMI , que je chéris de cette amitié rare,
Dont Pylade a donné l'exemple à l'univers,
Et dont Chaulieu chérit La Fare !

(a) Ce petit ouvrage eft de l'année 1720.

Vous, pour qui les tréfors d'Apollon font ouverts ;
Vous dont les agrémens divers,
L'imagination féconde,
L'efprit & l'enjouement, fans vice & fans travers,
Seraient chez nos neveux célébrés dans mes vers,
Si mes vers comme vous, plaifaient à tout le monde :
Votre épître a charmé le pafteur de Sulli ;
Il fe connaît au bon, & partout il vous aime ;
Votre écrit eft par nous dignement accueilli,
Et vous ferez reçu de même.

Il eft beau, mon cher ami, de venir à la campagne,
tandis que Plutus tourne toutes les têtes à la ville. Etes-
vous réellement devenus tous fous à Paris ? Je n'entends
parler que de millions ; on dit que tout ce qui était à fon
aife & dans la misère, & que tout ce qui était dans la
mendicité, nage dans l'opulence. Eft-ce une réalité ? Eft-
ce une chimère ? La moitié de la nation a-t-elle trouvé
la pierre philofophale dans les moulins à papier ? Law
eft-il un Dieu, un fripon, ou un charlatan qui s'em-
poifonne de la drogue qu'il diftribue à tout le monde ?
Se contente-t-on de richeffes imaginaires ? C'eft un
chaos que je ne puis débrouiller, & auquel je m'imagine
que vous n'entendez rien. Pour moi je ne me livre à
d'autres chimères qu'à celle de la poéfie.

Avec l'abbé Courtin je vis ici tranquille,
Sans aucun regret pour la ville,
Où certain Ecoffais malin,
Comme la vieille fibylle,
Dont parle le bon Virgile,
Sur des feuillets volans écrit notre deftin ;
Venez nous voir un beau matin,
Venez, aimable Génonville ;

Apollon, dans ces climats,
Vous prépare un riant asyle :
Voyez qu'il vous tend les bras,
Et vous rit d'un air facile,
Deux jésuites en ce lieu,
Ouvriers de l'évangile,
Viennent, de la part de DIEU,
Faire un voyage inutile.
Il veulent nous prêcher demain ;
Mais pour nous défaire soudain
De ce couple de chatemites,
Il ne faudra, sur leur chemin,
Que mettre un gros saint Augustin,
C'est du poison pour les jésuites.

LETTRE

DE MR. DE LA CONDAMINE

A MONSIEUR DE VOLTAIRE.

TANDIS que ta rapide plume
Comprend Louis le grand dans un petit volume,
Mon triste voyage à Quito,
Chez moi, devient un in-quarto,
Un fils de saint Benoît, j'en jure,
En eût fait un in-folio ;
Voltaire, inspiré par Clio,
N'en aurait fait qu'une brochure :

Encore de mon trifte deftin
Je pourrais au ciel rendre grace ,
Si jugeant l'auteur par la maffe
Du livre qui fort de fa main ,
On réglait fon rang & fa place ;
J'aurais alors fur le parnaffe
Mon logis à moitié chemin
De Voltaire au Bénédictin.

En vous envoyant mon voyage , monfieur , je me garderai bien de vous prier d'entreprendre la lecture de ma relation, moins encore celle des piéces juftificatives. Je fens trop combien vous y perdriez de tems ; & fi je croyais que vous puiffiez en être tenté, je vous dirais :

De jours fi bien remplis les momens font trop courts,
Ne me lifez jamais , mais écrivez toujours.
C'eft à Voltaire feul d'écrire ,
A nous de lire & de relire
Jour & nuit fa profe & fes vers,
Tous les momens oùrepofe fa lyre
Sont dûs à Fréderic , le refte à l'univers.

RÉPONSE

DE MONSIEUR DE VOLTAIRE.

GRAND-merci, cher la Condamine,
Du beau préfent de l'équateur ,
Et de votre lettre badine ,
Jointe à la profonde doctrine

De votre efprit calculateur
Eh ! bien , vous avez vu l'Afrique ,
Conftantinople , l'Amérique ,
Tous vos pas ont été perdus.
Voulez-vous enfin faire fortune.
Hélas ! il ne vous refte plus
Qu'à faire un voyage à la lune.
On dit qu'on trouve en fon pourpris
Ce qu'on perd aux lieux où nous fommes ;
Les promeffes des bons amis,
Les louanges des beaux efprits ,
Et le bien qu'on a fait aux hommes.

AU ROI DE PRUSSE.

A la Haye, 17 Octobre 1743.

Bientôt à Berlin vous l'aurez
Cette cohorte théatrale ,
Race gueufe , fière & vénale ,
Héros errans & bigarrés ,
Portans avec habit dorés
Diamans faux & linge fale ;
Hurlant pour l'empire romain ,
Ou pour quelque fière inhumaine,
Gouvernant trois fois la femaine
L'univers pour gagner du pain.
Vous aurez mauffades actrices
Moitié femme & moitié patin,
L'une béguéule avec caprices ;

> L'autre débonnaire & catin,
> A qui le souffleur ou Crispin
> Fait un enfant dans les coulisses.

DIEU soit loué que votre majesté prenne la généreuse résolution de se donner du bon tems. C'est le seul conseil que j'aie osé donner ; mais je défie tous les politiques d'en proposer un meilleur.

Il vient tous les jours ici de jeunes officiers français ; on leur demande ce qu'ils viennent faire ? ils disent qu'ils vont chercher de l'emploi en Prusse. Il y en a quatre actuellement de ma connaissance, l'un est le fils du gouverneur de Berg-Saint-Vinox, l'autre le garçon major du régiment de Luxembourg, l'autre le fils d'un président, l'autre le bâtard d'un évêque. Celui-ci s'est enfui avec une fille ; cet autre s'est enfui tout seul, celui-là a épousé la fille de son tailleur ; un cinquième veut être comédien, en attendant qu'on lui donne un régiment.

J'apprends une nouvelle qui enchante mon esprit tolérant ; votre majesté fait revenir de pauvres anabaptistes qu'on avait chassés, je ne sais pas trop pourquoi :

> Que deux fois on se rebaptise
> Ou que l'on soit débaptisé,
> Qu'étole au cou Jean exorcise,
> Ou que Jean soit exorcisé,
> Qu'il soit hors ou dedans l'église
> Musulman, bracmane ou chrétien,
> De rien je ne me scandalise,
> Pourvu qu'on soit homme de bien.
> Je veux qu'aux loix on soit fidèle,
> Je veux qu'on chérisse son roi,
> C'est en ce monde assez, je crois ;

Le

Le reste qu'on nomme la foi
Est bon pour la vie éternelle.

AU MÊME.

15 Avril 1758.

Puisque vous êtes si grand maître
Dans l'art des vers & des combats,
Et que vous aimez tant à l'être,
Rimez donc, bravez le trépas,
Instruisez, ravagez la terre,
J'aime les vers, je hais la guerre,
Mais je ne m'opposerai pas
A votre fureur militaire.
Chaque esprit a son caractère.
Je conçois qu'on a du plaisir
A savoir comme vous saisir
L'art de tuer & l'art de plaire.

Cependant, ressouvenez - vous de celui qui a dit autrefois :

Et quoi qu'admirateur d'Alexandre & d'Alcide,
J'eusse aimé mieux choisir les vertus d'Aristide.

Cet Aristide était un bon-homme. Il n'eût point proposé de faire payer à l'archevêque de Mayence les dépens & dommages de quelque pauvre ville grecque ruinée. Il est clair que votre majesté a encouru les censures de Rome en imaginant si plaisamment de faire payer à l'église les pots que vous avez cassés. Pour vous relever de l'excommunication majeure, je vous ai conseillé en bon citoyen de payer vous-même. Je me suis souvenu que votre majesté m'avait dit souvent que les peuples de ***étaient des sots. En vérité, sire, vous êtes bien bon de vouloir régner sur ces gens-là. Je crois vous proposer un très-bon marché en vous priant de les donner à qui les voudra.

Je m'imaginais qu'un grand-homme,

Qui bat le monde & qui s'en rit,

N'aimait à dominer que sur des gens d'esprit,

Et je voudrais le voir à Rome.

Comme je suis très-fâché de payer trois vingtièmes de mon bien, & de me ruiner pour avoir l'honneur de vous faire la guerre, vous croirez peut-être que c'est par ladrerie que je vous propose la paix. Point du tout ; c'est uniquement afin que vous ne risquiez pas tous les jours de vous faire tuer par des croates, housards & autres barbares, qui ne savent pas ce que c'est qu'un beau vers.

Nos ministres auront sans doute à Breda de plus belles vues que les miennes. Mr. le duc de Choiseul, Mr. de Caunitz & Mr. Pitt ne me disent point leur secret. On dit qu'il n'est connu que d'un Mr. de St. Germain qui a soupé autrefois dans la ville de Trente avec les pères du concile, & qui aura probablement l'honneur de voir votre majesté dans une cinquantaine d'années. C'est un homme qui ne meurt point & qui sait tout. Pour moi qui suis prêt de finir ma carrière, & qui ne sais rien, je me borne à souhaiter que vous connaissiez Mr. le duc de Choiseul.

Votre majesté me dit qu'elle va se mettre à être un vaurien. Voilà une belle nouvelle qu'elle m'apprend là ! & qui êtes-vous donc, vous autres maîtres de la terre ? je vous ai vu aimer beaucoup ces vauriens de Trajan, de

Marc-Aurèle & de Julien ; reſſemblez-leur toujours ;
mais ne me brouillez pas avec Mr. le duc de Choiſeul
dans vos goguettes.

Et ſur ce, je préſente à votre majeſté mon reſpect,
& prie honnêtement la Divinité qu'elle donne la paix
à ſes images.

AU MÊME.

Sur un buſte en porcelaine, fait à Berlin, repréſentant
l'auteur, & envoyé par ſa majeſté en Janvier 1775.

EPICTÈTE au bord du tombeau
A reçu ce préſent des mains de Marc-Aurèle.
  Il a dit, mon ſort eſt trop beau.
J'aurais vécu pour lui ; je lui mourrai fidèle.

   ❀ ❀

Nous avons cultivé tous deux les mêmes arts,
  Et la même philoſophie ;
Moi ſujet, lui monarque, & favori de Mars ;
Et tous les deux par fois objets d'un peu d'envie.

   ❀ ❀

 Il rendit plus d'un roi de ſes exploits jaloux.
Moi, je fus harcelé des gredins du Parnaſſe.
Il eut des ennemis, il les diſſipa tous ;
Et la troupe des miens dans la fange croaſſe.

   ❀ ❀

  Les cagots m'ont perſécuté,
Les cagots à ſes pieds frémiſſaient en ſilence ;
Lui ſur le trône aſſis, moi dans l'obſcurité,
  Nous prechâmes la tolérance.

❀ ❀

Nous adorions tous deux le DIEU de l'univers,
(Car il en eft un , quoi qu'on dife.)
Mais nous n'avions pas la fottife
De le déshonorer par des cultes pervers.

❀ ❀

Nous irons tous les deux dans la célefte fphère,
Lui fort tard ; moi bientôt. Il obtiendra je crois,
Un trône auprès d'Achille , & même auprès d'Homère ;
Et j'y vais demander un tabouret pour moi.

SUR LE MOT IMMORTALI

que le roi de Pruffe avait fait graver au bas de ce bufte.

C'EST un fage , un héros dont la main fouveraine
Me donne l'immortalité ;
Vous m'accordez , grand-homme , avec trop de bonté ,
Des terres dans votre domaine.

AVENTURE DE LA MÉMOIRE.

LE genre humain penfant , c'eft-à-dire la cent mil-
lième partie du genre humain , tout-au plus , avait cru
long-tems , ou du moins avait fouvent répété , que nous
n'avions d'idées que par nos fens , & que la mémoire eft
le feul inftrument par lequel nous puiffions joindre deux
idées & deux mots enfemble.

C'eft pourquoi Jupiter repréfentant la nature , fut
amoureux de Mnémofine déeffe de la mémoire dès le

premier moment qu'il la vit : & de ce mariage naquirent les neuf muses qui furent les inventrices de tous les arts.

Ce dogme, fur lequel font fondées toutes nos connaiffances, fut reçu univerfellement, & même la Nonfobre l'embraffa dès qu'elle fut née, quoique ce fut une vérité.

Quelque tems après vint un argumenteur moitié géomètre, moitié chimérique, lequel argumenta contre les cinq fens & contre la mémoire ; & il dit au petit nombre du genre humain penfant, vous vous êtes trompés jufqu'à préfent, car vos fens font inutiles ; car les idées font innées chez vous avant qu'aucun de vos fens pût agir, car vous aviez toutes les notions néceffaires lorfque vous vîntes au monde. Vous faviez tout fans avoir jamais rien fenti. Toutes vos idées nées avec vous étaient préfentes à votre intelligence nommée ame fans le fecours de la mémoire. Cette mémoire n'eft bonne à rien.

La Nonfobre condamna cette propofition, non parce qu'elle était ridicule, mais parce qu'elle était nouvelle : cependant, lorfqu'enfuite un anglais fe fut mis à prouver, & même longuement, qu'il n'y avait point d'idées innées, que rien n'était plus néceffaire que les cinq fens; que la mémoire fervait beaucoup à retenir les chofes reçues par les cinq fens, elle condamna fes propres fentimens, parce qu'ils étaient devenus ceux d'un anglais. En conféquence elle ordonna au genre humain de croire déformais aux idées innées, & de ne plus croire aux cinq fens & à la mémoire. Le genre humain au-lieu d'obéir fe moqua de la Nonfobre, laquelle fe mit en telle colère qu'elle voulut faire brûler un philofophe. Car ce philofophe avait dit qu'il eft impoffible d'avoir une idée complette d'un fromage à moins d'en avoir vu, & d'en avoir mangé ; & même le fcélérat ofa avancer que les hommes & les femmes n'auraient jamais pu tra-

vailler en tapifferie s'ils n'avaient pas eu des aiguilles,
& des doigts pour les enfiler.

Les Liolifteois fe joignirent à la Nonfobre pour la
première fois de leur vie ; & les Séjanifes ennemis
mortels des Liolifteois fe réunirent pour un moment à
eux. Ils appellèrent à leur fecours les anciens Dicaftériques qui étaient de grands philofophes , & tous enfemble
avant de mourir profcrivirent la mémoire & les cinq
fens, & l'auteur qui avait dit du bien de ces fix chofes.

Un cheval fe trouva préfent au jugement que pronon-
cèrent ces meffieurs, quoi qu'il ne fût pas de la même
efpèce , & qu'il y eût entre lui & eux plufieurs diffé-
rences , comme celle de la taille, de la voix, de l'é-
galité, des crins & des oreilles ; ce cheval, dis-je ; qui
avait du fens auffi bien que des fens, en parla un jour à
Pégafe dans mon écurie ; & Pégafe alla raconter aux
mufes cette hiftoire avec fa vivacité ordinaire.

Les mufes qui depuis cent ans avaient finguliérement
favorifé le pays long-tems barbare où cette fcène fe
paffait , furent extrêmement fcandalifées ; elles aimaient
tendrement Memoire ou Mnémofine leur mère , à laquelle ces neuf filles font redevables de tout ce qu'elles
favent. L'ingratitude des hommes les irrita. Elles ne firent point de fatyre contre les anciens Dicaftériques, les
Liolifteois , les Séjaniftes & la Nonfobre , parce que les
fatyres ne corrigent perfonne , irritent les fots , & les
rendent encore plus méchans. Elles imaginèrent un
moyen de les éclairer en les puniffant. Les hommes
avaient blafphémé la mémoire, les mufes leur ôtèrent ce
don des dieux, afin qu'ils appriffent une bonne fois ce
qu'on eft fans fon fecours.

Il arriva donc qu'au milieu d'une belle nuit tous les
cerveaux s'appefantirent de façon que le lendemein matin tout le monde fe réveilla fans avoir le moindre
fouvenir du paffé. Quelques Dicaftériques couchés avec
leurs femmes voulurent s'approcher d'elles par un refte

d'inftinct indépendant de la mémoire. Les femmes qui n'ont eu que très-rarement l'inftinct d'embraffer leurs maris rejettèrent leurs careffes dégoûtantes avec aigreur. Les maris fe fâchèrent, les femmes crièrent, & la plupart des ménages en vinrent aux coups.

Meilleurs trouvant un bonnet quarré s'en fervirent pour certains befoins qui ni la mémoire ni le bon fens ne foulagent. Mefdames employèrent les pots de leur toilette aux mêmes ufages. Les domeftiques ne fe fouvenant plus du marché qu'ils avaient fait avec leurs maîtres, entrèrent dans leurs chambres, fans favoir où ils étaient. Mais comme l'homme eft né curieux, ils ouvrirent tous les tiroirs; & comme l'homme aime naturellement l'éclat de l'argent & de l'or, fans avoir pour cela befoin de mémoire, ils prirent tout ce qu'ils en trouvèrent fous la main. Les maîtres voulurent crier au voleur, mais l'idée de voleur étant fortie de leur cerveau, le mot ne put arriver fur leur langue. Chacun ayant oublié fon idiome articulait des fons informes. C'était bien pis qu'à Babel où chacun inventait fur le champ une langue nouvelle. Le fentiment inné dans le fens des jeunes valets pour les jolies femmes, agit fi puiffamment, que ces infolens fe jetèrent étourdiment fur les premières femmes ou filles qu'ils trouvèrent, foit cabaretières, foit préfidentes. Et celles-ci ne fe fouvenant plus des leçons de pudeur, les laiffèrent faire en toute liberté.

Il fallut dîner, perfonne ne favait plus comment il fallait s'y prendre. Perfonne n'était allé au marché ni pour vendre ni pour acheter. Les domeftiques avaient pris les habits des maîtres & les maîtres ceux des domeftiques. Tout le monde fe regardait avec des yeux hébêtés. Ceux qui avaient le plus de génie pour fe procurer le néceffaire (& c'étaient les gens du peuple) trouvèrent un peu à vivre. Les autres manquèrent de tout. Le premier préfident, l'archevêque allaient tout nuds, & leurs palfreniers étaient les uns en robes rouges, les autres en dalmatiques, tout était confondu, tout allait périr de misère & de faim, faute de s'entendre.

Au bout de quelques jours les mufes eurent pitié de cette pauvre race : elles font bonnes, quoiqu'elles faffent fentir quelquefois leur colère aux méchans : elles fupplièrent donc leur mère de rendre à ces blafphémateurs la mémoire qu'elle leur avait ôtée. Mnémofine defcendit au féjour des contraires dans lequel on l'avait infultée avec tant de témérité, & leur parla en ces mots :

Imbécilles, je vous pardonne, mais reffouvenez-vous que fans les fens il n'y a point de mémoire, & que fans la mémoire il n'y a point d'efprit.

Les Dicaftériques la remercièrent affez féchement, & arrêtèrent qu'on lui ferait des remontrances. Les Séjaniftes mirent toute cette aventure dans leur gazette, on s'apperçut qu'ils n'étaient pas encore guéris. Les Liolifteois en firent une intrigue de cour. Maître Cogé tout ébahi de l'aventure, & n'y entendant rien, dit à fes écoliers de cinquième ce bel axiome, *Non magis mufis quam hominibus infenfa eft ifta quæ vocatur memoria.*

SUR LE BAISER QUE LA DAUPHINE DONNA à ALAIN CHARTIER, fameux auteur du tems de CHARLES VI.

V OUS connaiffez ce poëte fameux
Qui s'endormit au palais de fa reine :
Il en reçut un baifer amoureux ;
Mais il dormait, & la faveur fut vaine.

Vous me pourriez donner un prix plus doux ;
Et fi jamais votre bouche vermeille
Voulait payer ce que j'ai fait pour vous,
N'attendez pas du moins que je fommeille.

A MADEMOISELLE GOSSIN

Jouant ALZIRE.

CE n'eft point moi qu'on applaudit,
C'eft vous qu'on aime & qu'on admire ;
Et vous damnez, charmante Alzire,
Tous ceux que Gufman convertit.

LETTRE A Mr. BESSIN,

CURÉ DE PLAINVILLE PRÈS DE BERNAY
EN NORMANDIE.

Ferney, du 13 Janvier 1765.

VOUS m'avez envoyé, monfieur, des vers bien faits,
& bien agréables, & vous m'apprenez en même tems
que vous êtes curé ; vous méritez d'avoir la première
cure du Parnaffe, vous ne chanterez jamais d'antienne
qui vaille vos vers. Si je ne vous ai pas répondu plus
tôt c'eft que je fuis vieux, malade, & aveugle. Je ne
ferai pas enterré dans votre paroiffe ; mais c'eft vous que
je choifirais pour faire mon épitaphe.

J'ai l'honneur d'être, &c.

POUR MADAME DE St. JULIEN.

Août 1766.

J'ETAIS dans ma solitude
Sans espoir & sans lien,
Et de n'aspirer à rien
C'était ma pénible étude,
Je vous vois, je sens très-bien
Qu'il faut que mon cœur desire :
Et vous me forcez à dire
L'oraison de St. Julien.

A MONSIEUR VAN HAREN.

DEMOSTHÈNE au conseil, & Pindare au Parnasse,
L'auguste vérité marche devant tes pas.
Tyrtée a dans ton sein répandu son audace,
Et tu tiens sa trompette organe des combats.
   Je ne puis t'imiter ; mais j'aime ton courage,
Né pour la liberté tu penses en héros :
Mais qui naquit sujet ne doit penser qu'en sage,
Et vivre obscurément, s'il veut vivre en repos.
   Notre esprit est conforme aux lieux qui l'ont vu naître
A Rome on est esclave, à Londres citoyen.
La grandeur d'un Batave est de vivre sans maître,
Et mon premier devoir est de servir le mien.

A M.

L'ART n'y fait rien, les beaux noms, les beaux lieux
Très-rarement nous donnent le bien-être :
Est-on heureux ? hélas ! pour le paraître ,
Et suffit-il d'en impofer aux yeux ?

J'ai vu jadis l'abeffe de la joie,
Malgré ce titre à fa douleur en proie :
Dans Sans-fouci certain roi renommé
Fut de foucis quelquefois confumé.

Il n'en eft pas ainfi de mes retraites,
Loin des chagrins , loin de l'ambition ,
De mes plaifirs elles portent le nom ;
Vous le favez , car c'eft vous qui les faites.

A MR. LE COMTE DE SCHOVALO,

Qui lui avait adreffé une épître pendant fon féjour
à Ferney.

PUISQU'IL faut croire quelque chofe,
J'avouerai qu'en lifant vos féduifans écrits.
Je crois à la métempfycofe.
Orphée , aux bords du Tanaïs ,
Expira dans votre pays :
Près du lac de Genève , il vient fe faire entendre :
En vous lifant il renaît aujourd'hui ,
Et vous ne devez pas attendre
Que les femmes jamais vous battent comme lui.

A Mr. BLIN DE SAINMORE,

Qui lui avait envoyé une héroïde fous le nom de Gabriel d'Etrées, à Henri IV.

Mon amour-propre eft vivement flatté
De votre écrit : mon goût l'eft davantage :
On n'a jamais, par un plus doux langage,
Avec plus d'art, bleffé la vérité.
Pour Gabrielle, en fon apoplexie,
Aucuns diront qu'elle parle long-tems :
Mais fes difcours font fi vrais, fi touchans,
Elle aime tant, qu'on la croirait guérie.
Tout lecteur fage avec plaifir verra,
Qu'en expirant l'aimable Gabrielle
Ne penfe point que Dieu la damnera
Pour aimer trop un amant digne d'elle.
Avoir du goût pour le roi très-chrétien,
C'eft œuvre pie : on n'y peut rien reprendre ;
Le paradis eft fait pour un cœur tendre,
Et les damnés font ceux qui n'aiment rien.

A MONSIEUR D. C...,

Sur son ballet de Misis.

VOUS possédez la langue de Cythère :
Si vos beaux faits égalent votre voix,
Vous êtes maître en l'art divin de plaire.
En fait d'amour il faut parler & faire ;
Ce dieu fripon ressemble assez aux rois :
Les bien servir, n'est pas petite affaire ;
Hélas ! il est plus aisé mille fois
De les chanter, que de les satisfaire.

A MADAME DE.....

En lui envoyant la HENRIADE.

QUAND vous m'aimiez, mes vers étaient aimables ;
Je chantais dignement, vos graces, vos vertus :
Cet ouvrage naquit dans des tems favorables ;
Il eût été parfait : mais vous ne m'aimez plus,

A Mr. L'ABBÉ DE VOISENON,

*Au sujet du conte d'Isabelle & Gertrude, dont il avait
fait un opéra comique.*

J'AVAIS un arbuste inutile,
Qui languissait dans mon canton :
Un bon jardinier de la ville
Vient de greffer mon sauvageon ;
 Je ne recueillais de ma vigne
Qu'un peu de vin grossier & plat :
Mais un gourmet l'a rendu digne
Du palais le plus délicat :
 Ma bague était fort peu de chose,
On la taille en beau diamant :
Honneur à l'enchanteur charmant
Qui fit cette métamorphose.

Vous sentez, monsieur, à qui sont adressés ces mauvais vers. Je vous prie de présenter mes complimens à Mr. Favart, qui est l'un des deux conservateurs des graces & de la gaieté française. Comme il y a dix ans que vous ne m'avez écrit, je n'ose vous dire : O mon ami, écrivez-moi ! mais je vous dis, Ah ! mon ami, vous m'avez oublié net.

A Mr. LE MARQUIS DE CHAUVELIN.

Sur cette jolie piéce de vers qu'il appellait les sept péchés mortels

Vous êtes dans la saison
Des plus aimables faibleſſes ;
Puiſſiez-vous ſervir vos maîtreſſes
Comme vous ſervez Apollon !
Entre des vers & vos Liſettes,
Goûtez le deſtin le plus doux,
Votre confeſſeur eſt jaloux
Des jolis péchés que vous faites.

A MONSIEUR DE C....

Qui avait écrit à l'auteur que le bruit courait qu'il était mort.

Ressusciter eſt ſans doute un grand cas ;
C'eſt un plaiſir que je viens de connaître :
Mais le plus grand ce ſerait d'apparaître
A ſes anis : je ne m'en flatte pas.
Pour ce prodige, il eſt quelques obſtacles ;
C'en ſerait trop pour les gens d'ici-bas,
Que deux plaiſirs & ſurtout deux miracles.

LETTRE EN VERS

*Sur ce que le général des capucins l'avait agrégé à cet
ordre en reconnaissance de quelques services qu'il avait
rendus à ces moines.*

IL est vrai, je suis capucin,
C'est sur quoi mon salut se fonde ;
Je ne veux pas dans mon déclin
Finir comme les gens du monde.

Mon malheur est de n'avoir plus
Dans mes nuits ces bonnes fortunes ,
Ces nobles graces des élus ,
A mes confrères si communes.

Je ne suis point frère Frapart ,
Confessant sœur Drue & sœur Nice ,
Je ne porte point le cilice
De St. Grizel , de St. Billard.

J'achève doucement ma vie ,
Je suis prêt à partir demain ,
En communiant de la main
Du bon curé de Mélanie.

Dès que monsieur l'abbé Terray
A su ma capucinerie ,
De mes biens il m'a délivré ,
Que servent-ils dans l'autre vie ?

J'aime

J'aime fort cet arrangement ;
Il est leste & plein de prudence ;
Plût-à-Dieu qu'il en fît autant
A tous les moines de la France,

QUATRAINS

SUR LA FONDATION DE VERSOY,

A Mad. LA DUCHESSE DE CHOISEUL,

Madame, un héros destructeur
S'il est grand n'est qu'un grand coupable,
J'aime bien mieux un *fondateur*,
L'un est un dieu l'autre est un diable.

Dites bien à votre mari,
Que des neuf filles de mémoire,
Il sera le seul favori,
Si de fonder il a la gloire.

Didon que j'aime tendrement,
Sera célèbre d'âge en âge ;
Mais quand Didon fonda Carthage,
C'est qu'elle avait beaucoup d'argent,

Si le vainqueur de l'Assirie,
Avait eu pour surintendant

Un conseiller du parlement,
Nous n'aurions point Alexandrie.

Nos très-sots aïeux autrefois
Ont fondé de pieux asyles
Pour mes moines de Saint François,
Mais ils n'ont point fondé de villes.

Envoyez-nous des Amphions,
Sans quoi nos peines sont perdues :
A Versoy nous avons des rues ;
Et nous n'avons point de maisons.

Sur la raison, sur la justice,
Sur les graces, sur la douceur,
Je fonde aujourd'hui mon bonheur,
Et vous êtes ma fondatrice.

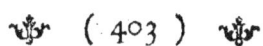
A MADAME NEKRE.

QUELLE étrange idée est venue
Dans votre esprit sage éclairé ?
Que vos bontés l'ont égaré !
Et que votre peine est perdue !

A moi chétif une statue !
Je serais d'orgueil enivré.
L'ami Jean Jacque a déclaré
Que c'est à lui qu'elle était due.

Il la demande avec éclat.
L'univers, par reconnaissance,
Lui devait cette récompense ;
Mais l'univers est un ingrat.

C'est vous que je figurerai
En beau marbre d'après nature,
Lorsqu'à Paphos je reviendrai,
Et que j'aurai la main plus sûre.

Ah ! si jamais de ma façon,
De vos attraits on voit l'image,
On sait comment Pigmalion
Traitait autrefois son ouvrage.

AU ROI DE P.... (a)

LA mère de la mort, la vieillesse pesante,
A de son bras d'airain courbé mon faible corps ;
Et des maux qu'elle entraîne, une suite effrayante
De mon ame immortelle attaque les ressorts.

Je brave vos assauts, redoutable vieillesse ;
Je vis auprès d'un sage, & je ne vous crains pas :
Il vous prêtera plus d'appas
Que le plaisir trompeur n'en donne à la jeunesse.

Coulez mes derniers jours sans trouble & sans terreur,
Coulez près du héros dont le mâle génie
Vous fait goûter en paix les songes de la vie,
Et dépouille la mort de ce qu'elle a d'horreur.

O philosophe roi ! que ma carrière est belle ;
J'irai de Sans-souci, par des chemins de fleurs,
Aux champs-Elysiens parler à Marc-Aurèle
Du plus grand de ses successeurs.

A Salluste jaloux, je lirai votre histoire ;

(a) Cette pièce a été faite probablement pendant le dernier séjour de l'auteur à la cour de Berlin.

À Lycurgue vos loix, à Virgile vos vers :
Je surprendrai les morts, ils ne pourront me croire ;
Nul d'eux n'a rassemblé tant de talens divers.

Mais lorsque j'aurai vu les ombres immortelles,
N'allez pas après moi confirmer mes récits ;
Vivez, rendez heureux ceux qui vous font soumis ;
Et n'allez que bien tard auprès de vos modèles.

A Mr. S*** DE L'ACADÉMIE FRANÇAISE.

Du 10 Novembre 1770. A Ferney.

VOTRE épître, mon cher confrère, est aussi philo-
sophique qu'ingénieuse. Elle est surtout d'un bon ami.
Vous avez raison sur tous les points, hors sur ce qui me
regarde.

Je sais bien qu'il y aura toujours des gens qui feront
la guerre à la raison, puisqu'en effet on a des soldats
de robe longue payés uniquement pour servir contre
elle. Mais on a beau faire, dès que cette étrangère a des
asyles chez tous les honnêtes gens de l'Europe, son
empire est assuré.

On peut long-tems chez notre espèce
Fermer la porte à la raison ;
Mais dès qu'elle entre avec adresse,
Elle reste dans la maison ;
Et bientôt elle en est maîtresse.

Son ennemie perd de son crédit chaque jour

C c iij

cou jufqu'à Cadix. J'ai été très-fâché qu'on ait pouffé trop loin la philofophie. Ce maudit livre du fyftême de la nature eft un péché contre nature. Je vous fais bien bon gré de réprouver l'athéifme, & d'aimer ce vers :

Si DIEU n'exiftait pas, il faudrait l'inventer.

Je fuis rarement content de mes vers, mais j'avoue que j'ai une tendreffe de père pour celui-là.

Les ennemis des caufes finales m'ont toujours paru plus hardis que raifonnables. S'ils rencontrent des chevilles & des trous, ils avouent fans héfiter que les unes ont été faites pour les autres, & ils ne veulent pas que le foleil foit fait pour les planètes, &c. &c.

L'ART ET LA NATURE.

A MADAME D'USSÉ.

L'ART dit un jour à la nature,
Vous n'égalez jamais les œuvres de ma main ;
Vous agiffez fans choix, vous marchez fans deffein :
  Que feriez-vous fans ma parure ?
Un teint flétri par vous s'embellit par mon fard ;
C'eft moi qui d'une prude arrange la fageffe ;
Aux coquettes beautés j'infpire la fineffe ;
  Je conduis fous mon étendard
  Et les beaux efprits & les belles :
J'ai feul dicté fans vous les vers de Fontenelle,
  Et les fables du fieur Houdard.
Ainfi, belle d'Uffé, l'art fe croyait le maître,

Et le monde à fon char paraiffait s'attacher ;
Mais la nature vous fit naître,
Et l'art confus s'alla cacher.

LE PASSÉ ET LE PRÉSENT.

SI la main des rois & des prêtres
Ebranla le monde en tout tems,
Et fi nos coupables ancêtres
Ont eu de coupables enfans,
O trifte mufe de l'hiftoire,
Ne grave plus à la mémoire
Ce qui doit périr à jamais !
Tu n'as vu qu'horreur & délire.
Les annales de chaque empire
Sont les archives des forfaits.

La fable eft encore plus funefte,
Ses menfonges font plus cruels.
Tantale, Atrée, Egifte, Orefte,
N'épouvantez plus les mortels.
Que je hais le divin Achile,
Sa colère en malheurs fertile,
Et tous ces ridicules dieux
Que vers le ruiffeau du Scamandre
Du haut du ciel on fait defcendre
Pour infpirer un furieux !

Jofué, je hais davantage

C c iv

Tes facrifices inhumains.
Quoi ! trente rois dans un village
Pendus par tes dévotes mains !
Quoi ! ni le fexe , ni l'enfance
De ton exécrable démence
N'ont pu défarmer la fureur !
Quoi ! pour contempler ta conquête,
A ta voix le foleil s'arrête ?
Il devait reculer d'horreur.

Mais de ta horde vagabonde
Détournons mes yeux éperdus.
O Rome ! ô maîtreffe du monde
Verrai-je en toi quelques vertus ?
Ce n'eft pas fous l'infame Octave ,
Ce n'eft pas lorfque Rome efclave
Succombait avec l'univers ,
Ou quand le fixième Alexandre
Donnait dans l'Italie en cendre
Des indulgences & des fers.

L'innocence n'a plus d'afyle :
Le fang coule à mes yeux furpris
Depuis les vêpres de Sicile
Jufqu'aux matines de Paris.
Eft-il un peuple fur la terre
Qui dans la paix ou dans la guerre
Ait jamais vu des jours heureux ?
Nous pleurons ainfi que nos pères ,

Et nous tranfmettrons nos misères
A nos déplorables neveux.

C'eft ainfi que mon humeur fombre
Exhalait fes triftes accens.
La nuit me couvrant de fon ombre
Avait appefanti mes fens.
Tout-à-coup un trait de lumière
Ouvrit ma débile paupière
Qui cherchait en vain le repos ;
Et des demeures éternelles
Un génie étendant fes ailes
Daigna me parler en ces mots :

Contemple la brillante aurore
Qui t'annonce enfin les beaux jours ;
Un nouveau monde eft prêt d'éclore ,
Até difparaît pour toujours.
Vois l'augufte philofophie
Chez toi fi long-tems pourfuivie
Dicter fes triomphantes loix.
La vérité vient avec elle
Ouvrir la carrière immortelle
Où devaient marcher tous les rois.

Les cris affreux du fanatique
N'épouvantent plus la raifon ;
L'infidieufe politique
N'a plus ni mafque , ni poifon.
La douce , l'équitable Aftrée

S'affied, de graces entourée,
Entre le trône & les autels.
Et fa fille la bienfaifance
Vient de fa corne d'abondance
Enrichir les faibles mortels.

❊ ❊

Je lui dis, Ange tutélaire,
Quels dieux répandent ces bienfaits ?
C'eft un feul homme. --- Et le vulgaire
Méconnaît les biens qu'il a faits !
Le peuple en fon erreur groffière
Ferme les yeux à la lumière,
Il n'en peut fupporter l'éclat.
Ne recherchons point fes fuffrages ;
Quand il fouffre il s'en prend aux fages;
Eft-il heureux ? il eft ingrat.

❊ ❊

On prétend que l'humaine race
Sortent des mains du Créateur,
Ofa dans fon abfurde audace
S'élever contre fon auteur.
Sa clameur fut fi téméraire,
Qu'à la fin Dieu dans fa colère
Se repentit de fes bienfaits.
O vous ! que l'on voit de Dieu même
Imiter la bonté fuprême,
Ne vous en repentez jamais. (*a*)

(*a*) Cette piéce fut com- | été imprimées fuivant l'ordre
pofée au mois de Juin 1775 ; | des dates.
les précédentes n'ont point

Fin du tome fecond.

TABLE

Des piéces contenues dans ce volume.

Fin de la Table

LA
GUERRE CIVILE

DE

GENEVE,

O U

LES AMOURS

DE ROBERT COVELLE.

POEME HÉROIQUE.

Avec des Notes instructives.

———————————

1775.

PROLOGUE.

ON a si mal imprimé quelques chants de ce poëme, nous en avons vu des morceaux si défigurés dans différens Journaux; on est si empressé de publier toutes les nouveautés dans l'heureuse paix dont nous jouissons, que nous avons interrompu notre édition de l'histoire des anciens Babyloniens & des Gomérites, pour donner l'histoire véritable des dissentions présentes de Genève, mise en vers par un jeune Franc-Comtois, qui paraît promettre beaucoup. Ses talens seront encouragés sans doute par tous les gens de lettres qui ne sont jamais jaloux les uns des autres, qui courent tous avec candeur au-devant du mérite naissant, qui n'ont jamais fait la moindre cabale pour faire tomber les piéces nouvelles, jamais écrit la moindre imposture, jamais accusé personne de sentimens erronés sur la grace prévenante, jamais attribué à d'autres leurs obscurs écrits, & jamais emprunté de l'argent du jeune auteur en question, pour faire imprimer contre lui de petits avertissemens scandaleux.

Nous recommandons ce poëme à la protection des esprits fins & éclairés qui abondent dans notre province. Nous ne nous flattons pas que le Sr. Lémeri , & le nommé B.... marchand libraire à Lyon , le laiffent arriver jufqu'à Paris. On imprime aujourd'hui dans les provinces uniquement pour les provinces. Paris eft une ville trop occupée d'objets férieux pour être feulement informée de la guerre de Genève. L'Opéra Comique , le Singe de Nicolé , les Romans nouveaux , les actions des fermes , & les actrices de l'opéra , fixent l'attention de Paris avec tant d'empire que perfonne n'y fait , ni fe foucie de favoir ce qui fe paffe au Grand Caire , à Conftantinople , à Mofcou & à Genève. Mais nous efpérons d'être lus des beaux efprits du pays de Gex , des Savoyards , des petits Cantons Suiffes , de Mr. l'Abbé de St. Gall , de Mr. l'évêque d'Annecy & de fon chapitre , des révérends pères Carmes de Fribourg , &c. &c. *Contenti paucis Lectoribus.*

Nous avons fuivi la nouvelle ortographe mitigée qui retranche les lettres inutiles , en confervant celles qui marquent l'étimologie des mots. Il nous a paru prodigieufement ridicule d'écrire François , de ne pas diftinguer les Français de St. François d'Affife: de ne pas écrire Anglais & Ecoffais par un *a* , comme on ortographie Portugais. Il nous femble palpable que quand on prononce j'aimais , je fefais , je plaifais avec un *a* , comme on prononce je hais, je fais, je plais, il est tout-à-fait impertinent de ne pas mettre un *a* à tous ces mots, & de ne pas ortographier de même, ce qu'on prononce abfolument de même.

S'il y a des Imprimeurs qui fuivent encore l'ancienne routine, c'eſt qu'ils compofent avec la main plus qu'avec la tête. Pour moi quand je vois un livre où le mot Français eſt imprimé avec un *o*, j'avertis l'auteur que je jette là le livre ; & que je ne le lis point.

J'en dis autant à le Breton imprimeur de l'almanach royal. Je ne lui paierai point l'almanach qu'il m'a vendu cette année. Il a eu la groffiéreté de dire que Mr. le Préfident....... Mr. le Confeiller...... demeure dans le cu de fac de Menard, dans le cu de fac des blancs Mantaux, dans le cu de fac de l'Orangerie. Jufqu'à quand les Welches croupiront-ils dans leur ancienne barbarie !

Hodieque manent veſtigia ruris.

Comment peut-on dire qu'un grave Préfident demeure dans un cu ? Paffe encore pour Fréron : on peut habiter dans le lieu de fa naiffance ; (*)

(*) Voyez le pauvre Diable, ouvrage en vers aifés de feu mon coufin Vadé, page 80.

Je m'accoſtai d'un homme à lourde mine,

mais un Préfident , un Confeiller ! fy ! Mr. le
Breton , corrigez - vous , fervez - vous du mot
impaffe , qui eft le mot propre , l'expreffion
ancienne eft impaffe. Feu mon coufin Guillaume

Qui fur fa plume a fondé fa cuifine ,
Grand écumeur des bourbiers d'Hélicon,
De Loyola chaffé pour fes fredaines ,
Vermiffau né du cu de Desfontaines ,
Digne en tout fens de fon extraction ,
Lâche Zoïle , autrefois laid Giton.
Cet animal fe nommait Jean Fréron.
J'étais tout neuf, j'étais jeune, fincère,
Et j'ignorais fon naturel félon ;
Je m'engageai fous l'efpoir d'un falaire,
A travailler à fon hebdomadaire ,
Qu'aucuns nommaient alors patibulaire.
Il m'enfeigna comment on dépéçait
Un livre entier , comme on le recoufait ,
Comme on jugeait du tout par la préface,
Comment on louait un fot auteur en place ,
Comme on fondait avec lourde roideur
Sur l'écrivain pauvre & fans protecteur.
Je m'enrolai , je fervis le Corfaire ;
Je critiquai fans efprit & fans choix;
Impunément le théatre & la chaire,
Et je mentis pour dix écus par mois.
   Quel fut le prix de ma fotte manie ?
Je fus connu, mais par mon infamie,
Comme un gredin que la main de Thémis

Vadé de l'académie de Befançon vous en avait
averti. Vous ne vous êtes pas plus corrigé que
nos plats auteurs à qui l'on montre en vain
leurs fottifes ; ils les laiffent fubfifter , parce qu'ils
ne peuvent mieux faire. Mais vous , Mr. le
Breton qui avez du génie , comment [dans le
feul ouvrage où un illuftre académicien dit que
la vérité fe trouve , pouvez-vous gliffer une infamie qui fait rougir les dames à qui nous devons
tous un fi profond refpect ? Par notre Dame ,
Mr. le Breton , je vous attends à l'année 1769.

PREMIER POSTCRIPT,

A André Prault libraire , quai des Auguftins.

MONSIEUR André Prault , vous avertiffez
le public dans l'avant-coureur N°. 9. du Lundi
29 Février 1768 , que Mr. Le Franc de Pompignan ayant magnifiquement & fuperbement
fait imprimer fes cantiques facrés à fes dépens,

A diapré de nobles fleurs de lys ,
Par un fer chaud gravé fur l'omoplate.
Trifte & honteux je quittai mon pirate ,
Qui me vola pour prix de mon labeur ,
Mon honoraire en me parlant d'honneur.

A iv

vous les avez offerts d'abord pour 18 livres, enfuite pour feize ; puis vous les avez mis à douze ; puis à dix. Enfin , vous les cédez pour huit francs , & vous avez dit dans votre boutique :

Sacrés ils font , car perfon ne n'y touche.

Je vous donnerai fix francs d'un exemplaire bien relié , pourvu que vous n'appelliez jamais cu de lampe , les ornemens , les vignettes , les cartouches , les fleurons. Vous êtes parfaitement inftruit , qu'il n'y a nul rapport d'un fleuron à un cu , ni d'un cu à une lampe. Si quelque critique demande pourquoi je répète ces leçons utiles , je réponds que je répéterai jufqu'à ce qu'on fe foit rangé à fon devoir

SECOND POSTCRIPT.

ET vous, Monfieur P......, qui avez offert par foufcription le recueil de l'année Littéraire de maître Aliboron dit Fréron à dix fous le volume relié. Sachez que cela eft trop cher : deux fous & demi , s'il vous plaît , Monfieur P.....; & je placerai dans ma chaumière cet ouvrage entre Cicéron & Quintilien. Je me forme une affez belle bibliothèque dont je parlerai inceffamment au roi ; mais je ne veux pas me ruiner.

TROISIEME POSTCRIPT.

JE ne veux pas vous ruiner non plus. J'apprends que vous imprimez mes fadaises in-4º. comme un ouvrage de Bénédictin avec estampes, fleurons & point de cu de lampe. Dequoi vous avisez-vous ? On aime assez les estampes dans ce siècle, mais pour les gros recueils, personne ne les lit. Ne faites-vous pas quelquefois réflexion à la multitude innombrable de livres qu'on imprime tous les jours en Europe ? Les plaines de Bausse ne pourraient pas les contenir : & n'était le grand usage qu'on en fait dans votre Ville au haut des maisons, il y aurait mille fois plus de livres que de gens qui ne savent pas lire. La rage de mettre du noir sur du blanc, comme dit Sady, le *Scribendi cacoëtes*, comme dit Horace, est une maladie dont j'ai été attaqué, & dont je veux absolument me guérir ; tâchez de vous défaire de celle d'imprimer. Tenez-vous-en au moins en fait de belles-lettres au siècle de Louis XIV.

Monsieur d'Aquin que j'aime & que jestime, a célébré à mon exemple le siècle présent, comme j'ai broché le passé : il a fait un revelé des grands hommes d'aujourd'hui. On y trouve dix-huit maîtres d'orgues, & quinze joueurs de violon , Mlle. Petit-pas , Mlle. Peliffier , Mlle. Chevalier , Mr. Cahufac , plufieurs baffes tailles , quelques hautes-contre , neuf danfeurs , autant de danfeufes. Tous ces talens font fort agréables , & les jeunes gens comme moi en font fort épris. Mais peut-être le fiècle des Condé , des Turenne, des Luxembourg , des Colbert , des Fénélon , des Boffuet , des Corneille , des Racine , des Boileau , des Molière , des La Fontaine, avait-il quelque chofe de plus impofant. Je puis me tromper ; je me défie toujours de mon opinion , & je m'en rapporte à Monfieur d'Aquin.

LA GUERRE CIVILE DE GENEVE.

CHANT PREMIER.

Auteur fublime, inégal & bavard, (a)
Toi qui chantas le rat & la grenouille,
Daigneras-tu m'inftruire dans ton art ?
Poliras-tu les vers que je barbouille ?
O Taffoni ! (b) plus long dans tes difcours
De vers prodigue & d'efprit fort avare,
Me faudra-t-il dans mon deffein bizarre
De tes langueurs implorer le fecours ?
Grand Nicolas (c) de Juvenal émule
Peintre des mœurs, furtout du ridicule,
Ton ftyle pur aurait pu me tenter.
Il eft trop beau, je ne puis l'imiter.
A fon génie il faut qu'on s'abandonne.
Suivons le nôtre, & n'invoquons perfonne.

(a) Homère qui a fait le com- | entre Bologne & Modène , pour
bat des grenouilles & des rats. | un feau d'eau.
(b) L'auteur de la Secchia | (c) Nicolas Boileau.
rapita , ou de la terrible guerre |

Au pied d'un mont (a) que les tems ont pelé,
Sur le rivage où roulant sa belle onde,
Le Rhône échappe à sa prison profonde,
Et court au loin par la Sône appellé;
On voit briller la cité Genevoise,
Noble cité, riche, (b) fiére & sournoise;
On y calcule & jamais on n'y rit.
L'art de Barême est le seul qui fleurit: (c)
On hait le bal, on hait la comédie.
Du grand Rameau l'on ignore les airs:
Pour tout plaisir Genève psalmodie
Du bon David les antiques concerts;
Croyant que Dieu se plaît aux mauvais vers. (d)
Des prédicans la morne & dure espèce
Sur tous les fronts a gravé la tristesse.
C'est en ces lieux que maître Jean Calvin
Savant picard opiniâtre & vain,
De Paul apôtre impudent interprète,
Disait aux gens que la vertu parfaite
Est inutile au salut du chrétien,
Que Dieu fait tout; & l'honnête-homme rien.
Ses successeurs en foule s'attachèrent
A ce grand dogme & très-mal le prêchèrent.

(a) La montagne de Salève, partie des Alpes.
(b) Les seuls citoyens de Genève ont quatre millions cinq cent mille livres de rentes sur la France en divers effets. Il n'y a point de ville en Europe qui dans son territoire ait autant de jolies maisons de campagne, proportion gardée. Il y a cinq cents fourneaux dans Genève, où l'on fond l'or & l'argent : on y poussait autrefois des argumens théologiques.
(c) Auteur des comptes faits.
(d) Ces vers sont dignes de la musique, on y chante les commandemens de Dieu sur l'air: *Réveillez-vous belle endormie.*

Robert Covelle était d'un autre avis ;
Il prétendait que Dieu nous laisse faire,
Qu'il va donnant châtiment ou salaire,
Aux actions, sans gêner les esprits.
Ses sentimens étaient assez suivis.
Par la jeunesse aux nouveautés encline.
   Robert Covelle au sortir d'un sermon
Qu'avait prêché l'insipide Brognon (a)
Grand défenseur de la vieille doctrine ;
Dans un réduit rencontra Catherine
Aux grands yeux noirs, à la fringante mine,
Qui laissait voir un grand tiers de teton
Rebondissant sous sa mince étamine.
Chers habitans de ce petit canton,
Vous connaissez le beau Robert Covelle,
Son large nez, son ardente prunelle,
Son front altier, ses jarrets bien dispos,
Et tout l'esprit qui brille en ses propos.
Jamais Robert ne trouva de cruelle.
Voici les mots qu'il dit à sa pucelle.
Mort de Calvin ! quel ennuyeux prêcheur
Vient d'annoncer à son sot auditoire
Que l'homme est faible & qu'un pauvre pécheur
Ne fit jamais un œuvre méritoire ?
J'en veux faire une ; il dit, & dans l'instant
O Catherine ! il vous fait un enfant.
Ainsi Neptune en rencontrant Phillire,
Ou Jupiter voyant au fond des bois
La jeune Io pour la première fois,

(a) Prédicant Genevois.

Ont abrégé le tems de leur martyre ;
Ainfi David vainqueur du Philiftin
Vit Berzabée , & lui planta foudain
Sans foupirer , dans fon pudique fein
Un Salomon & toute fon engeance ;
Ainfi Covelle en fes amours commence :
Ainfi les rois , les héros & les dieux
En ont agi. Le tems eft précieux.

    Bientôt Catin dans fa taille arondie
Manifefta les œuvres de Robert.
Les gens malins ont l'œil toujours ouvert ;
Et le fcandale a la marche étourdie.
Tout fut ému dans les murs Genevois ,
Du vieux Picard (*a*) on confulta les loix ;
On convoqua le facré confiftoire.
Trente pédans en robe courte & noire
Dans leur taudis vont fiéger après boire ;
Prêts à dicter leur arrêt folemnel.
Ce n'était pas le fénat immortel
Qui s'affemblait fur la voûte éthérée ,
Pour juger Mars avec fa Cithérée , (*b*)
Surpris tous deux l'un fur l'autre étendus
Tout palpitans , & s'embraffant tout nuds

    La Catherine avait caché fes charmes ;
Covelle auffi (de peur d'humilier
Le Sanhédrin trop prompt à l'envier ;)
Cache avec foin fes redoutables armes.

(*a*) Calvin , chanoine de Noyon.
(*b*) Le foleil , comme on fait , découvrit Vénus couchée avec Mars ; & Vulcain porta fa plainte au confiftoire de là haut .

Du noir sénat le grave directeur
Est Jean Barnet (a) de maint volumes auteur.
Le vieux Barnet ignoré du lecteur,
Mais trop connu des malheureux libraires.
Dans sa jeunesse il a lu les saints pères,
Se croit savant, affecte un air dévot.
Broun est moins fat, & Néedham est moins sot (b)
Les deux amans devant lui comparaissent.
A ces objets, à ces péchés charmans,
Dans sa vieille ame en tumulte renaissent
Les souvenirs des tendres passe-tems
Qu'avec Javotte il eut dans son printems.
Il interroge, & sa rare prudence
Pèse à loisir sur chaque circonstance,
Le lieu, le tems, le nombre, la façon.
L'amour, dit-il, est l'œuvre du démon.
Gardez-vous bien de la persévérance ;
Et dites-moi si les tendres desirs
Ont subsisté par delà les plaisirs.

    Catin subit son interrogatoire
Modestement jalouse de sa gloire,
Non sans rougir ; car l'aimable pudeur

(a) Barnet professeur en théologie, très-plat écrivain, fils d'un refugié. Nous avons ses lettres originales par lesquelles il pria l'auteur de l'Essai sur l'histoire générale de le gratifier de l'édition, & de l'accepter pour correcteur d'imprimerie. Il fut refusé & se jeta dans la politique.

(b) Broun prédicant Ecossais qui a écrit des sottises avec des injures de compagnie avec Barnet. Ce prédicant Ecossais venait souvent manger chez l'auteur sans être prié, & c'est ainsi qu'il témoigna sa reconnaissance. Néedham est un jésuite Irlandais, imbécille, qui a cru faire des anguilles avec de la farine. On a donné quelque tems dans la chimère ; & quelques philosophes même ont bâti un sytême sur cette prétendue expérience aussi fausse que ridicule,

Eſt ſur ſon front comme elle eſt dans ſon cœur.
Elle dit tout, rend tout clair & palpable ;
Et fait ſerment que ſon amant aimable
Eſt toujours gai, devant, durant, après.
Barnet, content de ces aveux diſcrets,
Va prononcer la divine ſentence.
Robert Covelle, écoutez à genoux, --
A genoux moi ! -- *vous même.* -- Qui ? moi ! -- *vous.*
A vos vertus joignez l'obéiſſance.

    Covelle alors à ſa mâle éloquence
Donnant l'eſſor & ranimant ſon feu,
Dit : « Je fléchis les genoux devant Dieu,
» Non devant l'homme, & jamais ma patrie
» A mon grand nom ne pourra reprocher
» Tant de baſſeſſe & tant d'idolâtrie.
» J'aimerais mieux périr ſur le bûcher
» Qui de Servet a conſumé la vie,
» J'aimerais mieux mourir avec Jean Hus,
» Avec Chauſſon (*a*) & tant d'autres élus ;
» Que m'avilir à rendre à mes ſemblables
» Un culte infame & des honneurs coupables.
» J'ignore encore tout ce que votre eſprit
» Peut en ſecret penſer de Jeſus-Chriſt (*b*).
» Mais il fut juſte & ne fut point ſévère.
» Jeſus fit grace à la femme adultère ;
» Il dédaigna de tenir à ſes pieds,

» Ses

(*a*) Chauſſon ; fameux parti-
ſan d'Alcibiade, d'Alexandre,
de Jules Céſar, de Giton, de
Des Fontaines, de l'âne littéraire, brûlé chez les Welches
au dix-ſeptième ſiècle.

(*b*) Voyez l'article Genève
dans l'encyclopédie. Jamais
Barnet n'a ſigné que Jeſus eſt
Dieu conſubſtantiel à Dieu le
Père. A l'égard de l'Eſprit il
n'en parle pas.

» Ses doux appas de honte humiliés.

« Et vous pédans, cuiſtres de l'évangile,

» Qui prétendez remplacer en fierté

» Ce qui chez vous manque en autorité ,

» Nouveaux venus, troupe vaine & futile,

» Vous oſeriez exiger un honneur

» Que refuſa Jeſus-Chriſt mon Sauveur !

» Tremblez , ceſſez d'inſulter votre maître --

» Tu veux parler , tais-toi, Barnet. -- Peut-être

» Me dirais-tu qu'aux murs de St. Médard ,

» Trente prélats tous dignes de la hart ,

» Pour exalter leur ſacré caractère ,

» Firent feſſer Louis le débonnaire (a)

» Sur un cilice étendu devant eux,

» Louis était plus bête que pieux.

» La diſcipline en ces jours odieux

» Etait d'uſage , & nous venait du Tibre,

» C'était un tems de ſottiſe & d'erreur.

» Ce tems n'eſt plus ; & ſi ce déshonneur

» A commencé par un vil empereur,

» Il finira par un citoyen libre.

    A ce diſcours , tous les bons citadins,

Preſſés en foule à la porte applaudirent ,

Comme autrefois les chevaliers romains

Battaient des pieds & claquaient des deux mains

Dans le forum , alors qu'ils entendirent

De Ciceron les beaux diſcours diffus

Contre Verrès, Antoine & Cétégus, (b)

Ses tours nombreux, ſon éloquent emphaſe,

(a) Voyez l'hiſt. de l'Empire   (b) Cétégus , complice de
& de France.   Catilina,

B

Et les grands mots qui terminaient fa phrafe.
Tel de plaifir le parterre enivré,
Fit retentir les clameurs de la joie
Quand l'*Ecoffaife* abandonnait en proie
Aux ris moqueurs du public éclairé
Ce lourd Fréron (*a*) diffamé par la ville
Comme uu bâtard du bâtard de Zoïle.

Six cents bourgeois proclamèrent foudaïn
Robert Covelle heureux vainqueur des prêtres ,
Et défenfeur des droits du genre humain.
Chacun embraffe , & Robert & Catin :
Et dans leur zèle ils tiennent pour des traîtres
Les prédicans qui de leurs droits jaloux
Dans la cité voudraient faire les maîtres ,
Juger l'amour , & parler de genoux.

Ami lecteur , il eft dans cette ville
De magiftrats un fénat peu commun,
Et peu connu. Deux fois douze , plus un,
Font le complet de cette troupe habile.
Ces fénateurs de leur place ennuyés,
Vivent d'honneur , & font fort mal payés.
On ne voit point une pompe orgueilleufe
Environner leur marche faftueufe;
Ils vont à pied comme les Manlius ,
Les Curius & les Cincinnatus.
Pour tout éclat une énorme perruque
D'un long boudin cache leur vielle nuque ,
Couvre l'épaule & retombe en anneaux ;

(*a*) Maître Aliboron dit Fré- hué pendant toute la piéce ,
ron était à la première repré- & reconduit chez lui par le pu-
fentation de l'Ecoffaife. Il fut blic avec des huées.

Cette crinière a deux pendans égaux,
De la justice emblême respectable.
Leur col est roide ; & leur front vénérable
N'a jamais su pencher d'aucun côté,
Signe d'esprit , & preuve d'équité.

    Les deux partis devant eux se présentent ;
Plaident leur cause , insistent , argumentent ,
De leurs clameurs le tribunal mugit ;
Et plus on parle , & moins on s'éclaircit ;
L'un se prévaut de la sainte écriture ,
L'autre en appelle aux loix de la nature ;
Et tous les deux décochent quelque injure,
Pour appuyer le droit & la raison.

    Dans le sénat il était un Caton ;
Pierre Agnelin syndic de cette année
Qui crut l'affaire en ces mots terminée.

    » Vos différens pourraient s'accommoder.
» Vous avez tout l'art de persuader.
» Les citoyens & l'éloquent Covelle
» Ont leurs raisons -- Les vôtres ont du poids --
» C'est ce qui fait -- l'objet de la querelle --
» Nous en pourrons parler une autrefois --
» Car -- en effet -- il est bon qu'on s'entende. --
» Il faut savoir ce que chacun demande. --
» De tout état l'église est le soutien --
» On doit sur-tout penser au -- citoyen. --
» Les bleds sont chers & la disette est grande.
» Allons dîner -- les genoux n'y font rien. (b)
    A ce discours , à cet arrêt suprême,

(a) C'est le refrain d'une chanson grivoise, & *lon , lan , la , les genoux n'y font rien.*

Digne en tous fens de Thémis elle-même,
Les deux partis également flattés,
Egalement l'un & l'autre irrités,
Sont réfolus de commencer la guerre.
O guerre horrible ! ô fléau de la terre !
Que deviendront Covelle & fes amours ?
Des bons bourgeois le bras les favorife ;
Mais les bourgeois font un faible fecours
Quand il s'agit de combattre l'églife.
Leur premier feu bientôt fe ralentit ;
Et pour l'éteindre un Dimanche fuffit.
Au cabaret on eft fier, intrépide ;
Mais au fermon qu'on eft fot & timide !
Qui parle feul, a raifon trop fouvent.
Sans rien rifquer fa voix peut nous confondre,
Un tems viendra qu'on pourra lui repondre ;
Ce tems eft proche, & fera fort plaifant.

CHANT SECOND.

QUAND deux partis divifent un empire,
Plus de plaifirs, plus de tranquillité,
Plus de tendreffe & plus d'honnêteté,
Chaque cerveau dans fa moëlle infecté
Prend pour raifon les vapeurs du délire ;
Tous les efprits l'un par l'autre agités,
Vont redoublant le feu qui les infpire :
Ainfi qu'à table un cercle de buveurs
Faifant au vin fuccéder les liqueurs,
Tout en buvant demande encore à boire ;
Verfe à la ronde, & fe fait une gloire
En s'enivrant d'enivrer fon voifin.

Des prédicans le bataillon divin
Ivre d'orgueil & du pouvoir fuprême,
Avait déja prononcé l'anathême ;
Car l'hérétique excommunie auffi.
Ce facré foudre eft lancé fans merci
Au nom de Dieu. Genève imite Rome
Comme le finge eft copifte de l'homme.
Robert Covelle & fes braves bourgeois
Font peu de cas des foudres de l'églife ;
On en fait trop ; on lit l'efprit des loix.
A fon pafteur l'ouaille eft peu foumife.
Le fier Rofon, l'intrépide Clernois,
Paillard le riche & le difert Flagière
Vont envoyer d'une commune voix
Les prédicans prêcher dans la rivière.
On s'y difpofe ; & le vaillant Rofon

Saifit déja le fot prêtre Brognon
A la braguette , au collet, au chignon ;
Il le foulève ainfi qu'on vit Hercule
En déchirant la robe qui le brûle ,
Lancer d'un jet le malheureux Licas.

Mais , ô prodige ! & qu'on ne croira pas ,
Tel eft l'ennui dont la fage nature
Dota Brognon que la feule figure
Peut affoupir & même fans prêcher,
Tout citoyen qui l'oferait toucher.
Maître Brognon reffemble à la torpille ;
Elle engourdit les mains des matelots
Qui de trop près la fuivent fur les flots.
Rofon s'endort , & Paillart le fecoue ,
Brognon gémit étendu dans le Boue.

Tous les pafteurs étaient faifis d'effroi.
Ils criaient tous au fecours , à la loi !
A moi chrétiens , femmes , filles , à moi !
A leurs clameurs une troupe dévote
Se rajuftant , defcend de fon grenier ;
Et crie , & pleure , & fe retrouffe , & trotte,
Et porte en main Saurin (a) & le pfeautier.
Et les enfans vont pleurant après elles ;
Et les amans donnant le bras aux belles ,
Diacre , maçon , corroyeur , pâtiffier
D'un flot fubit inondent le quartier.
La preffe augmente , on court , on prend les armes ;
Qui n'a rien vu , donne le plus d'alarmes.

(a) Les fermons de Saurin prêchant à la Haye , connu pour une petite efpiéglerie qu'il fit à mylord Portland , en faveur d'une fille. Ce qui déplut fort au Portland , lequel ne paffait pas cependant pour aimer les filles.

Chacun penſe être à ce jour ſi fatal
Où l'ennemi qui s'y prit aſſez mal,
Aux pieds des murs vint planter ſes échelles (a)
Pour tuer tout excepté les pucelles.

  Dans ce fracas le ſage & doux Dolot
Fait un grand ſigne & d'abord ne dit mot.
Il eſt aimé des grands & du vulgaire,
Il eſt poëte, il eſt apoticaire,
Grand philoſophe, & croit en Dieu pourtant;
Simple en ſes mœurs, il eſt toujours content,
Pourvu qu'il rime & pourvu qu'il rempliſſe
De ſes beaux vers le Mercure de Suiſſe.
Dolot s'avance; & dès qu'on s'aperçut
Qu'il prétendait parler à des viſages,
On l'entoura, le déſordre ſe tut.

  Meſſieurs, dit-il, vous êtes néstous ſages;
Ces mouvemens ſont des convulſions;
C'eſt dans le foie, & ſurtout dans la rate
Que Gallien, Nicomaque, Hippocrate
Tous gens ſavans placent les paſſions.
L'ame eſt du corps la très-humble ſervante;
Vous le ſavez, les eſprits animaux
Sont fort légers, & s'en vont aux cervaux
Porter le trouble avec l'humeur peccante;
Conſultons tous le célèbre Tronchin,
Il connaît l'ame, il eſt grand médecin;
Il peut beaucoup dans cette épidémie.
Tronchin ſortait de ſon académie,
Lorſque Dolot diſait ces derniers mots.
Sur ſon beau front ſiége le doux repos,

(a) L'eſcalade de Genève le 12 Décembre 1602.

Son nez romain dès l'abord en impofe ;
Ses yeux font noirs , fes lèvres font de rofe ;
Il parle peu , mais avec dignité.
Son air de maître eft plein d'une bonté ,
Qui tempérait la fplendeur de fa gloire.
Il va tâtant le pouls du Confiftoire
Et du Confeil, & des plus gros bourgeois.
    Sur eux à peine il a placé fes doigts ,
O de fon art merveilleufe puiffance !
O vanités ! ô fatale fcience !
La fiévre augmente : un délire nouveau
Avec fureur attaque tout cerveau.
J'ai vu fouvent près des rives du Rhône
Un ferviteur de Flore & de Pomone ,
Par une digue arrêtant de fes mains
Le flot brùyant qui fond fur fes jardins :
L'onde s'irrite, & brifant fa barrière,
Va ravager les œillets , les jafmins
Et des melons la couche printanière.
Telle eft Genève : elle ne peut fouffrir
Qu'un médecin prétende la guérir ;
Chacun s'émeut, & tous donnent au diable
Le grand Tronchin avec fa mine affable
Du genre humain voilà le fort fatal.
Nous buvons tous dans une coupe amère
Le jus du fruit que mangea notre mère.
Et du bien même il naît encore du mal.
Lui d'un pas gravè , & d'une marche lente
Laiffe gronder la troupe turbulente ,
Monte en caroffe & s'en va dans Paris
Prendre fon rang parmi les beaux efprits.

Genève alors eſt en proie au tumulte ,
A la menace , à la crainte , à l'inſulte.
Tous contre tous , Bitet contre Bitet ;
Chacun écrit , chacun fait un projet ;
On repréſente & puis on repréſente ;
A penſer creux tout bourgeois ſe tourmente ;
Un prédicant donne à l'autre un ſoufflet ,
Comme la horde à Moïſe attachée
Vit autrefois à ſon très-grand regret
Sédékia prophête peu diſcret
Qui ſouffletait le prophête Michée (a)

   Quand le ſoleil ſur la fin d'un beau jour
De ſes rayons dore encore nos rivages ,
Que Philomèle enchante nos bocages ,
Que tout reſpire & la paix & l'amour ,
Nul ne prévoit qu'il viendra des orages.
D'où partent-ils ? Dans quels antres profonds
Etaient cachés les fougueux aquilons ?
Où dormaient-ils Quelle main ſur nos têtes
Dans le repos retenait les tempêtes ?
Quel noir démon ſoudain trouble les airs ?
Quel bras terrible a ſoulevé les mers ?
On n'en ſait rien. Les ſavans ont beau dire ,
Et beau rêver , leurs ſyſtêmes font rire.
Ainſi Genève en ces jours pleins d'effroi
Etait en guerre & ſans ſavoir pourquoi.

   Près d'une égliſe à Pierre conſacrée
Très-ſale égliſe , & de Pierre abhorrée ;

(a) Voyez les Paralipomè-
nes , chap. 18 , v. 23. Or Se-
dékia fils de Kanaa s'approcha
de Michée lui donna un ſoufflet,
& lui dit , par où l'eſprit du
ſeigneur a-t-il paſſé pour aller
de ma main à ta joue ? (& ſelon
la vulgate , de toi à moi.)

Sur un vieux mur est un vieux monument ,
Reste maudit d'une déesse antique
Du paganisme ouvrage fantastique ,
Dont les enfers animaient les accens ,
Lorsque la terre était sans prédicans.
Dieu quelquefois permet qu'à cette idole
L'esprit malin prête encor sa parole.
Les Genevois consultent ce démon
Quand par malheur ils n'ont point de sermon.
Ce diable antique est nommé l'Inconstance.
Elle a toujours confondu la prudence.
Une girouette exposée à tout vent,
Est à la fois son trône & son emblême ;
Cent papillons forment son diadême.
Par son pouvoir magique & décevant
Elle envoya Charles-Quint au couvent ,
Jules second aux travaux de la guerre ;
Fit Amédée & Moine, & Pape, & rien : (a)
Bonneval Turc, (b) & Makarti chrétien (c)
Elle est fêtée en France , en Angleterre.
Contre l'ennui son charme est un secours.
Elle a , dit-on , gouverné les amours.
S'il est ainsi , c'est gouverner la terre.
Monsieur Grillet , (d) dont l'esprit est vanté ;

(a) Amédée duc de Savoie retiré à Ripaille devenu antipape.
(b) Le comte de Bonneval ,
général en Allemagne, & bacha
en Turquie sous le nom d'Of-
man.
(c) L'abbé Makarti Irlandais,
prieur en Bretagne , sodomite ,
simoniaque , puis turc. Il em-
prunta , comme on sait , à l'auteur de ce grave poëme 2000 l.
avec lesquelles il s'alla faire
circoncire. Il a rechristianisé depuis , & est mort à Lysbonne.
(d) Celui que l'auteur désigne
par le nom de Grillet est en effet
un homme d'esprit qui joint à
une dialectique profonde beaucoup d'imagination.

Est fort dévot à cette déité ;
Il est profond dans l'art de l'ergotisme ;
En quatre parts il vous coupe un sophisme ,
Prouve & réfute ; & rit d'un ris malin
De St. Thomas., de Paul & de Calvin.
Il ne fait pas grand usage des filles ,
Mais il les aime. Il trouve toujours bon
Que du plaisir on leur donne leçon ,
Quand elles font honnêtes & gentilles.
Permet qu'on change & de fille & d'amant ,
De vins, de mode , & de gouvernement.
   Amis , dit-il , alors que nos pensées
Sont au droit sens tout-à-fait opposées,
Il est certain , par le raisonnement ,
Que le contraire est un bon jugement.
Et qui s'obstine à suivre ses visées
Toujours du but s'écarte ouvertement.
Pour être sage il faut être inconstant.
Qui toujours change , une fois au moins trouve
Ce qu'il cherchait ; & la raison l'approuve.
A ma déesse allez offrir vos vœux.
Changez toujours & vous serez heureux.
   Ce beau discours plut fort à la commune.
Si les Romains adoraient la Fortune ,
Disait Grillet , on peut avec honneur
Prier aussi l'Inconstance sa sœur.
Un peuple entier suit avec allégresse
Grillet qui vole aux pieds de la déesse.
On s'agenouille , on tourne à son autel.
La déité tournant comme eux sans-cesse ,
Dicte en ces mots son arrêt solemnel.

» Robert Covelle, allez trouver Jean-Jacques,
» Mon favori, qui devers Neufchâtel
» Par passe-tems fait aujourd'hui ses Pâques. (a)
» C'est le soutien de mon culte éternel.
» Toujours il tourne, & jamais ne rencontre;
» Il vous soutient & le pour & le contre
» Avec un front de pudeur dépouillé.
» Cet étourdit souvent a barbouillé
» De plats romans, de fades comédies,
» Des opéra, de minces mélodies;
» Puis il condamne en style entortillé
» Les opéra, les romans, les spectacles.
» Il vous dira qu'il n'est point de miracles,
» Mais qu'à Venise il en a fait jadis.
» Il se connaît finement en amis,
» Il les embrasse & pour jamais les quitte.

(a) Jean-Jacques Rousseau communiait en effet alors dans le village de Moutier-Travers, diocèse de Neufchâtel. Il imprima une lettre dans laquelle il dit, *qu'il pleurait de joie à cette sainte cérémonie.* Le lendemain il écrivit une lettre sanglante contre le prédicant qui l'avait, dit-il, très mal communié. Le surlendemain il fut lapidé par les petits garçons, & ne communia plus. Il avait commencé par se faire papiste en Savoie, puis il se refit calviniste à Genève; puis il alla à Paris faire des comédies; puis il écrivit à l'auteur qu'il le ferait poursuivre au consistoire de Genève pour avoir fait jouer la comédie sur terre de France, dans son château à deux lieues de Genève. Puis il écrivit contre Mr. d'Alembert en faveur des prédicans de Genève; puis il écrivit contre les prédicans de Genève, & imprima qu'ils étaient tous des fripons, aussi-bien que ceux qui avaient travaillé au dictionnaire de l'encyclopédie, auxquels il avait de très-grandes obligations. Comme il en avait davantage à Mr. Hume son protecteur qui le mena en Angleterre, & qui épuisa son crédit pour lui faire obtenir cent guinées d'aumône du roi, il écrivit bien plus violemment contre lui; *premier soufflet,* dit-il, *sur la joue de mon protecteur, second soufflet, troisième soufflet;* apparemment, a-t-on dit, que le quatrième était pour le roi.

» L'ingratitude est son premier mérite.

» Par grandeur d'ame il hait ses bienfaicteurs.

» Versez sur lui les plus nobles faveurs ;

» Il frémira qu'un homme ait la puissance

» La volonté, la coupable impudence

» De l'avilir en lui faisant du bien.

» Il tient beaucoup du naturel d'un chien.

» Il jappe & fuit, & mord qui le caresse.

» Ce qui surtout me plaît & m'intéresse,

» C'est que de secte il a changé trois fois

» En peu de tems pour faire un meilleur choix.

» Allez, volez Catherine, Covelle,

» Dans votre guerre engagez mon héros,

» Le dieu du lac vous attend sur ses flots.

» Envain mon sort est d'aimer les tempêtes,

» Puisse Borée enchaîné sur vos têtes

» Abandonner au souffle des Zéphirs

» Et votre barque & vos charmans plaisirs :

» Soyez toujours amoureux & fidèles,

» Et jouissans. C'est sans doute un souhait

» Que jusqu'ici je n'avais jamais fait.

» Je ne voulais que des amours nouvelles,

» Mais ma nature étant le changement,

» Pour votre bien je change en ce moment.

» Je veux enfin qu'il soit dans mon empire

» Un couple heureux sans infidélité,

» Qui toujours aime & qui toujours desire.

» On l'ira voir un jour par rareté.

» Je veux donner, moi qui suis l'Inconstance,

» Ce rare exemple ; il est sans conséquence.

» J'empêcherai qu'il ne soit imité

» Je fuis vrai pape , & je donne difpenfe ,

» Sans déroger à ma légéreté.

» Ne doutez point de ma divinité.

» Mon Vatican , mon églife éft en France.

Difant ces mots la déeffe bénit

Les deux amans, & le peuple applaudit.

   A cet oracle , à cette voix divine

Le beau Robert , la belle Catherine

Vers la girouette avancèrent tout deux ,

En fe donnant des baifers amoureux.

Leur tendre flamme en était augmentée.

Et la girouette un moment arrêtée

Ne tourna point , & fe fixa pour eux.

   Les deux amans font prêts pour le voyage.

Un peuple entier les conduit au rivage :

Le vaiffeau part. Zéphire & les amours

Sont à la poupe & dirigent fon cours ;

Enflent la voile, & d'un battement d'aile

Vont careffant Catherine & Covelle.

Tels en allant fe coucher à Paphos

Mars & Vénus ont vogué fur les flots ;

Telle Amphitrite & le puiffant Nérée

Ont fait l'amour fur la mer azurée.

   Les bons bourgeois au rivage affemblés

Suivaient de l'œil ce couple fi fidèle ,

On n'entendait que les cris redoublés

De liberté , de Catin, de Covelle.

   Parmi la foule il était un favant

Qui fur ce cas rêvait profondément ,

Et qui tirait un fort mauvais préfage

De ce tumulte & de ce beau voyage.

Meſſieurs , dit-il , je ſuis vieux ; & j'ai vu
Dans ce pays bon nombre de ſottiſes.
Je fus ſoldat , prédicant & cocu ,
Je fus témoin des plus terribles criſes ,
Mon biſaïeul a vu mourir Calvin ,
J'aime Covelle , & ſurtout ſa catin ,
Elle eſt charmante , & je ſais qu'elle brille
Par ſon eſprit comme par ſes attraits.
Mais croyez-moi , ſi vous aimez la paix
Allez ſouper avec madame Oudrille.
      Notre ſavant ayant ainſi parlé
Fut du public impudemment ſiflé.
Il n'en tint compte. Il répétait ſans ceſſe ,
Madame Oudrille -- on l'entoure , on le preſſe,
Chacun riait des diſcours du barbon,
Et cependant lui ſeul avait raiſon.

CHANT TROISIÈME.

QUAND fur le dos de ce lac argenté,
Le beau Robert & fa tendre maîtreffe,
Voguaient en paix, & favouraient l'ivreffe
Des doux defirs & de la volupté,
Quand le Sylvain, la Driade attentive,
D'un pas leger accouraient fur la rive,
Lorfque Protée & les Nimphes de l'eau,
Nageaient en foule autour de leur bateau,
Lorfque Triton careffait la Naïade,
Que devenait ce Jean-Jacques Rouffeau
Chez qui Robert allait en ambaffade ?

Dans un vallon fort bien nommé *Travers*,
S'élève un mont, vrai féjour des hivers :
Son front altier fe perd dans les nuages,
Ses fondemens font aux creux des enfers.
Au pied du mont font des antres fauvages
Du Dieu du jour ignorés à jamais ;
C'eft de Rouffeau le digne & noir palais.
Là fe tapit ce fombre énergumène,
Cet ennemi de la nature humaine,
Pêtri d'orgueil & dévoré de fiel,
Il fuit le monde, & craint de voir le ciel.
Et cependant fa trifte & vilaine ame
Du dieu d'amour a reffenti la flamme.
Il a trouvé pour charmer fon ennui
Une beauté digne en effet de lui.
C'était Caron amoureux de Mégère.
Une infernale & hideufe forcière

Suit

Suit en tous lieux le magot ambulant
Comme la chouette est jointe au chat-huant.
L'infame vieille avait pour nom Vachine ;
C'est sa Circé, sa Didon, son Alcine.
L'aversion pour la terre & les cieux
Tient lieu d'amour à ce couple odieux.
Si quelquefois dans leurs ardeurs secrettes
Leurs os pointus joignent leurs deux squelettes ,
Dans leurs transports ils se pâment soudain
Du seul plaisir de nuire au genre humain.
Notre Euménide avait alors en tête
De diriger la foudre & la tempête
Devers Genève. Ainsi l'on vit Junon
Du haut des airs terrible & forcenée
Persécuter les restes d'Illion ,
Et foudroyer les compagnons d'Enée.
Le roux Rousseau renverse sur le sein ,
Le sein pendant de l'infernale amie ,
L'encourageait dans le noble dessein
De submerger sa petite patrie.
Il détestait sa ville de Calvin ,
Hélas pourquoi ? C'est qu'il l'avait chérie.
   Aux cris aigus de l'horrible harpie ,
Déjà Borée entouré de glaçons
Est accouru du pays des Lappons.
Les Aquilons arrivent de Scythie ;
Les Gnomes noirs dans la terre enfermés
Où se pêtrit le bitume & le soufre ,
Font exhaler du profónd de leur goufre
Des feux nouveaux dans l'enfer allumés.
L'air s'en émeut , les Alpes en mugissent ,

C

Les vents, la grêle & la foudre s'uniſſent :
Le jour s'enfuit ; le Rhône épouvanté,
Vers Saint Maurice (*a*) eſt déjà remonté.
Des flots d'écume élancés dans les airs ;
De cent débris ſes deux bords ſont couverts.
Des vieux ſapins les ondoyantes cîmes
Dans leurs rameaux engouffrent tous les vents,
Et de leur chûte écraſent les paſſans :
Un foudre tombe, un autre ſe rallume.
Du feu du ciel on connaît la coutume ;
Il va fraper des arides rochers,
Ou le métal branlant dans les clochers.
Car c'eſt toujours ſur les murs de l'égliſe
Qu'il eſt tombé, tant Dieu la favoriſe,

(*a*) St. Maurice dans le Valais, à quelques milles de la ſource du Rhône. C'eſt en cet endroit que la légende a prétendu que Dioclétien en 287 avait fait martyriſer une légion compoſée de ſix mille chrétiens à pied, & de ſept cents chrétiens à cheval qui arrivaient d'Egypte par les Alpes. Le lecteur remarquera que St. Maurice eſt une vallée étroite entre deux montagnes eſcarpées, & qu'on ne peut pas y ranger trois cents hommes en bataille. Il remarquera encore qu'en 287 il n'y avait aucune perſécution, que Dioclétien alors comblait tous les chrétiens de faveurs, que les premiers officiers de ſon palais Gorgonios & Dorotheos étaient chrétiens, que ſa femme Priſca était chrétienne &c. Le lecteur obſervera ſurtout que la fable du martyre de cette légion fut écrite par Grégoire de Tours, qui ne paſſe pas pour un Tacite, d'après un mauvais roman attribué à l'abbé Eucher, évêque de Lyon, mort en 454 : & dans ce roman il eſt fait mention de Sigiſmond, roi de Bourgogne, mort en 523.

Je veux & je dois apprendre au public qu'un nommé Nonote ci-devant jéſuite, fils d'un brave crocheteur de notre ville, a depuis peu, dans le ſtyle de ſon père ſoutenu l'authenticité de cette ridicule fable avec la même impudence qu'il a prétendu que les rois de France de la première race n'ont jamais eu pluſieurs femmes, que Dioclétien avait été toujours perſécuteur, & que Conſtantin était comme Moïſe le plus doux de tous les hommes. Cela ſe trouve dans un libelle de cet ex-jéſuite, intitulé *les Erreurs de V.* libelle, auſſi rempli d'erreurs que de mauvais raiſonnemens. Cette note eſt un peu étrangère au texte, mais c'eſt le droit des commentateurs. Cette note eſt de Mr. C** avocat à Beſançon.

Tant il prend soin d'éprouver ses élus.

Les deux amans au gré des flots émus,
Sont transportés au séjour du tonnerre,
Au fond du lac, aux rochers, à la terre,
De tous côtés entourés de la mort.
Aucun des deux ne pensait à son sort.
Covelle craint, mais c'était pour sa belle ;
Catin s'oublie, & tremble pour Covelle.
Robert disait aux zéphirs, aux amours,
Qui conduisaient la barque tournoyante,
Dieux des amans secourez mon amante ;
Aidez Robert à sauver ses beaux jours :
Pompez cette eau, bouchez-moi cette fente.
A l'aide ! à l'aide ! & la troupe charmante
Le secondait de ses doigts enfantins
Par des efforts douloureux & trop vains.

L'affreux Borée a chassé le zéphire,
Un aquilon prend en flanc le navire,
Brise la voile & casse les deux mâts ;
Le timon cède & s'envole en éclats ;
La quille saute & la barque s'entr'ouvre,
L'onde écumante en un moment la couvre.

La tendre amante étendant ses beaux bras,
Et s'élançant vers son héros fidèle,
Disait cher Co.... l'onde ne permit pas
Qu'elle achevât le beau nom de Covelle.
Le flot l'emporte, & l'horreur de la nuit
Dérobe aux yeux Catherine expirante.
Mais la clarté terrible & renaissante
De cent éclairs, dont le feu passe & fuit,
Montre bientôt Catherine flottante

Jouet des vents, des flots & du trépas.
Robert voyait ces malheureux appas,
Ces yeux éteints, ces bras, ces cuisses rondes;
Ce sein d'albatre à la merci des ondes;
Il la saisit : Et d'un bras vigoureux
D'un fort jarret, d'une large poitrine,
Brave les vents, fend les flots écumeux,
Tire après lui la tendre Catherine.
Pousse, s'avance, & cent fois repoussé
Plongé dans l'onde, & jamais renversé,
Perdant sa force, animant son courage,
Vainqueur des flots, il aborde au rivage.
     Alors il tombe épuisé de l'effort.
Les habitans de ce malheureux bord
Sont fort humains, quoique peu sociables;
Aiment l'argent autant qu'aucun chrétien,
En gagnent peu, mais sont fort charitables
Aux étrangers quand il n'en coûte rien.
Aux deux amans une troupe s'avance.
Danet (a) accourt, Danet le médecin
De qui Lausanne admire la science;
De son grand art il connaît tout le fin.
Aux impotens il prescrit l'exercice;

(a) Il est mort depuis peu. Il faut avouer qu'il aimait fort à boire, mais il n'en avait pas moins de pratiques. Il disait plus de bons mots qu'il ne guérissait de malades. Les médecins ont joué un grand rôle dans toute cette guerre de Genève. Mr. Jori mon médecin ordinaire a contribué beaucoup à la pacification; il faut espérer que l'auteur en parlera dans sa première édition de cet important ouvrage. A l'égard des chirurgiens ils s'en sont peu mêlés, attendu qu'il n'y a pas eu une égratignure, excepté le soufflet donné par un prédicant dans l'assemblée qu'on nomme la vénérable compagnie. Les chirurgiens avaient cependant préparé de la charpie, & plusieurs citoyens avaient fait leur testament. Il faut que l'auteur ait ignoré ces particularités.

D'après Haller il décide qu'en Suisse
Qui but trop d'eau doit guérir par le vin.
A ce seul mot Covelle se ré veille,
Avec Danet il vuide une bouteille,
Et puis une autre; il reprend son teint frais,
I est plus leste & plus beau que jamais.
Mais Catherine hélas! ne pouvait boire.
De son amant les soins sont superflus;
Danet prétend qu'elle a bu l'onde noire;
Robert disait, qui ne boit point n'est plus.
Lors il se pâme, il revient, il s'écrie,
Se pâme encore sur sa nimphe chérie,
S'étend sur elle & la baignant de pleurs
Par cent baisers croit la rendre à la vie.
Il pense même en cet objet charmant
Sentir encore un peu de mouvement.
A cet espoir en vain il s'abandonne:
Rien ne répond à ses brûlans efforts.
Ah! dit Danet, je crois, Dieu me pardonne,
Si les baisers n'animent point les morts,
Qu'on n'a jamais ressuscité personne.
Covelle dit, hélas! s'il est ainsi,
C'en est donc fait, je vais mourir aussi.
Puis il retombe; & la nuit éternelle
Semblait couvrir le beau front de Covelle.

Dans ce moment du fond des antres creux
Venait Rousseau suivit de son armide,
Pour contempler le ravage homicide,
Qu'ils excitaient sur ces bords malheureux.
Il voit Robert qui panché sur l'arène
Baisait encore les genoux de sa reine,

C iij

Roulait les yeux & lui ferrait la main.
Que fais-tu là ? lui cria-t-il foudain.
Ce que je fais ? Mon ami je fuis ivre
De défefpoir & de très-mauvais vin.
Catin n'eft plus : j'ai le malheur de vivre ;
J'en fuis honteux , adieu , je vais la fuivre.
   Rouffeau replique , as-tu perdu l'efprit ?
As-tu le cœur fi lâche & fi petit ?
Aurais-tu bien cette faibleffe infame
De t'abaiffer à pleurer une femme ?
Sois fage enfin : le fage eft fans pitié,
Il n'eft jamais féduit par l'amitié :
Tranquille & dur en fon orgueil fuprême,
Vivant pour foi , fans befoin , fans defir,
Semblable à Dieu , concentré dans lui-même ,
Dans fon mérite il met tout fon plaifir.
Tu vois Vachine , elle eut l'art de me plaire,
J'ai quelquefois fétoyé ma forcière ;
Je la verrais mourante à mes côtés
Des dons cuifans qui nous ont infeétés,
Sur un fumier rendant fon ame au diable,
Que ma vertu paifible , inaltérable
Me défendrait de m'écarter d'un pas,
Pour la fauver des portes du trépas.
D'un vrai Rouffeau tel eft le caraétère ;
Il n'eft ami , parent , époux , ni père,
Il eft de roche : & quiconque en un mot
Naquit fenfible, eft fait pour être un fot.
Ah : dit Robert, cette grande doétrine
A bien du bon , mais elle eft trop divine :
Je ne fuis qu'homme, & j'ofe déclarer

Que j'aime fort toute humaine faibleſſe ;
Pardonnez moi la pitié, la tendreſſe ;
Et laiſſez-moi la douceur de pleurer.

Comme il parlait, paſſa ſur cette terre,
En berlingot certain Pair d'Angleterre,
Qui voyageait tout excédé d'ennui
Uniquement pour ſortir de chez lui ;
Lequel avait pour charmer ſa triſteſſe
Trois chiens courans, du Punch & ſa maîtreſſe.
Dans le pays on connaiſſait ſon nom
Et tous ſes chiens ; c'eſt Mylord Abington.

Il apperçoit une foule éperdue,
Une beauté ſur le ſable étendue,
Covelle en pleurs & des verres caſſés.
Que fait-on là ? dit-il à la cohue.
On meurt, Mylord, & les gens empreſſés
Portaient déjà les quatre ais d'une bierre,
Et deux manans fouillaient le cimetière.
Danet diſait, notre art n'eſt que trop vain,
On a tenté des baiſers & du vin ;
Rien n'a paſſé. Cette pauvre bourgeoiſe
A fait ſon tems ; qu'on l'enterre & buvons.
Mylord reprit, eſt-elle Genevoiſe ?
Oui, dit Covelle. Eh bien, nous le verrons.
Il ſaute en bas, il écarte la troupe
Qui fait un cercle en lui preſſant la croupe,
Marche à la belle, & lui met dans la main
Un gros bourſon de cent livres ſterlin.
La belle ſerre, & ſoudain reſſuſcite.
On bat des mains ; Danet n'a jamais ſu
Ce beau ſecret. La gaupe décrépite

C iv

Dit qu'en enfer il était inconnu.
Rousseau convient que malgré ses prestiges
Il n'a jamais fait de pareils prodiges.
Mylord sourit : Covelle transporté
Croit que c'est lui qu'on a ressuscité.
Puis en dansant ils s'en vont à la ville
Pour s'amuser de la guerre civile.

CHANT QUATRIÈME.

NOs voyageurs dévisaient en chemin :
Ils se flattaient d'obtenir du destin
Ce que le cœur aveuglément desire,
Danet de boire , & Jean-Jacques d'écrire ;
Catin d'aimer ; la vieille de médire ;
Robert de vaincre , & d'aller à grands pas
Du lit à table & de table aux combats.
Tout caractère en causant se déploie.
Mylord disait , dans ces remparts sacrés
Avant-hier les Français sont entrés ;
Nous nous battrons , c'est-là toute ma joie ;
Mes chiens & moi nous suivrons cette proie.
J'aurai contr'eux mes fusils à deux coups :
Pour un Anglais c'est un plaisir bien doux.
Des Genevois je conduirai l'armée.

Comme il parlait , passa la renommée :
Elle portait trois cornets à bouquin (a)
L'un pour le faux , l'autre pour l'incertain ,
Et le dernier , que l'on entend à peine
Est pour le vrai , que la nature humaine
Chercha toujours & ne connut jamais.

(a) Observez , cher lecteur , combien le siècle se perfectionne. On n'avait donné qu'une trompette à la renommée dans la Henriade , on lui en a donné deux dans la divine Pucelle, & aujourd'hui on lui en donne trois dans le poëme moral de la guerre genevoise. Pour moi j'ai envie d'en prendre une quatrième pour célébrer l'auteur qui est sans doute un jeune homme qu'il faut bien encourager.

La belle auſſi ſe ſervait de ſiflets.
Son écuyer l'aſtrologue de Liège ,
De ſon chapitre obtint le privilège
D'accompagner l'errante déité ;
Et le menſonge était à ſon côté.
Entr'eux marchait le vieux à tête chauve ,
Avec ſon ſable , & ſa fatale faulx.
Auprès de lui la vérité ſe ſauve.
L'âge & la peine avaient courbé ſon dos ;
Il étendait ſes deux peſantes ailes ;
La vérité qu'on néglige ou qu'on fuit ,
Qu'on aime en vain, qu'on maſque ou qu'on pourſuit,
En gémiſſant ſe blotiſſait ſous elles.
La renommée à peine la voyait ,
Et tout courant devant elle avançait

    Eh bien , Madame, avez vous des nouvelles ?
Dit Abington : J'en ai beaucoup , Mylord ;
Déjà Genève eſt le champ de la mort.
» J'ai vu De Luc (*a*) plein d'eſprit & d'audace
» Dans le combat animer les bourgeois.
» J'ai vu tomber au ſeul ſon de ſa voix
» (*b*) Quatre Syndics étendus ſur la place.
» Lerne eſt en caſque , & Barnet en cuiraſſe ;
» L'encre & le ſang dégouttent de leurs doigts.
» Ils ont prêché la diſcorde cruelle

(*a*) De Luc , d'une des plus anciennes familles de la ville : c'était le Paoli de Genève : il eſt d'ailleurs bon phyſicien naturaliſte. Son père entend merveilleuſement St. Paul , ſans ſavoir le grec & le latin : on dit qu'il reſſemble aux apôtres tels qu'ils étaient avant la deſcente du St. Eſprit.

(*b*) Les bourgeois voulaient avoir le droit de deſtituer quatre ſyndics.

» Différemment ; mais avec même zèle.
» Tels autrefois dans les murs de Paris
» Des moines blancs , noirs , minimes & gris,
» Portant mousquet , carabine , rondèle,
» Encourageaient tout un peuple fidèle
» A débusquer le plus grand des Henris ,
» Aimé de Mars , aimé de Gabrielle ,
» Héros charmant , plus héros que Covelle.
» Bèze & Calvin sortent de leurs tombeaux ,
» Leur voix terrible épouvante les sots ;
» Ils ont crié d'une voix de tonnerre
» *Persécutez* , c'est-là leur cri de guerre.
» Satan, Mégère, Astaroth, Alecton,
» Sur les remparts ont pointé le canon.
» Il va tirer ; je crois déjà l'entendre.
» L'église tombe , & Genève est en cendre.
   Bon ! dit la vieille , allons , doublons le pas.
Exaucez nous puissant Dieu des combats !
Dieu Sabaoth , de Jacob & de Bèze ;
Tout va périr ; je ne me sens pas d'aise.
   Enfin la troupe est aux remparts sacrés ,
Remparts chétifs & très-mal réparés.
Elle entre , observe , avance , fait sa ronde.
   Tout respirait la paix la plus profonde.
Au-lieu du bruit des foudroyans canons
On entendait celui des violons.
Chacun dansait. On voit pour tout carnage.
Pigeons , poulets , dindons & grianaux ,
Trois cents perdrix à pieds de cardinaux ,
Chez les traiteurs étalant leur plumage.

Mylord s'étonne : il court au cabaret
A peine il entre : une actrice jolie
Vient l'aborder d'un air tendre & difcret ,
Et l'inviter à voir la comédie :
Oh ! jufte Ciel qu'eft-ce donc qui s'eft fait ?
Quel changement ! alors notre Zaïre
Au doux parler, au gracieux fourire ,
Lorgna Mylord , & dit ces propres mots.
Ignorez-vous que tout eft en repos ,
Ignorez-vous qu'un Mecène de France ,
Miniftre heureux & de guerre & de paix,
Jufqu'en ces lieux à verfé fes bienfaits !
S'il faut qu'on prêche, il faut auffi qu'on danfe.
Il nous envoie un brave chevalier. (a)
Ange de paix comme vaillant guerrier :
Qu'il foit béni. Grace à fon caducée
Par fes plaifirs la difcorde eft chaffée.
Le vieux Barnet fous fon vieux manteau noir
Cache en tremblant fa mine embarraffée.
Et nous donnons le Tartuffe ce foir.

    Tartuffe ! allons je vole à cette piéce,
Lui dit mylord : j'ai haï de tout tems
De ces croquans la déteftable efpèce.
Egayons-nous ce foir à leurs dépens.
Allons Danet , Covelle & Catherine.
Et vous auffi, vous Jean-Jacques & Vachine,
Buvons dix coups, mangeons vîte & courons.
Rire à Molière & fifler les fripons.

(a) Le chevalier de Beaute-
ville , ambaffadeur en Suiffe ,
lieutenant-général des armées. Il
contribua plus que perfonne à la
prife de Berg-op-zoom.

A ce difcours enfant de l'allégreffe ,
Rouffeau reftait morne , pâle & penfif,
Son vilain front fut voilé de trifteffe.
D'un vieux caiflier l'héritier préfomptif
N'eft pas plus fot alors qu'on lui vient dire
Que le bon homme en réchappe & refpire.
Rouffeau pouffé par fon maudit démon,
S'en va trouver le prédicant Brognon.
Dans un réduit à l'écart il le tire,
Grince les dents, fe recueille & foupire.
Puis il lui dit, vous êtes un fripon ;
Je fens pour vous une haine implacable ;
Vous m'abhorrez, vous me donnez au diable,
Mais nos dangers doivent nous réunir.
Tout eft perdu, Genève a du plaifir.
C'eft pour nous deux le coup le plus terrible !
Barnet furtout y fera bien fenfible.
Les charlatans font donc bernés tout net !
Ce foir Tartuffe , & demain Mahomet !
Après demain l'on nous jouera de même.
Des Genevois on adoucit les mœurs.
On les polit , ils deviendront meilleurs.
On s'aimera. Souffrirons-nous qu'on s'aime ?
Allons brûler le théâtre à l'inftant.
Un chevalier ambaffadeur de France
Vient d'ériger cet affreux monument ,
Séjour de paix , de joie , & d'innocence ,
Qu'il foit détruit jufqu'en fon fondement,
Ayons tous deux la vertu d'Eroftrate, (a)

(a) Eroftrate, petit homme , maigre , & noir , il était tour- menté d'un vilain mal dans le col de la veffie, ce qui lui don-

Ainſi que lui méritons un grand nom.
Vous connnaiſſez la noble ambition
Le grand vous plaît & la gloire vous flatte :
Prenons ce ſoir en ſecret un brandon.
Envain les ſots diront que c'eſt un crime :
Dans ce bas monde il n'eſt bien ni mal.
Aux vrais ſavans tout doit ſembler égal.
Bâtir eſt beau , mais détruire eſt ſublime.
Brûlons théatre , actrice , acteur , ſoufleur ,
Et ſpectateur , & notre ambaſſadeur.

　　Le lourd Brognon crut entendre un prophète ,
Crut contempler l'ange exterminateur ,
Qui fait ſonner ſa fatale trompette
Au dernier jour , au grand jour du Seigneur.

　　Pour accomplir ce projet de détruire ,
Pour réuſſir , Vachine doit s'armer ,
Sans toi Bacchus peut-on chanter & rire ?
Sans toi Vénus peut-on ſavoir aimer ?
Sans toi Vachine on n'eſt pas ſûr de nuire.
Ils font venir Vachine en leur taudis ;
La gaupe arrive & de ſes mains crochues
Que de l'enfer les chiens avaient mordues
Forme un gâteau de matières fondues ,
Qui brûleraient les murs du paradis.
Pour en répandre au loin les étincelles
Vachine a pris (je ne puis décemment
Dire en quel lieu , mais le lecteur m'entend)
Un tas pourri de brochures nouvelles ,

naît des vapeurs auſſi noires que ſa mine. Il brûla , dit-on , le temple d'Epheſe pour ſe faire de la réputation.

Vers de Brunet morts auſſi-tôt que nés , (a)
Longs mandemens dans le Pui confinés , (b)
Tacite orné pas le ſieur La Blétrie ,
D'un ſtyle neuf & d'un mélange heureux ,
Dé pédantiſme & de galanterie ,
Journal chrétien , madrigaux amoureux
De Chiniac les écrits plagiaires ,
Du droit canon quarante commentaires
Tout ce fatras fut du chanvre en ſon téms.
Linge il devint par l'art des tiſſerans ,
Puis en lambeaux des pilons le preſsèrent ;
Il fut papier. Cent cerveaux à l'envers.
De viſions à l'envi le chargèrent ,
Puis on le brûle : il vole dans les airs,
Il eſt fumée , auſſi bien que la gloire.
De nos travaux voilà quelle eſt l'hiſtoire.
Tout eſt fumée : & tout nous fait ſentir
Ce grand néant qui doit nous engloutir.

   Les trois méchans ont poſé cette étoupe
Sous le foyer où s'aſſemble la troupe ,
La méche prend. Ils regardent de loin,
L'heureux effet qui ſuit leur noble ſoin, (c)
Clignant les yeux, & tremblant qu'on ne voie
Leurs fronts pliſſés ſe dérider de joie.

(a) Nous ne ſavons pas qui eſt ce Brunet. Il y a tant de plats poëtes connus deux jours à Paris, & ignorés enſuite pour jamais !

(b) C'eſt apparemment un mandement de l'évêque du Puy-en-Velay, qui adreſſant la parole aux chauderonniers de ſon dioceſe leur parla de La Motte & de Fontenelle.

(c) Ce fut le 5 Février 1768 qu'on mit le feu à la ſalle des ſpectacles.

Déjà la flamme a furmonté les toits
Les trois pourris , féjour de tant de rois;
Le feu s'étend, le vent le favorife.
Le fpectateur que la flamme pourfuit
Crie au fecours , fe précipite & fuit
Jean-Jacques rit , Brognon les exorcife.
Ainfi Calcas & le traître Sinon
S'aplaudiffaient lorfqu'ils mirent en cendre,
Les murs facrés du fuperbe Ilion ,
Que le dieu Mars , Aphrodife, (a) Apollon,
Virent brûler & ne purent défendre.
Las ! que devient le pauvre entrepreneur
Ce Rofimond plus généreux qu'habile ?
A fes dépens il a pour fon malheur ,
Fait à grands frais meubler le noble afyle
Des doux plaifirs peu faits pour cette ville.
Un feul moment confume l'attirail
Du grand Céfar, d'Augufte , d'Orofmane ,
Et la toilette où fe coëffa Roxane ,
Et l'ornement de Rome & du ferrail,
O Rofimond que devient votre bail ?
De tous vos foins quel funefte falaire !
Eft-ce à Calvin que vous aurez recours ?
Eft-ce à l'évêque appellé Titulaire ?
Hélas ! lui-même a befoin de fecours.
Ah malheureux, à qui vouliez-vous plaire ?
Vous êtes plaint , mais fort abondonné.

Après

___

(a) Vénus eft nommée en grec
Aphrodite. Notre auteur l'appelle Aphrodife : c'eft apparemment par euphonie comme difent les doctes.

Après vingt ans vous voilà ruiné.
De vos pareils c'est le sort ordinaire.
Qui du public s'est fait le serviteur,
Peut se vanter d'avoir un méchant maître,
Soldat, auteur, commentateur, acteur
Egalement se repentent peut-être.
Loin du public heureux dans sa maison
Qui boit en paix, & dort avec Suson.

CHANT CINQUIÈME.

DEs prédicans les ames réjouies
Rendaient à Dieu des graces infinies (a)
Sincèrement du mal qu'on avait fait.
Le cœur d'un prêtre est toujours satisfait.
Si les plaisirs que son rabat condamne
Sont enlevés au séculier profane.
Qu'arriva-t-il ? le désordre s'accrût
Quand de ces lieux le plaisir disparut.
Mieux qu'un sermon l'aimable comédie
Instruit les gens, les rapproche, les lie.
Voilà pourquoi la discorde en tout tems
Pour son séjour a choisi les couvens.

    Les deux partis plus fous qu'à l'ordinaire
S'allaient gourmer n'ayant plus rien à faire.
Et tous les soins du ministre de paix
Dans la cité sont perdus désormais.
Mille horlogers (b) de qui les mains habiles
Savaient guider leurs ailes dociles
D'un acier fin régler les mouvemens,

(a) Expression si familière à l'un d'entr'eux, que l'ayant répétée vingt fois dans un sermon, un de ses parens lui dit : *Je te rends des graces infinies d'avoir fini.*

(b) Genève fait un commerce de montres qui va par année à plus d'un million. Les horlogers ne sont pas des artisans ordinaires ; ce sont, comme l'a dit l'auteur du siècle de Louis XIV, des physiciens de pratique. Les Craham & les Leroi ont joui d'une grande considération ; & Mr. Leroi d'aujourd'hui est un des plus habiles mécaniciens de l'Europe. Les grands mécaniciens sont aux simples géomètres, ce qu'un grand poète est à un grammairien.

Dieu paternel fauvez du précipice.
Ce pauvre peuple, & reculez fa fin.
   Dans le confeil le doux Pierre Agnelin
Cède à l'orage, & navré de trifteffe
Quitte un timon qui branlait dans fa main.
Néceffité fait bien plus que fageffe.
Hebert un jour, cet Hebert dont la preffe
A tant gémi fous ma profe & mes vers,
Au magazin déjà rongés des vers ;
Hebert le beau qui jamais ne s'empreffe
Que de chercher la joie & les feftins ;
Dont le front chauve eft encore cher aux belles ;
Acteur brillant dans nos piéces nouvelles,
Hebert, vous dis-je, aimé des citadins,
Se promenait dans la ville affligée,
Vide d'argent & d'ennuis furchargée.
Dans fa cervelle il cherchait un moyen
De la fauver, & n'imaginait rien.
A la fenêtre il voit madame Oudrille,
Et fon époux, & fon frère, & fa fille,
Qui chantaient tous des chanfons en refrein,
Près d'un buffet garni de Chambertin.
Mon cher Hebert eft homme qui fe pique
De fe connaître en vin plus qu'en mufique.
Il entre, il boit, il demeure furpris
Tout en buvant de voir de beaux lambris,
Des meubles frais, tout l'air de la richeffe.
Je crois, dit-il, non fans quelque allégreffe,
Que la fortune enfin vous a compris
Au numero de fes chers favoris.

L'an dix-sept cent, deux six , ou je me trompe ,
Vous étiez loin d'étaler cette pompe ;
Vous demeuriez dans le fond d'un taudis ;
Votre gosier raclé par la piquette
Poussait des sons d'une voix bien moins nette.
Pour Dieu montrez à mes sens ébaudis
Par quel moyen votre fortune est faite.

Madame Oudrille en ces mots répliqua.
La pauvreté long-tems nous suffoqua ,
Quand la discorde était dans la famille.
J'étais brouillée avec monsieur Oudrille ;
Monsieur Oudrille avec tous ses parens ,
Ma belle-sœur l'était avec ma fille ;
Nous plaidons tous , nous mangions du pain bis.
Notre intérêt nous a tous réunis.
Pour être en paix dans son lit comme à table ,
Le premier point est d'être raisonnable.
Chacun cédant un peu de son côté ,
Dans la maison met la prospérité.

Hebert aimait cette saine doctrine.
D'un trait de feu son esprit s'illumine ;
Il se recueille, il fait son pronostic ;
Boit, prend congé. Puis avise un syndic
Qui disputait dans la place voisine
Avec De Luc , & Flagière & Clernois :
Trois conseillers & quatre bons bourgeois ,
Auprès delà criaient à pleine tête ;
Et se morguaient d'un air très-malhonnête.
Hebert leur dit , Madame Oudrille est prête
A vous donner du meilleur Chambertin.

Marquer l'espace & diviser le tems,
Renonçaient tous à leurs travaux utiles.
Le trouble augmente. On ne fait plus enfin
Quelle heure il est dans les murs de Calvin.
On voit leurs mains tristement occupées ;
A ranimer fur un grès plat & rond
Le fer rouillé de leurs vieilles épées
Ils vont chargeant de salpêtre & de plomb
De lourds mousquets dégarnis de platine.
Le fer pointu qui tourne à la cuisine
Et fait tourner les poulets déplumés,
Bientôt se change aux regards alarmés
En longue pique, instrument de carnage.
Et l'ouvrier contemplant son ouvrage,
Tremble lui-même & recule de peur.
    O jours ! ô tems de disette & d'horreur !
Les artisans dépourvus de salaire,
Nourris de vent, défiant les hasards
Meurent de faim, en attendant que Mars
Les extermine à coups de cimetère.
Avant ce tems l'industrie & la paix
Entretenaient une honnête opulence ;
Et le travail père de l'abondance
Sur la cité répandait ses bienfaits.
La pauvreté, séche, pâle, au teint blême,
Aux longues dents, aux jambes de fuseaux,
Au corps flétri mal couvert de lambaux,
Fille du Stix, pire que la mort même,
De porte en porte allait traînant ses pas.
Monsieur Barnet la guète & n'ouvre pas.

Et cependant Jean-Jacque & fa forcière,
Le beau Covelle & fa reine d'amour,
Avec Daner buvaient le long du jour,
Pour foulager la publique misère.
Au cabaret le bon Mylord payait.
Des indigens la foule s'y rendait ;
Pour s'en défaire Abington leur jetait
De tems en tems de l'or par les fenêtres,
Nouveau fecret très-peu connu des prêtres.
L'r s'épuifa : le fecours dura peu.
Deux fois par jour il faut qu'un mortel mange.
Sous les drapeaux il eft beau qu'il fe range ;
Mais il faudrait qu'il eût un pot au feu.

 C'en était fait. *Les Seigneurs Magnifiques* (*a*)
Allaient fubir le fort des républiques ;
Sort malheureux qui mit Athène aux fers,
Abyma Tyr & les murs de Carthage,
Changea la Grèce en d'horribles déferts,
Des fils de Mars énerva le courage,
Dans des filets (*b*) prit l'empire Romain,
Et quelque tems menaça Saint Marin. (*c*)
Hélas ! un jour il faut que tout périffe.

(*a*) Quand les citoyens font convoqués, le premier fyndic les appelle *fouverains & magnifiques feigneurs*.

(*b*) Les filets de St. Pierre. Les curieux ne ceffent d'admirer que des cordeliers & des dominicains aient régné fur les defcendans des Scipions.

(*c*) Le cardinal Albéroni n'ayant pu bouleverfer l'Europe, voulut détruire la république de St. Marin en 1739. C'eft une petite ville perchée fur une montagne de l'Appennin entre Urbin & Rimini. Elle conquit autrefois un moulin ; mais craignant le fort de l épublique romaine, elle rendit e moulin, & demeura tranquille & heureufe. Elle a mérité de garder fa liberté, C'eft une grande leçon qu'elle a donnée à tous les états.

EPILOGUE.

JE donnerai le fixième chant dès que l'auteur voudra bien m'en gratifier; car il gratifie, & ne vend pas, quoiqu'en dife l'ex-jéfuite Patouillet dans un de fes mandemens contre tous les parlemens du royaume, fous le nom d'un archevêque. J'efpère qu'alors ma fortune fera faite, comme celle de l'Homme aux quarante écus.

Si quelqu'un fe formalife de ces plaifanteries très-légères fur un fujet qui en méritait de plus fortes : fi quelqu'un eft affez fot pour fe fâcher, l'auteur qui eft par fois goguenard, m'a promis de le fâcher un peu davantage dans le nouveau chant que nous efpérons publier.

A l'égard de Jean-Jacques, puifqu'il n'a joué dans tout ce tracas que le rôle d'une cervelle fort mal timbrée, puifqu'il s'eft fait chaffer partout où il a paru, puifque c'eft une abfurde raifonneur qui, ayant imprimé fous fon nom quelques petites fottifes contre Jefus-Chrift, a imprimé auffi dans le même libelle que Jefus-Chrift *eft mort comme un Dieu*; puifqu'il eft quelquefois calomniateur, déclaré tel, & affiché tel, par une déclaration publique des Plénipotentiaires de France, de Zurich & de Berne le 25e. Juillet 1766, nous penfons qu'il a fallu lui donner le fouet beaucoup plus fort qu'aux autres, & que l'auteur a très-bien fait de montrer le vice & la folie dans toute leur turpitude. Nous l'exhortons à traiter ainsi les brouillons & les ingrats, & à écraser les serpens de la littérature, de la même main dont il a élevé des trophées à Henri IV. à Louis XV, & à la vérité dans tous ses ouvrages. Nous avons besoin d'un vengeur. Il est juste que celui qui a vécu avec la petite fille de Corneille, extermine les descendans des Claveret, des Scudéri & des d'Aubignac.

Les loix ne peuvent pas punir un calomniateur litté-raire, encore moins un charlatan déclamateur qui se contredit à chaque page ; un romancier qui croit éclipser Télémaque en élevant un jeune Seigneur pour en faire un ménuisier, & qui croit surpasser madame de Lafayette en faisant donner des *baisers âcres* par une Suissesse à un précepteur Suisse.

Il n'y a pas moyen de condamner à l'amende honora-ble ceux qui ayant devant les yeux les grands modèles du siècle de Louis XIV défigurent la langue française par un style barbare, ou empoulé, ou entortillé ; ceux qui parlent poétiquement de physique ; ceux qui dans les choses les plus communes prodiguent les expressions les plus violentes ; ceux qui ayant fait ronfler au théâtre des vers qu'on ne peut lire, ne manquent pas de faire dire dans les Journaux qu'ils sont supérieurs à l'inimitable Racine ; ceux qui se croient des Tite-Live pour avoir copié des dates ; ceux qui écrivent l'histoire avec le style familier de la conversation, ou qui font des phrases au-lieu de nous apprendre des faits ; ceux qui inconnus au barreau publient les recueils de leurs plaidoyers inconnus au public ; ceux qui soutiennent une cause respectable par d'absurdes argumens, & qui ont la bêtise de rappor-

Montez là-haut ; c'eſt l'arrêt du deſtin.
Ce jour pour vous doit être un jour de fête.
Chacun y court, citadin, conſeiller
Le beau Covelle y monte le premier.
En jupon blanc ſa belle requinquée
L'accompagnait & ſerrait ſon blondin
Qui ſur le cou lui paſſait une main.
A leur devant Madame Oudrille arrive :
Sa face eſt ronde & ſa mine eſt naïve,
En la voyant le cœur ſe réjouit.
Elle conta comment elle s'y prit
Pour radouber ſa barque délabrée.

　　Tout le conſeil entendit la leçon.
Le peuple même écouta la raiſon.
Les jours ſereins de Saturne & de Rhée,
Les tems heureux du beau règne d'Aſtrée,
Dès ce moment renaquirent pour eux.
On rappella les danſes & les jeux,
Qu'avait bannis Calvin l'impitoyable,
Jeux protégés par un miniſtre aimable,
Jeux déteſtés de Barnet l'ennuyeux
Celle qu'on dit de Vupiter la fille,
Mère d'amour & des plaiſirs de paix,
Revint placer ſon lit à Plainpalais. (a)

(a) Plainpalais, promenade entre le Rhône & l'Arve aux portes de la ville, couverte de maiſons de plaiſance, de jardins & d'excellens potagers d'un très-grand rapport. C'était autrefois un marais infect, *plana palus*, du tems qu'il n'était queſtion dans Genève que de la grace prévenante accordée à Jacob & refuſée à ſon frère le *paté pelu* ; qu'on ne parlait que des ſuptalapſaires, des infralapſaires, des univerſaliſtes, de la perception de Dieu différente de ſa viſion, de pluſieurs autres

Genève fut une grande famille.
Et l'on jura que si quelque brouillon ,
Mettait jamais le trouble à la maison ,
On l'enverrait devers Madame Oudrille.

    Le roux Rousseau de fureur hébêté ,
Avec sa gaupe errant à l'aventure,
S'enfuit de rage , & fit vîte un traité
Contre la paix qu'on venait de conclure.

visions ; de la manducation supérieure ; de l'inutilité des bonnes œuvres ; des querelles de Vigilantius & de Jérôme , & autres controverses sublimes extrêmement nécessaires à la santé , & par le moyen desquelles on vit fort à l'aise , & on marie avantageusement ses filles.

NB. On a souvent donné à Plainpalais de très-agréables rendez-vous avec toute la discrétion requise.

ter les objections les plus accablantes pour y faire les réponses les plus frivoles & les plus sottes. Ceux qui trafiquent de la louange & de la satyre comme on vend des merceries dans une boutique, & qui jugent insolemment de tout ce qui est approuvé sans avoir jamais pu rien produire de supportable ; ceux qui . . . . . On aurait plutôt compté les dettes de l'Angleterre que le nombre de ces excrémens du Parnasse.

Nous avons donc besoin qu'il s'élève enfin parmi nous un homme qui sache détruire cette vermine, qui encourage le bon goût & qui proscrive le mauvais ; qui puisse donner le précepte & l'exemple. Mais où le trouver ? qui sera assez éclairé & assez courageux ? . . . . Ah ! si monsieur l'abbé d'Olivet, notre cher compatriote, pouvait prendre cette peine ! mais il est trop vieux, & l'ex‑jésuite Nonotte (*) infecte impunément notre Franche‑Comté.

Fait à Besançon le 25 Mars 1768.

(*) Nous commençons pourtant à espérer que Nonotte se décrassera. Un magistrat de notre ville le trouva ces jours passés dansant en veste & en culottes déchirées avec deux filles de quinze ans. Le voilà dans le bon chemin. On a reprimandé les deux filles, elles ont répondu qu'elles l'avaient pris pour un singe. A l'égard de Patouillet, il n'y a rien à espérer de lui ; le maraut a pris son pli. En qualité de Franc‑Comtois je ne cherche pas les expressions délicates quand j'ai trouvé les vraies. Le mot propre est quel‑ quefois nécessaire, quoique la métaphore ait ses agrémens.

On m'a parlé aussi d'un ex‑jésuite nommé Proft, impliqué dans la sainte banqueroute de frère la Valette (§) lequel Proft est retiré à Dole sous le nom de Rotalier ; il a déjà fait son marché avec tous les épiciers de la province, pour leur vendre ses remarques sur le pontificat de Grégoire VII, de Jean XII, d'Alexandre VI, sur l'ulcère malin dont Léon X fut attaqué dans le Périnée, sur la liberté d'indifférence, l'Optimisme,

Zaïre, Tancrède, Nanine, Mérope, le siècle de Louis XIV & la princesse de Babylone. Nous pourrons joindre frère Proft dit Rotalier à frère Nonotte, & à frère Patouillet; quand nous ferons de loisir, & que nous aurons envie de rire. Ce n'est pas que nous né- gligions Cogé & Larcher, & Guyon, & les grands hommes attachés à la secte des convulsionnaires, de qui les écrits donnent des convulsions. Nous sommes justes, nous n'avons acception de personne.

Bos, asinusve fuat, nullo discrimine habemus.

(§) *On ne sait pas de quelle banqueroute parle ici Mr. C.. avocat de Besançon, auteur de cette épilogue, car le révérend père La Valette, ou frère* La Valette (comme on voudra) a fait deux banqueroutes ad majorem Dei gloriam, l'une à la Guadeloude ou Guadaloupe, l'autre à Londres.

F I N.